GOLDMANN

W0468127

Sol Stein ist Leiter des Verlags Stein & Day in New York. Er begann seine literarische Laufbahn mit Theaterstücken und wurde später als erfolgreicher Erzähler bekannt: Bisher hat er acht Romane verfaßt. An verschiedenen Universitäten hält er Vorträge über das von ihm mit Leidenschaft betriebene Handwerk, das Schreiben.

Außer dem vorliegenden Band ist von Sol Stein als Goldmann-Taschenbuch erschienen:

Ein Hauch von Verrat. Roman (9599)

SOL STEIN

UM LEIB UND LEBEN

Roman

Aus dem Amerikanischen
von Fritz Kemmler

GOLDMANN VERLAG

Deutsche Erstveröffentlichung
Titel der Originalausgabe: A Deniable Man
Originalverlag: McGraw-Hill Publishing Company, New York

Der Goldmann Verlag
ist ein Unternehmen der Verlagsgruppe Bertelsmann

Made in Germany · 2. Auflage · 10/90

Umschlagentwurf: Design Team München
Umschlagfoto: Mall, Stuttgart
Satz: IBV Satz- und Datentechnik GmbH, Berlin
Druck: Elsnerdruck, Berlin
Verlagsnummer: 9791
MV · Herstellung: Gisela Ernst/SC
ISBN 3-442-09791-6

Für Estelle,
der ich mein Leben verdanke

Erstes Buch

1

Farlan Amory Adams

Meine Erziehung stand unter dem Motto : »Alles mit Maßen.« Mir waren sechs Generationen Reichtum und Erfolg vorausgegangen. Meine Vorfahren hatten es mit Zwängen und dem äußeren Schein zu tun, ich aber befand mich nun in den Fängen einer Zwangsvorstellung, die dabei war, Gene, Schulbildung, sittliche Grundsätze und den gesunden Menschenverstand aufzufressen, denn der Dämon in meinem Herzen hatte sich auch in meinem Hirn eingenistet: Wo ist sie jetzt? Was tut sie jetzt? An was denkt sie jetzt?

Sie, das ist Susan Sarah Whitcomb, meine ehemalige Studentin an der juristischen Fakultät der Columbia-Universität; sie ist jetzt Strafverteidigerin und tritt so auf, als ob man den Gerichtssaal ihretwegen erfunden hätte. Ich habe mir wiederholt gesagt, sie sei zu jung; doch kann man denn sagen, daß eine Frau in den späten Zwanzigern für einen Mann Anfang der Fünfziger zu jung ist?

War sie eine große Schönheit, die die Blicke der Vorübergehenden auf sich zog? Eigentlich nicht. Ihr hellbraunes Haar – ich bin sicher, es war ursprünglich blond –, dem sie mit geschickten Handbewegungen eine Windstoßfrisur verpaßte, schrie geradezu nach Berührung. Ihre schmale Nase war eigentlich nichts Besonderes. Ihre blau-grünen Augen folgten mir durch den Seminarraum, als ob sie meine Worte und Gesten mit einer Videokamera festhalten wollte.

Wenn mir ihre Kopfhaltung wundervoll schien, dann nur deshalb, weil es ihr Kopf und ihr Gesicht war. Manchmal bewegte sie Arme und Hände, als ob sie ein Orchester durch ein gefühlvolles Pianissimo führte – aber das konnte davon herrühren, daß ich manchmal den Wunsch verspürte, ich wäre dieses Orchester.

Ich bin kein Frauenheld im gewöhnlichen Sinn des Wortes. Während das Äußere, das die Augen anzieht, mir Freude bereitet, ist es doch die Leistungsfähigkeit eines scharfen Verstandes, die mein priapeisches Blut in Wallung geraten läßt. Ich sagte mir, daß ihre Glanzleistungen nicht von ihr selbst kämen, daß sie vielmehr gute Ergebnisse bringe, weil ich ihr beigebracht habe, wie man gute Ergebnisse bringt. Die Wahrheit ist jedoch, daß ich noch nie zuvor einen Schüler gehabt hatte, der mir nach seinem Willen den besten Unterricht abverlangte. Ich hätte mir gern eingeredet, Susan Whitcomb sei hoffnungslos mit Fehlern behaftet – aber ich fand keine Anzeichen, die meinen Wunsch hätten stützen können, denn zu diesem Zeitpunkt hatte der Dämon meine Sinne schon verderbt. Früher hatte ich gedacht, daß Worte mächtig seien, daß die Sprache ein Schwert sei – doch die Worte, mit denen ich im Seminarraum zur Aufmerksamkeit und im Hörsaal zum Beifall verführen konnte, schienen jetzt nutzlos zu sein wie ein von Maden durchlöcherter Apfel im Garten Eden.

Ihr, die ihr erfüllte Liebe erfahren habt, ihr wißt, daß das Miteinander, das von einer glücklichen Verbindung herrührt, mit der Zeit einen gewissen Frieden bringt. Wie sehne ich mich nach diesem Frieden! Ich weiß aber, daß die schäumenden Wasser meiner Zwangsvorstellung erst dann zur Ruhe kommen, wenn ich die Welt von dem Mann befreit habe, der mir im Weg steht.

Wer von euch hat nicht in der Hitze seines Zorns den Tod eines anderen herbeigesehnt? Die einzigen Hindernisse, die mir im Weg stehen, sind das Sittengesetz, das wir alle aber in findiger Weise umgehen können, wenn es unserem Zweck dienlich ist, und das Gesetz der Gerichte – und dieses einzuhalten, habe ich als Jurist zweimal geschworen.

Es war früh am Morgen, an jenem ersten Sonntag im Dezember, als ich daran ging, meine Ansprüche geltend zu machen. Natürlich hatte ich alles umsichtig vorbereitet. Susan selbst hatte mir in ihrer Unschuld das gesagt, was ich wissen mußte. Wenn sie mit David zusammen sei, hatte Susan gesagt, sei die Krankenschwester nicht im Hause. Sonntagmorgens, wenn die Bösen liegen bleiben und die Guten, wie etwa Davids Wochenend-Krankenschwester, sich neunzig Minuten Zeit nehmen, um der Dreieinigkeit ihre Verehrung zu erweisen, war David eineinhalb Stunden allein. Innerhalb der darauffolgenden Woche würde man ihn nach Washington verlegen – ich hatte also nicht mehr viel Zeit, um das zu tun, was ich tun mußte.

An dem dreistöckigen Haus, einem von einem Architekten, der Geschmack hat, erbauten ockerfarbenen Ziegelbau, war ein kleines Messingschild angebracht, und zwar an der dunkelgrünen Eingangstür; darauf stand: »Dr. med. S. F. A. Nesbit«, und darunter stand in kleineren Buchstaben: »Geburtshilfe, Sprechzeiten nach Vereinbarung.« Das Ganze war ziemlich schlau gemacht, denn die Inschrift auf dem Schild war zu klein, als daß man sie von der Straße aus selbst mit guten Augen hätte lesen können. Die Neugierde mußte schon groß genug sein, damit man dazu verführt wurde, den Riegel des gußeisernen Tores zu heben und die fünf Meter zur Tür zu gehen. Und sollte es zufällig so sein, daß man an dem interessiert war, was Dr. Nesbit anzubieten hatte, und einen Termin vereinbaren wollte, dann konnte man im Telefonbuch unter »Nesbit« oder »Ärzte« bis zum Jüngsten Gericht suchen, wurde aber unter dieser Anschrift nicht fündig.

Im Erdgeschoß war tatsächlich eine Arztpraxis; der Arzt jedoch war lediglich zweimal in der Woche da, und gewöhnlich begab er sich dann geradewegs in den dritten Stock hinauf, um den einsamen Patienten dort oben zu untersuchen. In diesem Stockwerk hatte man alle Schwellen entfernt, so daß man einen Rollstuhl ohne Mühe durch alle Zimmer schieben konnte. Susan hatte gesagt, daß es wie gemacht sei für jemanden, der nicht lange in einem öffentlichen oder privaten Krankenhaus oder in einem Pflegeheim bleiben könne. Sie sagte, man fühle sich dort in so friedvoller Abgeschiedenheit, daß sie zu einer Zeit sogar daran gedacht habe, bei ihm einzuziehen!

Genau so, wie ich es geplant hatte, verschaffte ich mir Zutritt – durch das Tor eines einst prächtigen Gartens, die Stufen zum Tiefparterre an der Rückseite des Hauses hinunter bis zur Tür, die natürlich verschlossen war. Man probiert es ja an der Tür, um zu sehen, ob sie verschlossen ist. Doch gleich links von der Tür war ein Fenster, dessen Riegel ich in weiser Voraussicht eine Woche zuvor entfernt hatte, als ich mit Susan hergekommen war, um angeblich den armen gelähmten Mann zu besuchen.

Die untere Hälfte des Fensters ließ sich leicht hochschieben. Ich sah mich um. Keine Menschenseele weit und breit. Es war mir etwas unangenehm, wie ein Einbrecher über die Fensterbank zu steigen; als ich aber drinnen war, zog ich das Fenster wieder herab und ließ einem Seufzer der Erleichterung seinen Lauf. Welcher Mann hat als Heranwachsender nicht das mit Furcht verbundene Vergnügen am Verbotenen empfunden?

Ich hörte die Musik, einen gregorianischen Choral. Einen Augenblick mußte ich mich darüber wundern, wie sich ein Mann mit den Neigungen von David Smith dazu hatte bringen können, so etwas anzuhören. Natürlich würde er in dem Zimmer sein, aus dem die Musik kam. Die Tür, die ohne Schwelle ungewöhnlich nackt aussah, ließ unten einen Lichtschein in die verdunkelte Diele dringen. Natürlich trug ich Handschuhe, als ich den Türknopf drehte.

Er saß zwischen dem Durcheinander der medizinischen Apparatur in seinem Elektrorollstuhl und starrte geradeaus wie ein Mann, dem es nicht möglich ist, ein Buch in die Hand zu nehmen. Vielleicht dachte er, seine Pflegerin sei früher zurückgekommen, denn man konnte in seinen Augen ein deutliches Zeichen der Überraschung sehen, das sofort von etwas abgelöst wurde, das man als Lächeln bezeichnen könnte – so, als ob er von mir erwartet hätte, daß ich zurückkehrte. Mir kam der Gedanke, daß ein Zeuge, der David Smiths Heldentum kennt, ihn vielleicht gerne verteidigt hätte; ich würde in diesem Fall sagen: Was ist sein Heldentum jetzt noch wert, wenn es weder ihm noch der Welt nützen kann?

Und so helfen wir unseren Sünden mit Vernunft. Ich habe einmal einen Jäger sagen hören, es sei leicht, ein rennendes Tier zu töten, ganz besonders dann, wenn es die Flucht ergreift. Sollte das Tier aber plötzlich stehen bleiben, sich umdrehen und einen ansehen – wie schwer sei es dann, den Abzug zu betätigen.

Smiths Silhouette zeichnete sich deutlich im hellen Licht ab, das durchs Fenster hereinfiel. Ich trat einen oder zwei Schritte zur Seite, damit ich ihn deutlich sehen konnte.

Seine Augen folgten mir. Sollte ich die Jalousien herablassen? Durch dieses Fenster würde doch niemand hereinsehen können.

Plötzlich wurde mir bewußt, daß ich zögerte und es somit für David Smith gut möglich wurde, mich von seinem Elektrorollstuhl aus anzugreifen – in diesem Fall würde mein Unternehmen bekannt werden, sein Ziel würde aber nicht erreicht. Dann wäre ja alles umsonst gewesen!

»Sie haben mich erwartet«, sagte ich.

Er nickte.

»Sie sind doch ohne weiteres Ihrer Stimme mächtig«, sagte ich.

Er nickte.

»Sie sind doch in keiner Hinsicht fähig, Susan glücklich zu machen«, sagte ich.

Wieder nickte er; sein Schweigen war furchterregender, als es ein Geräusch hätte sein können. Hatte er mir eine Falle gestellt?

Ich sah mich hastig um, ob ich irgendwo in seiner Reichweite die Pistole entdecken könnte; Susan hatte gesagt, sie hätten diese unter seiner Matratze versteckt gefunden.

»Seien Sie kein Narr«, sagte er gereizt, »meine Hände kann ich doch nicht gebrauchen. Außerdem hat man mir die Pistole weggenommen.«

»Sehen Sie, Ihr Zustand tut mir schrecklich leid«, sagte ich darauf, »doch muß man den Tatsachen ins Gesicht sehen. Susan kann ihr eigenes Leben so lange nicht leben, wie Sie hier sind. Ich kann es nicht zulassen, daß sie mit Ihnen nach Washington geht.«

»Lassen Sie Susan in Ruhe«, sagte er mit einem Gesicht, das, verglichen mit der einzigen, romantischen Photographie von ihm, die Susan unvorsichtigerweise bei sich trug, eher dem einer Leiche glich.

»Ich habe nicht die Absicht, Susan zu verletzen«, sagte ich. Aus meiner linken Tasche hatte ich inzwischen die Kapsel hervorgeholt. »Das hier habe ich für Sie mitgebracht«, sagte ich, wobei ich meine Hand so weit ausstreckte, bis sie nur noch ein paar Zentimeter von seinem Mund entfernt war. Plötzlich drehte er den Kopf zur Seite – den einzigen Teil seines Körpers, der ihm noch einigermaßen zu gehorchen schien – und stieß mir damit das Zyankali aus der Hand.

Wie ein Tier mußte ich auf alle Viere, um es wieder unter dem weißen Vorratsschränkchen aus Metall hervorzuholen.

»Weshalb wollen Sie sich selbst belasten?« fragte er. »Man wüßte doch sogleich, daß ich so etwas nicht in die Hände hätte bekommen können. Man läßt mich doch nicht einmal Aspirin selbst einnehmen.«

Welchen Hochmut der Kerl doch hatte – als ob er noch immer das Sagen hätte!

»Sie sind ein tollpatschiger Idiot, Adams«, sagte er. »Nehmen Sie doch die Cola-Flasche.«

Ich sah zwar die leere Flasche, verstand aber seine Anweisung nicht.

»Hauen Sie mir die Flasche doch einfach über den Kopf und werfen Sie mich danach aus dem Fenster. Man wird denken, daß mein zertrümmerter Schädel vom Sturz herrührt. Seien Sie aber dann auf jeden Fall so vorsichtig und nehmen Sie die Flasche mit.«

»Ich habe noch nie jemandem eine Verletzung zugefügt«, sagte ich.

»Quatsch!«

»Was ich damit sagen wollte – ich habe noch nie versucht, jemanden zu töten. Sie haben schon oft getötet.«

»Ganz recht, Freund. So nimm doch endlich die verdammte Flasche. Pack sie am Flaschenhals, dort, wo er eng wird – genau so, wie du dein Ding zum Masturbieren in die Hand nimmst.«

Ich packte die Flasche am Hals.

»Genau so, Söhnchen«, sagte er. »Paß aber auf, daß keine Splitter zurückbleiben. Heb die Flasche hoch – oder kriegst du die etwa auch nicht hoch? Ziel genau auf diese Stelle«, sagte er, wobei er heftig mit dem Kopf nickte. »Genau zwischen die Augen.«

»Du Dreckskerl!« Mit zitternden Händen und der ganzen Kraft, die ich aufbieten konnte, schlug ich ihm die Flasche auf den Kopf.

2

Susan Sarah Whitcomb

Vielleicht war es mehr als nur ein glücklicher Zufall. Vielleicht hatte eine höhere Macht eine Alarmglocke in mir schrillen lassen und gesagt: Du könntest doch den überfüllten Kurs von Professor Adams belegen! Falls er seinem Ruf nicht gerecht wird, kannst du immer noch einen anderen Kurs belegen. Man sagt, daß Adams seine Studenten nicht mit einem Gefasel über hohe Prinzipien abspeist; vielmehr sagt er ihnen, wie es im Berufsleben wirklich zugeht. Außerdem hat er an der juristischen Fakultät den ganz ausgezeichneten Ruf, seine Studenten wachhalten zu können.

Die Hinweise, die ich erhielt, kamen von Annie, und zwar in jener Nacht, als vier von uns sich dazu entschlossen hatten, den Beginn eines Semesters zu feiern. Für uns arme Würstchen der juristischen Fakultät war dies die letzte Nacht ohne Arbeiten, die bis zum nächsten Morgen fertig sein mußten. Nachdem wir uns mit Dosenbier im Sechserkarton versorgt hatten, entschlossen wir uns zu einem Abend ohne Männer, damit wir nicht schon wieder einen Mann andauernd darüber reden hören mußten, wo er während des Semesters wohl sein Motorrad abstellen könne.

Ich befaßte mich ganz besonders mit Annie, die sehr groß war und lockiges Haar hatte, denn sie hatte Adams' Kurs über Verhandlungsführung bereits absolviert. »Wie ist er denn?«

Annie ließ sich im Schneidersitz mir gegenüber auf den Boden nieder. »Ich muß dich warnen, Susie«, sagte sie. »Adams ist noch größer als ich, trägt Ralph-Lauren-Kleidung, hat Manschetten und ist der größte Snob südlich von Boston, aber...«, sie erhob sich, um eine Bierdose zu holen, »...er ist einer der ganz Großen und Einflußreichen, dabei aalglatt und redegewandt wie ein Straßenhändler. Er bringt dir bei, wie du deine beste Freundin ausnehmen und ihr weismachen kannst, jemand anderes habe es getan.«

Annie ließ ihre Bierdose an meiner anstoßen und prostete mir zu. »Auf dein Wohl, nicht auf seines. Susie, dieser Mann lehrt die Rechte und und kann so auf dich einreden, daß bei dir die Säfte fließen. Mir träumte sogar davon, wie seine Zunge auf mich zukam. Ich geb' dir 'nen guten Rat, Susie: Schreib in seinem Unterricht mit, was das Zeug hält, komm aber ja nicht allein in die Nähe seines Büros, denn sonst wirst du schon vom bloßen Zuhören schwanger.«

Wir sprachen bis nach Mitternacht über Professoren, die wir schon gehört hatten, und Professoren, die wir noch hören würden, über die Zukunft der Erde, über die Männer und darüber, wie schön es doch für uns sei, nicht so viel Ausrüstung in unserer Unterwäsche herumtragen zu müssen. Ich fiel zuerst um. Um vier Uhr morgens schwankte ich meiner Abstellkammer entgegen – einem Raum, den ich nicht als Zimmer bezeichnen wollte, weil er kleiner war, als es die kleinste Gefängniszelle dem Gesetz nach sein darf.

Abgesehen von einem schlechten Traum über Bierflaschen, die Menschen tranken, schlief ich drei Stunden lang. Als ich meine Füße aus dem Bett schwang und mich zum WC begeben wollte, waren meine Hausschuhe so schwer wie Blei. Im Spiegel erschien mein Gesicht rot und weiß und glich einem großen Rettich. Ich hatte nur den einen Wunsch: zurück ins Bett. Ich zwang mich zu einer eiskalten Dusche; danach war ich dann wenigstens so weit wach, daß ich mir meinen hellblauen Pullover mit V-Ausschnitt so überziehen konnte, daß der Ausschnitt vorne und nicht hinten war.

Ich stellte mir immer vor, mein Vater stehe nur fünf Ränge unter dem Präsidenten; einen Brigadegeneral so zu beschreiben ist doch recht übertrieben. Was ich mit mir selbst vorhatte, war, als erste Frau das Amt des Justizministers der Vereinigten Staaten zu bekleiden. Das war keine Frage des Ehrgeizes, vielmehr ging es dabei um die natürliche Auslese. Meine einzige Aufgabe dabei war, die richtigen Schlupflöcher zu finden und mich hindurchzuzwängen; eines davon konnte der Kurs von Professor Adams sein.

Ich kam kurz vor Beginn der Vorstellung in den Hörsaal. Es war ein riesiger halbkreisförmiger Bau; die Sitzreihen stiegen über die halbe Höhe des Saales hinaus an und waren schon fast belegt. Was wollten denn alle hier? Wer, zum Teufel, wollte denn schon an einem so großen Kurs teilnehmen? Zum Glück entdeckte ich den einzigen freien Sitzplatz, noch bevor es ein anderer tat. Ich mußte also keine Stunde lang stehen bleiben und gleichzeitig gegen den Schlaf ankämpfen.

Kaum hatte ich mein Hinterteil mit dem Sitz vertraut gemacht, da kam der Mann selbst auch schon hereingeschlendert. Wie Annie gesagt hatte: Adams war groß, sah sehr gut aus und war hervorragend gekleidet. Er hatte den Gang eines Mannes, der weiß, daß ihm der Vortritt gebührt. Die Arme links und rechts aufs Lesepult gestützt, musterte er den ganzen Haufen von links nach rechts, als ob er die Anwesenden zählen wollte. Gruppen und Grüppchen von Studenten unterhielten sich noch eifrig; sie wollten damit sagen: »Wir bezahlen unverschämt viel für den Unterricht hier, also ist es auch Ihre Aufgabe, uns zur Aufmerksamkeit zu bringen.«

Er rief uns nicht zur Ruhe. Vielmehr stand er reglos da, als ob er sich photographieren lassen wollte. Sobald man das bemerkte, schwieg man. Ich sah, wie das vor sich ging: erst eine Gruppe, dann die nächste. Schließlich bemerkten auch die Hartgesottenen, daß nur noch sie sich unterhielten, und hielten dann den Mund.

»Dies«, sagte Professor Adams, »ist meine erste Unterrichtsstunde in Prozeßrecht. Die Geschworenen sind ein Auditorium. Sie können ihre Aufmerksamkeit so gewinnen, wie ich Ihre durch absolute Reglosigkeit gewonnen habe. Wenn sich die Geschworenen auf Sie konzentrieren, dann haben Sie auch die Aufmerksamkeit aller anderen.«

Meine Aufmerksamkeit galt in der Tat ihm. Mir fiel auf, daß er Manschettenknöpfe trug; seit Jahren hatte ich niemanden mehr Manschettenknöpfe tragen sehen.

»Die ersten Sätze, die Sie sprechen«, fuhr Adams fort, »sind die entscheidenden. Denn daran bilden sich die Geschworenen ihre Meinung von Ihnen. Diese Meinung, sei sie nun gut oder schlecht, wird auch auf den Mandanten, den Sie verteidigen, durchschlagen. Wenn die Geschworenen meinen, Sie seien ein Esel, dann denken sie, Ihr Mandant sei auch einer, weil er Sie beauftragt hat. Wenn Sie unvorbereitet zur Verhandlung erscheinen, zu lange brauchen, um einen Sachverhalt zu formulieren, bei der Zeugenbefragung pfuschen und auch noch das Kreuzverhör verhunzen, dann hat Ihr Mandant sein Geld oder seine Freiheit bereits verloren – je nachdem, worum es geht. Mit diesem ersten Eindruck, den Sie machen, ist die Schlacht schon halb entschieden. Ist das denn gerecht? Ganz und gar nicht! Ist es denn gerecht, wenn Sie, gekleidet wie ein Vagabund, auf eine Party gehen und fremde Leute dann denken, Sie seien einer?«

Adams ging vom Lesepult weg. »Wollen wir einmal einen Anfang versuchen!« Er hob beide Hände in die Höhe, die Handflächen gegen uns gerichtet. »Sie sind hier versammelt«, sagte er, wobei er die Hände sinken ließ, auf uns zukam und sich vor der ersten Reihe der Gesichter aufstellte, die sich nach oben richten mußten, wollten sie ihn sehen, »um über die Wahrheit bestimmter Sachverhalte zu befinden. Die Zukunft eines Mitmenschen, der vor dem Gesetz in diesem Augenblick...« Adams hatte die rechte Hand auf das buschige Haar eines der Jurastudenten in der ersten Reihe gelegt. »...genauso unschuldig ist, wie Sie es sind...«

Er bekam sein Gelächter, von mir und von allen anderen.

»So ist es, sehen Sie«, sagte Adams. »Wäre dieser junge Mann der Angeklagte, würde ich ihm meine Hand bestimmt nicht aufs Haupt legen, sondern eher auf die Schulter, so wie jetzt, denn ich wollte ja nicht, daß man lacht. Sie wissen doch genau, daß Sie nicht unschuldig sind. Ich kenne Sie nicht, trotzdem würde ich aber wetten, daß es in dieser Runde keinen Studenten gibt, der der Seligpreisung würdig wäre. Ich sage vielmehr, daß dieser Angeklagte wohl genauso unvollkommen ist, wie Sie es sind. Was habe ich also getan?«

Eine bange Sekunde dachte ich, Adams werde mich aufrufen,

Adams' Finger aber zielte auf einen schlanken jungen Mann zwei Reihen vor mir.

»Sie machen darauf aufmerksam, daß Schuldlosigkeit nicht vollkommene Unschuld ist«, sagte der Student.

»Und was noch?«

»Sie haben uns zu der Erkenntnis gebracht, daß irgend etwas Schlechtes beim Angeklagten ein Fehler sein kann, den auch wir haben können.«

»Und das bedeutet doch nur, daß Sie sich mit dem Angeklagten identifizieren, oder etwa nicht?«

Die Köpfe der Studenten signalisierten Zustimmung.

Adams hatte fast keine Pause benötigt, bevor er mit neuer Energie weiterredete. »Jetzt bin ich der Vertreter der Anklage«, sagte er. Er ließ eine Hand vor seinem Gesicht vorbeiwandern, als ob er sich eine Maske abzöge.

»Meine Damen und Herren Geschworenen«, fing er an, hielt inne und schritt dorthin, wo ich saß. Er zeigte mit dem Finger auf den Studenten neben mir; dieser hatte ein Engelsgesicht, in das der schlecht gestutzte Schnurrbart einfach nicht hineinpaßte. »Weshalb habe ich die Geschworenen mit ›Meine Damen und Herren‹ angeredet?«

»So macht man's eben, Herr Professor«, sagte der Schnurrbärtige.

»Diese Anrede«, sagte Adams, wobei er eindrucksvoll an der Vorderseite des Hörsaals auf und ab schritt, »ist ein Kompliment für die Geschworenen, denn gewöhnlich sind die Geschworenen *nicht* die Damen und Herren unserer Gesellschaft, sondern die Soldaten der Gesellschaft, die man leicht fuhren kann. Die Damen und Herren, falls es sie gibt, kann man durch nachdrückliche Herausforderungen ausschließen. Die Auswahl der Geschworenen dient doch dazu, die Leute auszuschließen, die irgendwelche Anzeichen eigenen Handelns zeigen, höhere Bildung, die Fähigkeit, zu führen oder selbständig zu denken, besitzen – denn solche Leute geben sich doch große Mühe, ihre Vorurteile zu unterdrükken. Das Ziel der Auswahl der Geschworenen ist, solche Bürger zu verpflichten, die eine Schwäche für Vorurteile haben.«

Natürlich lachten wir alle über dieses Aufblitzen der Wahrheit. *Du, Annie, dieser Kerl ist gar nicht so schlecht.*

Nachdem das Lachen abgeebbt war, sagte Adams: »Als Vertreter der Anklage beabsichtige ich, mir Ihre Vorurteile zunutze zu machen und Sie bei der Nase zu einem Schuldspruch zu führen. Weshalb ist mir an einer Verurteilung denn so viel gelegen? Ich kann dann vor der Fernsehkamera sagen, ich befände mich auf einem moralischen Feldzug – wobei der Feldzug einzig und allein meiner Karriere dient.«

Adams bekam das Schweigen, das er wollte. »Keiner von Ihnen will doch ewig der Assistent irgendeines Bezirksanwalts bleiben. Wir alle wollen doch die Liste unserer Erfolge mit Verurteilungen füllen, damit uns irgendeine große Firma, die Prozeßbevollmächtigte braucht, aus unserem Beamtendasein erlöst und uns dort einsetzt, wo wir nach angemessener Zeit am Gold der Partner teilhaben können. Die Person auf der Anklagebank ist ein Stolperstein in unserer Karriere. Und deshalb müssen wir sagen: ›Meine Damen und Herren, ein Verbrechen wurde begangen. Ein Gewaltverbrechen sogar. Keine Körperverletzung. Keine gewöhnliche Gewalttätigkeit. Sondern das schlimmste aller Verbrechen – das Auslöschen eines Menschenlebens. Die Beweise, die wir Ihnen vorlegen werden, zeigen, daß die Kriminalpolizei, die Sachverständigen nicht die geringsten Zweifel daran haben, daß John Doe, dessen Körper fünfzehn Messerstiche aufwies, keines natürlichen Todes gestorben ist, sondern von fremder Hand ermordet wurde. Wir sind hier, um die Fakten zu untersuchen, damit wir feststellen können, wessen Hand es war, die diese Kainstat verübte und die Schuld auf sich lud, dem Leben eines anderen Menschen ein Ende zu setzen.‹«

Adams war auf die linke Seite der ersten Reihe gegangen und vor einer Studentin stehen geblieben. Seine Hand schwebte, mit der Handfläche nach unten, wenige Zentimeter über deren Haupt. »Es ist ganz klar«, sagte er, »daß ich so nahe wie möglich an den Angeklagten herantreten würde, ohne ihn jedoch zu berühren; ich würde dann sagen: ›Womit haben wir es hier zu tun?‹ Womit wir es zu tun haben, ist natürlich ein Drama, das den folgenden Inhalt hat: A wurde von B ermordet. Die Polizei hat B als diese Frau identifiziert«, er zeigte auf die Studentin unter seiner Hand, »und der Bezirksanwalt hat die Beweise gegen diese Frau als ausreichend erachtet, um die Verantwortung der Feststellung des Tatbestandes Ihnen zu übertragen.«

Ich war jetzt hellwach, und ich dachte tatsächlich, er sei witzig und theatralisch und schlau und daß die Verbindung zwischen seinem Aussehen und seinem Auftreten wirklich stimulierend sei. Zu meiner Überraschung bemerkte ich, daß ich meine Hand nach oben streckte.

Der elegante Mann schien mich sorgfältig zu mustern, bevor er auf meine emporgestreckte Hand einging.

»Professor Adams«, sagte ich, »ich war der Meinung, daß sowohl der Vertreter der Anklage als auch der Verteidiger Beamte des Gerichtes sind.«

»Das sind sie auch.«

»Obliegt es den Beamten des Gerichts denn nicht, die Wahrheit zu finden?«

Adams hüstelte leicht in seine vorgehaltene Hand. »Das ist ein wahrhaft edler Gedanke«, sagte er. »Ich schlage vor, daß Sie Ihre edlen Gedanken in Ihr Schließfach einschließen. Dieser Kurs beschäftigt sich mit den Mechanismen der wirklichen Welt.«

Ich wollte dagegen protestieren, aber er schnitt mir das Wort ab. »Ihre Darlegung ist eigentlich richtig. Vor dem Funktionieren unseres Systems in einer Verhandlung betrachtet, ist sie jedoch ausgesprochen naiv. Für einen Anwalt, der diesen Glauben leben möchte, bleibt nur die Möglichkeit, Mandanten aus dem Weg zu gehen.«

Ich war mir nicht ganz sicher, ob man über seinen Kommentar oder über mich lachte.

»Tatsache ist«, sagte er, »daß jeder dieser zwei Beamten des Gerichts einen Mandanten hat. Der eine ist der Anwalt des Angeklagten, der andere der des Klägers. Beide haben ein ausgesprochenes Interesse daran, für ihre Mandanten zu gewinnen, egal, wo die Wahrheit ist. Junge Dame«, sagte er plötzlich ganz direkt zu mir, »die Abteilungssekretärin wird Sie anrufen, um mit Ihnen ein Gespräch in meinem Büro zu vereinbaren. Sie können keine Karriere in Jura machen, solange Sie noch so schwer an Unschuld erkrankt sind.«

Was für ein Fuchs dieser Hurensohn doch war! Blitzschnell hatte er mich in aller Öffentlichkeit festgenagelt und mich dazu gezwungen, mich für seinen verdammten Kurs einzuschreiben, so daß ich ein Forum haben würde, vor dem ich mich mit ihm auseinandersetzen konnte.

Selbst sein Büro wirkte stimulierend. In den meisten Büros der Fakultät, die ich bisher betreten hatte, sah man vom Fenster aus auf die Wand des gegenüberliegenden Gebäudes. Dieser Adams aber hatte ein ganz anderes Büro. Wenn man durch die zwei Fenster hinter seinem Schreibtisch hinausblickte, meinte man, ein gerahmtes Bild des gesamten Universitätsgeländes vor sich zu haben. Rechts neben den Fenstern war eine große Pflanze, und zwar eine riesige fleischfressende Pflanze, die zwei Meter fünfzig emporragte und mit ihren höchsten großen Blättern die Decke berührte; die Blätter waren dunkelgrün, und es sah ganz so aus, als ob man die Pflanze pflegte. In meiner Zelle im Studentenwohnheim zeigten die Blätter der einzigen Pflanze, die das vergangene Semester einigermaßen heil überstanden hatte, von Woche zu Woche ein helleres Grün, und man konnte bereits die Blattadern sehen.

Regale voller Bücher verdeckten eine Wand des Zimmers in ihrer ganzen Breite. Lediglich eines der Regale diente zur Aufnahme der Bücher, die man in Anwaltskanzleien gewöhnlich vorfindet. Alle anderen waren richtige Bücher und sahen so aus, als ob man sie tatsächlich gelesen hätte.

Er sah mir zu, wie ich mich umsah.

Zugegeben, Zimmer wie dieses, mit seiner schönen Aussicht, seiner großen, gepflegten Pflanze und mit seinen vielen Büchern, die zum Schmökern einladen, haben eine erotische Anziehungskraft für mich.

An der anderen Wand hing eine ganze Galerie von Porträtphotographien; die meisten waren signiert. Ich erkannte einige der abgebildeten Richter und öffentlichen Würdenträger. Was diese Leute Adams wohl bedeuteten? Was bedeutete er ihnen?

Ich spürte, daß ich etwas sagen mußte. »Ihr Zimmer gefällt mir«, sagte ich.

»Das habe ich schon bemerkt.« Er sagte das in einem Ton, als ob ich etwas viel Persönlicheres gesagt hätte. Ein Zimmer kann etwas sehr Persönliches sein. In diesem hier hatte man das Gefühl, als ob ein Bett darin gewesen wäre. Kam das daher, daß ich darauf reagierte, wie er auf mich reagierte? Oder kam das von Annies Sprüchen?

»Bitte setzen Sie sich«, sagte er, wobei er kurz aufblickte. Er schenkte mir ein erzwungenes Lächeln von einer halben Sekunde. Sein Blick senkte sich dann wieder auf die Karte, in die ich meinen Namen, meine Adresse im Studentenwohnheim, die Universität, an der ich bereits einen Grad erworben hatte, die Anschrift der Eltern usw. hatte eintragen müssen.

Was ich in bezug auf das durch Auseinandersetzungen geprägte System gelernt habe, ist, daß man fast alles sagen darf, vorausgesetzt, man sagt es mit leiser, sanfter Stimme. Deshalb sagte ich so leise und sanft, wie ich nur konnte: »Weshalb haben Sie es auf mich abgesehen, Professor Adams?«

»Bitte setzen Sie sich, Miss Whitcomb.«

Der Stuhl neben seinem Schreibtisch war vom Typ jener alten, aus gebogenem Holz hergestellten Schreinerarbeiten und so konstruiert, daß es eine Kunst war, darauf ruhig sitzen zu bleiben. Sein Ledersessel mit hoher Rückenlehne sah dagegen verdammt bequem aus.

»Sie haben meine Frage noch nicht beantwortet«, sagte ich.

Er sah von meiner Karte auf. »Zeugen sind gehalten, Fragen zu beantworten, Miss Whitcomb.«

Natürlich gehört es sich, daß Leute einen beim Sprechen ansehen. Wenn sie einen dabei aber mit solchen Augen ansehen, wie Adams es tat, dann ist das nicht gerade höflich.

Ein bedeutender Teil der Energie jeder Studentin gilt dem »Nein, nicht jetzt, später, niemals« zu den auf sie lauernden Männern. Ich bin nicht prüde, sondern wählerisch.

Dachte Adams etwa, er habe es bei mir mit einer jungen Gymnasiastin zu tun?

Er lehnte sich in seinem hohen Sessel nach vorne, griff nach einer Pfeife und stopfte sie mit Tabak aus einem Tabaksbeutel aus schwarzem Leder.

»Euer Ehren«, sagte ich, »scheinen an meiner Feststellung Anstoß genommen zu haben, daß sowohl der Verteidiger als auch der Staatsanwalt Beamte des Gerichts sind.«

Er schien sich darüber zu amüsieren, daß ich ihn mit »Euer Ehren« angeredet hatte. Er sagte: »Stört es Sie, wenn ich rauche?«

»Es stört mich in der Tat!« Vielleicht war das unhöflich gewesen. Unhöflich seinerseits war es doch aber, daß er sich zuerst seine Pfeife gestopft und dann erst diese Frage gestellt hatte.

Er legte die Pfeife weg. »Nehmen wir einmal an«, sagte er, »wir seien hier an der medizinischen Fakultät. Anstelle Ihrer Bemühungen, den Anforderungen an einen unparteiischen Beamten des Gerichts gerecht zu werden, stünde dann die Lehre, die mit dem Hippokratischen Eid verbunden ist. Sie wissen doch, Miss Whitcomb, die Ärzte halten den Hippokratischen Eid doch nur in Ehren, wenn es ihnen ins Zeug paßt und sie davon profitieren können; ansonsten aber beachten sie diesen Eid doch so wenig wie möglich, solange sie ohne Pfusch praktizieren. Der Prozentsatz der an der medizinischen Fakultät Eingeschriebenen, deren höchstes Ziel es ist, sich in den Dienst der medizinischen Notwendigkeiten in Ostafrika oder in den Marschgebieten von Louisiana zu stellen, ist doch, sagen wir mal, so gering, daß man ihn in einer Graphik gar nicht mehr darstellen könnte. Und dazu kommt noch, daß die meisten von ihnen dann von ihrer ersten Pflichtrunde zurückkehren und denken, daß die Welt sich von jetzt an am besten selbst helfen sollte.«

Ich wollte ihm gerade eine Antwort darauf geben, aber er hob die Hand wie ein Verkehrspolizist, und diese trickreiche Handbewegung ließ mich erstarren.

»Sie brauchen es mir gar nicht zu sagen«, sagte er. »Sie haben mit dem Gedanken gespielt, öffentlich bestellter Verteidiger für die Armen zu werden.«

»Genau das habe ich.«

»Diese Aussage ist nicht ganz richtig. Sie haben mit dem Gedanken gespielt, *eine Zeitlang* als öffentlich bestellter Verteidiger zu arbeiten.«

»Natürlich!«

»Und danach würden Sie dann die Armen anderen unerfahrenen Neulingen überlassen, während Sie darangehen, sich als hochbezahlte Prozeßbevollmächtigte zu etablieren, nachdem Sie Ihre Fähigkeiten bei der Arbeit für die Armen voll entwickelt haben.«

»Sie sind ungerecht!«

»Ungerecht Ihnen oder den Armen gegenüber? Bevor Sie meine Ansichten verdammen, bedenken Sie doch bitte, daß ich hier bin, um meine Erfahrung und mein Wissen weiterzuvermitteln, und beides hat mir ganz deutlich gezeigt, daß Anwälte dem Gericht unmöglich als Beamte dienen können, wenn sie für den, der sie mit seinem Anliegen betraut hat und sie bezahlt, erfolgreich sein wollen – und sei es auch der Staat selbst, für den sie arbeiten. Wir vergeben hier keine Grade in Uneigennützigkeit, vielmehr bereiten wir angehende Anwälte mit überdurchschnittlicher Intelligenz darauf vor, wie sie mehr Geld verdienen können als der Präsident der Vereinigten Staaten.«

Endlich kam ich zum Zuge. »Professor Adams«, sagte ich, »wenn das Ziel Ihrer Predigt das Geld ist, warum gehen Sie dann nicht mit gutem Beispiel voran?«

»Sie dringen jetzt in meine Privatsphäre ein!«

»Rechtsprofessoren verdienen doch nicht so viel wie praktizierende Anwälte, oder?«

»Sprechen Sie denn immer so gerade heraus?«

»Nur dann, wenn man mich dazu bringt oder man mir eine Predigt hält.«

»Mein Fraulein, ich predige Ihnen nicht; ich beschreibe die Realität für diejenigen jungen Leute, die nichts als unnütze idealistische Vorstellungen im Kopf haben.«

»Halten Sie denn einen Kompaktkurs darüber ab, wie man als Rechtsanwalt von den Entschädigungsprozessen von Verkehrsopfern reich werden kann?«

Adams mußte jetzt tatsächlich lachen. »Nicht an der Columbia-Universität. Zumindest noch nicht. Die meisten Rechtsanwälte, die wir ausbilden, werden in den großen Anwaltskanzleien nach der Stechuhr arbeiten.«

»Und für deren Ausbildung werfen Sie also Ihr Leben vor die Hunde?«

Seine Augen wichen nicht von mir.

Ich blickte zuerst weg. »Bitte entschuldigen Sie«, sagte ich, »es war nicht meine Absicht, unverschämt zu werden.«

»Das sind Sie auch nicht«, sagte Adams, »vielmehr ist die Fähigkeit, eine solche Frage zu stellen, kennzeichnend für jemanden, der im Gerichtssaal erfolgreich sein könnte. Die meisten erfolgreichen Strafverteidiger können Fragen formulieren, die den Anstand weit hinter sich lassen, gesetzt, sie sind dazu nütze, den Prozeß zu gewinnen.«

Einen Augenblick sah er sehnsüchtig seine Pfeife an und sagte dann: »Haben Sie während Ihrer Ausbildung immer so bohrende Fragen gestellt?«

»Ja.«

»Das gefällt mir«, sagte er.

»Den meisten meiner Lehrer hat es aber nicht gefallen, den besten dagegen schon.«

»Vielen Dank für dieses Kompliment, falls ich es als solches auffassen darf.«

»So war es auch gemeint.«

»Nun gut, Sie haben mich in Ihren Bann geschlagen, und ich will Ihnen nun antworten. Es ist so, daß ich hier bin, weil es meiner Familie seit vielen Generationen nicht an Vermögen fehlt – und das ermöglicht es mir, den Hungerlohn von Columbia zu akzeptieren anstelle der fünfhunderttausend im Jahr von Skadden Arps. Ich habe mich für die Lehre entschieden, weil es für mich eine große Befriedigung ist, wenn ich sehe, wie meine besten Studenten in der Berufswelt draußen gelegentlich Präzedenzfälle schaffen. Es macht mir Spaß, mir vorzustellen, was aus einem jeden werden wird. Ich hoffe, daß Sie an der Nische, egal, was es ist, wenn Sie diese gefunden haben, so viel Freude haben werden wie ich an der meinen.«

»Professor Adams, ich schätze die Aufmerksamkeit, die Sie mir schenken; wenn ich aber nicht das Zeug zu einem Strafverteidiger habe, dann wäre Ihr Kurs für mich reine Zeitverschwendung. Ist es denn nicht gerade Zeit, was Anwälte heute am besten verkaufen können?«

Er lächelte sein Lächeln. »Ich kann mir vorstellen, daß Sie als Prozeßbevollmächtigte knallhart und gewandt auftreten werden. Anfangs wird ein Schwung Naivität Sie gelegentlich noch ein wenig einschränken; anders als chronischer Idealismus aber ist Naivität nicht unheilbar.«

Ich hätte mir gerne das aufgeschrieben, was er gesagt hatte. Ich war sicher, ich würde es in der Minute vergessen haben, in der ich sein Zimmer verlassen würde. Schlimmer noch: Der Mann wandte sich an meinen Kopf, ich aber reagierte mit meinem Körper darauf. *Annie, was soll ich bloß machen?*

Annie würde darauf antworten: »Wie reagiert eine Maus, wenn sie eine Katze erblickt?« Verstohlen blickte ich zu seiner Bücherwand und dann zu der Wand mit den Photographien hinüber. Weshalb sollte ich die Flucht ergreifen? Ich bin doch keine Maus. Außerdem ist er ein schöner Kater. Weshalb sollte ich dann den Sprung zurück zum Loch in der Wand machen? Das Ganze könnte doch recht lustig werden!

Er sah mich noch immer an. War ich jetzt mit Reden dran?

3

Farlan Adams

Während unseres ersten privaten Treffens prägte ich mir ihre Gesichtszüge ein. Und die Konturen ihres Körpers.

Sie erwischte mich dabei, wie ich sie anstarrte.

»Miss Whitcomb«, sagte ich, »aus welchem Grund haben Sie sich für Jura entschieden?«

Sie begann mit einer ausführlichen Antwort darauf, aber die Worte kamen ihr nicht so rasch über die Lippen, wie mir die Fragen im Kopf herumschwirrten. Warum nur habe ich mich nie dazu bringen können, einer jungen Frau dies zu sagen: »Ich bin ein Jäger, kein Hurenbock; die Jagd macht mir mehr Freude als die Beute«? Weshalb betrachten Frauen die Jagd als Ritual, das den Männern zusteht, und denken, die Rolle der Frau dabei sei, wie eine Tänzerin davonzuschweben, sich zu versagen, zu enttäuschen, Hindernisse zu errichten, zu zögern und sich schließlich in das Vorherbestimmte zu fügen? Die auserlesenen Qualen und Freuden der Verfolgung können ins Endlose verlängert werden, sofern man es nur geschickt anzustellen weiß. Um wie viel erhabener ist doch das Aufspüren im Vergleich mit den ein oder zwei Minuten der Reibung und den zehn Sekunden der Ekstase, als das man das Liebemachen gewöhnlich bezeichnet! Die Fähigkeit, das Vorspiel zu einem lang anhaltenden Genuß zu machen, unterscheidet doch den einen Liebhaber vom anderen – ist es nicht so? Das Vorvergnügen kann zur wahren Kunst gedeihen, wenn man es mit einer Frau zu tun hat, die seine unerschöpflichen Möglichkeiten kennt.

Plötzlich bemerkte ich, daß Miss Whitcomb nicht mehr sprach. »Aus welchem Grund haben Sie sich für Jura entschieden?« sagte ich schnell.

Sie lächelte. Das war doch die Frage, die sie mir gerade ausführlich beantwortet hatte.

»Soll ich's Ihnen mit einem Wort sagen?« fragte sie. »Gesetzlosigkeit.«

»Das kann eine kluge Antwort sein oder eine falsche, abhängig davon, was Sie damit sagen wollen.«

Sie sagte: »Wir haben uns dazu durchgerungen und geben nun mit Zögern zu, daß Kinder sich nach Disziplin sehnen. Sind Sie nicht der Meinung, daß auch die meisten Erwachsenen wissen wollen, wo die Grenzen sind?«

Eine Frage an mich zu richten – das war gekonnt von ihr.

»Ich stimme Ihnen zu.«

Sogleich fuhr sie fort: »Und sind Sie nicht auch der Meinung, daß seit der Aufklärung eine jede Generation sich immer weniger Disziplin auferlegt hat?«

»So ist es.«

»Ist es denn nicht so, daß die einzige Disziplin, an die sich die Gesellschaft noch hält, der Kodex von Gesetzen ist, aus dem hervorgeht, daß man bestraft wird, wenn man erwischt wird? Professor Adams, ich bin fest davon überzeugt, daß das einzige Netz, das die Gesellschaft vor dem Auseinanderbrechen und dem Sturz in die Anarchie bewahren kann, das Gesetz ist, und deshalb bin ich davon so fasziniert.«

»Gestatten Sie mir eine Frage«, sagte ich. »Haben Sie sich diese Aussage vorher eingeprägt?«

»Überhaupt nicht. Sie ist mir gerade so eingefallen.«

»Dann kann ich Ihnen nur gratulieren«, sagte ich und fragte mich dabei, wie es wohl sein würde, wenn ich, anstatt hinter dem Schreibtisch zu sitzen und ihr zuzuhören, jeden Abend nach Hause käme und auf meiner blauen Samtcouch neben ihr säße, ihren Schenkel neben dem meinen fühlen könnte, wenn sie spräche. Wenn mich dann am Ende eines Abends die Umstände ins selbe Bett bringen würden, würde das meinen Plan zur Verlängerung des Begehrens vereiteln. Was für Toren sind doch verheiratete Männer, die von einem leichten Aufflackern der Flamme des Satyrs mitten in der Nacht dazu gebracht werden können, sich ihrer Bettgenossin zuzuwenden, um sofortige Erfüllung zu finden. Wenn sie so gut Bescheid wüßten wie ich, dann wüßten sie, daß die Ekstase die Verlängerung des Einanderbegehrens zweier Liebender ist, zwei Parallelen, die sich erst im Unendlichen treffen. Dieses Gespräch fortzusetzen bedeutete Gefahr!

Ich erhob mich und sagte ihr, das Treffen sei beendet.

In früheren Zeiten hätte mein Junggesellendasein bestimmt zu Spekulationen geführt. Ich hätte mich dann wohl verpflichtet gefühlt, meinem Vergnügen eine Verbindung aufzuzwingen, um meine Kollegen vom Klatsch abzuhalten. Heute aber sind Ehe und Elterntum zu einem Kann geworden, das es mir ermöglicht, ohne Täuschung nach außen leben zu können. Um mich herum ist eine große Schar unverheirateter Frauen – Ziele für Gelegenheiten, mit denen ich spielen und dabei dennoch das Unvermeidliche hinauszögern kann, so hinauszögern, daß es ein hoher Genuß ist. Nur Narren wundern sich doch darüber, weshalb ich bei attraktiven verheirateten Frauen keine Anstrengungen unternehme. Deshalb nicht, ihr lieben Narren, weil verheiratete Frauen, wenn sie ihre Ehemänner betrügen wollen, bestrebt sind, die Jagd so kurz wie möglich zu halten und sogleich zur Sache selbst zu kommen. Nein, nein, mein Ideal ist die unverheiratete, ungebundene Frau.

Weshalb lächelte sie? Als ich um den Tisch herumkam, rückte sie mit ihrem Stuhl weiter zurück, als ob es dort sicherer wäre, und stand dann auf, was zu einem noch größeren Abstand zwischen uns führte. *Ich darf ihr keine Furcht einjagen.*

Ich begleitete sie zur Tür und streckte ihr die Hand hin. Ich fühlte ihre Handfläche an der meinen; eine einzige Sekunde schloß sich mein Daumen um den ihren.

»Ich glaube, Sie werden einen guten Anwalt abgeben«, sagte ich, bemerkte dann, daß ich noch immer ihre Hand hielt, und ließ sie los.

Sie sagte: »Ich wünsche mir für meinen Teil, daß ich als Anwalt zumindest halb so fähig bin, wie Sie es als Lehrer sind, Professor Adams.«

Ich machte die Tür für sie auf, trat zur Seite und sagte: »Auf Wiedersehen«, und zwar so, daß es eher nach einer Begrüßung klang.

Sie drehte sich um und ging rasch den Flur hinunter, als ob sie es nicht erwarten könnte, ihren Freunden von unserem Treffen zu erzählen.

Ein Semesterbeginn bietet stets viele Gelegenheiten.

Die Abteilungssekretärin hatte mit jemandem namens D. Halpern einen Gesprächstermin in meinem Büro vereinbart; es handelte sich um einen Studierenden im Grundstudium, der sich zwischen Jura und einem anderen Fach hin- und hergerissen fühlte und beraten werden wollte.

D. Halpern entpuppte sich als eine junge Frau, sehr zierlich; ihr blondes Haar, das sie auf dem Rücken zusammengebunden hatte, reichte bis halb zu ihrer sehr schlanken Taille hinab. Sie trug hohe Stiefel aus grauem Leder; über ihnen waren ihre Beine und Schenkel bis zum Saum eines sehr kurzen Rockes, wie er damals nicht mehr in Mode war, unbedeckt. Während meine Augen sie genau musterten, versuchte ich mich darauf zu konzentrieren, was sie über die Kräfte sagte, die sie in entgegengesetzte Richtungen zögen.

Ich mußte etwas sagen, und sei es auch nur, um meinen Puls zu beruhigen. »Weshalb haben Sie Ihren Namen mit D. Halpern angegeben?« fragte ich.

»Sie gingen davon aus, ich sei ein Mann?«

Ich nickte.

»Deshalb waren Sie auch überrascht, als Sie mich sahen.«

»Ja.«

»Und jener Augenblick Ihres Überraschtseins verschaffte mir einen Vorteil, oder etwa nicht? Einen Vorteil, den gewöhnlich der Fragende, nicht der Gefragte, auf seiner Seite hat; das stimmt doch?«

»Junge Frau«, sagte ich, »wir brauchen uns gar nicht länger zu unterhalten. Jemand, der so denkt wie Sie, könnte im Gerichtssaal einen hervorragenden Anwalt abgeben.«

Ich hatte abgeschaltet und stellte mir lange Stunden mit meinem neuen Fund vor, war aber dann plötzlich wieder Herr meiner selbst. War ich denn schon dabei, die von mir erhoffte Beziehung mit Susan Whitcomb zu verraten? Ein Köder ist doch harmlos, sagte ich mir, eine Fessel furchterregend.

Trotzdem beschloß ich, mich mit D. Halpern nicht länger aufzuhalten.

Da ich schwieg, war sie es, die sich erhob. »Ich möchte mich bei Ihnen bedanken«, sagte sie und streckte mir die Hand entgegen.

Natürlich gab ich ihr die Hand und spürte dabei den festen Griff, der mir gefällt, ob er nun von einer Frau oder von einem Mann kommt. Sie drehte sich um und ging. Ich beobachtete das langsame Wiegen ihres Hinterteils, als sie zur Tür ging, mußte lächeln und schloß die Tür, als sie draußen war. *Schade.*

Später am selben Nachmittag sah ich in der Nähe der Low Library Susan in etlicher Entfernung in Begleitung eines jungen Mannes. Ich verspürte den Wunsch, über das Universitätsgelände zu laufen, den jungen Mann an der Schulter zu packen, ihn herumzureißen und ihm ins Gesicht zu schreien: »Was haben Sie bei ihr zu suchen?«

War ich, der ich mich zuvor überhaupt nicht darum gekümmert hatte, mit wem meine jeweilige Beatrice ins Bett ging, eifersüchtig, weil Susan Whitcomb mit einem Mann auf dem Universitätsgelände umherspazierte und ich nicht dieser Mann war? Die erste Regung des Ausgeschlossenseins war etwas ganz Neues für mich, gleichzeitig auch etwas ungeheuer Erregendes.

Ich tat etwas, was ich sonst noch nie getan habe. Unter einem recht fadenscheinigen Vorwand ließ ich mir von der Abteilung für Studiengebühren ihre Telefonnummer geben und trug sie zu Hause in mein Buch mit den privaten Rufnummern ein.

Mit großer Erwartung freute ich mich nun auf jede Stunde, in der sie zu meinen Zuhörern gehörte. Ich suchte nach einem Grund, mit dem ich sie wieder in die Abgeschlossenheit meines Büros lokken konnte. Nach etlichen Wochen, in denen das Sehnen mir wie ein Wurm durch den Körper und schließlich ins Gehirn gekrochen war, kam Susan eines Tages nicht in meine Vorlesung. Ich verstieß gegen meine eigene Regel und begann nicht pünktlich, weil ich hoffte, sie werde mit Verspätung und ganz außer Atem doch noch kommen. Wie von Sinnen ließ ich meine Augen musternd durch jede Sitzreihe gehen, um sicher zu sein, daß ich mich nicht getäuscht hatte. Ich hatte mich aber nicht getäuscht. War sie krank? Hatte sie mich verlassen? Die Studenten wurden unruhig. Ich mußte anfangen. Meine zitternde Stimme konnte die Stunde gerade noch durchhalten. Als sie schließlich vorüber war und ich von Studenten umringt wurde, die mir Fragen stellen wollten, bedeutete ich ihnen mit einem Wink, sich zu entfernen. Ich eilte durch die Gänge, die voller Leute waren, und rannte fast, um in mein Büro zu kommen; ich hatte Angst, umgerannt zu werden, zu fallen und mir wie ein Junge die Hose zu zerreißen. Als ich mich glücklich in meinem Büro befand und mich sicher fühlte, rief ich in Susans Zimmer an. Das Klingeln schien eine Ewigkeit anzuhalten, dreimal, viermal, fünfmal ertönte das Rufzeichen. Hatte sie die Fakultät verlassen, ohne mir etwas davon zu sagen? Nach dem neunten Klingeln nahm sie den Hörer ab; ihre Stimme klang recht verschlafen.

»Wer ist denn dran?« fragte sie.

Ganz genau – wer denn? Weshalb rief ich sie an?

»Sie waren heute nicht in der Vorlesung«, sagte ich so ruhig, wie ich konnte.

Einen Augenblick schwieg sie; was dachte sie wohl?

»Ich möchte mich entschuldigen«, sagte sie. »Aber ich bin heute morgen mit einer Grippe aufgewacht.«

Am liebsten hätte ich ihr gesagt, daß ich zu ihr kommen und sie versorgen würde, ihr den fiebernden Körper mit einem Schwamm abwaschen, eine heiße Brühe, Säfte und alles machen würde, was sie brauchte, um schnell wieder gesund zu werden.

»Kann ich Ihnen irgendwie behilflich sein«, sagte ich ziemlich unbeholfen.

»Es ist mir nicht recht, daß ich die heutige Vorlesung versäumt habe.«

»Ich werde Ihnen meine Notizen geben. Sollten Sie mit denen nicht zurecht kommen, dann würde ich's Ihnen gerne noch ausführlicher erklären.«

»Das ist nett von Ihnen, Professor Adams«, sagte sie. »Jetzt lege ich mich aber besser wieder ins Bett.« Und damit legte sie den Hörer auf.

Was muß sie von meinem ungewöhnlichen Anruf halten? Was muß *ich* davon halten?

Als mich Susan zum zweitenmal in meinem Büro besuchte, geschah dies ohne Termin. Sie machte einfach die Tür einen Spalt weit auf, streckte den Kopf herein und sagte: »Störe ich?«

Ich hatte noch mindestens ein halbes Dutzend Arbeiten zu korrigieren. »Bitte setzen Sie sich«, sagte ich. »Sie sind also wieder gesund?«

»Ja, es geht mir viel besser.«

Ich war versucht, ihr zu sagen, daß es *mir* überhaupt nicht besser gehe.

»Bitte entschuldigen Sie, wenn ich einfach so hereinplatze«, sagte sie. »Ich lese gerade das Standardwerk von Weinstein, und dabei habe ich den Eindruck gewonnen, daß Aussagen, die auf Annahmen beruhen, lediglich den Experten zugestanden werden sollten. Beim Lesen von Ausschnitten aus Verhandlungsprotokollen ist mir aber aufgefallen, daß es oft mehr Annahmen als Fakten gibt. Hat Weinstein denn recht?«

Am liebsten wäre ich auf sie zugekrochen, hätte gerne ihr Fußgelenk, ihr Bein, vielleicht auch ihren Schenkel berührt.

»Nun, Miss Whitcomb«, sagte ich, »ein ehrgeiziger, energischer junger Anwalt kann versuchen, jede Annahme zu Fall zu bringen; aber ein Antrag, dies tun zu dürfen, selbst wenn ihm vom Richter stattgegeben wird, lenkt doch die Aufmerksamkeit auf das, was gerade vorgetragen worden ist. Lehnt der Richter ab, ist es auch nicht anders. Ein gewandter oder erfahrener Anwalt wird deshalb Anträge dieser Art nur selten stellen.«

Plötzlich erhob sich Susan, als wollte sie gehen. Rasch sagte ich: »Bitte bedenken Sie, daß bei jeder Verhandlung eigentlich zwei Verhandlungen gleichzeitig geführt werden.«

Sie setzte sich wieder.

»Die eine dieser Verhandlungen ist, wenn man es so ausdrücken will, eine Vereinfachung der Strategie, die darauf abzielt, die Geschworenen davon zu überzeugen, daß Sie mit Ihrem Fall im Recht sind und daß die Gegenseite im Unrecht ist. Gleichzeitig findet eine ganz andere, zweite Verhandlung statt, die darauf abzielt, den Richter davon zu überzeugen, daß das Recht und die Präzedenzfälle auf Ihrer Seite sind. Ich rate Ihnen deshalb, diese zweite Verhandlung nur vor dem Richtertisch zu führen, damit nur der Anwalt der Gegenseite und der Richter sie hören, denn es darf Ihnen auf keinen Fall darum gehen, die Geschworenen zu verwirren.« Hatte sie gerade auf die Uhr geschaut? »Sie wissen doch, was sich jeder Richter wünscht?«

»Eine Gehaltserhöhung«, sagte Susan. »Vor allem, wenn er nicht bereits ein reicher Mann ist.«

»Zweimal daneben«, sagte ich. »Selbst von Hause aus reiche Richter wünschen sich eine Gehaltserhöhung. Alle Richter aber haben den noch größeren Wunsch, daß ihre Entscheidungen nicht von einem höheren Gericht revidiert werden. Wo werden Sie denn heute zum Abendessen hingehen?«

Die Worte waren mir einfach so über die Lippen gekommen, ich war selbst überrascht davon.

»Wenn ich abends essen gehe, dann kann man das nicht gerade ein gepflegtes Abendessen nennen. Gewöhnlich gehe ich in eine Schnellgaststätte und esse dort etwas.«

»Eines der größten Vergnügen des Lebens ist es, wenn man sich in angenehmer Gesellschaft bei einer ausgedehnten Mahlzeit entspannen kann«, sagte ich.

»Nun raten Sie mal, wie mein Leben aussieht.«

»Was wollen Sie damit sagen?«

»Büffeln, lesen, Arbeiten schreiben und derartige Beschäftigungen.«

»Kein Platz für Geselligkeit?«

»Doch, manchmal hau' ich mit Freunden auf die Pauke. Das muß man auch, sonst wird man verrückt. Wenn es aber eine lange Nacht geworden ist, dann bereue ich dies tags darauf.«

»Kommen Sie sich hier bei uns wie in einer Mühle vor?«

»Nicht, wenn ich in Ihre Vorlesung gehe.«

Weshalb war ich denn plötzlich so beschwingt? Zahllose Studenten haben mich doch mit Komplimenten überhäuft, wobei ich die Schmeichelei nicht überbewertet habe. »Haben Sie denn einen ganz besonders guten Freund?« hörte ich mich fragen.

Sie zögerte.

Hatte ich mich in eine heimliche Beziehung eingemischt? »Bitte entschuldigen Sie, wenn ich –«

»Schon gut«, sagte sie. »Es ist so, daß ich zwei habe, und zwar sehr gute Freunde.«

»Männlichen oder weiblichen Geschlechts?«

»Sowohl als auch.«

»Ist es der Mann, mit dem ich Sie auf dem Universitätsgelände gesehen habe?«

»Wann haben Sie mich denn gesehen?«

»Das ist nicht wichtig«, log ich sie an. Ich ließ meine Hände unter die Schreibtischplatte sinken, damit sie sie nicht zittern sehen sollte.

»Ich weiß, daß Sie noch zu arbeiten haben«, sagte sie. »Herzlichen Dank für Ihre Erklärung.«

Nichts ist klar geworden.

»Ich muß jetzt wirklich gehen«, sagte sie.

Zum Teufel mit dem Arbeiten, bitte geh nicht!

»Nochmals vielen Dank«, sagte sie.

Und weg war sie.

4

Susan

Wenige Monate bevor wir unseren Grad in Jura erhalten sollten, sagte Annie zu mir: »Ich frage dich noch einmal: Hat der Urknall schon stattgefunden?«

Ich erwiderte: »Dauernd verwechselst du mich mit dem Sonnensystem.«

»Ich verwechsle niemanden mit irgend etwas. Du hast dich doch die letzten zwei Jahre ständig mit Adams verabredet.«

»Ich habe mich nicht ein einziges Mal mit ihm verabredet. Ich suche ihn lediglich auf.«

»Ich habe gesehen, wie du ihn aufsuchst.« Annie griff sich eine meiner Haarsträhnen; mit diesem Trick hindert sie mich nämlich an der Flucht. »Hör jetzt mal Oma zu. Ich fühle mich nämlich verantwortlich für dich.«

»Weshalb denn? Laß sofort meine Haare los!«

»Weil ich dich doch darauf gebracht habe, seinen Kurs zu belegen.« Sie ließ mein Haar los. »Ihr beide seid nicht nur mir aufgefallen.«

»Da gibt es einfach nichts, was auffallen könnte, Annie. Farlan Adams hat mich nie angerührt.«

»Du lügst, Susie. Ihr beide braucht zum Händeschütteln doppelt so lang wie andere. Meine Liebe, er ist doch doppelt so alt wie du. Was ist zwischen euch beiden?«

»Wir verstehen uns gut.«

»Das kann man sehen. Ihr beide spaziert über das Universitätsgelände, als ob es auf Erden niemand anderen gäbe. Vor lauter Sex wirst du am Ende noch um deinen Grad in Jura kommen.«

»Hast du es denn noch nicht begriffen, Annie? Wir sind keine Verliebten. Wir sind Freunde.«

Annie näherte ihr Gesicht dem meinen bis auf fünfundzwanzig Zentimeter und sagte dann: »Susan, du und ich – wir beide sind Freunde. Du und Adams – ihr seid etwas ganz anderes.«

Zu Beginn meines letzten Studienjahres hatte mich Farlan zu einem Essen eingeladen, das er im Club der Fakultät für zehn Leute gab. Außer mir waren keine anderen Studierenden eingeladen worden. Mir war der Platz neben dem Bezirksanwalt von Manhattan zugewiesen worden. Als Farlan mich ihm vorstellte, sagte er nur: »Aus Susan wird noch eine außerordentlich fähige Prozeßbevollmächtigte werden. Allerdings will sie gleich als Verteidigerin einsteigen, ohne zuerst als Anklägerin Erfahrung zu sammeln. Vielleicht können Sie ihr das ausreden.«

So verbrachte der Bezirksanwalt den Abend damit, mich davon zu überzeugen, zunächst einmal als Staatsanwalt tätig zu werden – das hatte ich ohnehin beabsichtigt. Ich setzte alles daran, einen guten Eindruck auf ihn zu machen. Kurz nach zweiundzwanzig Uhr hatte ich sogar eine Einladung in sein Büro angenommen, wo mich ein junger stellvertretender Bezirksanwalt umherführen sollte; ich könnte so den Irrtum bei meiner Entscheidung nochmals überdenken!

Bei der Führung wurde ich von einem rothaarigen stellvertretenden Bezirksanwalt namens Manny Brustein betreut, der der Meinung war, Frauen sollten deshalb nicht als Staatsanwalt arbeiten, weil ihre Stimme nicht mächtig genug sei. Er verbarg nicht seinen Unmut darüber, daß man ihn abkommandiert hatte, um mich umherzuführen. Ich beschloß, es ihm gründlich zu zeigen! Als wir die

Führung hinter uns hatten, wußte er, daß ich kein dünnes Stimmchen habe und daß er sich sehr, sehr gründlich vorbereiten müßte, wenn er jemals jemanden anklagen würde, den ich verteidigte. Er sagte jetzt sogar, daß der Chef wohl recht gehabt hatte und ich es mir überlegen sollte, ob es nicht doch sinnvoll wäre, hier im Büro des Bezirksanwalts erste Erfahrungen zu sammeln. Ich glaube, es wäre dem jungen Mr. Brustein am liebsten gewesen, ich hätte in seinem Bett Erfahrungen gesammelt.

Selbst wenn Brustein mir gefallen hätte – in meinem Bett gab es keinen Platz mehr. Manche der Leute, denen ich mich angeschlossen hatte, hatten da andere Ansichten; für mich aber bedeutete ein volles Bett, daß zwei Leute darin liegen: ich und ein anderer, und zu jener Zeit war der andere Al Papamongian, ein Schauspieler. Ich weiß – die Gewerkschaft der Schauspieler sagt, daß sechsundneunzig Prozent der Schauspieler irgendwann einmal arbeitslos sind. Während der ganzen fünf Monate, in denen wir als eine Art Paar zusammenlebten, war Papamongian als Schauspieler zu hundert Prozent ohne Arbeit, gleichzeitig aber zu hundert Prozent als Kellner in einem Spezialitätenrestaurant in der Sixth Avenue beschäftigt. Er konnte wirklich sehr witzig sein; in dieser Rolle war er voll beschäftigt, aber ohne Anstellung. Wenn wir den Broadway hinuntergingen und nach einem Film suchten, den wir uns vielleicht ansehen würden, konnte es sein, daß Al beim Anblick eines waschechten New Yorker Polizisten meinen Arm losließ, schnurstracks auf den Polizisten zuging und zu ihm sagte: »Gestatten, ich bin Al Papamongian, vom Büro des Bezirksanwalts von Miami; ich verfolge hier eine Spur. Ich kann nur sagen, daß die Kriminalbeamten hier sehr hilfsbereit gewesen sind; sie sind außerdem erste Klasse. Ich hoffe, daß Sie bald auch einer werden, Herr Wachtmeister; es freut mich, Sie kennengelernt zu haben.«

Al entfernte sich dann mit schnellen Schritten. Ich holte ihn erst ein, nachdem er um die nächste Ecke gebogen war; dann krümmten wir uns vor Lachen wie kleine Kinder.

An dem Abend, als ich Al kennenlernte, es war auf einer Party, kam er direkt auf mich zu und sagte: »Ich bin Al Papamongian; ich bin Schauspieler und muß mir bis nächsten Freitag einen Namen auf der Bühne gemacht haben; kannst du mir dabei helfen?« Kann man denn einer solchen Einladung widerstehen?

So ähnlich ging es während der vier Monate, in denen ich mit Al zusammen war. Ich mochte ihn, aber das Komische war nicht mehr so faszinierend. Al war ein Komiker, aber kein brillanter. Während unserer gemeinsamen Zeit kam ich zu der Überzeugung, daß es auch zum Erwachsenwerden gehört, das Haha-Getue abzulegen. Ich wollte kein hingerissenes Publikum für jemandes endlose, wenig tiefgründige Rolle sein.

Ich brauchte fast einen Monat, bis ich Al los war. »Du kannst mich doch nicht einfach so verlassen«, sagte er immer. »Ich habe mir auf der Bühne noch keinen Namen machen können.« Schließlich erhielt er eine kleine Nebenrolle in einem Off-Broadway-Stück und schickte mir eine Postkarte, auf der folgendes stand: »In diesem Stück habe ich ein Klappmesser bei mir, und wenn ich dich in der Premiere nicht unter den Zuschauern erblicke, dann gehe ich auf der Bühne ganz nach vorn und stoße mir das Klappmesser in die Rippen, und zwar so, daß es ein jeder sehen kann, und dabei werde ich deinen Namen hinausschreien.«

Ich ging mit meinem neuen Begleiter zur Premiere; er kaufte Karten für die erste Reihe. Immer wenn Al auf der Bühne war, versuchte ich, seine Augen auf mich zu ziehen; während des ganzen schlechten Stückes aber wanderte sein Blick in alle Richtungen, nur nicht in meine. Während der ersten Pause ging ich den Gang auf und ab und traute meinen Augen nicht, als ich sah, wie eine junge Frau ihrem Begleiter genau so eine Postkarte zeigte, wie ich sie erhalten hatte.

Wie verhält man sich zu einem solchen Spinner und Schwächling, wie Al einer war? Man vergißt ihn am besten, oder?

Ich habe schon zweimal das Lesen von Nachrufen aufgegeben. Gibt es denn einen Unterschied zwischen einem Nachruf und einem Horoskop? Wenn man so was liest, dann macht man sich doch nur Sorgen wegen der Zukunft. Man muß es schon der »New York Times« überlassen, ihre Nachrufe an einer anderen Stelle zu drukken und mich damit zu überraschen. Da stand es also schwarz auf weiß:

»Albert Papamongian, 27, Schauspieler, der Anfang des Jahres in einem wenig erfolgreichen Off-Broadway-Stück eine Rolle übernahm, wurde am Dienstag von seiner Vermieterin tot aufgefunden, nachdem ihr aufgefallen war, daß er eine Woche lang das Haus nicht verlassen hatte. Nach Angaben der Polizei lag seine Leiche auf dem Boden, auf halbem Weg zwischen dem Bett und dem Badezimmer. Mr. Papamongian, der seiner Vermieterin gesagt hatte, er habe zur Zeit eine Rolle in einem Theaterstück, arbeitete in Wahrheit aber als Schreibkraft in einer Handelsvertretung, und zwar in der Schicht von 16 Uhr bis Mitternacht, so die Polizei. Ein Abschiedsbrief wurde nicht gefunden. Ein Umschlag mit der Aufschrift ›An alle meine Freunde‹ enthielt ein leeres Blatt Papier. Neben der Leiche lagen Gelegenheitsaufnahmen von elf jungen Frauen, einige der Photos mit einer Nachricht auf der Rückseite. Die Staatsanwaltschaft hat eine Autopsie beantragt. Mr. Papamongian hat, soweit bekannt ist, keine Hinterbliebenen.«

Tote sollte man würdig bestatten. Im Falle von Al gab es nicht einmal jemanden, dem man am Telefon sein Beileid hätte aussprechen können.

War ich seine letzte Geliebte? Oder eine der elf? Hatte ich etwas versäumt, was ich hätte tun können oder tun sollen? Wenn ich auf der Straße an einem Polizisten vorüberging, verspürte ich den Wunsch, zu ihm hinzugehen und zu sagen: »Gestatten Sie, ich bin eine Freundin von Al Papamongian vom Büro des Bezirksanwalts in Miami...« Gäbe es denn eine andere Möglichkeit, die Erinnerung an Al den Komischen, mit Nachnamen Papamongian, wachzuhalten, den Al, der alle auf sich aufmerksam machte bis auf die Leute, die ihn von der Straße holen und ihm eine Rolle in einer Show hätten geben können?

Ich war mir nicht sicher, ob ich um ihn trauerte oder ob ich einfach Angst hatte. Wenn das dem Witzbold Al hatte passieren können, dann konnte es doch auch jedem anderen passieren. Ich saß über geöffneten Büchern, in die ich mich nicht vertiefen konnte.

Farlan, stets der Gentleman, entdeckte mich zufällig auf dem Universitätsgelände, als ich auf einem Stein saß und ins Leere starrte. Er mußte erst mit der Hand vor meinem Gesicht vorbeifahren, damit ich ihn bemerkte.

»Sie sehen aus, als ob Sie Ihren besten Freund verloren hätten«, sagte er.

Ich biß mir auf die Lippen. Er wußte also nichts. »Nicht meinen besten Freund, aber einen Freund.« Ich erzählte ihm von der Premiere im Theater und wie ich dann auf den Nachruf gestoßen war.

»Das tut mir leid«, sagte er. Er schien es ehrlich zu meinen.

Ich fühlte einen Weinkrampf kommen.

»Gehen wir doch ein wenig spazieren«, schlug er vor. »Blauer Himmel, Sonne – das muß man ausnützen.«

Wir gingen auf den Morningside Park zu. In diesem Zustand sagt man gerne Unüberlegtes.

»Sie kenne ich nun schon seit fast drei Jahren. Ihn habe ich nur vier Monate gekannt.« Ich konnte mich nicht länger zurückhalten und weinte wie ein Kind. Farlan legte meinen Kopf an seine Schulter. »Auch im Leben war er ein Schauspieler«, sagte ich mit triefender Nase.

Farlan gab mir ein sauber gefaltetes Taschentuch – es sah reiner aus als irgend etwas, das ich je gewaschen habe. Ich wollte es nicht benutzen, und so nahm er es mir wieder weg und trocknete mir damit zuerst die Augen und dann die Nase.

»Geht's Ihnen jetzt besser?« fragte er.

Ich nickte.

»Haben Sie schon einmal jemanden verloren? Ich meine, um einen Toten getrauert?«

Ich schüttelte den Kopf.

»Auch das muß man, wie alles andere, lernen«, sagte er. Ich dachte noch darüber nach, als er sagte: »Kann ich Ihnen irgendwie helfen?«

Ja, Sie können auf einen Polizisten zugehen und ihm sagen: »Ich bin Farlan Adams vom Büro des Bezirksanwalts in Miami.«

Das sagte ich aber nicht; ich hatte genug damit zu tun, mir die Augen trocken zu halten.

»Habt ihr euch denn geliebt?« fragte Farlan.

Da ich noch nicht jeden der kritischen Punkte Farlans kannte, entschloß ich mich zu einer bequemen Antwort. »Das nicht gerade. Er war eher unterhaltend«, sagte ich. Ich konnte sehen, daß Farlan der Weise erregt war; deshalb fügte ich hinzu: »Allerdings hätte er noch viel dazulernen müssen.«

Verzeih mir, Al.

Eines Abends klopfte Annie an meine Tür. »Herein«, sagte ich, drehte mich aber nicht um, um zu sehen, wer hereingekommen war.

»War das aber ein freundliches Herein!« sagte Annie. »Es klang eher wie ›Draußen bleiben!‹.«

»Entschuldige bitte«, sagte ich und lud sie mit einem Kopfnikken ein, sich auf den zweiten Stuhl zu setzen. Sie setzte sich aber auf den Bettrand und ließ ihre Beine baumeln.

Ich sagte: »Wie kann denn jemand, mit dem man monatelang intensiven Sex gehabt hat, einfach so weggehen und sterben?«

Annie unterbrach mich: »Du brauchst mir gar nichts zu sagen. Du hättest es auf keinen Fall verhindern können.«

Sie hatte damit den wunden Punkt bei einem Todesfall getroffen – die verdammte Schuld, die man verspürt, wenn man sich in seinen ausgeklügeltsten Gedankengängen vorstellt, wie man es hätte verhindern können. Annie sagte dann: »Ich habe meine Mutter, meinen Vater, den einzigen Bruder und alle vier Großeltern verloren. Weniger Erfahrung hätte mir vollauf genügt; da ich sie aber nun mal habe, erlaube mir, dir etwas zu sagen, meine liebe Susie.«

Ich mochte es nicht, wenn man »meine liebe Susie« zu mir sagte. Ich wartete auf das, was Annie sagen wollte.

»Das Leben geht weiter«, sagte sie.

»Ist das alles?«

»Sei nicht närrisch, Mädchen. Was man aus einem Todesfall lernen kann, ist doch, daß es nur das Leben gibt. Greife danach. Lebe es. Nutze es. Tu irgend etwas damit, aber laß es nicht so herumliegen wie einen benutzten Tampon. Erwartet man es von dir etwa nicht, daß du der geliebten Schranken des Gerichts wegen studierst, wie wir anderen es tun?«

Kurzum, Annie war so voller Leben, daß man in ihrer Anwesenheit kein Griesgram bleiben konnte. Ich machte uns Kaffee auf der nicht erlaubten Kochplatte.

Als sie ging, sagte sie an der Tür: »Wenn wieder jemand stirbt, dann ruf mich an.«

Ich überstand zwei Monate ohne Verabredungen, Sex oder sonst etwas und büffelte, schlief, büffelte. Der gute Farlan fragte wieder einmal, ob er mir helfen könne. »Aber sicher«, sagte ich. »Wollen Sie sich verkleiden und für mich die Abschlußprüfung machen?«

»Ich würde mir der Prüfung wegen keine Sorgen machen«, sagte er. »Sie werden's schaffen. Wenn nicht auf Anhieb, dann eben im zweiten Anlauf.«

War er denn verrückt geworden? Wer wollte denn schon ein zweites Mal so büffeln?

Als der Prüfungstermin gekommen war, war ich davon überzeugt, daß mein gesamtes inneres Versorgungssystem, das Gehirn eingeschlossen, zusammengebrochen war. Diejenigen, die normal geblieben waren, bewarben sich vor dem Examen um eine Stelle. Diejenigen mit einer hohen Meinung von sich selbst traten eine Stelle an, weil sie dachten, sie bräuchten nicht so viel zu lernen. Ich dagegen, die sicher war, daß mir ein Desaster bevorstand, tat nichts anderes als büffeln.

Ich wartete und wartete auf die Prüfungsergebnisse und wünschte mir, Mama und Papa wären nicht in Europa. Ich brauchte elterliche Fürsorge.

Nun, ich bestand die Prüfung. Als erstes kaufte ich Annie eine Schachtel sündhaft teurer Pralinen. Am Morgen nach einer Party, die sechzehn meiner Freunde arrangiert hatten, nahm ich meine zweite Alka Seltzer und rief den stellvertretenden Bezirksanwalt Brustein an, um ihm zu sagen, daß ich mich nun doch dazu entschlossen hätte, bei ihnen anzufangen. Ich kam aber nur bis zu einer Stimme mit leicht spanischem Tonfall durch, die mir sagte: »Mr. Brustein arbeitet nicht mehr in diesem Büro.«

»Ist er jetzt in einem anderen?« fragte ich, und die Stimme mit spanischem Tonfall sagte: »Tut mir leid, Mr. Brustein arbeitet jetzt in einer privaten Kanzlei.«

Mein erster, instinktiver Gedanke war, zu Farlan zu eilen und ihn um Hilfe zu bitten. Ich wußte es aber dann besser: Mädchen, das Leben lernt man erst kennen, wenn man es in die Hände nimmt; es ist kein Seminarraum. Ich setzte mich vor meine Schreibmaschine und zwang mich, einen sehr deutlichen Brief an den Bezirksanwalt persönlich zu schreiben und ihm zu sagen, daß er und Brustein mich dazu überredet hätten, auf ihrer Seite des Zaunes, der die Gegner voneinander trennt, erste Erfahrungen zu sammeln. Ich würde mich nicht um eine Stelle bewerben – ich ergäbe mich lediglich seiner Überredungskunst. Ich hoffte nicht im geringsten, daß er sich an mich erinnern würde.

Er erinnerte sich nicht nur an mich, vielmehr auch daran, daß ich an jenem Abend ein Medaillon im Dekolleté getragen hatte!

Nach einer nur zu kurzen Einarbeitungszeit wurde mir gestattet, einige weniger schwere Verbrechen und langweilige Vernehmungen selbst in die Hand zu nehmen. Was ich aber auf keinen Fall wollte, war, ein paar Jahre fast ausschließlich für die Bezahlung der Studiengebühren zu arbeiten. Ich wollte vom Bezirksanwalt unbedingt einen Fall übertragen bekommen, in dem es um ein Schwerverbrechen ging.

»Seien Sie doch nicht so gierig«, sagte er. »Sie können bei einem solchen Verfahren assistieren.«

»Ich bin nicht gierig«, sagte ich. »Ich bin schlicht und einfach gut.«

»Wenn Sie den Fall verhunzen, geht's Ihnen an den Kragen!«

Darauf antwortete ich nur mit meinem Lächeln – und kaum zu glauben, drei Wochen später wurde mir ein Fall anvertraut, in dem es um ein Schwerverbrechen ging; ich fühlte mich gar nicht wohl in meiner Haut, als ich an die Vorbereitungen ging. *Wir sind hier ja nicht an der Universität, es handelt sich nicht um ein gestelltes Verfahren; hier haben wir es mit der Wirklichkeit zu tun.* Es war nicht irgendein lange liegengebliebener Fall von Autodiebstahl. Wenn man Autodiebe erwischt, werden sie alsbald abgeurteilt. In dem mir anvertrauten Fall ging es um Fahrerflucht, und der Fall kam ziemlich rasch vor die Geschworenen, weil das Opfer die Frau eines Stadtrates war, die an ihren Verletzungen gestorben war.

Der Portier eines Gebäudes in der Nähe der Unfallstelle hatte lediglich drei der sechs Zahlen und Buchstaben auf dem Nummernschild des weißen Buick erkennen können. Der Verteidiger, ein

Mann mit großer Prozeßerfahrung, aber nicht gerade brillant, konnte argumentieren, daß auf etlichen hundert Nummernschildern diese Zahlen und Buchstaben zu finden sind. Ich konnte dagegen einwenden, daß eine weit geringere Zahl solcher Nummernschilder an weißen Buicks angebracht sind. Das aber ist nicht gerade die Art von Beweisführung, mit der man eine Verurteilung erreichen kann.

Der Unfall hatte sich gegen siebzehn Uhr dreißig an einem Freitagnachmittag auf der Park Avenue ereignet, dort, wo der stadtauswärts gerichtete Verkehr dünner wird. Ein sehr tüchtiger Kriminalbeamter namens Spitzer war auf den Gedanken gekommen, der Fahrer könne nach Feierabend auf der Heimfahrt gewesen sein; er bezog deshalb Posten auf der Ostseite der Park Avenue, und zwar in einer Lücke hinter einem Hydranten, so daß er sofort herausfahren und sich in den Verkehr einfädeln konnte.

Spitzer saß an drei aufeinanderfolgenden Spätnachmittagen in seinem stadtauswärts geparkten Wagen und hielt Ausschau nach einem weißen Buick oder einem Wagen, den jemand, der Autos nicht genau unterscheiden kann, für einen weißen Buick halten kann. Am dritten Tag sah er plötzlich einen weißen Olds mit stark demoliertem Kühlergrill und einer Beule in der Motorhaube, der, so waren seine Worte, »von einem jungen Weißen gesteuert wurde, der sich im Verkehr so verhielt, als ob er mit dem Wagen allein auf der Straße wäre«. Der Kriminalbeamte hatte große Schwierigkeiten, sich in den Verkehrsstrom einzufädeln und wieder auszuscheren, als er versuchte, mit dem Wagen aufzuschließen, den er nicht aus den Augen verlieren wollte. Als er schließlich neben dem Wagen herfuhr, setzte er die Sirene in Gang und gab dem Fahrer ein Haltesignal; dieser aber fuhr weiter, da, so behauptete er, der Kriminalbeamte keine Uniform trug und einen ganz gewöhnlichen Wagen fuhr.

Der Kriminalbeamte konnte den weißen Olds schließlich an einer Ampel, die auf Rot stand, an der Weiterfahrt hindern; er stieg aus und hielt dem Fahrer seine Dienstmarke unter die Nase. Der Beamte sagte, daß er, nachdem beide Fahrzeuge in eine Nebenstraße eingebogen waren und dort angehalten hatten, den jungen Fahrer vor sein Fahrzeug führte und ihn fragte, wie der Schaden denn entstanden sei. Spitzer hatte genug Erfahrung im Umgang mit Lügnern; mit solchen hat es ein Kriminalbeamter ja an jedem Wochentag zu tun. So klärte er den jungen Mann, der ein bißchen zitterte, über seine Rechte auf und sagte: »Mein Junge, weshalb hast du Fahrerflucht begangen?« Der junge Mann tischte ihm eine fadenscheinige Ausrede auf, leugnete aber nie, daß er den Wagen gefahren hatte und daß es der gesuchte Wagen war. Das Problem stellte sich jetzt so: Der junge Mann sagte jetzt, nachdem er ausführlich mit seinem Anwalt gesprochen hatte, daß er nicht über seine Rechte informiert worden sei; und man weiß ja, was in so einem Fall geschieht.

Ich rief deshalb Farlan Adams an, und mit fast honigsüßer Stimme fragte ich ihn, ob er Zeit habe, mit mir eine Tasse Kaffee in »Billy's Java« zu trinken. Seine Antwort klang so, als ob ich ihn gebeten hätte, mir den Rücken zu massieren.

Ich nannte ihm die vorgebrachten Tatsachen. Ich mußte ihm wahrlich nicht sagen, daß ich in meinem allerersten Prozeß unbedingt gewinnen wollte. Er ließ sich sehr viel Zeit zum Nachdenken. Ich beobachtete ihn. Er würde mich nicht mit etwas Unausgegorenem abspeisen. Schließlich konnte man von ihm etwas hören, das nach einem Hm klang und bedeutete, daß er einen Weg gefunden hatte. Notizbuch und Bleistift lagen schon bereit.

Er trug mir Punkt für Punkt in rascher Abfolge vor. Ich schrieb wie wild, denn ich wollte alles mitschreiben, was er sagte.

Plötzlich spürte ich seine Hand auf der meinen. Es war die Hand eines Mannes, nicht die eines Lehrers. Ich blickte auf.

»Susan«, sagte er, »es geht weniger um die Einzelheiten als um Ihre gesamte Strategie. Wenn die Geschworenen von Anfang an dazu neigen, den Angeklagten freizusprechen, dann werden sie sich auf die Lücken in der Darlegung der Beweise konzentrieren und für einen Freispruch stimmen. Wollen sie jedoch von Anfang an eine Verurteilung, dann werden sie die Lücken nicht beachten, weil sie nur die Gerechtigkeit im Auge haben. Und deshalb ist der Anfang Ihrer Ausführungen so wichtig.«

Er sah auf seine Hand, wie sie auf der meinen lag, gerade so, als ob er erst jetzt bemerkte, wo sie lag, und zog sie dann zurück. Was machte mir seine Hand schon aus? Solange er weiterredete, hätte er sie von mir aus auf jeden beliebigen Teil meines Körpers legen dürfen.

Er fuhr fort: »Versuchen Sie's doch so! ›Meine Damen und Herren Geschworenen, ein Verkehrsunfall ist nun mal ein Verkehrsunfall. Es hat doch niemand gesagt, daß der Angeklagte vorsätzlich einer Frau das Leben nahm, als sie die Straße überqueren wollte. Vielmehr haben wir doch vernommen, daß er, nachdem er die Frau angefahren hatte, nicht angehalten hat, um ärztliche Hilfe zu holen, sondern davongefahren ist; er hoffte, man werde ihn mit diesem tödlichen Unfall nie in Verbindung bringen. Am Unfallort Fahrerflucht zu begehen macht das Verbrechen, das ihm zur Last gelegt wird, nämlich die Verursachung eines Verkehrsunfalles mit Todesfolge, noch schwerer. Anders ausgedrückt: Er hat mit einem Auto jemanden umgebracht. Der Anwalt des Angeklagten wird versuchen, Ihnen einzureden, sein Mandant habe nicht gewußt, daß er jemand angefahren hat. Sie werden als Beweismittel Photographien sehen, die die schweren Schäden am Wagen des Angeklagten zeigen. Lediglich ein Toter hätte den Aufprall nicht bemerkt, der einen solchen Schaden verursacht hat. Glaubte er etwa, er habe in der Park Avenue ein Reh angefahren?« Er machte eine Kunstpause – so, wie ich's auch machen sollte, und redete dann weiter. »Er hat aber einen Menschen angefahren. Er hat die Frau sogar so schwer angefahren, daß sie nach einer Stunde starb. Er aber machte sich davon. Hat er sich später etwa dazu entschlossen, sich zu stellen und seine Tat einzugestehen? Er ging am nächsten Tag wie gewöhnlich zur Arbeit und ebenso am übernächsten und am dritten Tag; als er an diesem dritten Tag auf dem Nachhauseweg war, entdeckte ein aufmerksamer Kriminalbeamter seinen Wagen, und als der Beamte den Angeklagten schließlich gestellt hatte, gestand er seine Schuld ein. Sie werden hören, was sein Verteidiger sagen wird. Was sein Anwalt sagt, dürfen Sie aber nicht als Beweis auffassen, und genauso wenig hat das, was ich sage, Beweiskraft. Ihre Aufgabe ist es, sich die Ausführungen anzuhören und daraufhin die Tatsachen festzustellen und dafür zu sorgen, daß Gerechtigkeit geübt wird. Tun Sie das nicht, dann geben Sie an jeden Autofahrer in dieser Stadt sozusagen die Nachricht aus, Fußgänger seien Freiwild und ein Fahrer, der jemand angefahren hat und davonfährt und den Angefahrenen auf der Straße liegen und sterben läßt, benötige lediglich einen guten Anwalt, mit dessen Hilfe er von der Anklage wegen Tötung im Straßenverkehr freigesprochen wird. Aber Tötung im Straßenverkehr ist nur ein anderer Ausdruck für einen Mord, der mit einer knapp zwei Tonnen schweren Waffe begangen wird, vor der sich ein Fußgänger nicht schützen kann.«

Ich küßte Farlan Adams auf die Wange und bemerkte meinen Fehler noch im selben Augenblick, denn ich spürte, wie ein Zittern seine Wange überlief. Er wurde rot im Gesicht. Er sah aus wie ein Zwanzigjähriger.

»Danke, herzlichen Dank«, sagte ich und versuchte, meine zweite Tasse Kaffee so schnell wie möglich auszutrinken, während Farlan an seiner eine Ewigkeit nippte; für ihn war mein Kuß nämlich der Paukenschlag zu einer Ouvertüre – ich aber hatte es ganz anders gemeint.

Wir trennten uns auf der 116. Straße. Ich streckte ihm die Hand hin. Er nahm sie in beide Hände. Um uns herum waren viele Leute von der Columbia-Universität, ihm aber schien es nichts auszumachen, wer uns alles sehen konnte. Die Farbe seiner Wangen ließ ihn glühen. Er sah gut aus. Mit einer leichten Verbeugung sagte er: »Bitte grüßen Sie die Tochter von General Whitcomb und seiner Gattin.« Er drehte sich um und schritt davon wie ein Mann, der gerade einen beachtlichen Erfolg für sich hat verbuchen können.

Er ist der beste Lehrer, den ich je hatte. Und der beste Ratgeber, den ein junger Anwalt nur haben kann. Ich würde ihn in dem Augenblick verlieren, in dem er wieder einen klaren Kopf hätte.

Vier Tage später erhielt ich diesen Brief:

»Meine liebe Susan,

seit unserem letzten Zusammensein finde ich keine Ruhe mehr und komme mir so vor, als ob ich in einem Wasserstrudel umhergewirbelt würde. Das ganze Jahr über habe ich gegen meine Gefühle angekämpft, gemäß dem Rat, den Sie mir gaben. Es scheint, daß ich sie lediglich in einem abgelegenen Winkel meines Gedächtnisses einschließen und so tun konnte, als ob sie nicht mehr da wären. Am Donnerstag hat allein unsere Begegnung und mein Eingehen auf

Ihre Bitte um Rat die Mauern jenes Winkels niedergerissen und mich mit einer Woge von Gefühlen überschwemmt, die ich seit meinen Tagen als junger Mann nicht mehr gekannt habe. Wie gerne wäre ich jetzt wieder dieser junge Mann, damit ich nicht das Gefühl haben müßte, ich würde mich an Ihrer Jugend vergreifen. Ich konnte keine Nacht mehr durchschlafen, seit ich mit Ihnen zusammen gewesen bin. Ich habe mir das vorgestellt, was man nicht beschreiben kann, und leide nun an den aparten Schmerzen der Nichterhörten. Wäre ich doch in dem Augenblick blind gewesen, in dem Sie sich in der Vorlesung zum ersten Mal meldeten!

Wer hat gesagt, man solle Liebesbriefe schreiben und anschließend sofort zerreißen? Wenn ich das täte, wüßte ich aber nie, ob es die geringste Möglichkeit gibt, daß Sie meine Zuneigung je erwidern werden. Diesen Gedanken könnte ich nicht ertragen. Bitte machen Sie sich über meinen Brief nicht lustig; zeigen Sie ihn bitte nicht Ihren Freunden. Es fällt mir schon schwer genug, meinen Geist nackt vor Ihnen zur Schau zu stellen.

Wie wünsche ich mir, ich hätte Sie vor Jahren und unter ganz anderen Umständen kennengelernt! Stellen Sie sich vor, was für ein Leben wir hätten führen können! Haben Sie sich nicht auch schon darüber gewundert, wie grausam doch die Zeit ist, die es uns nicht gestattet, die Vergangenheit umzugestalten oder Geschichte Geschichte sein zu lassen? Ich trauere um einen großen Verlust.

Gruß, F.«

5

Brigadegeneral Harold H. Whitcomb

Ich genieße die schönen Morgenstunden, die Rom zu bieten hat. An jenem Morgen war ich versucht, mich von meinem Fahrer am Eingang zum Park absetzen, statt mich zu dem aus Steinquadern gemauerten Gebäude bringen zu lassen, in dem sich mein Büro befand. Dem Dienst einfach so fernzubleiben ist für jemand, der wie ich eine Generalsuniform trägt, nicht gerade einfach.

Als ich an Leutnant Daniels' Schreibtisch vorbeiging, bemerkte ich, daß ganz oben im Korb mit der für mich bestimmten Post ein Brief von Susan lag, der mit dem Vermerk »persönlich« versehen war. Sofort nahm ich ihn an mich, grüßte und ging schnell in mein Dienstzimmer, Leutnant Daniels hinter mir lassend, der so aussah, als ob er in seinem nicht gerade flinken Gehirn nach einem Einspruch suche.

Ich glaube, daß ich etwas rascher als gewöhnlich an Daniels vorbeieilte, damit ich Susans Brief unverzüglich öffnen konnte. Ein Einzelkind sollte doch wirklich öfter schreiben oder anrufen. Bedeutete der Vermerk »persönlich«, sie wolle mir etwas mitteilen, was sie meinen Adjutanten nicht wissen lassen wollte? War sie etwa schwanger? Wollte sie heiraten? Ich wollte den Brief gerade mit einem kleinen Stilett, einem Souvenir, öffnen, als ich im Vorzimmer eine Unruhe vernahm und Leutnant Daniels schreien hörte: »Sie können doch nicht einfach so hineingehen, Herr Hauptmann!«

Die Tür flog auf, und ein Hauptmann, der mir bisher noch nie unter die Augen gekommen war, rief aufgeregt: »Herr General! Öffnen Sie diesen Brief nicht, sonst wird Ihnen die Bombe die Arme bis zu den Schultern wegreißen!« Mit beiden Händen wollte er schon nach dem Brief greifen.

»Er kommt von meiner Tochter«, sagte ich.

»Bitte, Herr General«, sagte der Hauptmann. Seine Stimme

klang dabei so, daß ich dachte, er wisse vielleicht besser Bescheid als ich. Ich hielt ihm den Brief hin.

Mit zwei Fingern nahm er mir den Brief vorsichtig aus der Hand, trat ans Fenster und hielt ihn gegen das Licht, tastete ihn ringsum ab, stieß ein »Himmel!« aus und lief mit dem Brief in der Hand und ohne ein weiteres Wort aus meinem Dienstzimmer.

Ich folgte ihm und rief: »Wohin wollen Sie denn damit?«

Der Hauptmann ließ mich aber einfach stehen, als ob ich ein junger Rekrut wäre. Er eilte zur Herrentoilette. Ich folgte ihm dorthin. Er ließ ein Waschbecken vollaufen und hielt den Brief hinein, als ob er ihn ertränken wollte. »Tut mir leid, Herr General«, sagte er, wobei er auf die Bescherung im Waschbecken hinunterblickte.

Schließlich nahm er das, was vom Brief übriggeblieben war, aus dem Waschbecken und breitete alles auf einem Papierhandtuch aus. Da sah ich dann zerknülltes Papier liegen, aufgeweichten Karton, eine graue, kittartige Masse, so dünn ausgewalzt, daß sie nur noch so dick wie die Karte eines Kartenspiels war, eine Knopfzelle und einen weiteren Gegenstand, den ich sogleich erkannte: einen sehr dünnen Zünder aus Messing, halb so lang wie eine Zigarette.

Ich verschränkte die Arme, damit der Hauptmann das dumme Zittern meiner Hände nicht sehen sollte. Wie alle anderen war auch ich zu dem Vortrag über Briefbomben gegangen. Fast wäre ich auf die Täuschung hereingefallen und hätte diesen Brief geöffnet, nur weil Susans Absender auf dem Umschlag stand.

Der Hauptmann trocknete sich die Hände mit einem Papierhandtuch ab, nahm das Handtuch mit den Gegenständen, hielt es wie eine Hängematte und sagte: »Ich wollte nicht respektlos sein, Herr General, aber es hat Sie beinahe erwischt.«

»Ich danke Ihnen für Ihr respektloses Verhalten, Hauptmann.«

»Können wir in Ihr Dienstzimmer zurückgehen?«

Ich ging voraus.

Der Hauptmann legte das Papierhandtuch mit den Überresten der Briefbombe auf meinen Schreibtisch, holte seine Brieftasche hervor und zeigte mir seinen Dienstausweis. »Calvin Moore, CID« stand darauf. Ich schüttelte Calvin Moore die immer noch feuchte Hand.

»Die Person, der eigentlich der Dank gebührt, Herr General, ist eine aufmerksame junge Sicherheitskraft, die bei der Einwanderungsabteilung auf dem Leonardo-da-Vinci-Flughafen arbeitet. Vorletzte Nacht fiel ihr ein dunkelhäutiger Kerl auf, weil ihm der Schweiß auf der Stirn stand, obwohl es im Wartesaal dort ziemlich kalt war. Sie redete ihn auf italienisch an, er aber antwortete ihr in schlechtem Englisch und fuchtelte mit einem libanesischen Paß herum. Zur Zeit ist es ja so, daß man es von einem Libanesen am wenigsten erwarten würde, daß er sich mit einem libanesischen Paß ausweist. Sie ließ sich sein Handgepäck zeigen. Keine Waffen, kein Sprengstoff. Sie fragte ihn, ob er genügend Geld für den Aufenthalt in Italien bei sich habe. Er zog seine Brieftasche hervor und ließ sie eine große Menge Lire, Drachmen und syrisches Geld sehen. Die syrischen Banknoten machten ihn noch verdächtiger. Sie überprüfte den Inhalt seiner Brieftasche zweimal. Nichts. Sie entdeckte aber einen an der Rückseite seines internationalen Führerscheins angebrachten Zettel mit vier daraufgetippten Namen. Der zweite dieser Namen war der Ihre.«

»Mein Gott!« Ich mußte tief durchatmen. »Und die anderen drei Namen?«

»Tut mir leid, Herr General«, sagte der Hauptmann, »aber das brauchen Sie nicht zu wissen.«

»Es interessiert mich, wer hier noch so wichtig ist, daß man ihn umbringen will. Wie zum Teufel soll ich nun das zusammensetzen, was vom Brief meiner Tochter übriggeblieben ist?«

»Keine Angst, Herr General«, sagte er, »das werden wir für Sie erledigen. Sie werden von uns eine Fotokopie des wieder zusammengesetzten Briefes erhalten. Das Original benötigen wir für den Prozeß.«

»Für welchen Prozeß denn?«

»Die Italiener werden diesen Mann vor Gericht stellen, um so an Monteleone heranzukommen.«

Er konnte mir ansehen, daß ich mich so hilflos fühlte wie eine Fledermaus im hellen Tageslicht.

»Nach einem zweistündigen Verhör brach der Mann mit dem libanesischen Paß zusammen. Er hatte geglaubt, er befinde sich auf einer gefahrlosen Mission, da er ja nur die Namen bei sich hatte. Was mich bei der ganzen Sache beunruhigt, ist, daß Monteleone stets zwei Listen mit den Opfern ausgibt, für den Fall, daß eine davon nicht an den Empfänger kommt oder bei einer Kontrolle entdeckt wird. Wir sind der Meinung, die vier Leute sollten von Terroristen umgebracht werden.«

Ich setzte mich so ruckartig, daß mir das Steißbein wehtat. Als ich nach Rom versetzt wurde, fürchtete ich anfangs, man könnte es auf mich abgesehen haben. Da man mich aber in Ruhe ließ, kam ich nach einiger Zeit zu dem Schluß, ich hätte keine so wichtige Funktion, als daß mich jemand im Fadenkreuz hätte.

»Wer kam denn auf die Idee, die Post zu überprüfen, Hauptmann?«

»Die stammt von mir, Herr General.«

»Ich muß mich also nochmals bei Ihnen bedanken.«

»Ich tue doch nur meinen Dienst, Herr General. Monteleone ist ein ganz gerissener Bursche. Er hat daran gedacht, daß seine Opfer die für sie bestimmte Post nur dann selbst öffnen, wenn sie den Vermerk ›persönlich‹ trägt und von jemandem kommt, den sie gut kennen. Ich rief die Adjutanten der vier Offiziere an und fragte sie, ob Post eingegangen sei, die auf nichts Geschäftliches schließen lasse. Leutnant Daniels sagte mir, für Sie sei ein Brief aus den Staaten gekommen. Ich befahl ihm, diesen nicht anzurühren; ich käme sofort zu ihm hinüber. Sie haben anscheinend meinen Befehl aufgehoben, Herr General.«

Zum Teufel nochmal, ich verabscheue es, mißtrauisch sein zu müssen; man muß sich aber entscheiden: entweder mißtrauisch oder tot. »Ich nehme an, daß irgend jemand im Hauptpostamt den Brief meiner Tochter abgefangen hat.«

Der Hauptmann war aufgestanden. »Diese Überlegung ist so gut wie irgendeine von denen, die wir bisher angestellt haben. Ich muß jetzt gehen, Herr General. Seien Sie vorsichtig, solange wir dieses Ding hier noch nicht ganz und gar unschädlich gemacht haben.«

»Und der Brief meiner Tochter?«

»In weniger als zwei Stunden werden Sie von mir eine Kopie davon zugeschickt bekommen.«

Man kann mir gerne glauben, daß ich versuchte, mich an diesem Morgen in meine Arbeit zu vertiefen, damit ich um so weniger daran denken mußte, was hätte geschehen können. *Soll ich Heather etwas davon erzählen? Rufe ich vielleicht zur Sicherheit Susan an und sage ihr, sie solle keinen Absender mehr auf den Briefumschlag schreiben?* Sie würde wissen wollen, weshalb nicht. Seit frühester Kindheit will sie stets den Grund wissen. Sage ich ihr, ich hätte gerne ein Enkelkind, ist ihre Antwort ein Warum. Es gibt nun mal gewisse Dinge, auf die es keine Antwort gibt. Ich machte mir diesbezüglich keine Sorgen, als Susan zweiundzwanzig oder vierundzwanzig war; sie ist jetzt aber siebenundzwanzig – und so langsam wird es Zeit. Ein einziges Mal kam ich auf dieses Thema zu sprechen, doch sie sagte: »Mach dir keine Sorgen, Vater. Wenn ich nicht rechtzeitig heirate, kann ich es immer noch mit einem Gang zur Samenbank versuchen.«

Ihre spitze Zunge hat sie von Heather, die ihren Mund genauso wirkungsvoll einsetzen konnte, als sie in Susans Alter war. Ich muß zugeben, es wäre mir lieber, Susan würde sich mit diesem Professor nicht mehr treffen. Es ist eigentlich nicht ihre Art, sich in einen Lehrer zu verknallen; allerdings hat sie viel von ihm erzählt. Heutzutage gibt es aber in jedem Armeestützpunkt genügend junge Frauen, die man dauernd »Jawohl, Herr Oberst! Jawohl, Herr Major!« zu den Männern sagen hört, die sich ihren Rang zunutze machen. Ich würde mich überhaupt nicht wundern, wenn dieser Professor sich ebenso verhält. Es hat keinen Wert, wenn ich Heather frage, ob sie diese Beziehung auch mit Sex verbunden sieht. Sie würde mich nur auslachen, wie sie es damals tat, als ich zu ihr sagte, daß meine Hasenpfote in meiner linken Tasche sein müsse. Letzte Woche konnte ich das verdammte Ding nirgendwo finden – und was ist dabei herausgekommen? Die Bombe hätte mir um ein Haar beide Arme weggerissen.

Heather sagt, ich mag die Aufmerksamkeit dieses Professors Susan gegenüber deshalb nicht, weil ich ein Vorurteil gegen ihn habe. Nun ist es aber doch so, daß ich mich in Sachen Vorurteil bestens auskenne. Ich gehe häufig nicht in Uniform aus. Die Armee will das so. Keinen Haarschnitt mehr wie im Zweiten Weltkrieg, keine Erkennungsmarke, die man bei einem Sporthemd mit weitem Kragen am Hals sehen könnte. Für ganz bestimmte offizielle Anlässe muß ich natürlich das ganze Zeug anlegen. Wer innerhalb von weniger als fünf Sekunden feststellen will, daß es Vorurteile gibt, sollte mich in einen Raum begleiten, der voll gebildeter Zivilisten ist. Sobald die meine Uniform und die drei Reihen von Abzeichen sehen, haben sie sich auch schon ein ganz bestimmtes Bild von mir gemacht. Die unangenehmsten darunter sind die selbstherrlichen, intellektuellen Typen von den Botschaften, die man doch mit einem nassen Handschuh zusammenschlagen könnte. Ich habe gelernt, daß es leichter ist, den Charakter einer Frau einzuschätzen, die ein über und über mit Pailletten besetztes Kleid trägt, als sich einen zutreffenden Eindruck von dem zu verschaffen, der in einer Uniform steckt, die nicht er, sondern ein anderer für ihn ausgesucht hat.

Heather muß sich stets auf Vorurteile gefaßt machen. Die Leute können einfach nicht begreifen, was eine Frau mit zwei akademischen Graden in den Geisteswissenschaften und mit einer großen Liebe zur Malerei, zur Musik und zum Ballett an einem Karriereoffizier finden kann. Unsere Berufsgruppe genießt nicht gerade große Popularität. Als Ike Eisenhower Präsident wurde, war ich jedesmal nervös, wenn ich ihn im Fernsehen sah und er versuchte, einen Satz grammatikalisch richtig zu Ende zu führen. Und Patton, dieser verrückte Kerl, ein früher Rambo, trug mit seinen Affären auch nichts zur Hebung unseres Ansehens bei. Natürlich leuchtet es einem ein, daß man beide Typen braucht, wenn man sich in einem Krieg befindet.

Heather sagt, sie hätte einen Mann wie Ike nie heiraten können; sie würde verrückt werden, wenn sie so lange warten müßte, bis er einen Satz zu Ende gebracht habe. Was George Patton betrifft, sagte sie, daß sie einen dieser schnaubenden Testosteron-Problemfälle am Gymnasium erlebt habe und einem zweiten nicht begegnen wolle. Sie sagt, sie brauche jemanden wie mich. Doch kennt sie mich denn? Sie weiß doch bestimmt nicht viel über meine Arbeit.

Früher erzählte ich ihr von meiner Arbeit. Als ich es dann nicht mehr tat, mußte sie doch annehmen, daß ich nun mit etwas anderem beschäftigt war, worüber ich nicht sprechen durfte. Sie sieht, wie

Audley jeden Morgen die Unterseite meines Wagens überprüft, und sie sieht auch die Automatik, die im Nachttisch liegt.

»Du fürchtest dich doch nicht etwa vor Einbrechern?« sagte sie einmal.

»Nein«, sagte ich. Den Vorschriften nach hätte ich nicht einmal das sagen dürfen. Würde Heather etwas wissen, wäre das kein Vorteil – es würde eher graue Haare bedeuten.

Ich habe doch die Dossiers gelesen. Wenn die Iraner mich nicht mögen, befinde ich mich in guter Gesellschaft. Wenn die Syrer wegen der Aufnahmen, die ich vom Bekaa-Tal habe, unruhig werden, dann sollen sie es eben. Die Leute aber, die mich wirklich hassen, sind diejenigen, die Heather lange Zeit bewunderte – die Franzosen. Ihre Neigung zu einer Politik der Beschwichtigung ist eigentlich masochistisch. Jedesmal, wenn sie vor ein paar Terroristen Kotau machen, taucht dann in Frankreich das nächste halbe Dutzend Bomben auf.

Da etliche hunderttausend Amerikaner in Europa stationiert sind, ist die Tatsache, daß ich einer der vier Todeskandidaten war, ein verdammt ehrendes Kompliment für meine Leistungen. Natürlich könnte ich in die Staaten versetzt werden; aber derjenige, der dann auf meine Stelle käme, würde zwar meine Akten, nicht aber mein Gedächtnis haben. Außerdem genießt Heather das Leben in Rom oder Paris. Manchmal bin ich davon überzeugt, die Hundesöhne nehmen an, sie sei Teil meiner Tarnung. Ich geh' mit ihr in die Museen. In Konzerten sitze ich neben ihr. Sie konzentriert sich auf die Musik, und ich finde mich nebenher mit meinen Vorstellungen beschäftigt, warte auf eine plötzliche Bewegung und habe Angst, sie treffen mich nicht, erwischen dafür aber Heather. Sie könnten uns auch beide erwischen – was würde dann aus Susan werden? Sie hat ja keine Ahnung, daß die Armee mich aus dem Befehlsapparat entfernt und mir eine nachrichtendienstliche Tätigkeit übertragen hat, bei der ich mich überhaupt nicht wohl fühle, weil die andere Seite nämlich weiß, daß wir uns im Kriegszustand befinden, wir es aber nicht wissen.

Ich beschloß, Heather nichts von dem Vorfall heute morgen zu sagen. Sie würde sich nur Sorgen machen.

Es dauerte fast drei Stunden, bis die Kopie von Susans Brief kam. Ich war inzwischen bei der Vorstellung angelangt, der Brief enthalte die Nachricht, daß sie von einem Schwarzen aus China schwanger geworden sei. Vielleicht sagte sie das in dem Brief auch tatsächlich. Haben Sie schon mal versucht, den Inhalt eines Briefs zu rekonstruieren, der vom Regen durchweicht worden ist? Alles, was da von Hand geschrieben steht, und wenn ganze Absätze fehlen? »Lieber Vater«, stand da, »ich habe nicht...«, und der Rest des Absatzes ließ sich bei aller Liebe nicht rekonstruieren.

Dann hieß es: »Das war genug Arbeit in den Diensten der Regierung und reicht mir mein ganzes Leben lang. Bei Dibble Low hat man mich nun mit Arbeit überhäuft; ich mache das aber liebend gern und ohne Murren, denn in der Firma sind zwei der besten Prozeßbevollmächtigten, die es gibt. Der eine ist ein attraktiver Mann, sechsunddreißig, geschieden, zur Zeit ohne Anhang, aus den Neuengland-Staaten und Protestant – diese Attribute sollten es Dir doch warm um Dein ungeduldiges Herz werden lassen. Nein, ich habe den Job nicht über die ›New York Times‹ bekommen, vielmehr war es ein Tip von Professor Adams. Wir treffen uns immer noch.«

Was zum Teufel bedeutet denn »treffen« nun tatsächlich?

Auf den nächsten zwei Seiten beschrieb sie entweder einen Fall oder eine Krankheit – es hätte das eine oder auch das andere sein können. Ich hielt nach weiteren Erwähnungen dieses Professors Ausschau. Adams ist doch fast so alt wie ich. Die liberale Heather meint, das Alter sei unwichtig; sie will, daß ich es entspannt sehe. Ich werde mich aber erst dann entspannen können, wenn ich weiß, was mit dem Mädchen los ist.

6

Susan Whitcomb

Ein Mann vom CID kam zu mir ins Büro und fragte, ob ich mein persönliches Briefpapier auch im Büro hätte.

»Natürlich«, sagte ich, »warum?«

»General Whitcomb ist doch Ihr Vater, nicht wahr?«

»Ja.«

»Ich benötige lediglich einen Briefbogen und einen Umschlag. Sie können über die ganze Breite des Briefbogens den Vermerk ›Darf nicht benutzt werden‹ schreiben, wenn Sie mir nicht trauen.«

Ich fragte ihn noch einmal, weshalb er den Bogen benötige.

»In Italien wird in Sachen einer Briefbombe ermittelt.«

»Was hat denn das mit meinem Vater zu tun?«

»Das kann ich Ihnen nicht sagen, Miss. Vielleicht weiß Ihr Vater Genaueres.« Als ich ihm dann einen leeren Bogen und einen Umschlag gab, fragte er: »Wollen Sie 'ne Quittung dafür?«

Als er draußen war, griff ich sofort nach dem Telefon. War Vater auf dieser Seite des Atlantiks, war es für mich gar nicht schwierig, ans Telefon zu gehen und einen Plausch mit ihm zu halten; wenn ich aber nach Übersee telefoniere, werde ich immer noch nervös. Ich kann dann nicht eine halbe Stunde einfach so drauflos plaudern, vielmehr verspüre ich den Zwang, mich kurz zu fassen. Als ich das letzte Mal anrief, ging mir nach vielleicht zwanzig Sekunden der Gesprächsstoff aus. »Sag mal, Vater, was hat es denn mit dieser Bombe auf sich?« Bestimmt würde er sagen: »Ich weiß gar nicht, wovon du redest.« Und damit wären wir dann auch schon am Ende unseres liebevollen Gesprächs. Vater ist seinen neugierigen Frauen schon immer viel zu zugeknöpft vorgekommen. Für den gerechten Krieg war er noch zu jung, für Korea noch nicht volljährig – und in Vietnam ist er Gott sei Dank lediglich bis nach Saigon gekommen; dorthin hatte ihn der Generalstab mit einem angeblich weniger wichtigen Auftrag geschickt. Mutter und ich waren davon überzeugt, daß es sich dabei nur um eine nachrichtendienstliche Tätigkeit handeln konnte.

Mutter muß mit ihm wohl darüber gesprochen haben. Ich kann mich daran erinnern, daß ihm einmal etwas zugestoßen ist, was dann zwischen meinen Eltern zur einzigen lauten Auseinandersetzung führte, die ich je zwischen ihnen erlebt habe. Mutter fragte, ob er denn unbedingt den Tod finden wolle. Er sagte, wir befänden uns nicht im Krieg. Darauf sagte Mutter, sie sei nicht auf eine Witwenpension erpicht, vielmehr wäre es ihr lieber, wenn sie beide sich sofort pensionieren ließen. Als ich aus dem Badezimmer kam, schwiegen sie augenblicklich. Ich sagte, ich würde ebenfalls für den Ruhestand stimmen – und sie fuhren mich dann beide so an, als habe ein Teenager in einer solchen Angelegenheit kein Stimmrecht.

Mein Mund wurde mir damals noch häufig zum Verhängnis. Ob ich wohl je den Tag vergesse, an dem ich die tolle Stereoanlage, die Vater mir gekauft hatte, laufen ließ, er, ohne anzuklopfen, die Tür zu meinem Zimmer öffnete und mich aufforderte, die verdammte Anlage leiser zu stellen? Er habe nämlich Kopfweh. Ich drehte dann den Lautstärkeregler so weit zurück, bis nichts mehr herauskam, und er sagte: »Du mußt sie doch aus Trotz nicht gleich ganz ausschalten, es reicht doch, wenn du sie leiser stellst.« Darauf wollte ich ihm eine freche Antwort geben und sagte: »Wenn du davon Kopfschmerzen kriegst, dann –« Er aber schnitt mir das Wort ab. »Ich bin mit Kopfschmerzen nach Hause gekommen«, sagte er, »von diesem Lärm werden sie nur noch schlimmer.« Und dann sagte ich: »Wenn du von deiner Arbeit Kopfschmerzen bekommst, Vater, weshalb gehst du dann nicht in den Ruhestand, wie es Mutter recht wäre, und weshalb hörst du dann nicht mit dem Soldatspielen auf?«

Er gab mir eine kräftige Ohrfeige.

Danach konnte man in seinen Augen die Furcht erkennen. Und seit jener Zeit habe ich wirklich Angst um ihn, denn mit dem Schlag, den er mir versetzte, hat er gegen seine eigenen Verhaltensregeln verstoßen und muß sich seither genauso wie wir vor dem gefürchtet haben, was jetzt wohl eingetreten sein könnte.

7

Heather Paley Whitcomb

Heute morgen bin ich aufgewacht und hatte wieder diese Melodie von Mozart im Kopf. An manchen Morgen ist es eine Melodie von Vivaldi, manchmal eine von Gershwin, manchmal das Dritte Brandenburgische Konzert, wobei ich mir dann vorstelle, Bach dirigiere selbst; und Bach, das möchte ich betonen, ist in meiner Vorstellung ein viel schönerer Mann, als ihn seine Zeitgenossen abgebildet haben. Kann ich denn einem Künstler vertrauen, wenn er Bach so malt, daß er, sagen wir einmal, uninteressant aussieht?

Ich habe volles Vertrauen in mich selbst. Im Lauf der Jahre habe ich feststellen können, daß mein Instinkt viel verläßlicher ist, als es die Armee, eine Zeitung oder andere vergängliche Autoritäten sein können. Hal meint es liebevoll, wenn er sagt, ich vertraute nicht einmal Gott – aber das stimmt nicht. Ich vertraue auf Gott, er möge an jedem Tag meinen Instinkt richtig leiten.

Hal behauptet, er höre nur den Wecker, wenn er morgens aufwacht, aus dem Bett springt, um sich zu waschen, zu rasieren, Kaffee zu trinken, aus dem Haus zu eilen und in den wartenden Wagen zu steigen. Es ist auch gut so, wenn er keine Musik hört. Die einzig mögliche Begleitung zu Hals morgendlicher Hetze wäre ein Marsch von John Philip Sousa, den man dreimal so schnell wie üblich abspielt.

Ich kann die Leute wirklich nicht verstehen, die sagen, sie seien Zombies, solange sie noch keine Zigarette oder keinen Kaffee gehabt hätten. Weshalb sollten die ersten Minuten des Wachseins nicht als Appetithappen für den Tag dienen? Man sollte den Morgen so betrachten, als ob Gott einem eine Gabel mit einem besonders leckeren Happen ganz nahe an den Mund hielte und dabei sagte: »So versuche doch etwas von der Spezialität des Tages.«

Heute morgen fiel mir mein Körper im großen Spiegel an der Tür zum Badezimmer auf, als ich gerade duschen ging. Es ist ein Körper mit großer Erfahrung, sagte ich zu mir selbst. Natürlich sieht er nicht mehr so aus wie damals, als ich achtzehn war, aber er ist doch immer noch verdammt gut in Form.

Während ich duschte, war es die ganze Zeit Mozart; er lud mich auch dazu ein, in ein paar tiefen Zügen die frische Luft draußen zu genießen, bevor sie durch den Verkehr des Tages verunreinigt würde. Zu meinem Morgenritual gehört es auch, die »Herald Tribune« beim Zeitungsverkäufer vor dem Hotel zu kaufen; der läßt meinen Namen immer so wunderbar klingen. Ich blickte auf das einzige Foto auf der ersten Seite – ein Gerichtssaal mit ein paar Männern in einem eisernen Käfig. Terroristen vor Gericht? Weswegen? Mein Gott, es sind ja diejenigen, die Robbie Baker vor den Augen seiner Kinder an der Haustür erschossen haben. Ich warf die Zeitung in den nächsten Papierkorb. Die Welt würde sich zurechtfinden müssen, auch wenn ich heute nicht mit den neuesten Nachrichten vertraut war.

Ich bemerkte, daß ich auf einer kleinen Seitenstraße der Via de Tizio war; die Bäckerei dort bäckt ein Brot, das ich als gar nicht typisch für Italien bezeichnen möchte, eine wundervolle Mischung aus allen Getreidesorten, die es auf der Welt gibt. Der Bäcker weiß, daß ich es, anders als die meisten seiner Kunden, nicht mag, Brot uneingepackt mitzunehmen; er ist deshalb so freundlich und wickelt es mir in eine Zeitung.

Der Bäcker gab mir gerade meinen eingewickelten Laib, als eine Männerstimme neben mir sagte: »Sind Sie nicht die Frau von General Whitcomb?«

Die Frauen, die ihre Morgeneinkäufe erledigten, drehten sich um und sahen uns beide an. Was, um Himmels willen, kann denn so schlimm daran sein, daß man Amerikaner ist? Oder die Frau eines Generals?

Der Mann, so um die Vierzig, gefiel sich offenbar selbst in seiner dunkelblauen Samtjacke und seiner Seidenkrawatte mit Paisley-Muster und ließ sein tadelloses Gebiß sehen, als er so lächelte, daß ich, wenn ich in Italien bin, an das Wort »Gigolo« denken muß.

»Bitte entschuldigen Sie«, sagte er, »einen Augenblick dachte ich, Sie könnten seine Frau sein.«

Manchmal schafft es Hal, daß ich so mißtrauisch werde, wie er es sein kann, besonders seit ein wildfremder Mann der Frau von General Beach Säure ins Gesicht gespritzt hat. Dieser Dandy schien doch recht harmlos zu sein. Trotz seines Lächelns sah er aber ungewöhnlich melancholisch aus, als ob er einst ein stolzer Mann gewesen sei. Ich beschloß, das Risiko einzugehen, und sagte: »Ich bin die Frau des Generals.«

Er streckte mir die Hand hin, ich reagierte prompt darauf und streckte ihm die meine hin. Blitzschnell führte er den Rücken meiner Hand an seine Lippen. Ich war sicher, seine Zungenspitze zu fühlen.

Er nuschelte seinen Namen und sagte: »Wir trafen uns...«, wurde dann vollends unverständlich und entließ meine Hand aus der warmen Umklammerung.

Ich ging auf die Tür zu. Natürlich folgte er mir; draußen angekommen drehte ich mich um und sagte: »Seien Sie mir bitte nicht böse, aber ich bin in Eile; der General wartet nämlich auf mich.« Ich wies mit dem Kopf auf die Bäckerei: »Ich fürchte, Sie werden sich wieder ganz hinten anstellen müssen.«

Der Versuch, ein Lächeln zu zeigen, ließ ihn wesentlich älter erscheinen – als ob er sich daran gewöhnt habe, abgewiesen zu werden, und versuche, den Schmerz so gering wie möglich zu halten.

»Auf Wiedersehen«, sagte ich.

»Auf Wiedersehen«, sagte der melancholische Mann und begab sich geschlagen in die volle Bäckerei zurück, aus der man uns interessiert beobachtet hatte.

Kann sein, daß ich ihn bei einem Empfang getroffen hatte. War ich etwa einem Diplomaten gegenüber unhöflich gewesen? Küßte er jeder Frau so die Hand? Auf dem ganzen Nachhauseweg klopfte mir das Herz bis zum Hals.

Im Badezimmer angekommen, blickte ich in den Spiegel. *Meine liebe Heather, laß dir den Handkuß eines Europäers nicht zu Kopfe steigen. Hal wird dir sagen, der Mann sei eine Mata Hari in den Diensten des Gegners!*

Es gab wirklich keinen Grund, Hal von diesem Vorfall zu erzählen.

Irgend etwas ließ mich in den Spiegel blicken, damit ich sehen konnte, was hinter mir war.

Es war aber nur die Badezimmertür, die einen Spalt weit offen stand. Auf was wartete ich denn? Auf die Bestrafung dafür, daß es mir gefallen hatte, wie der Mann mir die Hand geküßt hatte? Ich hatte aber keine Lust, mir von den Überresten eines puritanischen Gewissens das Frühstück verderben zu lassen.

Ich schnitt mir eine Scheibe Brot ab, bestrich sie mit herrlichem Weichkäse und aß sie zu einer Tasse starken schwarzen Kaffees.

Ich war ja nicht allein auf der Welt. Während ich aß, hörte ich den Geräuschen von der Straße zu, dem Redeschwall von Leuten mit Stimmen, die eine unerschöpfliche Energie besaßen; und irgendwo im Hintergrund spielte pflichtbewußt Mozart. Europa ist immer noch Europa. Die Piazzas und Boulevards sind so schön wie eh und je. Hal muß hier arbeiten. Zu allen, die wollen, daß wir weggehen, sage ich nur: »Was soll's?« Wir sind doch die Nachfahren von Pionieren, wir haben Mut, und eure Flucht in die Gewalttätigkeit mag hier und da ein paar Feiglingen Angst und Schrecken einjagen; ihr tätet aber gut daran, euch nicht mit mir anzulegen.

Als Hal mich kurz nach siebzehn Uhr anrief und sagte, er sei auf dem Heimweg, und mich fragte, ob ich bei Luigi essen wolle, antwortete ich: »Wäre es möglich, daß wir früh essen gehen, damit wir anschließend noch das Konzert mit Werken von Mozart besuchen können?« Er fragte, ob wir Mozart um einen Abend hinausschieben könnten. Ich sagte ihm, Mozart habe ein paar Jahrhunderte überdauert – es werde also auf eine weitere Nacht nicht ankommen. Hal fragte mich dann, ob es mir was ausmache, wenn Milford Burns mitkomme. General Burns – Hal nennt ihn immer Millie, und Burns geht deswegen fast in die Luft – ist Hals vertrautester Freund. Was hätte ich sagen können – etwa nein? Daß ein Gigolo mich heute morgen in Fahrt gebracht hat und ich mit meinem Ehemann allein sein wollte? General Burns ist Witwer. Wenn wir drei zusammen essen gehen, erwische ich Millie dabei, wie er mich mit den Augen eines Satyrs ansieht – und das auch noch vor Hal.

»Kommt Millie mit dir hierher?« fragte ich.

»Er wird später ins Restaurant kommen und sich zu uns setzen.«

Mal sehen, dachte ich, vielleicht kommen wir mit ein klein wenig Verspätung ins Restaurant.

Es ist schon sonderbar, wie Erinnerungen plötzlich auftauchen können. Als Susan drei oder vier war, stellte sie sich vor Hal hin und trat ihm dann auf die blitzblank polierten Schuhe. Er ging dann mit ihr umher: links, rechts, links, rechts. Wir lachten dann immer, und Hal sagte dann so etwas wie: »Sie wird noch bald genug lernen, wie man auf den eigenen Füßen steht.«

In Frankfurt wohnten wir in einem schönen Privathaus mit Schieferdach. Hals Wagen stand die Nacht über in der abgeschlossenen Garage. Sobald sein Fahrer, Korporal Audley, morgens eintraf, inspizierte er die Unterseite von Hals Wagen, obwohl der doch die Nacht über in der verschlossenen Garage gestanden hatte. Er wollte sich davon überzeugen, daß keine Drähte an den Rädern befestigt worden waren, die eine Bombe zündeten, sobald der Wagen bewegt wurde. Audley ließ immer den Motor an und fuhr rückwärts aus der Garage heraus, so daß der Wagen bereits am Bordstein stand, wenn Hal gehen wollte. »Ich bin eine Art Vorkoster des Generals«, hatte er einmal zu mir gesagt. »Hätte man die Zündung mit einer Bombe verbunden, würde diese explodieren, bevor der General einsteigt.«

Ich bin sicher, Audley wollte mich damit beruhigen.

Millie Burns hatte Hal etwas zu Weihnachten geschenkt, das er in einem Katalog entdeckt und dann bestellt hatte; es war ein Diebstahlalarmgerät, das in die Fassung für den Zigarettenanzünder gesteckt wird. Sollte jemand die Kühlerhaube öffnen, sich unter dem Wagen zu schaffen machen oder die Tür aufbrechen wollen, dann würde der Sensor nach fünfzehn Sekunden am Armaturenbrett ein Blitzlicht in Gang setzen und eine Sirene zum Heulen bringen, die die Nachbarn schneller aufschreckte, als es ein Erdbeben kann. Man konnte die Sirene nur mit einem Schlüssel abstellen. Hal hatte einen solchen Schlüssel und Audley einen zweiten.

Hal war natürlich erfreut über dieses Geschenk. Er hatte zu

Audley gesagt: »Sie sind nun nicht mehr in Gefahr. General Burns hat uns ein tolles Frühwarnsystem geschenkt.«

Audley untersuchte den Wagen dennoch an jedem Morgen. Er hielt nichts von solchen Vorrichtungen.

Als wir nach Rom versetzt wurden, brachte man uns im Hotel Tantillo unter, denn es war gerade kein Haus frei. Wir lebten dort nicht wie in einem Hilton. In der Empfangshalle, die zwei Stockwerke hoch ist, waren Marmorsäulen. An jeder der drei Wände hing ein Gemälde. Ich meine damit nicht ein Bild, wie man es sonst in Hotels findet, sondern ein Kunstwerk, das einer geschmackvollen Privatsammlung würdig gewesen wäre. Unsere Suite hatte zwei Zimmer. Im Wohnzimmer, das recht groß war, hing ein Gemälde; außerdem stand dort ein chinesisches Lackschränkchen, in dem wir die Alkoholika für unsere Gäste aufbewahrten. Darauf stand eine antike Uhr, die ich gerne besessen hätte.

Der Portier bestellte uns immer ein Taxi, während wir in der Eingangshalle warteten. Hal sagte, es sei zu gefährlich, einfach so draußen vor dem Hotel zu stehen. Audley, der mit Hal nach Rom versetzt worden war, kam am Morgen eines jeden Werktages mit einem Wagen vorgefahren, der im Fuhrpark überprüft worden war. Wenn er den General chauffierte, benutzte Audley nie dieselbe Route an zwei aufeinanderfolgenden Tagen.

Hal kommt so gut wie nie zu spät. Heute hätte er bereits vor einer halben Stunde da sein müssen. Vor einer Stunde. Sinnlos, bei seiner Dienststelle anzurufen. Ich tat es dennoch. Niemand ging an den Apparat. Zwei Stunden. Ich wurde immer nervöser. Das Klopfen an der Tür ließ mich auffahren. Hal klopfte nie an, er benutzte den Schlüssel.

Vor der Tür stand Millie Burns, noch immer in Uniform. Er und Hal tragen immer Zivilkleidung, wenn sie zum Essen ausgehen.

»Ich dachte, wir würden uns erst im Restaurant treffen«, sagte ich. Dann sah ich sein Gesicht.

»Setzen wir uns doch«, sagte er und machte die Tür hinter sich zu.

8

Brigadegeneral Milford Burns

Trotz des mir kürzlich übertragenen Befehls über fast fünfzehntausend Mann bin ich seit dem Tod Abbys vor drei Jahren so einsam wie Robinson Crusoe.

Mein Sohn, der mir fremd geworden ist, sagt zu seinen Freunden, ich sei einer der Direktoren eines internationalen Kartells. Er sagt, ich verstünde deshalb nichts von seiner Musik, weil ich von den vielen Gewehren, die ich knallen gehört hätte, taub geworden sei. Ich bin aber nicht taub, ich bin es einfach nicht gewohnt, mir die Art von Musik anzuhören, die er komponiert.

Ein Offizier im Generalsrang kann sich nicht länger als eine oder zwei Minuten in der Gesellschaft von Offizieren von niedrigeren Rängen aufhalten, ohne ihnen den Spaß zu verderben. Gehe ich im Offiziersklub auf die Toilette, so wird, wer gerade eine anzügliche Geschichte erzählt, sofort verstummen. Alle gehen dann immer gleich hinaus, als ob es sich für sie nicht zieme, einen General pinkeln zu sehen.

Wäre da nicht die Freundschaft mit Hal Whitcomb, hätte ich schon längst darum gebeten, in die Staaten zurückversetzt zu werden – nur um nicht verrückt zu werden. Ich bin mir darüber im klaren, daß es nicht nur darum geht, daß Hal und ich uns verstehen wie Brüder. Der eigentliche Grund ist Heather.

Ich brauchte ziemlich lange, bis ich mir eingestand, daß ich jedesmal eine Erektion bekam, wenn ich Heather sah. Heather und ich verbrachten an einem Abend einmal zwei Stunden mit Konversation, nachdem man Hal weggerufen hatte; ich glaube, wir erkannten beide, daß es für uns hätte unangenehm werden können, wenn Hal ein weniger guter Freund gewesen wäre.

Als Abby noch lebte, waren meine Vorstellungen bezüglich Heather noch einigermaßen erträglich. Schließlich lag ja Abby neben mir im Bett und nicht Heather.

Heute nachmittag hatte Feldwebel Hart an die Tür geklopft und war eingetreten, noch bevor ich »Herein!« gerufen hatte. Wäre Abby noch am Leben gewesen, dann wäre, als ich ihn sah, mein erster Gedanke gewesen, ihr sei etwas zugestoßen. In Harts Augenwinkeln zuckte es.

Abby konnte es ja nicht sein. Das ist das einzig Gute am Tod – es kann einem nichts Schlimmeres zustoßen.

»Was ist los?« fragte ich.

»Ich komme wegen General Whitcomb, Herr General.«

»Wo ist er denn?« Ich erhob mich. Ich wollte mich mit Hal doch im Restaurant treffen und nicht hier.

»Auf dem Nachhauseweg hat's seinen Wagen erwischt.«

»Hat man ihm den Wagen gestohlen?«

»Nein, Herr General.« Er schien Angst davor zu haben, sich deutlich auszudrücken.

»So sagen Sie doch endlich, was los ist.«

»General Whitcomb ist tot.«

»Sie sind wohl übergeschnappt! Vor einer Stunde habe ich doch noch mit ihm gesprochen. Wir wollen doch zusammen essen gehen.«

Ich muß dabei wohl geschrien haben, denn Feldwebel Hart trat einen Schritt zurück. »Ein Leutnant von der Militärpolizei wartet draußen; er kennt den ganzen Sachverhalt, Herr General.«

Ich schob Feldwebel Hart zur Seite. Noch nie im Leben habe ich einen Soldaten auch nur angerührt.

Der Offizier von der Militärpolizei, der im Vorzimmer wartete, stand stramm.

»Was muß ich denn da hören?«

»Es ist leider so, Herr General.«

»Was ist so?«

»Man hat General Whitcomb umgebracht.«

Ich wünschte mir, er würde seine Worte zurücknehmen. Ich bedeutete ihm, er solle in mein Dienstzimmer kommen. Ich verspürte heftiges Herzklopfen in der Brust; es tat sogar weh. »Was zum Teufel ist denn passiert?«

Er erzählte mir dann alles Punkt für Punkt.

In meinem Gehirn waren zwei Gedanken gleichzeitig: ein Schmerz wegen des Schocks und ein Ahnen, daß sich eine Gelegenheit ergeben könnte. »Hat man es denn Mrs. Whitcomb schon gesagt?«

»Noch nicht, Herr General. Major Crouse dachte, Sie wären die geeignete Person, es der Witwe beizubringen.«

»Ich verstehe. Wer ist der Attentäter?«

»Mir wurde gesagt, man habe das im Griff.«

»Was soll das denn heißen?«

»Ich weiß es selbst nicht genau, Herr General.«

»Vielen Dank, Leutnant. Ich werde selbst das Notwendige veranlassen.«

Ich spielte in Gedanken mehrere Szenarien durch. Wenn jemand in Übersee starb, dann bemühte sich die Armee, alles möglichst rasch zu erledigen. Man würde die Witwe bitten, den Sarg auf seinem Weg zu begleiten. Unter welchem nur denkbaren Vorwand konnte ich Heather wohl dazu bewegen, noch länger in Rom zu bleiben? Für den Fall, daß ich damit keinen Erfolg hätte, wie konnte ich sie dazu überreden, bald zurückzukommen?

Als junger Offizier hatte ich mehrmals Briefe an die Eltern junger Soldaten schreiben müssen. Einen Hausbesuch hatte ich noch nie machen müssen.

Kaum war ich in Heathers Suite, gab ich ihr wie immer einen flüchtigen Kuß auf die hingehaltene Wange und sagte: »Bitte setz dich.«

»Was ist denn los?« fragte sie, noch immer im Stehen. Heather ist nicht die Frau, mit der man sich streitet; deshalb blieb ich stehen und sagte es ihr.

Hals Wagen hatte auf der Via Cardinale an einer Verkehrsampel anhalten müssen.

Ein Mann mit Motorradbrille und schwarzem Lederanzug war mit seinem Motorrad neben den Wagen gefahren, hatte etwas auf dessen Dach geworfen und war noch bei Rot davongebraust. Als Korporal Audley ausstieg und feststellen wollte, was für ein Gegenstand auf dem Dach des Wagens lag, explodierte die Bombe vor seinem Gesicht. Man hatte die Bombe so konstruiert, daß die volle

Wucht der Explosion nach unten, auf den Rücksitz, gerichtet war. Dort saß Hal.

So hatte es mir der Leutnant geschildert.

»Ist er tot?« Ich konnte ihrem Gesicht ansehen, daß sie eine Antwort haben wollte, mit der sie leben konnte.

»Ja – und Gott sei Dank dafür.«

»Was willst du denn damit sagen, verdammt nochmal?«

»Ich sagte das mit Blick auf seine Verletzungen.«

»Ich will ihn sehen«, sagte sie.

»Die Leichenbestatter werden noch ein paar Stunden brauchen.«

»Ich glaube erst dann, daß er tot ist, wenn ich ihn gesehen habe, Millie!«

Dann brach Heather zusammen und war nur noch ein Häufchen Elend. Sie schluchzte, atmete schwer, ihre Hände schlossen und öffneten sich krampfhaft. Noch nie habe ich eine große, stolze Frau so unvermittelt zusammenbrechen sehen.

Genauso unvermittelt hörte ihr Weinen auf; sie wischte sich die Tränen mit einem Papiertaschentuch ab, putzte sich die Nase, gab sich einen Ruck und sagte: »Bitte entschuldige, Millie!«

Ich tat das, was ich für das Natürlichste hielt – ich nahm sie in die Arme, hielt ihr den Kopf und überlegte, ob ich es ihr besser hätte beibringen können. Heather ist doch eine kluge Frau. Sie hatte es wahrscheinlich schon gewußt, noch bevor ich zu sprechen anfing.

Ich hielt die Frau meines besten Freundes im Arm und drückte sie an mich, nachdem ich ihr die schlimmste Nachricht überbracht hatte, die es gibt. Ich bemerkte kaum, was vor sich ging – sie aber muß es gespürt haben, denn sie blickte mit haßerfüllten Augen zu mir auf und jagte mich davon.

9

Heather Whitcomb

Als Susan gerade vier geworden war, nahm ich sie einmal in den großen Lesesaal der Zentralbibliothek mit.

»Was machen denn all die vielen Leute hier?« fragte sie mich in voller Lautstärke.

Mehrere Leute drehten sich um und machten »Pst!« zu ihr hin.

»Sie lesen«, flüsterte ich ihr zu.

»Lesen denn alle alles?« fragte sie mich im Flüsterton.

Ich schüttelte den Kopf.

So laut, daß es jeder hören konnte, sagte Susan dann: »Ich werde einmal alles lesen!«

Draußen angekommen drückte ich ihr zustimmend die Hand. Susan drückte mir wiederum die meine, um mir zu bedeuten, daß sie sich über meine Zustimmung freue.

Wenn ich Susan im Büro anrufe, muß sie zuvor nach Hause, um ihren Koffer zu packen. Ich werde warten, bis sie zu Hause ist.

War ich nun rücksichtsvoll oder feige? Ich wollte sie hier haben. Ich gab der Telefonistin des Hotels Susans Nummer im Büro. Ja, ein Privatgespräch. Die Telefonistin sagte, sie würde gleich zurückrufen.

Als ich auf den Rückruf wartete, dachte ich an Hal und mich, wie wir abends bei einem Glas Wein Chopin hörten und die Wogen des Tages zur Ruhe kommen ließen. Während des Nachtessens schwatzten wir miteinander wie zwei alte Freunde. Manchmal, wenn der Abend zu Ende ging, legte Hal seine kräftige Hand auf mein Haar am Hinterkopf und streichelte es liebevoll. Er berührte mein Ohr so, als ob er etwas Verbotenes täte. So fing bei ihm das Vorspiel an; hätte uns jemand zugesehen, hätte er sich dabei bestimmt nichts Besonderes gedacht – ich aber schon.

Das aufdringliche Klingeln des Telefons verscheuchte die Erinnerungen. Ich nahm den Hörer ab. Die Telefonistin sagte mir, daß mein Gesprächspartner im Augenblick nicht erreichbar sei.

»Sagen Sie doch denen am anderen Ende, Susans Mutter rufe an«, sagte ich. »Es handelt sich um einen Notfall.«

Ich konnte am anderen Ende der Leitung ein Gespräch hören, aber nicht deutlich, dann war die Telefonistin in New York wieder dran und sagte: »Susan Whitcomb ist außer Haus. Ich werde den Leuten in ihrem Büro meine Rufnummer geben, damit sie mich anrufen kann, wenn sie zurückkommt.«

»Danke.« Ich legte den Hörer auf, zog mich aus, schlüpfte dann in meinen Bademantel und ließ mich tief in den Sessel sinken, in dem Hal gestern abend gesessen hatte. Wäre ich eine Katze, könnte ich seinen Geruch noch wahrnehmen, dachte ich.

Ich wurde wach, als das Licht plötzlich durch das Fenster hereinkam. In New York war es wohl schon Mitternacht; in ein paar Stunden würde Susan es aus der Zeitung erfahren!

Ich sagte der Telefonistin des Hotels, ich müsse ein Dienstgespräch in die Vereinigten Staaten führen, und gab ihr Susans Privatnummer. Ziemlich unfreundlich sagte sie, sie werde zurückrufen.

Ich wollte mir die Zähne putzen – etwas ganz Alltägliches in einer Welt, die plötzlich zusammengebrochen ist. Kaum hatte ich den ersten Geschmack der Zahncreme im Mund, da klingelte das Telefon. Ich spülte mir schnell den Mund aus und eilte ins Schlafzimmer. Ich konnte es kaum fassen: Die Telefonistin bat nochmals um die Nummer, die ich ihr gegeben hatte. Sie hatte die letzten zwei Ziffern falsch notiert!

Als Milford Burns mir die Nachricht überbrachte, muß er sich so gefühlt haben, wie ich mich jetzt fühle. Ich soll ihn später anrufen. Der Arme will mir doch bei all dem behilflich sein, was Witwen von Soldaten zu tun haben. Ich muß mich bei ihm unbedingt für den Hinauswurf entschuldigen. Er tat es ja nicht absichtlich. Der gute Millie ist doch seiner Physiologie unterworfen. Es muß ihm genauso peinlich gewesen sein wie mir.

Als das Telefon wieder schrill klingelte, nahm ich den Hörer ab und konnte etwas hören, was das Rufzeichen des Telefons in Susans Schlafzimmer gewesen sein muß – viertausend Meilen entfernt.

10

Susan Whitcomb

Ich tastete nach dem lärmenden schwarzen Apparat, riß ihn von seinem Platz, um ihn zur Ruhe zu bringen. Wer sagt, er habe, wenn das Telefon mitten in der Nacht klingelt, auch nicht eine Sekunde einen Schrecken verspürt, der lügt. Mit schlaftrunkener Stimme sagte ich: »Ja?« und hörte eine Stimme mit italienischem Akzent, die so etwas wie ein melodiöses »Un momento« sagte, und dann vernahm ich sofort Mutters Stimme: »Susan, ich bin's.«

»Was ist los?« fragte ich, nun hellwach.

Ihre nächsten Worte hörten sich so an, als ob man trockene Kekse zerbreche.

Ich sagte: »Ich kann dich nicht verstehen.«

»Ich muß mit dir reden, Susan.«

»Du redest doch schon mit mir, Mutter.«

»Ich weiß nicht, wie ich's dir sagen soll.«

»Was willst du mir sagen?«

»Kind, Vater ist umgebracht worden.«

Ich mußte mich verhört haben. »Mutter, kannst du das bitte noch einmal sagen?«

»O Susan, das möchte ich nicht.«

»Hast du gesagt, er sei umgebracht worden?«

»Ja.«

»Hast du eben ja gesagt?«

»Ja.«

Mir war so, als ob sich auf der Welt ein rundes, tiefes Loch ohne Boden aufgetan hätte und ich hineinfiele wie eine Puppe, die man in einen Brunnen geworfen hat. Man stirbt heute doch nicht mehr in den Fünfzigern; Vater hätte noch zwanzig oder dreißig Jahre vor sich haben können.

Ich hörte, wie Mutter weinte. Wenn ich an den Tod gedacht habe, dann eher an den von Mutter. Die Lungen dieser großartigen Frau sind seit ihrer Kindheit ihre schwache Stelle gewesen. Selbst von einer einfachen Erkältung konnte sie eine Lungenentzündung bekommen; manchmal hatte sie einen Raucherhusten, obwohl sie noch nie im Leben geraucht hat. Ich hatte mir schon vorgestellt, wie sie eines schönen Tages nach Atem ringen und sterben würde und Vater und ich hilflos neben ihr stünden. Und jetzt sagte sie mir, daß der General, der die Gesundheit eines wesentlich jüngeren Mannes hatte, »vom Radarschirm verschwunden war«, um es mit dem von ihm benützten Euphemismus auszudrücken.

Noch immer gegen eine Woge des Nicht-glauben-Wollens ankämpfend fragte ich wenig einfühlsam: »Wie wurde er umgebracht?«

Mutter sagte: »Entschuldige bitte.« Ich hörte, wie sie sich die Nase schneuzte. »Er wurde von einem Terroristen ermordet.«

»Wo?«

»In seinem Wagen, als er von der Arbeit zurückkam.«

Auf meinem Wecker war es kurz nach Mitternacht. In Rom also früher Morgen. Weshalb wollen wir denn immer wissen, zu welcher Zeit sich etwas ereignet hat?

»Sein Fahrer ist auch tot. Bitte komm nach Rom.«

»O Mutter«, sagte ich und bat dabei Gott, er möge eine Ausnahme machen und Vater wieder lebendig werden lassen. »Ich komme mit dem ersten Flugzeug, das ich kriege. Wo wohnst du denn?«

»Noch immer im selben Hotel, im ›Tantillo‹. Sie haben noch immer kein Haus für uns finden können.«

»Ist jemand bei dir?«

»Nein.«

»Hat die Armee schon etwas unternommen?«

»Nein. Ich nehme an, daß dort etliches im Gange ist; ich weiß es aber nicht sicher.«

»Ich werde zu dir kommen.«

»Beeil dich«, sagte sie; es klang so, als ob durch mein rasches Eintreffen in Rom Vaters Leben noch gerettet werden könnte.

Ich legte mich wieder hin, mit dem Kopf auf dem Kissen, und sah meinen Vater frühstücken. So hatte ich ihn morgens am häufigsten gesehen, als Mutter und ich ihn auf seinen Reisen begleiteten; stets hatte er sich eine Serviette um den Hals gebunden – er wollte seine Krawatte schonen. Ich wollte die Arme ausstrecken und ihn ganz fest an mich drücken.

Das Geräusch eines Autos auf der Straße brachte mich wieder zurück. Dieses Auto fuhr zu schnell. Ich mußte ebenfalls schnell machen. Wenn ich schon niedergeschlagen war, wie ging es dann Mutter?

Ich mußte unbedingt zu ihr.

Bei einer Fluggesellschaft mitten in der Nacht anzurufen hat den Vorteil, daß man nicht ständig weiterverbunden wird und während des Wartens die blöde Musik zu hören bekommt. Weshalb hatten alle Fluggesellschaften lediglich am Abend einen Direktflug nach Rom, verdammt nochmal? Die Briten hatten einen Flug nach London mit Anschlußflug nach Rom. Ja, sie hätten in der Business Class noch Platz für den Atlantikflug. Ja, natürlich hätte ich eine Kreditkarte. Ich solle mich zwei Stunden vor dem Abflug am Schalter einfinden – wegen neuer Sicherheitsmaßnahmen. *Dadurch wird Vater doch nicht mehr lebendig.*

Vater sagte immer, es nütze nichts, wenn man nach einem Unglück ständig darüber brüte, was geschehen sei – das sei die Aufgabe der Historiker. Soldaten müßten sich auf die zukünftigen Schlachten konzentrieren. Erst dann, wenn der Krieg zu Ende sei, könne ein Soldat die Vergangenheit aufarbeiten. Könnte er von dort, wo er jetzt war, zu mir sprechen, würde er bestimmt sagen: »Susan, halt dich nicht wie ein Zivilist mit Wiederkäuen auf. Mach dich an die Arbeit.«

Ich hasse es, wenn ich meine Sekretärin aus dem Bett klingeln muß. Fast immer geht ihr Mann dann ans Telefon. Betty sagt, er nenne mich »deine Chefin«.

Bevor ich sie anrufen wollte, ging ich unter die Dusche, zog mich an und packte dann meinen Koffer mit Hilfe einer Liste, die ich mit Klebeband auf der Innenseite des Kofferdeckels befestigt hatte; meinen Anruf bei Betty schob ich bis zuletzt auf.

»Bitte entschuldigen Sie, daß ich so früh am Morgen anrufe«, sagte ich zu ihrem Mann.

»Ich werd' sie holen.«

Als sie dran war, entschuldigte ich mich für den Anruf so früh am Morgen. Ich sagte ihr, ich sei auf dem Weg zum Flughafen, und bat sie, den Sekretär von Richter Ballin anzurufen, um eine Verschiebung der Verhandlung zu erreichen. Ja, ich wisse, das werde eine Stange Geld kosten, weil man die Geschworenen ja nicht einfach so entlassen könne; ja, Richter Ballin habe sich schon lange gewünscht, mich seiner Mißachtung meinerseits zeihen zu können – jetzt habe er eine gute Gelegenheit.

»Halten Sie die Stellung, Verstärkung ist bereits unterwegs«, sagte ich.

»Wer denn?«

»Ich, denn ich werde in wenigen Tagen wieder zurück sein.«

Ich hatte vergessen, ihr zu sagen, der Grund meiner unaufschiebbaren Reise sei der Tod meines Vaters.

Als ich mit einem Taxi zum Kennedy-Flughafen fuhr, überschlugen sich meine Gedanken. Vater und ich, als ich noch ein kleines Mädchen war. Mutter in Rom, wie sie die Stunden zählte. Mein Anrufbeantworter. Den hatte ich ja gar nicht eingeschaltet! Wenn Farlan anrief, würde niemand abnehmen. Würde er es immer wieder versuchen, bekäme er vielleicht wieder einen seiner Eifersuchtsanfälle. Armer Farlan, ich konnte spüren, wie es ihm wehtun würde. Er konnte auch im Büro anrufen. Betty würde ihm dann sagen, ich sei nach Rom abgereist, sie wisse aber nicht, weshalb. Er würde dann bestimmt denken, sie wolle es ihm absichtlich nicht sagen...

Auf dem Kennedy-Flughafen verhielt sich der hirnlose Sicherheitsbeamte, der mein Handgepäck überprüfte, wie ein Waschbär, der gierig nach dem hingeworfenen Futter greift. Da ich spät dran war – entsprach ich vielleicht deshalb seiner Vorstellung von einem Flugzeugentführer? Was hätte er denn gern gefunden? Unterwäsche, die er betasten konnte, eine Pistole? *Wenn Sie's wissen wollen: Meine Pistole ist mein Kopf.*

Nachdem ich die Kontrolle hinter mir hatte, war mein erster Gedanke der Anruf bei Farlan. Alle sieben Telefonzellen waren aber belegt, und auf der Anzeigetafel wurde schon zu meinem Flug aufgerufen: »An Bord gehen«, blinkte es da auf. Ich durfte ja nicht vergessen, ihn von Rom aus anzurufen oder ihm zu telegraphieren.

Im Flugzeug gab mir die Stewardess die Morgenzeitung. Da stand es bereits: »US-General in Rom ermordet.« Es war also tatsächlich geschehen.

Ich schlug die Seite mit den Nachrufen auf. Nichts. Er war entweder nicht alt oder nicht bedeutend genug gewesen, als daß man schon einen fertigen Nachruf hätte drucken können.

Ich legte meine linke Schläfe gegen die gewölbte Bordwand des Flugzeugs und verspürte deren gedämpftes Vibrieren; hoffentlich würde ich schlafen können. Erinnerungen an Vater brachen über mich herein wie die Wellen über den Strand von Montauk im November. In Montauk hatte er den letzten Versuch unternommen, mich zu einer Karriere beim Militär zu überreden – es durfte alles sein, selbst bei der Marine. »Bedenk doch, was für eine Karriere Rickover gemacht hat.«

Ich hatte ihm darauf geantwortet, daß ich meine Schlachten im Gerichtssaal schlagen wollte; dort gebe es keine Toten.

Annie, meine liebe alte Freundin, wo bist du jetzt? Weshalb haben wir uns aus den Augen verloren? Es ist noch nicht aus mit dem Sterben.

Von zu Hause hatte ich Mutter in einem Telegramm die Nummer meines Flugs und die Ankunftszeit mitgeteilt. »Äußerst unüberlegt«, sollte David Smith später zu mir sagen. »Die Falschen hätten doch dann auf Sie warten können.« Ein Telegramm ist doch so öffentlich, wie wenn man von einem Turm herunterruft; jeder kann an ein Telegramm herankommen, wollte David sagen. Ich hatte den Schritt in jene Welt noch nicht getan, in der Telefone ohne richterliche Erlaubnis angezapft und Briefumschläge mit Dampf geöffnet werden, eine Welt, in der »ungesetzlich« nun einmal »einfallsreich« oder »professionell« bedeutet.

Ist Ihnen schon aufgefallen, wie ansonsten höfliche Leute im

Flugzeug plötzlich aufstehen und sich nach vorne drängeln, noch bevor es zum Stehen gekommen ist, um so schnell wie möglich aus dem Flugzeug hinaus und in einen Raum mit festen Wänden hineinzukommen, gerade so, als ob es ihnen noch nicht reiche, wieder auf dem Boden zu sein? Ich ließ sie sich nach vorne drängeln. Ich mußte mich darauf vorbereiten, Mutter mit gefaßtem Gesicht entgegenzutreten.

Ich entdeckte sie sofort in der Menge jenseits der Absperrung, eilte auf sie zu, um sie zu umarmen, und schloß sie fest in die Arme, wobei im Trubel der sich begrüßenden Italiener um uns herum meine ganze protestantische Zurückhaltung dahinschmolz.

Mutter stellte mir den jungen Feldwebel vor, der sie begleitete; sie informierte mich, daß er Audleys unmittelbarer Vorgesetzter bei der Fahrbereitschaft war.

Ich drückte dem Feldwebel kurz mein Beileid aus und sagte dann zu ihm: »Kommt Audleys Familie auch nach Rom?«

Der Feldwebel trat von einem Fuß auf den anderen und sagte: »Er wuchs in einem Waisenhaus in Texas auf, Ma'am.« Er bot sich an, mir die Tasche zu tragen; ich nahm sein Angebot an, denn ich wollte den fast endlosen Weg bis zur Gepäckausgabe mit dem Arm um Mutter gelegt gehen. Und ausgerechnet dort, auf dem Flughafen in Rom, an diesem exponierten Ort, an dem Menschen von Terroristen umgebracht worden waren, wartete ich mitten in der Menge auf die Ankunft meines Gepäcks auf dem Förderband. Als ich nach meinem Koffer greifen wollte, kam der Feldwebel mir zuvor und packte ihn, wobei sein Gesicht so strahlte wie das eines Sportlers nach dem Sieg. Er führte uns dann zu einem Tisch auf der Seite, weg von der langen Schlange der am Zoll Wartenden.

Draußen hatte ich eigentlich eine Limousine in der Einheitsfarbe Oliv erwartet – in einer solchen hatte man ja meinen Vater umherchauffiert, wie ich mich erinnern konnte; draußen aber stand ein schmuckloser schwarzer Personenwagen ohne irgendwelche militärischen Kennzeichen.

Im Wagen zeigte Mutter mir die italienische Zeitung. Das Bild auf der ersten Seite zeigte den zertrümmerten Wagen und die Leichen unter Planen. Ich fragte mich, was wohl in »Today« und in »Good

Morning, America« zu sehen gewesen war, als ich mich noch auf dem Flughafen in New York befand.

»Ist es mir möglich, ihn zu sehen?« fragte ich.

Mutter brachte mir behutsam bei, warum wir das nicht tun konnten.

Ich verfluchte den, der das Gesicht meines Vaters zur Unkenntlichkeit entstellt hatte, so daß nicht einmal die routinierten Kosmetiker des Todes es wiederherstellen konnten. Ich würde mich also auf meine Erinnerungen an ihn verlassen müssen, unterstützt durch den Inhalt eines Schuhkartons, den Mutter mit Fotos aus der gemeinsamen Zeit vollgestopft hatte.

Wir wurden nicht zum Hotel gefahren, sondern zum Hauptquartier der Verbindungsoffiziere. In seinem spartanisch eingerichteten Büro sprach uns der Major kurz sein Beileid aus und sagte dann mit einer Stimme, die uns unter die Haut ging: »General Whitcombs Leichnam wird auf Kosten der Regierung in die Staaten geflogen. Sie können seinen Leichnam im selben Flugzeug begleiten, Sie können aber auch ein anderes nehmen. Die Regierung wird für den Flug von Mrs. Whitcomb aufkommen, aber nicht für den von Miss Whitcomb, da sie offiziell nicht mehr zum Haushalt des Generals gehört.«

Komm doch endlich zum Schluß, du Scheißkerl. Ich sagte aber: »Ich verstehe.«

»Der General wird mit militärischen Ehren in Arlington beigesetzt.«

Weil er sich töten ließ?

Mutter sagte darauf: »Ich weiß noch gar nicht, ob ich ihn in Arlington beisetzen lassen will. Es wäre mir lieber, er wäre in meiner Nähe beerdigt.«

Der Major blickte so drein, als ob sie gerade etwas abgelehnt hätte, was noch von niemandem abgelehnt worden war.

»Ich werde Sie es zu gegebener Zeit wissen lassen«, sagte sie dann.

Ich drückte ihr unterm Tisch verstohlen die Hand.

»Mrs. Whitcomb«, fuhr der Major fort, »wollen Sie bitte diese Formulare ausfüllen, damit der Pensionierungsantrag gestellt werden kann?«

Mutter war schon beim Ausfüllen, als der Major sie plötzlich unterbrach. »Nein, nicht so; bitte in Blockschrift«, sagte er.

»Meine Handschrift kann man doch sehr gut lesen«, sagte Mutter.

»Darum geht es aber nicht. Bitte füllen Sie die Formulare in Blockschrift aus, sonst müssen Sie es ein zweites Mal tun.«

»Was ist mit der Gefahrenzulage?« wollte meine Mutter wissen.

»Kreuzen Sie das nicht an«, sagte der Major. »Die Tätigkeit des Generals hier in Rom wurde als nicht gefährlich eingestuft, deshalb gibt es auch keine Gefahrenzulage.«

Meine Mutter hatte die Kraft zu fragen: »War denn der Mord an ihm nicht der Beweis für seine gefährliche Tätigkeit?«

Als Mutter alles ausgefüllt hatte, erhob sich der Major gewandt und hielt uns die Hand hin. Ich kehrte ihm den Rücken und versuchte, meinen jugendlichen Zorn zu bändigen – wegen der Roheit, die Regierungsangestellte manchmal als einziges Zeichen ihres Amtes zur Schau stellen.

Draußen – ich war immer noch wütend auf den Major – sahen wir, daß wir bereits von einem NBC-Fernsehteam erwartet wurden. Mutter wollte den Leuten ausweichen und zog mich weg, ich aber hatte genug von den Belästigungen gefühlloser Leute, die nur ihrer Arbeit nachgehen können. Der Fernsehreporter neben der Kamera fragte: »Möchten Sie etwas zum Tod des Generals sagen?«, worauf ich mich ihm und der Kamera zuwandte und sagte: »Ich werde die Feiglinge, die es getan haben, aufspüren und eigenhändig umbringen.« Ich konnte schon die Schlagzeilen sehen: »Beherzte Tochter des Generals lechzt nach Rache.« Mutter zupfte mich am Ärmel, ich aber war nicht in Rückzugsstimmung.

»Es ist mein voller Ernst. Bei Gott, ich werde die Scheißkerle schon erwischen«, sagte ich.

Der Chef des Teams hatte wirklich Nerven. Er fragte: »Aber ist das denn nicht genauso schlimm wie das, was die Terroristen machen?«

»Hau bloß ab, Mann!«

»Möchten Sie denn nicht, daß die Mörder Ihres Vaters vor Gericht gestellt, schuldig gesprochen und ins Gefängnis geschickt werden? Wo bliebe sonst das Recht?«

»Zum Teufel mit den Gesetzen«, rief ich, als Mutter mich am Arm packte und fortzog.

Ich wette, daß die Feiglinge das nicht sendeten.

In jener langen Nacht unseres ersten Schmerzes fanden wir keinen Schlaf und tranken von dem Cognac, den Mutter im Hotel hatte. Da sie das Trinken nicht gewohnt war, sprach sie unaufhörlich davon, was Vater und sie gemeinsam getan hatten, bevor ich auf die Welt gekommen war, dann, wie Vater mich immer in die Luft warf, was sie in Furcht versetzte, mich aber freute, und wie er mich immer sicher mit den Armen aufgefangen hatte.

Ich hielt sie im Arm, als ob ich die Mutter wäre.

»Dein Leben verdankst du ihm«, sagte sie.

»Mein Leben verdanke ich euch beiden«, sagte ich und füllte ihr Glas wieder.

»Nein, nein, du verdankst es wirklich ihm. Als ich mich in Paris zur Niederkunft ins Krankenhaus begab, ging ich ins amerikanische Krankenhaus, weil ich dachte, dort wäre ich am besten versorgt; als du dann da warst, wollte man mich mein Kind nicht sehen lassen. Dein Vater stapfte einfach an der Schwester vorbei, die ihm den Weg ins Säuglingszimmer versperren wollte. Einige Schwestern standen um einen Untersuchungstisch herum, auf dem ein Neugeborenes lag, und sprachen ganz aufgeregt miteinander. Dein Vater schlug mit der flachen Hand so fest gegen die Scheibe, daß die Schwestern Angst hatten, sie könnte zerbrechen. Eine Schwester kam heraus, und er fragte sie: ›Was fehlt dem Kind?‹ Worauf die Schwester antwortete: ›Es scheint von Zeit zu Zeit den Atem anzuhalten.‹ So laut er konnte, brüllte er: ›Sie sagen also, daß es Probleme mit der Atmung hat? Wo ist der verdammte Arzt?‹ Man sagte mir später, dein Vater habe den Arzt von dem Bett heruntergerissen, auf dem er saß und ein Taschenbuch las, und habe ihn vor sich her ins Säuglingszimmer getrieben. Man sagte uns, er sei gerade noch rechtzeitig gekommen. Du hättest sonst einen bleibenden Hirnschaden davontragen können. Ich kann mir nicht vorstellen, was aus dir geworden wäre, hättest du einen Hirnschaden davongetragen. O Susan, ich brauche ihn doch noch!«

Ich kam mir so hilflos vor; ich brach zusammen und weinte. Als Erwachsene habe ich vor Mutter meine Tränen stets verborgen. Zunächst wußte sie nicht, was sie mit ihren Händen tun sollte. Plötzlich hatte sie die Arme um mich geschlungen und zog meinen Kopf an ihren; ihre Tränen vermischten sich mit den meinen. Obwohl unsere Köpfe so eng wie bei siamesischen Zwillingen nebeneinander lagen, vermochten es doch weder die Trauer noch der Cognac, das Gewebe der Erinnerungen zusammenzufügen, das eine jede von uns von dem Mann spann, der mir während der Kindheit und ihr ein Leben hindurch Kraft gegeben hatte.

Anders als unsere Seele kann unser Körper sich rasch des Unerträglichen entledigen. Mutter wurde es schlecht vom Cognac, den sie ausnahmsweise getrunken hatte. Als sie auf die Toilette ging, wo sie sich unbeobachtet erbrechen wollte, erbot ich mich, ihr den Kopf zu halten; sie aber empfand das als erniedrigend und schlug energisch die Tür zu.

Danach streckte sie sich auf ihrem Bett aus; ihre Stirn war noch immer feucht. Ich holte einen Waschlappen und tupfte den Schweiß ab, der ihr über den Augen stand; diese öffneten sich und blickten mich an. Ein kleines Tröpfchen Schweiß war bis zur Nasenspitze gekommen. Ich faltete den Waschlappen sorgfältig und berührte das Tröpfchen mit dem Stoff. Es wurde aufgesogen.

Ihr kaum vernehmbares »Danke« schien nicht lauter als ihr Herzschlag zu sein. Mir wurde dann bewußt, daß ich ein Schlaflied vor mich hinflüsterte, den Text mit einem Hauch der Melodie. Ich hielt ihre Hände fest in den meinen und trug ihr mein Lied so lange im Flüsterton vor, bis ich merkte, wie die Spannung in ihren Händen nachließ, und ich sicher sein konnte, daß sie eingeschlafen war.

Als das Telefon klingelte, war ich mit einem Satz dran, denn ein zweites Klingeln wollte ich unbedingt verhindern. Ich weiß nicht, was man in Italien sagt, wenn man sich am Telefon meldet; das war aber nicht wichtig, denn ich redete drauflos, ohne vorher zu überlegen, und meldete mich mit Susan Whitcomb – als ob ich im Büro ein Gespräch in Empfang nähme.

Eine für einen Mann bemerkenswert melodiöse Stimme sagte: »Hier ist David Smith. Ich bin Ihnen und Ihrer Mutter zugeteilt worden. Darf ich Sie jetzt noch besuchen?«

»Es ist schon sehr spät«, sagte ich in den Hörer.

»Dann morgen früh.«

»Wer sind Sie?«

»Wenn wir uns treffen, zeige ich Ihnen meinen Ausweis. Treffen wir uns um neun Uhr in der Halle Ihres Hotels?«

»Ich weiß ja gar nicht, wie Sie aussehen, Mr. Smith.«

»Ich werde Sie schon erkennen.«

»Haben wir uns denn schon einmal gesehen?«

»Ich war auf dem Flughafen, als Sie ankamen.«

»Sie haben sich aber nicht vorgestellt. Sind Sie Angehöriger der Armee?«

»Ich bin Zivilist – habe aber nichts gegen das Militär; legen Sie nicht auf!« Er mußte meinen Gedanken erraten haben. »Ich bin Ihr offizieller Babysitter«, sagte er.

»Was soll das denn heißen?«

»Ich bin Ihr Leibwächter. Auch der Ihrer Mutter.«

»Wozu brauchen wir denn einen Leibwächter? Ich –«

»Wir werden uns morgen früh darüber unterhalten.« Er sagte das im Befehlston. »Seien Sie bitte um Punkt neun Uhr in der Halle.«

»Ich werde dort sein, wenn ich dort sein will.«

»Ich will nicht, daß Sie sich unnötig in der Halle aufhalten. Halten Sie sich bis auf weiteres in Ihrem Zimmer auf. Achten Sie darauf, daß die Tür abgeschlossen ist. Lassen Sie Ihr Essen nicht aufs Zimmer kommen. Kommen Sie um Punkt neun Uhr nach unten.«

Er legte auf. Ich blickte zu Mutter hinüber – sie hatte die Unterhaltung nicht mitbekommen und schlief friedlich.

Als ich im Bett lag, schloß ich die Augen und sah die einzelnen Seiten eines Albums voller Erinnerungen: Vater, wie er mich mit beiden Armen hoch emporhielt und dabei »Flieg, flieg!« rief, oder wie ich auf seinem Schoß saß und mich nach der Bedeutung eines jeden Abzeichens auf seiner Uniform erkundigte. Würde er nun das Purple-Heart-Abzeichen erhalten, weil er so schwer verwundet worden war, daß er sterben mußte? Der Teufel sollte seine Feinde holen! Ich wollte ihn wieder lebendig haben – und kein Photoalbum. Ich schlug die Augen auf, um die Erinnerung zu vertreiben; das Klopfen meines Herzens, das im Zustand des Zorns heftig pochte, ließ mich aber nicht zum Schlafen kommen. Die meiste Zeit lag ich wach und hoffte, die Schatten an der Decke würden sich verflüchtigen.

11

Susan

Am nächsten Morgen zog ich mich so leise wie möglich an. Ich rückte mir vor dem Spiegel gerade den Kragen zurecht, als ich Mutters Stimme vernahm.

»Guten Morgen«, sagte sie. »Ich hoffe, daß dir der Schädel nicht genauso brummt.«

Rasch ging ich zu ihrem Bett und schloß sie in die Arme. »Ich hätte dich nicht so viel Cognac trinken lassen sollen. Soll ich dir einen Eisbeutel machen? Ich könnte anrufen –«

»Nein, nein. Mir wird's bald besser gehen. Ich habe noch etwas von dem Mittel, das dein Vater bereithielt, falls jemand mal einen Kater hatte.«

»Wird's dir ganz bestimmt wieder besser davon?«

»Wohin willst du denn? Bist du mit jemandem verabredet?«

»Nur in die Hotelhalle, Mutter«, sagte ich.

»Mit wem bist du denn verabredet? Wird's lange dauern?«

»Mit einem Mann, der gestern abend noch angerufen hat. Er sagte, er habe den Auftrag, uns zu bewachen. Ich bin gleich wieder hier. Dann werden wir gemeinsam frühstücken.«

»Dann mach' ich mich wohl besser fertig. Sag dem Mann, wir Frauen können selbst auf uns aufpassen.«

»Ich verspreche dir, daß ich das Hotel nicht verlassen werde.«

David Smith muß mich in dem Augenblick gesehen haben, in dem die Tür des Aufzuges sich öffnete und sieben oder acht Fahrgäste in die hell erleuchtete Hotelhalle entließ. Ein einsneunzig großer Mann in einem dunkelbraunen Anzug kam geradewegs auf mich zu, blinzelte mich durch eine große Brille an, die überhaupt nicht zu seinem Gesicht paßte, und sagte mit einer melodiösen Stimme, die mir bekannt vorkam: »Sie haben sich verspätet.« Die große Uhr auf einer der Säulen zeigte auf zwei oder drei Minuten nach neun.

»Nur unwesentlich«, entgegnete ich mit einem Schulterzucken; er aber hatte mich schon am Ellbogen gefaßt, und zwar so, daß ein Versuch, mich loszureißen, ohne daß andere Leute darauf aufmerksam wurden, ein schwieriges Unterfangen gewesen wäre.

Er führte mich zu einer Couch, die zwischen zwei ungewöhnlich großen tropischen Pflanzen stand, und setzte sich neben mich. »Das mit Ihrem Vater tut mir wirklich leid«, sagte er, als ob er es auch so meinte; sein Blick aber schien auf das Ende der Halle fixiert zu sein.

»Erwarten Sie denn noch jemand?« fragte ich.

Er blickte mich für den Bruchteil einer Sekunde an, dann wandte er sein Gesicht wieder ab. »Man könnte es vielleicht so ausdrücken: Ich halte Ausschau nach dem Unerwarteten. Im Moment beschäftigt mich nur der Mann dort drüben, der in seiner Mappe nach etwas sucht. Er braucht mir zu lange dazu.«

Ich sagte: »Soll ich ihn bitten, er möge sich doch beeilen, weil er Sie davon abhält, mir zu sagen, weshalb ich hier in der Halle bin?«

Darauf ließ mich David Smith zum allerersten Mal einen Augenblick das Lächeln sehen, das ich jetzt für das für ihn typische Lächeln halte. Es erscheint an drei Stellen gleichzeitig: in den Augenwinkeln, in den Grübchen auf seinen Wangen und auf den Lippen, die sich dann ein wenig bewegen. Sein Blick wandte sich wieder dem Mann zu, der noch immer in seiner Mappe herumkramte, und wanderte von dort zu den Eingangstüren des Hotels.

»Sind Sie vielleicht doch ein klein wenig paranoid?« fragte ich ihn.

Ohne mich anzublicken sagte er: »Ich lasse dem Teufel das, was ihm zusteht. Ihr Vater war nicht paranoid genug.« Darauf sah er mich an und sagte: »Bitte entschuldigen Sie. Er war ein fähiger Mann.«

»Sie haben ihn also gekannt?«

»Konnte zweimal von seiner Arbeit profitieren«, sagte er und erhob sich. »Habe ihn aber nie getroffen.«

Der Mann hatte in seiner Mappe endlich das gefunden, wonach er gesucht hatte, schloß sie und schritt auf die Rezeption zu, in der anderen Hand eine große Brieftasche mit seinem Paß. David Smith, der sichtlich erleichtert war, setzte sich wieder.

»Mr. Smith, Sie sagten mir, Sie würden sich ausweisen.«

Wie ein Blinder, die Augen auf die Eingangstüren gerichtet, nahm er aus der Innentasche seines Jacketts eine Brieftasche heraus und öffnete sie mit der linken Hand. Erst viel später wurde mir klar, weshalb er, obwohl Rechtshänder, stets die linke Hand benützte.

Der Paß, den man unter der durchsichtigen Kunststoffhülle sehen konnte, war mit einem Bild von ihm versehen. Mit dem Daumen der linken Hand schlug er die nächste Seite auf und ließ mich einen internationalen Führerschein sehen, auch darauf stand »David Smith«.

»Mein Vater hat mir mal gesagt, wo diese Dinger hergestellt werden«, sagte ich.

Nun lachte Smith wie ein ganz normaler Mensch. Er wandte seine Augen sogar vom Hoteleingang ab und blickte mir direkt ins Gesicht. Irgend etwas war mit seinem Gesicht nicht in Ordnung.

»Wie kann ich Sie denn überprüfen lassen?« fragte ich.

»Vielleicht können Sie das gar nicht.«

Ich stand auf. »Wenn das so ist, dann sehe ich nicht ein, weshalb ich noch länger hier bleiben sollte.« Ich ging aber nicht weg. Was konnte es denn mit seinem Gesicht nur auf sich haben?

Er sagte: »Sie können mich in die Wange kneifen, dann wissen Sie, ob die echt ist.«

»Könnte Milford Burns wissen, wer Sie sind?«

»General Burns?«

»Er ist mit meinem Vater gut befreundet gewesen. Ihr Generale kennt euch doch, oder?«

»So also versucht ein Rechtsanwalt, an Informationen heranzukommen, stimmt's? Ich habe aber keinen Rang.«

»Nicht einmal den eines Rekruten?«

»Doch, doch, man hat mich schon rekrutiert.«

Die Offiziere, mit denen mein Vater zusammengekommen war, hatten keinen Sinn für Wortspielereien. »Was soll ich also General Burns fragen?«

David Smith holte ein kleines Lederetui aus der Seitentasche seiner Tweedjacke hervor, riß ein leeres Blatt Papier heraus und schrieb hinter der vorgehaltenen Hand eine Telefonnummer darauf. Als er mir das Blatt reichte, stand er so nahe neben mir, wie es bei Fremden eigentlich nicht üblich ist.

»Ganz bestimmt sind Sie vom CIA«, sagte ich.

»Klaro – ich hab' nämlich noch nie einen Fall verhunzt«, sagte er.

»Woher soll ich wissen, daß Ihr Paß keine Fälschung ist?«

»Dessen Echtheit wird gewöhnlich nicht in Frage gestellt. So gehen Sie doch und rufen Sie unter dieser Nummer an; man wird Ihnen dort bestimmt nicht nur die Tageszeit ansagen. Man wäre dort vielleicht sogar bereit, mit General Burns zu reden; lassen Sie es ihn doch mal versuchen. Ich wüßte nämlich gerne, was man dort über mich sagt. Da drüben ist eine Telefonzelle.«

»Ich könnte vom Zimmer aus anrufen«, sagte ich.

»Seien Sie nicht unvorsichtig, benützen Sie eine Telefonzelle, wenn es Ihnen möglich ist. Und geben Sie die Nummer, die Sie von mir erhalten haben, an niemanden weiter, mit Ausnahme von General Burns, verstanden?«

Ich habe es mir wohl anmerken lassen, daß ich sein »Verstanden?« nicht mochte.

»Bitte«, sagte er, »jetzt gleich.«

»Ich werde herausbekommen, wer Sie sind«, sagte ich und ging in die Telefonzelle. Ich war doch nicht beim Militär. Wen glaubte dieser Smith eigentlich vor sich zu haben, dem er einen Befehl erteilen konnte? Weshalb sollte ich denn General Burns bitten, einen Telefonanruf zu tätigen, den ich doch genauso gut selbst ausführen konnte?

Ich wählte die Nummer, die Smith mir aufgeschrieben hatte.

»Pronto«, hörte ich eine Frauenstimme sagen.

»Parla inglese?« fragte ich.

»Certo.«

»Mi può dire chi è David Smith?«

»Wer spricht denn dort?«

»Hier spricht Susan Whitcomb.«

Man hätte meinen können, ich hätte mich mit »Maria die Aussätzige« gemeldet – so still war es nun in der Leitung. Hätte ich sagen sollen, ich sei die Tochter von General Whitcomb?

»Hier spricht Susan –«

Am anderen Ende legte man einfach den Hörer auf.

Ich konnte nicht einmal sicher sein, daß ich mit dem richtigen Teilnehmer verbunden worden war. Ich wählte nochmals dieselbe Nummer, warf behutsam die richtigen Münzen ein, zählte das Klingeln – einmal, zweimal, dreimal. Beim zwölften Mal war ich mit den Nerven am Ende. Ich legte den Hörer auf.

David Smith stand mit einem dämonischen Lächeln im Gesicht dicht vor der Telefonzelle und schüttelte den Kopf.

12

General Milford Burns

Als Susan Whitcomb mich wegen David Smith anrief, konnte ich mir natürlich sogleich wieder vorstellen, wie sie aussah. Auf Harolds Photos sah sie aus wie eine junge Heather. Ich hatte mich schon wiederholt gefragt, weshalb eine so hübsche junge Frau noch nicht verheiratet war – oder hatte ich da altmodische Ansichten? Harold sagte, als Anwältin sei sie knallhart. Wenn man zu meiner Zeit hörte, eine Frau sei knallhart, dann nichts wie weg, und zwar so schnell wie Jesse Owens. Sie sah überhaupt nicht wie eine harte, unnahbare Frau aus. Aber Harold sagte, er sei dabei gewesen, als sie im Gerichtssaal als Bezirksanwalt die Persönlichkeit eines Zeugen auseinandergenommen hatte, als ob sie eine Salami aufschneide.

Als Heather mir sagte, ihre Tochter sei auf dem Weg nach Rom, war mein erster Gedanke, den beiden in ihrem Leid nach Kräften beizustehen – als eine Art Ersatz für Harold. Ich weiß, Harolds Rolle hier war eine Tarnung für seine Arbeit für den Nachrichtendienst. Immer wenn ich ihn darauf ansprach, wechselte er schnell das Thema. Ich war ja kein Abgeordneter des Kongresses. Ich mußte ja nicht dort herumschnüffeln, wo ich unerwünscht war.

Als Susan mich bat, diesen David Smith zu überprüfen, half ich ihr natürlich sehr gerne. Ich wählte die Nummer, die Susan mir gegeben hatte. Der Anruf wurde von einer Italienerin in Empfang genommen, die mich mit einer Frau verband, die Englisch sprach, aber nach einer Amerikanerin klang. Ich sagte, wer ich sei; ich wolle mich nach der Vertrauenswürdigkeit eines David Smith erkundigen.

Sie sagte: »Einen Augenblick, bitte« – ziemlich unvermittelt, so schien es mir–, und als nächstes hörte ich die Stimme eines Mannes, der zu wissen schien, wer ich war. Ich war erleichtert. »Womit kann ich Ihnen dienen, Herr General?« fragte er. Ich bat ihn um Auskunft über David Smith: wie er tatsächlich heiße, in welchem Dienstverhältnis er stehe, ob er einen Rang habe und wer ihn mit der von ihm angegebenen Aufgabe als Leibwächter betraut haben könnte – alles berechtigte Fragen. Was ich darauf als Antwort erhielt, hörte sich eher nach einem pfiffigen Kommentar an: »Falls es den überhaupt gibt, dann steht er auf unserer Seite, Herr General!«

»Das ist doch keine Antwort auf meine Fragen«, sagte ich.

»Glauben Sie mir, Herr General, ich sage Ihnen alles, was ich dazu sagen kann.«

»Ist er nun einer von uns oder nicht?«

»Einer von wem, Herr General?«

»Er ist doch Amerikaner, oder?«

»Spricht er denn wie ein Amerikaner, Herr General?«

»Ich habe noch nie mit ihm selbst gesprochen.«

»Ach so. Vielleicht sollten Sie das aber tun, Herr General.«

»Ist er Soldat?«

»Es würde Ihnen sofort auffallen, Herr General, ob er einer ist oder nicht.«

»Dieses Gespräch ist höchst enttäuschend.«

»Tut mir leid, Herr General.«

Und er legte auf – einfach so.

13

David Smith

Sam Dracoff will, daß ich diese unnötige Brille und diese verdammte Perücke trage. Er sagt, das falle niemandem auf. Ich merke es aber. Wenn ich eine junge Frau kennenlerne, eine wie Susan Whitcomb, dann würde ich das gerne mit dem Gesicht tun, das ich beim Rasieren sehe, und nicht mit dieser Maskierung. Ich fragte Sam einmal: »Wie kommt's, daß du dir das Gesicht nicht maskierst?«, worauf er sagte: »Ich führe keine Aufträge mehr durch, Söhnchen.«

Das war aber gelogen. Wenn er es einem Team nicht zutraut, einen Auftrag ohne seine Überwachung an Ort und Stelle durchzuführen, dann ist Sam stets mitten im Getümmel des Gefechts. Ich glaube, er maskiert sich das Gesicht nur deshalb nicht, weil er der Frau, mit der er hier zusammenlebt, so gefällt, wie er aussieht. Ich scheiß' ihn gern zusammen, sofern sich eine Gelegenheit dafür bietet, was aber nicht häufig vorkommt. Einmal brüllte ich ihn an: »Wie kommt's, daß mir eine feste Freundin nicht gestattet ist, dir aber schon? Wie kommt's, daß du deine eigenen Regeln nicht befolgst, Sam? Ich soll sie aber befolgen.«

Sam sah mich verächtlich an – seine Art, den Boss hervorzukehren. »Die Frau, mit der ich hier zusammenlebe, ist nicht für alle Zeiten«, fuhr er mich an.

»Darf ich ihr das sagen?« schrie ich zurück.

»Du willst wohl, daß ich dir mit der Faust die Fresse poliere, Bürschchen? Ich sagte: ›Keine feste Bindung‹, und so mein' ich's auch. Eine Beziehung bringt sowohl die Frau als auch dich selbst in Gefahr. Diskussion beendet.«

Ich habe Frauen in jedem Land kennengelernt, in dem ich eine Zeitlang zu tun hatte; mit jeder konnte man gelegentlich einen Abend verbringen, sich einen Schwips antrinken und dann ins Bett gehen – mehr aber nicht.

Susan Whitcomb traute mir nicht. Das war eine Versuchung für mich. Sie war mir nicht gestattet. Auch das war eine Versuchung für mich.

Wir warteten auf den Rückruf von General Burns.

»Mir knurrt der Magen; er verlangt nach seinem Frühstück«, sagte sie.

»So halten Sie doch noch eine Weile aus«, sagte ich.

»Mutter ist allein in ihrem Zimmer droben. Weshalb klingelt denn das verdammte Telefon so lange nicht?«

»Kann jede Sekunde klingeln.«

Kaum zu glauben – ein italienischer Geschäftsmann stapfte in die Telefonzelle. Er redete so laut, als ob er vor einer Menge eine Ansprache hielte.

Ich klopfte an die gläserne Tür der Telefonzelle. Er bedeutete mir mit der Hand, ich solle mich entfernen. Ich kochte innerlich. Schließlich legte er den Hörer auf und hatte kaum einen Schritt aus der Zelle getan, als das Telefon klingelte. Dieser Kerl drehte sich wieder um und wollte in die Telefonzelle zurück, um den Hörer abzunehmen; ich aber versperrte ihm den Weg und sagte: »Ich glaube, dieser Anruf ist für mich bestimmt.«

Er sah mich so an, als ob er kein Wort verstanden hätte; er hatte aber meine Miene begriffen und verzog sich.

Ich schnappte mir den Hörer, damit man am anderen Ende nicht auflegte. »Ja?« sagte ich.

Die ans Befehlen gewöhnte Stimme eines Mannes sagte: »Kann ich bitte mit Susan Whitcomb sprechen?«

»General Burns? Hier spricht David Smith. Sie wartet gleich draußen vor der Zelle.«

»Smith, von den Leuten, die ich unter der Nummer angerufen habe, die Sie Susan gegeben haben, konnte ich rein gar nichts erfahren. Wer zum Teufel sind Sie eigentlich?«

Es gibt Leute, die zeit ihres Lebens in der Armee gewesen sind und dennoch nicht begriffen haben, was auf der Welt tatsächlich vor sich geht. Irgend etwas mußte ich ihm sagen; deshalb sagte ich: »Ich bin in den Fall Whitcomb eingeschaltet worden.«

»Eingeschaltet worden? Wie denn? Sind Sie vom CID?«

Doof bleibt doof. »Nein, Herr General.«

»Auf wessen Weisung hin sind Sie denn tätig geworden?«

In einem solchen Moment wie diesem wird mir bewußt, wie ungeduldig ich eigentlich bin. »Herr General«, sagte ich, »wir haben jetzt ein gemeinsames Interesse. Der Mann, der den Anschlag auf General Whitcomb geplant hat, ist für meine Leute kein Unbekannter. Wir kennen seine Vorgehensweise genau. Da wir seine Methode kennen, erwarten wir, daß er es jetzt auf Mrs. Whitcomb und ihre Tochter abgesehen hat. Wenn Sie es bewerkstelligen können, daß beide schnell außer Landes gebracht werden, dann wäre das eine große Hilfe.«

»Das klingt so, als ob es Ihnen nur darum ginge, das Problem auf jemand anderen abzuwälzen.«

»Herr General, für die Whitcombs ist es hier nicht mehr sicher genug.«

»Wie, sagten Sie, heißt der Mann, der General Whitcomb ermorden ließ?«

»Ich habe seinen Namen nicht genannt.«

»Wie heißt er, zum Teufel nochmal?«

»Monteleone.«

»Woher kenne ich bloß diesen Namen?«

»Giovanni Monteleone. Die Entführung von Aldo Moro. Der Polizeichef von Sizilien, dem man die Knie zerschossen hat.«

»Weshalb sollte er es auf General Whitcomb abgesehen haben? Verfolgte denn der eine entsprechende Spur?«

»Geschickt gefragt, Herr General.«

»Ich sollte besser mit Susan und ihrer Mutter sprechen. Sie sagten doch, Susan sei in Ihrer Nähe?«

Ich drehte mich um und blickte nach draußen.

Susan war weg.

»Hallo«, sagte er, »hallo, hallo!«

Was hätte ich ihm sagen können? Ich legte den Hörer deshalb so leise wie möglich auf, so daß er meinen mußte, wir seien unterbrochen worden.

14

Susan

David Smith in der Telefonzelle zurückzulassen kam mir vor wie eine Flucht aus der Gefangenschaft.

Im voll besetzten Aufzug zog ich die Schultern ein, damit auch noch die letzten drei Leute, die ihn benutzen wollten, Platz hatten. Sie sahen ganz normal aus. Was war aber mit den Leuten, die hinter mir standen und die ich nicht sehen konnte? Wenn man einmal damit begonnen hat, sich gefährliche Situationen vorzustellen...

Nun hör mal zu, Anwalt, sagte ich zu mir selbst, zu Hause ist es doch auch nicht mehr sicher. Benutzen denn nicht die Richter im Gericht, wenn sie in ihre Zimmer hinaufwollen, separate Aufzüge, deren Türen sich erst öffnen, wenn man eine Geheimnummer eingegeben hat? Sind diese Richter deshalb nun paranoid oder schlicht und einfach vorsichtig?

Ich verließ den Aufzug. Bevor ich weiterging, wartete ich, um mich zu vergewissern, ob noch jemand aussteigen würde. Ein Mann stieg ebenfalls aus. Gott sei Dank, er ging in die andere Richtung.

Ich wollte nicht an die Tür klopfen, für den Fall, daß Mutter wieder eingeschlafen war. Ich suchte in meinem Geldbeutel nach dem Schlüssel.

Sie saß in einem Sessel, den sie vors Fenster gestellt hatte. *Die gefährlichste Zeit im Leben eines Menschen kommt nach dem Tode des Ehepartners.*

»Mutter«, sagte ich, »sitzt du nicht etwas zu nahe am Fenster?«

»Nur so kann man in diesem Zimmer frische Luft kriegen.«

»Was macht dein Kopf? Wie fühlst du dich?«

Sie sah mich an, als hätte ich meine Worte vor ihr ausgebreitet, damit sie sie studieren könne. »Ach«, sagte sie, »die Kopfschmerzen sind so gut wie weg. Vielleicht würde es mir gut tun, wenn ich etwas esse.«

War da nicht gerade ein nervöses Zucken in ihrem linken Augenlid? »Ich werd' uns was aufs Zimmer kommen lassen«, sagte ich.

»Nur ein bißchen Toast und einen Tee für mich. Ich kann mir einfach nicht vorstellen, weshalb noch niemand von den Leuten, die wir hier kennen, angerufen hat. Es muß doch in allen Zeitungen gestanden haben.«

»Vielleicht hat jemand angeordnet, daß keine Gespräche auf dein Zimmer durchgestellt werden dürfen.«

»Aber man kann uns doch nicht einfach so von anderen Leuten isolieren. Dein Vater würde nie erlauben... O Susan, ich kann's einfach noch nicht glauben, daß er tot ist.«

Ich nahm sie in die Arme.

»Ich bin so froh, daß du hier bist«, sagte sie.

Ich wartete, bis das Schlimmste vorüber war, und befreite mich dann langsam aus ihren Armen, um den Zimmerkellner zu rufen. Ich nahm an, man sei im Hotel damit vertraut, was in Amerika als Frühstück gilt; es wohnten doch Amerikaner im Hotel. Ich bestellte Orangensaft, Rührei, knusprig gebratenen Speck und Kaffee. »Willst du nicht doch noch etwas anderes haben?« rief ich zu Mutter hinüber, bevor ich den Hörer auflegte.

»Ich werd' mich dann eben bei dir bedienen, falls ich noch was will. Der Speck wird aber nicht knusprig gebraten sein. Dein Vater wollte ihn immer knusprig haben. Sie wissen einfach nicht, wie man das macht.«

Plötzlich fiel es mir wieder ein. »Nichts aufs Zimmer bestellen«, hatte David gesagt. Das hatte aber doch nur für gestern abend gegolten, oder?

»Was ist los, Susan?«

»Nichts, wirklich nichts«, log ich sie an.

Ich wußte nicht, ob sie mich verstanden hatte. Sie schien mit ihren eigenen Gedanken beschäftigt zu sein. Einen Augenblick später sagte sie: »Habe ich es dir schon mal gesagt, daß ich deinem Vater zum ersten Mal auf einer Rollschuhbahn begegnet bin?«

Ich schüttelte den Kopf.

»Und daß er mir damals wieder aufstehen half?«

Ihr Lächeln blitzte eine strahlende Sekunde lang auf und verschwand dann wieder. »Susan?«

»Ich hör' dir zu, Mutter.«

»Ich habe deinen Vater geliebt, nicht die Armee. Anfangs war ich mir sicher, daß ich ihn dazu überreden konnte, den Dienst zu quittieren. ›Was soll ich tun?‹ fragte er dann immer. Für mich war das Tragen von Dienstabzeichen auf den Schultern so etwas wie angeben. Ich fürchtete, dein Vater werde seinen Verstand vor die Hunde werfen. Und meinen auch.«

Ich wollte gerade auf sie zugehen, aber ein energisches Klopfen an der Tür hielt mich davon ab.

»Heute werden wir aber prompt bedient«, meinte Mutter.

Ich öffnete – und vor der Tür stand David Smith, der sogleich an mir vorbei ins Zimmer geschritten kam, als ob er sich gedacht hätte, ich könnte ihm den Weg versperren. Er machte die Tür hinter sich zu und verriegelte sie zweimal. »Sie haben nicht mal gefragt, wer draußen steht«, sagte er.

»Ich dachte, es wäre der Zimmerkellner.«

»Sie dachten sich gar nichts dabei.«

»Darf ich Sie mit meiner Mutter bekannt machen?«

Mutter erhob sich aus ihrem Sessel und schüttelte ihm die ausgestreckte Hand.

»Das ist David Smith, Mutter.«

»Bitte setzen Sie sich, Mrs. Whitcomb. Ich möchte nicht unhöflich erscheinen. Ich muß mit Ihnen beiden sprechen.«

Mutter ließ sich wieder in ihren Sessel sinken.

Smith setzte sich auf die Ottomane neben ihr – ich war also nicht erwünscht. »Mrs. Whitcomb«, sagte er, »ich möchte Ihnen erklären, weshalb die Gefahr noch nicht vorüber ist. Der Mann, der den Mord am General organisiert hat –«

»Wer ist das?« unterbrach ich ihn.

Smith drehte sich um und blickte mich an wie ein Kind, das etwas Unnötiges gefragt hat. »Er heißt Monteleone.«

»Der Name sagt mir überhaupt nichts«, sagte Mutter.

»Er ist das Haupt einer Gruppe, die sich von den Roten Brigaden abgespalten hat, weil er dachte, die wären zu zahm.«

»Zu zahm?«

»Monteleone hat es auf Offizielle der NATO abgesehen, auf Angehörige des Militärs, ganz besonders auf Offiziere der Nachrichtendienste. Er hat eine ganz spezielle Vorgehensweise; er stößt nämlich nach und erledigt auch die Familien der Opfer.«

Ich sah, wie Mutter sich die Hand vor den Mund hielt, als ob sie versuchte, einen Laut zurückzuhalten.

Smith fuhr fort: »Wenn er also nach der Ermordung des Generals auch noch Sie erledigt, dann würden die Angehörigen der Offiziere nach Hause wollen. Die Stimmung bei den zurückgelassenen Ehemännern wäre dann auf dem Nullpunkt angelangt. Erfahrene Profis würden ein Versetzungsgesuch einreichen. Ehefrauen –«

Mutter sagte: »Nicht jede von uns ist feige.«

»Mrs. Whitcomb, hätten Sie Ihren Mann im Büro abgeholt, was Sie ja gelegentlich taten, und hätten Sie mit ihm im Wagen gesessen, dann wären Sie jetzt auch tot. Monteleone hat es wohl so geplant gehabt. Nun muß er aber einen nach dem anderen erledigen.«

Mutter sagte: »Mr. Smith, welche Rolle spielen Sie in dieser ganzen Angelegenheit?«

»Man hat mich beauftragt, dafür zu sorgen, daß Ihnen nichts zustößt.«

»Wer hat Sie damit beauftragt?«

David bewegte seine Schultern hin und her – es war aber kein Schulterzucken und damit auch kein Abstreiten, sondern lediglich ein körperliches Mittel, um einer Antwort aus dem Weg zu gehen.

»Wenn Sie's uns nicht sagen wollen, wie können Sie dann von uns erwarten, daß wir Ihnen vertrauen?« meinte Mutter.

David sah zu mir her. Ich wollte ihm aber nicht zu Hilfe kommen. »Ich bin kein guter Babysitter.«

»Wir sind doch keine kleinen Kinder«, sagte Mutter.

»So nennt man das, was ich tue. Ich werde Dracoff bitten, einen anderen damit zu beauftragen.«

»Wer ist Dracoff?«

»Niemand. Vergessen Sie diesen Namen. Sehen Sie, ich bin für das hier nicht gut genug – ich gehöre nun mal aufs Schlachtfeld.«

»Bevor Sie einen voreiligen Schritt tun«, sagte ich, »könnten Sie uns vielleicht noch sagen, weshalb mein Vater ermordet wurde.«

Diesen Trick pflegen Rechtsanwälte anzuwenden. Ich konnte mir die Antwort schon vorstellen, wollte aber, daß die Geschworenen, also meine Mutter, diese hören sollten.

»Er leistete gute Arbeit. Er war...«

»Er war was?«

»Er war gerade mitten drin in der Auswertung von Informationen bezüglich des Angriffs einer Spezialeinheit auf ein Ausbildungslager für Terroristen. Man brachte ihn um, damit diese Arbeit nicht zum Abschluß kommt.« David preßte die Handflächen gegeneinander, wie man es in Indien macht; es war aber keine Geste der Unterwürfigkeit, es schien vielmehr so, als ob seine Hände sich gegenseitig im Zaum halten wollten. »Es wäre mir lieber gewesen, ich hätte den Anschlag von vornherein verhindern können. Die verdammte Armee schaltet uns aber gewöhnlich erst dann ein, wenn es bereits zu spät ist.«

»Ist es denn bereits zu spät, was uns betrifft?« fragte ich ihn, und augenblicklich glaubte ich Farlan zu hören, wie er mich tadelte: »Stellen Sie einem Zeugen niemals eine Frage, wenn Sie die wahrscheinliche Antwort darauf nicht bereits kennen.«

»Es ist noch nicht zu spät«, sagte er. »Deshalb bin ich ja auch hier.«

Was ich darauf sagen wollte, konnte ich nicht sagen, weil es plötzlich zweimal an die Tür klopfte.

Davids Reaktion auf das Klopfen war höchst erstaunlich. Er bewegte sich geräuschlos wie ein Tänzer auf die Tür zu, beugte sich zum Saum seines linken Hosenbeins hinunter und nahm eine Pistole aus einem Halfter, das an seinem Fußgelenk befestigt war. Mutter wollte etwas sagen, doch David hielt sich die Pistole senkrecht vor die Lippen, um ihr wie mit dem Finger zu bedeuten, sie solle ruhig sein. Er nickte mir zu und dann in Richtung Tür.

»Wer ist draußen?« fragte ich.

»Der Zimmerkellner.« Klang nicht nach einem Italiener.

David, der einen knappen Meter von mir entfernt stand, nickte.

Ich machte die Tür auf, die David dann verdeckte, und ließ einen kleinen Kellner mit Lockenhaar herein; er konnte nicht älter als zwanzig sein. Er schob seinen Servierwagen ins Zimmer, klappte dessen Seitenwände nach oben, zog zwei Stühle heran und wollte gerade die Metalldeckel über den Speisen wegnehmen, als ich sagte: »Vielen Dank, den Rest erledigen wir selbst.« Ich unterschrieb die Rechnung und gab ihm ein vielleicht zu hohes Trinkgeld.

Der Kellner lächelte erfreut und sagte: »Danke, Miss, vielen Dank«, und ging hinaus.

Mutters Augen waren auf David gerichtet, als er seine Pistole wieder ins Halfter zurücksteckte.

»Entschuldigen Sie«, sagte er, »es zahlt sich aber aus, wenn man vorsichtig ist.«

»Der Kellner ist doch Araber, oder, Mr. Smith?«

»Ein Kellner kann in Rom genauso gut Araber oder Türke oder Spanier sein wie Italiener. Nicht alle Araber sind Terroristen, Mrs. Whitcomb. Tatsächlich gibt es weniger als tausend arabische Terroristen; diese aber können der NATO ganz schön zusetzen. Man hat Ihren Ehemann mit der Aussage zitiert, sie seien in der ganzen bisherigen Weltgeschichte die Armee mit den geringsten Kosten.«

Hatte ihn diese Bemerkung das Leben gekostet?

David sagte dann: »Sie kümmern sich wenig um das, was wir sagen, lediglich um das, was wir tun.« Er nahm einen kleinen Löffel, der neben der Marmelade lag, tauchte ihn in die Teekanne und hielt sich den Löffel an die Nase, um am Tee zu riechen. Er probierte ihn mit der Zungenspitze. Vom Toast brach er ein kleines Stück ab und roch daran, leerte ein wenig Kaffee auf den Löffel und probierte. Dann nahm er eines der Messer, hob damit ein bißchen Rührei auf seinen Löffel, damit er daran riechen und davon probieren konnte. »Geht in Ordnung«, sagte er schließlich.

»Ich kann mir nicht vorstellen, wie man so leben kann«, sagte Mutter.

»In der Tat ist dies aber der einzige Weg, um am Leben zu bleiben«, sagte David. »Ihr Frühstück wird langsam kalt. Es ist besser, wenn Sie jetzt essen.«

Ich setzte mich und hoffte, daß Mutter meinem Beispiel folgen würde. Ich hatte gerade zwei Gabeln vom Rührei gegessen, als es wieder an der Tür klopfte.

»Bleiben Sie sitzen«, sagte David, »ich werde nachsehen.«

Zur Tür gehen und die Pistole ziehen war eins; an der Tür angelangt sagte er: »Chi è?«, wobei er die Pistole mit der Rechten hinter seinem Rücken verbarg.

War keine Antwort gekommen? Oder hatten wir sie einfach nicht gehört?

David machte die Tür nur einen Spalt weit auf. Wir konnten erkennen, daß einer der kleinen Botenjungen mit den weißen Handschuhen draußen stand.

David streckte seine Linke nach dem großen, flachen Umschlag aus, den der Junge in der Hand hatte. Der Bote wollte ihm den Umschlag zunächst nicht geben. David griff mit der linken Hand in die Tasche, holte einige Münzen hervor, und der Junge gab den Umschlag aus der Hand.

David schloß die Tür, steckte die Pistole weg und tastete den Rand des Umschlages ab. »Per Boten aus den Staaten«, sagte er. »Erwarten Sie denn Post?«

»Nein«, sagte ich.

Er tastete die Ecken ab und hielt den Umschlag gegen das Tageslicht. »Wenn's aus den Staaten kommt, dann rechnet man nicht mit einer Briefbombe. Dieser Brief ist in Ordnung.« Er reichte ihn mir.

Im großen Umschlag steckte ein kleinerer, auf dem mein Name stand. Oben links stand ein handschriftlicher Absender: Farlan Amory Adams. Ich hatte ihm nicht telegraphiert!

»Wir sollten jetzt essen«, sagte ich, »ich werd's später lesen.«

Wir hatten Mühe, uns aufs Essen zu konzentrieren, da David wie eine Dschungelkatze durchs Zimmer schlich, hinter dem Tisch und unter den Sesseln nachschaute und schließlich auch noch mißtrauisch zum Fenster hinaussah; dann fragte er überaus höflich: »Darf ich bitte das Schlafzimmer betreten?«

»Natürlich«, sagte Mutter.

Wir aßen schweigend.

David kam wieder herein. »Ich nehme an«, sagte er, »daß die

zweite Tür im Schlafzimmer in ein angrenzendes Zimmer führt; stimmt das?«

»Ich glaube, ja«, sagte Mutter.

»Sie leben doch schon eine Weile hier im Hotel, nicht wahr?«

»Gewiß«, sagte Mutter. »Ein paarmal habe ich Leute im angrenzenden Zimmer ein- und ausgehen sehen. Niemals dieselben. Weder mein Mann noch ich selbst kannten diese Leute. Es waren keine Angehörigen der amerikanischen Armee. Ich glaube, es waren Touristen und Geschäftsleute – Skandinavier, Deutsche, Briten.«

»Auf dieser Seite der Tür befindet sich ein Riegel. Bitte achten Sie darauf, daß dieser stets geschlossen ist.«

»Seit wir hier sind, habe ich ihn nicht geöffnet.«

»Bitte überprüfen Sie ihn jedesmal, wenn Sie das Schlafzimmer betreten. Ein Zimmermädchen oder ein Kellner oder auch ein Hausdiener könnte den Riegel ja von dieser Seite öffnen, und so könnte dann ein Komplize später durch das angrenzende Zimmer hier hereinkommen... Bin in ein paar Minuten wieder zurück.« Und weg war er.

»Wie im Gefängnis«, sagte Mutter. »Ich glaube, wir müssen diesen Mann loswerden, und wir sollten uns auch Gedanken machen, wie wir am schnellsten nach Hause kommen können. Liebling, das überlasse ich dir. Das Frühstück, das ich eigentlich gar nicht essen wollte, will, daß ich mich jetzt ein wenig hinlege. Ich gehe ins Schlafzimmer und ruhe mich aus.«

Nicht zum Ausruhen, dachte ich, eher der Erinnerungen wegen.

Ich war wieder Herr über meine Gedanken, die nun nicht mehr wie ein Boot im Nebel umherirrten. Früher oder später mußte ich ja den Brief von Farlan lesen – weshalb dann nicht sogleich?

»Liebe Susan,

ich schicke Dir diesen Brief per Boten, damit Du so bald wie möglich weißt, daß ich mit meinen Gedanken in Deinem großen Leid bei Dir bin. Obwohl ich Deinen Vater nie kennengelernt habe, hat doch die Vertrautheit mit ihm durch Dich dazu geführt, daß ich mich so fühle, als ob mein Vater ein zweites Mal gestorben wäre.

Geht man nach dem Photo in der Zeitung, dann sieht Dein Vater jünger aus als ich. Mein Vater durfte wenigstens im Kreise seiner Familie sterben; meine Tanten und Onkel, meine Mutter und ich standen an seinem Bett, als er starb. Der einzige Trost, der mir zum Tode Deines Vaters einfällt, ist, daß alles innerhalb einer einzigen Sekunde vorüber war. Ich komme mir so unbeholfen vor bei meinem Versuch, Dich mit Worten zu trösten, wo ich Dich doch lieber umarmen und Dir allen Trost in meinen Armen geben möchte.

Als ich die Nachricht las, war mein erster Gedanke, Albertson zu bitten, meine Vorlesung für ein paar Tage zu übernehmen, und zu Dir zu fliegen, um im selben Zimmer wie Du sein zu können.

Weiß Deine Mutter denn, wie vertraut wir miteinander geworden sind? Falls nicht, dann könnte meine Anwesenheit eher störend für sie sein. Und dieser Gedanke erlegt mir eine größere Zurückhaltung auf als alles andere. Ein Lehrer fliegt nun einmal nicht über den Atlantik, um bei einer ehemaligen Studentin sein zu können, wenn sie den Vater verloren hat. Das würde bedeuten, daß wir Deiner Mutter reinen Wein über uns einschenken müßten, und zwar in einer Zeit, in der sie die Aufregungen, die ein zusätzlicher und aus unerklärlichen Gründen Anwesender verursacht, am wenigsten brauchen kann.

Ich lasse gewissermaßen den Sekundenzeiger meiner Uhr nicht aus den Augen, bis Du heimkommst. Weißt Du schon, wann das sein könnte? Wenn Du mir die Nummer Deines Fluges und die Ankunftszeit telegraphierst, würde ich Dich von Herzen gerne am Flughafen abholen.

Inzwischen lebe ich in einer Wüste. Obwohl wir beide in derselben Stadt wohnen und manchmal Monate vergehen, in denen wir uns nicht ein einziges Mal sehen, komme ich mir jetzt erst recht verloren vor, weil ich Dich nicht sehen kann, da Du ja so weit weg bist. Vielleicht hat eine höhere Macht beschlossen, daß es mir bestimmt ist, Deine Sorgen und Deine Freuden mit Dir zu teilen.

Meine Nerven sind so angespannt, daß ich zur Zeit niemandem einen kompetenten Rat erteilen kann, und deshalb vermeide ich es auch, Studenten zu mir ins Büro zu bestellen. Abgesehen von meinen Vorlesungen bin ich fast immer allein; es scheint, daß ich das so will, denn ich habe neben mir ein Vakuum entstehen lassen, das, ich weiß es genau, nur von Dir ausgefüllt werden kann.

Weißt Du eigentlich, wie viele tausend Tage vergangen sind, seit wir uns zum allerersten Mal trafen? Ich muß Dir etwas gestehen. Als Du im Büro des Bezirksanwalts gearbeitet hast, habe ich es mit der Hilfe eines guten Freundes – es ist einer von denen, deren Bilder in meinem Büro hängen – so einrichten können, daß ich eine heimlich angefertigte Photokopie von jedem Schriftsatz erhielt, den Du aufgesetzt hast. Ich habe es Dir schon früher sagen wollen. Es hätte doch einen wunderbaren Vorwand abgeben können, damit ich stundenlang neben Dir hätte sitzen und Deine Schriftsätze Zeile für Zeile mit Dir hätte durchgehen können – es ist aber so, daß Deine Arbeit so gut ist, daß ich sie kaum noch verbessern könnte. Ich habe die große Furcht, daß die Zeit kommen wird, wo Du meinen Rat in Rechtsfragen nicht mehr benötigen wirst. Oder ist sie bereits da? Als Du aus dem Büro des Bezirksanwalts ausgeschieden bist, fühlte ich mich verraten. Ich sah nichts mehr von Deiner Arbeit. Aber weißt Du, für einen Akademiker bin ich gar kein so schlechter Spürhund. Ich besorgte mir die Namen aller Partner der Sozietät, in der Du jetzt arbeitest. Nicht einer war dabei, der seinen Abschluß hier gemacht hat; ich konnte jedoch herausbekommen, daß zwei das Columbia College besucht und ihr Jurastudium dann anderswo absolviert haben. Ich setzte mich mit einem von ihnen in Verbindung, einem jüngeren Mann. Er sagte, er habe ein ganzes Jahr meine Vorlesung heimlich mitverfolgt, als er noch in den unteren Semestern war. Ich sagte ihm, du seist meine Nichte und ich wolle unbedingt wissen, wie Du zurechtkämst. Du wollest aus Bescheidenheit nicht, daß ich Deine Arbeit zu sehen bekäme; könne er mir weiterhelfen? Ich war so blöd und bot ihm an, die Kopien zu bezahlen; der junge Mann sagte aber ganz zu Recht, ich müsse wohl den Verstand verloren haben, wenn ich wolle, daß es für seine heimliche Tätigkeit Beweise gebe. Ich nehme an, die Photokopien – und es waren mit der Zeit ziemlich viele – wurden dem einen oder anderen Klienten in Rechnung gestellt.

Du siehst also, daß ich jedes Deiner Worte, das Du, wenn man es so ausdrücken will, im Beruf niederschreibst, unter die Lupe nehme, wobei ich mir doch wünsche, ich könnte die anderen Worte hören, die gesprochenen, die nichts mit dem Recht, sondern die mit der Zuneigung und Liebe zu tun haben, die wir seit jenem Tag füreinander verspüren.

Ich weiß, daß eine Zeit der Trauer auch eine Zeit der Veränderungen ist. Ich bin mir deshalb sicher, daß Du meine Frage, mit der ich in diesen Stunden in Dein Leben eindringe, nicht falsch verstehen wirst. Willst Du mich heiraten?

In Liebe, Farlan.«

15

Susan

Ich saß reglos da, bis ein leises Klopfen an der Tür einen Reflex in der Hand auslöste, in der ich Farlans Brief hielt. Ich ging zur Tür und fragte, wer draußen sei. Es war David. Ich faltete den Brief rasch wieder zusammen, steckte ihn in den Umschlag zurück, als ob es sich um eine obszöne Photographie handelte, und ließ David herein.

»Tut mir leid, daß ich so mir nichts, dir nichts davonging«, sagte David, »aber die zweite Tür zum Schlafzimmer ließ mir einfach keine Ruhe.«

»Haben Sie sie denn zunageln lassen?«

»Ich habe veranlaßt, daß immer dann, wenn jemand dieses Zimmer zugewiesen erhält, die Rezeption mein Büro davon unterrichtet. Name des Betreffenden, Paß, wo ausgestellt. Sollte jemand gerade auf diesem Zimmer bestehen, dann wird der Leiter der Rezeption dafür sorgen, daß es nicht sofort belegt werden kann, und einer von uns wird dann innerhalb von Minuten hier sein.«

»Warum haben Sie nicht einfach darum gebeten, daß das Zimmer leer bleibt? Mutter sagt, das Hotel sei nie voll belegt.«

»Ein leeres Zimmer kann eine noch größere Gefahr bedeuten.«

»Sind denn die ganzen Vorsichtsmaßnahmen nicht etwas übertrieben?« fragte ich.

»Ihr Vater kümmerte sich zu wenig darum.«

»Sie sind und bleiben ein Dreckskerl.« *Vater war nicht nachlässig. Ihn hätte keine Vorsichtsmaßnahme retten können.*

Davids Augen glühten vor Zorn in seinem plötzlich weiß gewordenen Gesicht.

»Es tut mir leid«, sagte ich, »es war nicht meine Absicht –«

»Schon gut, schon gut.«

Das war es aber nicht. Ich sagte: »Lebt Ihr Vater noch?«

»Ich weiß es nicht.«

»Was soll das heißen? Sie wissen doch, wer Ihr Vater ist, oder?«

»Aber ja.«

»Und dann wissen Sie angeblich nicht, ob er noch lebt oder bereits gestorben ist?«

»Er lebt noch. Ich bemühe mich aber, nicht mehr an ihn zu denken.«

»War er denn so unangenehm?«

»Nein.«

»War er...« Ich hielt inne.

David hörte mir gar nicht zu. Er war mit seinen Gedanken ganz woanders.

»David«, sagte ich, »würden Sie mir bitte ein paar Fragen beantworten, solange meine Mutter nicht im Zimmer ist?«

»Ich weiß nicht, was ich Ihnen ohne vorherige Unterredung mit meinem Anwalt sagen darf.« Für den Bruchteil einer Sekunde ließ er sein Lächeln aufblitzen.

»Sie scheinen Anwälte nicht gerade zu mögen, oder?«

»Ich habe nur wenig Erfahrung im Umgang mit Anwälten, seien sie nun männlichen oder weiblichen Geschlechts. Mir scheint, die meisten Leute mögen sie nicht. Sie bringen doch nur Unangenehmes zustande.«

»Dafür mögen die meisten Leute aber Soldaten, stimmt's?«

»Sicher. Soldaten schlagen doch die Schlachten für sie.«

»Das wird eigentlich auch von Anwälten erwartet.«

»Ich stimme Ihnen zu«, sagte David, »man erwartet es von ihnen.«

Ich mußte lächeln. Farlan hatte ja gesagt: »Machen Sie sich auf schweres Geschütz gefaßt. Dieser Beruf bringt das nun einmal mit sich.« Ich bemerkte, daß Davids Gesichtsausdruck sich verändert hatte. Vorher wie gemeißelt, jetzt sanft – so möchte ich's für mich selbst beschreiben.

»Wäre es Ihnen lieber, man hätte Ihnen jemand anderen zugeteilt?«

»Jetzt nicht mehr«, sagte ich. »Wissen Sie denn, weshalb man Sie dafür ausgesucht hat?«

»Weil ich Monteleones Tricks kenne.«

»Besser als andere Leute?«

»Um Ihretwillen hoffe ich wirklich, daß es so ist.«

»Wenigstens lassen Sie Ihr Licht leuchten.«

Als ich diese Worte sagte, kam er näher auf mich zu, näher, als man gewöhnlich an jemanden herangeht; Farlan macht das auch so. Sehr ruhig sagte er dann zu mir, wobei er mir tief in die Augen sah: »Falls es mir an den Kragen geht und sich dann jemand nach mir erkundigen sollte, dann wird man ihm sagen: ›David, wer ist das denn?‹ – als ob es mich nie gegeben hätte. In meinem Beruf geht es nicht darum, daß man sein Licht leuchten läßt. Es geht dabei eher um das Ausgeblasenwerden.«

Ich wandte mich ab, um seiner Nähe zu entgehen. »In einer Sache könnten Sie uns einen großen Gefallen erweisen«, sagte ich.

»Und der wäre?«

»Ich möchte von Ihnen alles erfahren, was Sie über meinen Vater wissen, sei es nun gut oder böse.«

Davids Mund preßte sich zusammen, als ob er sich am Sprechen hindern wollte. »Sie verlangen da etwas von mir, was gegen die Regeln verstößt.«

»Sie kommen mir nicht gerade wie jemand vor, der sich noch strikter an die Regeln hält als ich.«

»Ihr Vater…«, begann er.

Ich verspürte jene winzige Regung des Hochgefühls, das ich immer dann verspüre, wenn ein Zeuge weich wird.

»Ihr Vater mußte vor noch nicht allzu langer Zeit eine Entscheidung treffen. Die Informationen, die wir aus den Reihen der Terroristenorganisationen erhielten, waren brauchbar. Es war uns möglich, etwa ein halbes Dutzend Greueltaten zu verhindern, über die man in den Zeitungen nichts las, weil sie gar nicht durchgeführt werden konnten. Sie wurden nämlich vereitelt.«

»Was hat das mit meinem Vater zu tun?«

»Der Plastiksprengstoff, der von mehreren dieser Organisationen eingesetzt wurde, kommt aus der Tschechoslowakei. Ihr Vater hatte drei Agenten vor Ort, zwei Slowaken und einen Tschechen aus Prag. Sie hatten den Auftrag, die Fabrik zu sabotieren, in der der Plastiksprengstoff hergestellt wird, der in die Hände der Terroristen in ganz Europa gelangte. Ein Informant Ihres Vaters aus den Reihen einer Terrorgruppe konnte uns den Hinweis geben, daß die drei vom tschechoslowakischen Militär observiert wurden. Ihr Vater stand nun vor der Entscheidung, die Agenten zu warnen, damit sie ihre Haut retten konnten, oder es nicht zu tun.«

»Weshalb hätte er sie nicht warnen sollen?« Ich sagte das mit einer Stimme, die laut genug war, Mutter im Zimmer nebenan aufzuwecken.

»Hätte er es nämlich getan, dann hätten die Tschechen gewußt, daß es irgendwo eine undichte Stelle geben muß, daß ihre Nachrichten mitgehört werden und ihr Code geknackt worden ist. Ihr Vater ließ die drei Agenten fallen.«

»Was soll denn das heißen, zum Teufel nochmal?«

»Er ließ es dazu kommen, daß sie gefaßt und ausgeschaltet wurden.«

»Getötet?«

»Es war die richtige Entscheidung.«

»Wie kann das denn die richtige Entscheidung gewesen sein? Wie –«

»Das Leben von Dutzenden von Menschen konnte durch die Hinweise, die wir erhielten, gerettet werden. Wir konnten doch um des Lebens der drei Männer willen nicht auf diese Information verzichten; die wußten doch, daß sie geopfert werden konnten, wie es auch mir passieren kann.«

Mutter stand unter der Schlafzimmertür. »Was geht denn hier vor?« fragte sie.

Ich sah David an. »Ich fürchte, wir haben dich aufgeweckt«, sagte ich dann.

»Nein, nein, ich war noch nicht richtig eingeschlafen. Ich möchte aber jetzt ein wenig schlafen. Weshalb geht ihr beide denn nicht ein bißchen an die frische Luft, solange ich schlafe?«

»Ich möchte nicht, daß sie nach draußen geht«, sagte David.

Ich wollte mir von ihm keine Befehle erteilen lassen. »Bitte, Mutter«, sagte ich, »ruh dich aus. Ich komme schon allein klar.«

Sobald sie aus dem Zimmer war, wandte ich mich David zu. »Ich lasse mich hier nicht einsperren. Ich werde jetzt ein wenig spazierengehen. Sie können ja hier bleiben und so lange den Leibwächter meiner Mutter spielen, Sie können mich aber auch begleiten. Ich überlasse die Wahl Ihnen.«

»Ich kann Sie nicht hinauslassen.«

»So versuchen Sie doch, ob Sie mich davon abhalten können.«

Schon immer bin ich schneller gegangen als irgend jemand, den ich kenne. Draußen hielt David Schritt mit mir. Ich konnte fühlen, wieviel Energie in ihm steckte.

»Wenn Sie schon das Draußensein riskieren«, sagte er, »dann möchte ich nicht, daß Sie einfach irgendwohin gehen.«

»Mir ist es egal, wohin wir gehen – Hauptsache, ich komme aus diesem Hotelzimmer heraus.«

Wenn wir um eine Ecke bogen, ging David immer etwas langsamer und blickte kurz nach hinten, um zu sehen, ob nach uns noch jemand um die Ecke gebogen war.

»Verhalten Sie sich beim Gehen immer so, als ob Ihnen jemand folgen würde?«

»Es folgt mir nicht immer jemand.«

»Folgt uns denn jetzt jemand?«

»Ich habe nichts bemerken können.«

»Schön. Dann können Sie vielleicht ein wenig entspannter sein.«

Wir befanden uns schließlich in einem Teil von Rom, wo bestimmt nur wenige Touristen hinkommen. Es roch nach einem Arbeiterviertel, in dem Ausländer wohnen, und es sah auch danach aus. Um uns herum war ein Gewirr von Sprachen. Ich sah eine Menge Araber.

»Machen Sie sich keine Sorgen wegen denen«, sagte David. »Die sind seit Generationen hier. Selbst die Libyer, die hier wohnen, belästigen niemanden.«

»Wissen Sie das denn ganz genau?«

»Nein«, sagte er und lachte. »Eines möchte ich Ihnen aber sagen. Wenn es irgend jemand auf eine Amerikanerin abgesehen hat, dann wird er seine Suche bestimmt nicht in diesem Teil der Stadt beginnen.«

»Ein bißchen langsamer«, sagte ich, etwas außer Atem von dem Tempo.

Gleich darauf führte David mich am Arm in ein Café, zu einem Tisch, der an der Rückwand stand. Der riesige schnurrbärtige Mann hinter der Theke nickte David zu. David streckte zwei Finger nach oben.

»Was haben Sie denn gerade bestellt?«

»Das werden Sie gleich sehen.«

»Gefällt Ihnen dieses Café?«

»Was mir daran gefällt«, meinte David, »ist, daß ich von diesem Tisch aus jeden sehen kann, der hier hereinkommt; der Gang dort führt in die Küche, und die hat eine Tür, durch die man auf eine andere Straße kommen kann.«

»Woher wissen Sie das denn?«

»Ich habe mich in der Parallelstraße umgesehen, bevor ich das erste Mal hereinkam. Sehen Sie bloß den Mann hinter der Theke nicht an; ich glaube, wir haben ihm ’nen kleinen Schrecken eingejagt. Die paar Mal, die ich hier war, kam ich entweder allein oder in Begleitung eines Mannes. Es hat ihn bestimmt überrascht, mich in Begleitung einer Frau zu sehen.«

Wir kamen uns wie Verschwörer vor und lachten.

»Einer sehr attraktiven Frau sogar.«

»Danke.«

»Und klug dazu.«

»Ich war der Meinung, Sie würden sich nur mit klugen Frauen abgeben.«

»Wenn Sie so herumkommen wie ich, dann ist es schon ein Glücksfall, wenn man einer begegnet, deren Intelligenzquotient auf der Skala überhaupt angezeigt wird.«

»Vielleicht sollten Sie Ihre Uniform tragen. Sie wissen doch, wie Frauen angeblich auf Männer in Uniform reagieren.«

»Gescheit, gescheit. Wenn ich den nächsten Terroristen beurteilen muß, dann nehm' ich Sie mit. Ich habe aber keine Uniform.«

»Sie müssen aber der Armee angehören. Ich hab' doch Ihre Bewaffnung gesehen.«

»Sie stellen Vermutungen an, die auf oberflächlichem Augenschein beruhen. Hat Ihr Vater denn eine Waffe getragen?«

»Nein.«

»Er gehörte aber der Armee an, nicht wahr?«

Die Bedienung stellte zwei Campari vor uns hin.

Wir stießen an. David nippte von seinem Glas. Ich stellte meines auf den Tisch.

»Was ist los?« fragte er.

»Nichts. Denke nur gerade nach. Über meinen Vater.«

»Wollen Sie darüber sprechen?«

Ich sagte nichts darauf.

»Lieber heraus damit, als ständig darüber nachzudenken.«

»Das kann ich nicht.«

»Ich bin doch kein ganz und gar Fremder mehr für Sie.«

»Werden Sie mir dann von sich erzählen?«

»Irgendwann einmal. Vielleicht. Kommt ganz darauf an.«

»Worauf denn?«

»Ich beneide Sie.«

»Etwa, weil ich ungezwungen über etwas sprechen kann, worüber ich gerade sprechen will?«

»Nein. Weil Sie Ihren Vater mochten.«

»Ich habe ihn sogar geliebt. Vielleicht ist das für eine Tochter leichter. Während der letzten Jahre habe ich ihn allerdings nicht oft gesehen. Einmal hat er mir sogar ins Gesicht geschlagen.«

»Warum haben Sie das erwähnt?«

»Es ist mir gerade wieder eingefallen.«

»Hat das denn weh getan?«

»Der Schlag? Kaum. Vielmehr war es die Tatsache, daß er mich schlug, die mir so weh getan hat.«

»Ist mir klar.«

»Was ist klar?«

»Mein Vater hat mir auch einmal ins Gesicht geschlagen.«

»Einmal?«

»Einmal ist genug, wenn es einem nie gelingen will, damit ins Reine zu kommen.«

Unterhielten wir uns nun über unsere Väter oder über uns?

»Erzählen Sie's mir«, sagte ich.

Er preßte die Handflächen fest gegeneinander. »Na gut.« Er wandte sich mir zu und sah mich aus kurzer Entfernung an.

»Ein Mann wie mein Vater«, sagte David, »verbringt die meiste Zeit damit, Kühe und Schweine zu beaufsichtigen. Bekommt seine Frau ein Kind, muß er lernen, daß es nicht nur ein weiteres Tier ist, das er einfach so herumkommandieren kann. Als ich vier war, sah ich, wie er einem Schwein die Kehle durchschnitt; immer wenn er dieses Fleischermesser wieder schärfte, machte ich einen großen Bogen um ihn. Natürlich liebe er mich, sagte er; aber liebte er denn nicht auch jene Schweine?«

16

David Smiths Vater

Ich kann mir verdammt gut vorstellen, wie David über mich herzieht, wo zum Teufel er auch ist. Er führt nicht einmal meinen Namen. Ich heiße nämlich nicht Smith. In unserer Gegend weiß man, wer wir sind.

Die Leute fragen nicht mehr nach David. Und wenn sie's tun,

dann sagt Josie: »Immer noch beim Militär«, und ich sag' dann: »Die haben ihn gezähmt, sollen ihn ruhig behalten.«

In unserer Gegend baut man Weizen an, hält ein paar Schweine und Kühe, oder man geht zum Arbeiten in die Stadt und verkauft Eisenwaren oder Lebensmittel; manche sitzen auch am Telefon im Büro des Leichenbestatters und warten auf die erfreuliche Nachricht, daß jemand gestorben ist.

Selbst in North Dakota haben manche Leute noch nie von Scaville gehört. Scaville war schon eine kleine Stadt, als David geboren wurde. Jetzt ist es nur noch halb so groß. Die jungen Leute, die Köpfchen haben, ziehen scharenweise weg und kommen am Erntedankfest, an Weihnachten oder bei Beerdigungen zu Besuch. Meine beste Investition war es, ein bißchen Geld auf die Seite zu legen, damit ich Davids zwei Schwestern auf das College im Osten schicken konnte; waren schon zwei hübsche Mädels, die beiden. Haben Burschen geheiratet, die im Monat mehr Bares auf die Hand bekommen, als ich im ganzen Jahr zu sehen krieg'.

Ich hab' immer einen Sohn gewollt, und was ich kriegte, war David. Die anderen Jungen hier hatten doch allesamt Motoröl in den Adern, nahmen alles Bewegliche auseinander und haben's nachher wieder zusammengebaut, damit's besser laufen sollte. Aber David, der setzte sich doch in seinen aufpolierten Chevy, fuhr auf die Rennstrecke jenseits von Scaville und trat dann aufs Gaspedal, bis die Lager im Eimer waren. Mit den Wettrennen in selbstgebastelten Fahrzeugen und dem ganzen Getue drum herum wollte er doch nur vor den Mädchen angeben. Josie hat es immer gewußt, wenn David sich wieder was Waghalsiges überlegt hatte. Sie betete dann immer zum Herrn, ihn am Leben zu erhalten, und ich sagte: »Josie, das Auge des Herrn ruht nicht mehr auf David; der ist in dieser Grafschaft doch der junge Kämpe des Teufels. Und wenn ihn dieser Chevy nicht geradewegs in die Hölle bringt, dann wird er sich eben was anderes zusammenbasteln.«

Josie sagte: »Sprich mit ihm.« Hat ein Sohn je auf seinen Vater gehört? Natürlich hab' ich's versucht, und er hat mich gleich unterbrochen. »Vater, eigentlich wolltest du drei Mädchen.« Ich hab' ihm gesagt, daß Russisches Roulette mit einem Auto ihn noch lange nicht zum Mann macht... Er hörte mir nicht zu. Er ging einfach zur Tür hinaus.

In der achten Klasse löste David in der Schule einen Feueralarm aus. Als der Tumult vorüber war, sagte Mr. Phillipo, der Schulleiter, zu ihm: »David, deine Noten sind doch ganz anständig, du bist doch intelligent, du kommst doch aus einer anständigen Familie – warum hast du den Alarm ausgelöst?« Und David antwortete: »Wollte den Feuerwehrleuten die Übung verschaffen, wie sie schnell hierher kommen können. Sie sollten doch auch Alarmübungen haben, genauso wie wir.«

Mr. Phillipo war ein gütiger Mann; seine Geduld war sehr groß – konnte ich eine Minute geduldig sein, konnte er es ein Jahr lang sein. Er sagte: »David, ich muß dich dafür bestrafen.« David sagte: »Wenn es so ist, Herr Rektor, muß ich Ihnen auch eine Strafe verpassen.«

Verständlich, daß die ganze Stadt, Mr. Philippo und ich selbst einen Seufzer der Erleichterung ausstießen, als David sich entschloß, zum Militär zu gehen; ich dachte, das Militär könnte ihn erwachsen werden lassen, so wie mich die Teilnahme am Krieg damals. Nur Josie sorgte sich wegen der Gefahren. Im ersten Monat schickte er jede Woche eine Postkarte, auf der stand: »Liebe Mutter, lieber Vater, Grüße, David« und sonst nichts zwischen Anrede und Gruß; wenigstens der Stempel gab uns einen Hinweis auf seinen Aufenthaltsort. Die erste Postkarte mit einer Nachricht lautete so: »Armee gezähmt. Gehe zu einer Spezialeinheit.«

Während eines Heimaturlaubs kam er nach Hause; sah besser aus als Gary Cooper in Uniform. Er schüttelte mir die Hand, nahm Josie in die Arme und küßte sie wie irgendeine Frau, nicht wie seine Mutter, stellte je Schwester eine Frage und stürmte nach draußen, um den Mädchen am Ort den Kopf zu verdrehen. Ich überlegte mir, was ich zu ihm sagen sollte, da wir jetzt von Mann zu Mann sprechen konnten; aber er schlief bis in den späten Nachmittag des folgenden Tages und verabschiedete sich dann mir nichts, dir nichts; er wolle seinen restlichen Heimaturlaub irgendwo verbringen, wo die Uhren schneller gehen. »Mach dir keine Sorgen um mich«, sagte er zu Josie, »man wird euch ein Telegramm schicken, wenn's mich ernstlich erwischt hat. Keine Nachricht ist die beste Nachricht, Mutter.« Und weg war er.

Vier Jahre später sah er noch mal kurz vorbei; er trug Zivil. Er brachte mir eine Tabakspfeife mit, auf der »Brière d'Afrique du Nord, fabriqué en France« stand, und brachte mir bei, wie man das ausspricht. Für Josie hatte er ein kleines rundes Ding mit Deckel ausgesucht, das sei echt Wedgewood, war aber doch gar nicht aus Holz, war doch wie aus Porzellan; und Josie sagte, in einem so schönen Blau habe sie noch nichts gesehen. Er hat eine Nase für die richtigen Geschenke. Er brachte sogar zwei Seidentücher aus Paris mit, die wir den Mädchen schicken sollten. »Aus dem Militär raus?« fragte ich ihn. »Wirst wohl langsam reich?« Er zog den Geldbeutel und fragte, ob wir Geld brauchten, ob ich deshalb so gefragt hätte; und ich sagte, uns gehe es gut, sah aber dann den Ausweis und packte ihn am Arm, bevor er den Geldbeutel wieder wegstecken konnte. Zum ersten Mal bemerkte ich, wie stark er geworden war, seit er von zu Hause weg war. Er hätte mich zwingen können, seinen Arm loszulassen, tat's aber nicht. Vielleicht wollte er es uns auch wissen lassen, weil ja der Ausweis mit seinem Bild auf »David Smith« ausgestellt war; und ich sagte: »Warum zum Teufel steht nicht dein richtiger Name auf dem Ausweis? Ist mein Name für dich nicht gut genug?« Er entschuldigte sich höflich und erklärte uns, David Smith sei sein Berufsname; aber danach ist er nie mehr vorbeigekommen. Es tut mir weh, wenn ich sehe, wie Josie ihn vermißt. Es wäre besser gewesen, sie hätte ihn nie geboren. Josie sagt: »Was er jetzt auch tut, ich hoffe, er tut's im Namen Gottes und nicht im Namen des Teufels.« Ich behalte meine Meinung für mich.

17

Susan

Ich sagte: »Ich weiß, daß die meisten Jungen mit ihren Vätern auf Kriegsfuß leben. Aber kommt denn nicht eine Zeit, wo sie sich wie Männer die Hände reichen und das Zurückliegende vergessen?«

»Ich glaube schon. Ich meine, es hätte ganz anders sein können, hätte mein Vater nicht am sogenannten Guten Krieg teilgenommen. Wissen Sie denn, daß die, die an diesem Krieg teilgenommen haben, wahres Heimweh nach ihm haben? Konnte man im Radio eine alte Melodie aus den Kriegstagen hören, dann fing er an zu erzählen. Die Mädchen verzogen sich dann, aber Mutter und ich ließen seine nostalgische Stimmung über uns ergehen. Als ich dann älter war, ermunterte ich ihn sogar zu seinen Erinnerungen.«

»Damit Sie ihn packen konnten?«

»Genau. Am liebsten regte er sich über das zweiundachtzigste Luftlandebataillon auf. ›Diese Rotnacken‹, sagte er, ›haben nie Gefangene gemacht.‹ – ›Vater‹, sagte ich dann immer, ›wenn das Absprunggebiet auf allen Seiten vom Feind umgeben ist, was zum Teufel soll man dann tun, wenn sich einer ergibt – etwa mitten im Gefecht einen Mann aus den eigenen Reihen zu seiner Bewachung abstellen?‹«

»Sie hätten ihn wohl getötet?«

»Mich hätte man unter denselben Umständen auch getötet. Mein Vater hatte dieselbe Vorstellung von Recht und Ordnung, wie Sie sie haben. Er brachte mich einmal zum Explodieren, als er uns auf die Genfer Konvention verwies. ›He, Vater‹, sagte ich, ›du hast uns doch von den vielen Zivilisten erzählt, die man in Gaskammern getrieben hat. Hast du das etwa erfunden? Hast du auch das mit den Nazis erfunden, die bei Malmedy Gefangene umbrachten? Hast du den Scheiß vom Todesmarsch von Bataan ebenfalls erfunden? Wo zum Teufel hast du den Krieg erlebt, Vater, etwa in irgendeiner Kantine?‹ Damals hat er mir ins Gesicht geschlagen.«

»Wäre ich Ihr Vater gewesen, hätte ich dasselbe getan.«

»Zugegeben, ich hatte es verdient«, sagte David. »Er war Soldat und hatte die Mentalität eines Zivilisten. Was er wohl tat, wenn sich ein Deutscher ergeben hatte? Hat er ihm dann wohl seine Rechte vorgelesen und ihm geraten, seinen Anwalt anzurufen? Man kann sich mit ihm über seine sogenannten Grundsätze nicht streiten. Ein Grund dafür, daß ich zu Hause keine Besuche mehr mache.«

»Ich kann es nicht glauben, daß Sie das zu Ihrem Vater gesagt haben.«

»Glauben Sie, was Sie wollen.«

»Ich glaube, daß Sie eine Perücke tragen.«

Ich glaubte ein Zeichen des Zornes aufblitzen und gleich wieder verschwinden zu sehen.

»Es ist doch möglich«, sagte David, »daß ich eine Glatze habe.«

»Ich hab's nicht bös gemeint. Wenn jemand, der gerne Beobachtungen anstellt, so nahe an Sie herankommt wie ich, könnte er das genauso leicht feststellen, wie ich es konnte. Wenn ich jemand im Zeugenstand habe, dann halte ich nach solchen Dingen Ausschau.«

»Dinge, mit denen Sie jemand hereinlegen können?«

»Manchmal.«

»Um jemanden zu verunsichern?«

»Genau. Wenn ein Zeuge etwas verheimlicht, dann ist es meine Aufgabe, ihn zum Reden zu bringen. Augen und Ohren dienen den Geschworenen als Lügendetektor.«

»Ein solches Schätzchen wie Sie hat man gern um sich herum. Verschwinden wir jetzt aber schleunigst von hier!« David stand auf und ging an die Theke, um zu bezahlen.

Ich ging nach draußen. Die Sonne war hervorgekommen, und ich hielt ihr mein Gesicht entgegen.

»Sie hätten auf mich warten sollen«, sagte David und blickte dabei nach links und rechts. Er nahm mich beim Arm und geleitete mich zwischen den langsam fahrenden Wagen hindurch über die Straße. »Ich habe gehofft, Sie würden freundlicher mit mir umgehen«, sagte er.

»Es fällt einem doch wirklich schwer, zu jemandem freundlich zu sein, der sich verschlossen gibt.«

»Ihr Vater hatte doch auch seine Geheimnisse, oder?«

»Mein Vater war nicht paranoid. Glauben Sie denn wirklich, er wäre noch am Leben, wenn der allmächtige David Smith ihn auf Schritt und Tritt begleitet hätte?«

»Vielleicht.«

»Sie sind wirklich arrogant«, sagte ich.

»So bin ich eben – aufrichtig und arrogant.«

»Nun, wo zum Teufel waren Sie denn, als er Sie gebraucht hätte?«

»Das war nicht meine Aufgabe. Gewöhnlich fungiere ich nicht als Leibwächter.«

»Warum sind Sie dann so besorgt um meine Mutter und mich, verdammt nochmal?«

»Weil ich meinen Hals nicht riskieren will, wenn ich mich mit dem Mann befassen muß, der es auf Sie beide abgesehen hat.«

»So ist das also?«

»Genau so.«

»David, wer zum Teufel sind Sie eigentlich?«

»Ich habe gar nicht gewußt, daß Anwältinnen Kraftausdrücke aus der Soldatensprache in den Mund nehmen.«

»Meiner kommt aus dem Mund einer Militärgöre. Ich hab' einen ganzen Schrank voll solcher Wörter und bin bereit, sie auch in den Mund zu nehmen, es sei denn, Sie sagen mir, wer Sie sind, woher Sie kommen, was Sie tun und weshalb ich oder jemand anderer auf Ihre Befehle reagieren sollte.«

»Sind Sie fertig?« fragte David.

»Vielleicht fange ich erst an.«

Wir legten den Rest des Weges schweigend zurück, bis wir fast wieder beim Hotel waren.

»Sie haben mir noch nicht geantwortet«, sagte ich.

»Man bezahlt mich auch dafür, daß ich nicht rede.«

»Sie sind schon ein harter Brocken.«

David schenkte mir eine Sekunde sein typisches Lächeln. »Oh, vielen Dank«, sagte er, nahm meinen Arm und führte mich durch die Menschenmenge vor dem Hotel; er sah nach rechts und nach links, um sich zu vergewissern, glaube ich, daß ich vor jedermann sicher wäre, außer vor ihm.

An der Tür zu Mutters Suite angekommen, steckte ich den Schlüssel ins Schloß und drehte ihn. Da er sich nicht leicht drehen ließ, versuchte ich's mit Gewalt.

Sofort war Davids Hand auf der meinen und zog sie vom Schlüssel weg. »Bevor Sie ihn noch abbrechen«, sagte er. »Sie hat die Tür von innen verriegelt.«

Ich spürte Zorn in mir aufflammen. Hätte er mir noch eine Sekunde Zeit gelassen, wäre ich selbst darauf gekommen, daß die Tür von innen verriegelt worden war.

»Vielleicht hätte ich Sie den Schlüssel abbrechen lassen sollen«, sagte David der Gedankenleser und klopfte leicht an die Tür.

Wir hörten Schritte und dann Mutters Stimme: »Wer ist draußen?«

»Susan«, sagte ich, »und David Smith.«

»Willkommen in der Festung, Mr. Smith«, sagte sie und öffnete. »Nur hereinspaziert! Susan, ich habe wie verrückt Listen gemacht mit den Wintersachen deines Vaters, seinen Sommersachen, meiner Kleidung, Souvenirs, einfach von allem, was nach Hause geschickt werden muß.«

Zu Hause, das war natürlich Scarborough. Vater hatte immer gesagt: »In diesem Weiler wohnt kein einziger pensionierter Offizier, Gott sei Dank. Ich werde der erste und der letzte sein.« Der eigentliche Grund, weshalb Vater diesen Ort so liebte, war, daß er dort aufgewachsen ist. »Ich kannte jedes Schlagloch in der Straße, bevor sie neu gepflastert wurde.« Mutter hatte sich für das Richtige entschieden, wenn sie ihn auf dem dortigen Friedhof, der nur ein paar Minuten entfernt war, beisetzen lassen wollte.

»Solange du weg warst«, sagte sie, »habe ich mir Gedanken gemacht, wo ich unterkommen kann. Das Haus ist bis Ende des kommenden Monats vermietet.«

»Du könntest doch bei mir wohnen.«

»Dein Appartement ist aber sehr klein, und außerdem bist du den ganzen Tag weg.«

»Wer hat denn das Haus gemietet, Mutter?«

»Etwas umständliche, aber nette Leute namens Webster.«

»Haben sie auch unsere Telefonnummer übernommen?«

»Ja, warum?«

»Ich werde sie anrufen und fragen, ob sie dich für die restliche Zeit des Mietverhältnisses im Gastzimmer unterbringen können, vielleicht gegen einen kleinen Mietabschlag.«

»Ich möchte mich wirklich nicht aufdrängen und –«

»Wenn sie etwas umständlich sind, dann täte es ihnen sicher gut, wenn du im Haus herumschwirrst. Und du hättest auch die Gesellschaft der Leute aus der Nachbarschaft, mit denen du gut bekannt bist.«

»Vielleicht sollte ich hier in Rom bleiben. Ich meine, bis der Vertrag der Websters abgelaufen ist.«

»Nein«, mischte sich David plötzlich ein. »Ich fürchte, Rom ist für Sie beide nicht mehr sicher genug.«

Ich bemerkte, wie sich Mutters Nasenlöcher für den Bruchteil einer Sekunde weiteten. *Seien Sie auf der Hut, Mister. Der General hätte Ihnen bestimmt gesagt, daß keine der Frauen hier Befehle entgegennimmt.*

»Bitte entschuldigen Sie«, sagte David. »Es sollte eigentlich nicht wie eine Anweisung klingen.«

»Wenn es nach dem Plan Ihrer Vorgesetzten geht, wie bald sollen wir dann zurückgeflogen werden?« fragte ich ihn.

»Weiß ich nicht genau. Ich muß noch ein paar Telefongespräche führen. Es ist vorgesehen, daß Sie im selben Flugzeug sitzen.«

»Im selben wie was?«

»Wie der General. Der Sarg wird im Frachtraum transportiert. In der guten alten Zeit hätte man Sie und den Sarg in einer Militarmaschine zurückgeflogen. Wenigstens brauchen Sie sich keine Sorgen um den richtigen Leichenbestatter zu machen. Die Armee erledigt das alles, und zwar bis nach Arlington.«

Ich sah Mutters Gesicht in einem Atemzug altern.

»Bitte entschuldigen Sie«, sagte David, »ich bin einfach unbeholfen.«

»Nein, das sind Sie nicht«, sagte Mutter, »Sie helfen uns auf praktische Art und Weise. Vielen Dank. Aber mein Ehemann wird nicht im anonymen Arlington beigesetzt. Ich habe es so geplant, daß er in der Nähe unseres Hauses ruhen wird.«

»Es gilt als Ehre, in Arlington beigesetzt zu werden.«

Mutter sagte: »Ich glaube nicht, daß es eine Ehre ist, bestattet zu werden, egal, an welchem Ort.«

»Wenn sich meine Mutter entschieden hat, wo und wann sie meinen Vater bestatten lassen möchte, dann bedarf es keiner Debatte mehr. Sie hat so entschieden. Punktum«, warf ich ein.

David ließ sein typisches Schulterzucken sehen. »Ich will mich nicht mit Ihnen streiten. Ich muß in Erfahrung bringen, ob man will, daß ich Sie auf dem Rückflug begleite.«

»Wozu denn das?« fragte ich.

»Für den Fall...«

»Für was für einen Fall?«

»Sollte man entscheiden, daß ich nicht mitfliegen soll, dann muß ich Sie für die Reise jemand anderem anvertrauen.«

»Ist das denn notwendig?« fragte Mutter.

»Wir wollen endlich wieder ganz normal leben«, sagte ich.

»Das wollte auch Ihr Vater. Das sollte nicht gefühllos klingen. Wir müssen vorsichtig sein, bis wir Monteleone festnageln können.«

»Was heißt denn ihn festnageln?«

»Sie beide hören mir jetzt mal genau zu«, sagte David.

Ich wollte ihm gerade eine entsprechende Antwort geben, aber da hörte ich das Piepsen. Mutter hatte es auch gehört.

David war sichtlich verlegen. »Darf ich Ihr Telefon benutzen?« fragte er.

»Nehmen Sie das im Schlafzimmer«, sagte Mutter, »dort sind Sie ungestört.«

In dem Augenblick, als er draußen war, sagte Mutter: »Was war denn das gerade?«

»Sein Piepser hat sich gemeldet. Er wird verlangt.«

»Auch so eine schreckliche Erfindung.«

»Wir haben im Büro auch solche Dinger, Mutter. Sie können –«

David war ins Zimmer zurückgekommen. »Ich muß gehen«,

sagte er. »Bitte bleiben Sie im Zimmer, lassen Sie die Tür abgeschlossen und warten Sie auf mich. Ich komme zurück, sobald ich kann.« Und weg war er.

18

Sam Dracoff

David soll seinen Hintern schleunigst hierher bewegen.

Man sollte verstehen, daß ein Mann, der wie ich jenseits der Fünfzig ist, sich nicht sogleich in jede verrückte Unternehmung stürzt, die gerade ansteht. David ist vierzig, und was mich betrifft, halte ich das bereits für zu alt. Die Reflexe lassen doch ab dem siebenundzwanzigsten Lebensjahr nach. Und wenn es dann auch noch ums Töten geht, dann ist man mit Achtzehnjährigen besser bedient; so hält's doch jede Armee auf der Welt.

Andererseits braucht man bei diesem Geschäft auf Leben und Tod auch Erfahrung, und Achtzehnjährige haben die nicht. Denen ist eine gelegentliche Prise Gewalttätigkeit gerade recht. Ein bißchen Blut, klasse. Sie glauben nicht an den Tod. Ihr Draufgängertum ist eine Art Magnetfeld. Und das zieht Mädchen und Probleme an. Was könnte noch besser sein? Ich werd's Ihnen sagen. Die Religion. Hast du zu einem Kreuzzug aufgerufen, hast du auch schon ein Heer dafür. Hast du den Ajatollah, dann hast du auch schon die Märtyrer, die nach den Freuden des Himmels greifen und in Leichensäcken enden, die dann zu Hause zur Hauptsendezeit im Fernsehen gezeigt werden.

Der Grund dafür, daß unser kleiner Haufen hier überhaupt eine Erfolgsliste hat, ist, daß wir neben den hervorragenden jungen Männern auch ein paar wenige Männer mit großer Erfahrung haben; ich meine damit, daß diese nicht nur wissen, wie man sich vor dem Umgebrachtwerden schützen kann, sondern auch erkennen, daß es von Vorteil ist, wenn man sich entsprechend verhält.

Man braucht doch nur an die Pisser zu denken, deren sich die Terroristen bedienen. Die haben doch schon Probleme, wenn sie sich die Knöpfe am Hosenschlitz aufmachen sollen. Wieviel vom Gehirn eines jeden gleicht wohl dem eines Schachspielers und überlegt sich ein paar Züge im voraus, wie man am Leben bleiben kann?

Natürlich haben wir auch einige jüngere Männer; die braucht man einfach. Wir bereiten sie auf Geiselbefreiungsaktionen besser vor, als man ein Kind im Umgang mit Messer und Gabel übt. Sie werden dabei aber immer von reiferen Männern geführt. Für Einzeleinsätze wähle ich immer erfahrene Leute aus, die sich dazu entschlossen haben, ihr Leben noch ein wenig zu behalten. Solche wie David. Manchmal denke ich, wenn er und ich früher geboren worden wären und uns zusammengetan hätten, dann, wer weiß, hätten wir vielleicht sogar Hitler umgelegt. Wenn jemand denkt, das wäre nicht möglich gewesen, dann zeige ich ihm gern mein Buch mit den Planspielen. Ich habe vier Pläne ausgearbeitet. In letzter Zeit beschäftige ich mich anstelle von Schachspielen mit so was, überlege mir, wie ich Caligula ausgelöscht hätte. Ich betrachte mich als den am wenigsten geschätzten Sozialarbeiter auf der Welt.

Was denken Sie wohl, woher ich meine Leute nehme? Wir können nicht den Abschlußjahrgang in Yale interviewen und ihn für einen Job gewinnen, in dem die Überlebenschancen schlechter sind als die eines frischgebackenen Leutnants der Infanterie in Kriegszeiten. Ich hole mir meine Rekruten vom Ausbildungsplatz weg. Ich habe ein paar Leute da und dort, die nach den meinen Wünschen entsprechenden Kandidaten Ausschau halten. Sobald ihnen ein junger David Smith auffällt, flüstern sie's mir, und ich sehe ihn mir dann an. Oppenheimer wollte junge Physiker haben, die zu allem bereit waren – und er hat sie gefunden. Ich werde auch fündig.

Ich bin kein Pessimist. Ich glaube, wir können junge Terroristen davon überzeugen, daß es bessere Wege in den Himmel gibt. Sieht einer von denen seinen Freund, den's erwischt hat, dann denkt er nicht mehr an Allah, sondern nur noch an sein eigenes Leben. Gottes Geniestreich war es, dem Menschen Egoismus mitzugeben. Sonst gäbe es doch nach all den Jahrhunderten keine Menschen mehr auf dieser Erde.

Meine Theorie ist, daß unter jedem Burnus ein praktisch denkender Kopf steckt, der sich folgendes überlegt: Wie kann ich meinen Arsch retten? Und deshalb geht es mir darum, Terrorismus zu einem ungeeigneten Mittel werden zu lassen. Was diese Hitzköpfe zur Zeit tun, ist doch, sieben oder acht Menschen umzulegen und Millionen Menschen in Panik zu versetzen. Die Leute von der Regierung – in Frankreich, Deutschland, Großbritannien und in den USA – haben sich doch alle schon mal gewünscht, die Geiseln, die genommen wurden, wären bereits tot. Geiseln – das bedeutet doch Schnitzer in der Politik. Man rettet die eine Geisel, sie nehmen sich die nächste. Man braucht nur daran zu denken, wie viele Leute bei Geiselbefreiungen schon ums Leben gekommen sind. Wie viele Leben ist denn ein Menschenleben wert? Zeigen Sie mir den Politiker, der sich freiwillig als Geisel zur Verfügung stellt – dann haben Sie jemanden gefunden, der im Grunde seines Herzens kein Politiker ist.

Eine Demokratie hat aber auch ihre Märtyrer. Ist denn nicht jeder, der in unserem Bereich tätig ist, ein zukünftiger Märtyrer? Hätte ich einen Sohn, dann wären meine Gefühle ihm gegenüber nicht anders als gegenüber David. Aber wenn man unser Geschäft betreibt, hat man keine Kinder, wenn es sich vermeiden läßt.

Sie sehen also, daß ich es als Geschäft bezeichne – und sogar das ist der falsche Ausdruck. Beim Geschäft geht's doch im allgemeinen ums Geld, oder? Einen Gegenterroristen kann man einfach nicht als Söldner bezeichnen. Sehr wenige vom Schlag Davids betreiben es um des Geldes willen, wenn man einen Vergleich mit manchen der zivilen Berufe anstellt, in denen es ums Geldverdienen geht. Sagen Sie etwa, Gegenterroristen seien Helden? Das war wohl witzig gemeint. Sterben wir, dann als Unbekannte. Was können wir dann im Leben sein?

Als David schließlich erschien, war er ziemlich außer Atem; wahrscheinlich war er auf dem Weg hierher gerannt. Ich sagte: »Was ist los mit dir, mein Junge, wirst du alt? Setz dich.«

»Spiel du bloß nicht auf mein Alter an, Sam. Wann hast du denn zum letzten Mal dein Ding ohne fremde Hilfe hochgekriegt?«

»Schenk dir Kaffee ein. Sag mir, wie die Jüngere ist.«

»Die Tochter?«

»Ich hab' doch nicht von Shirley Temple gesprochen. Wie sieht sie denn in natura aus?«

»Sie sieht ganz in Ordnung aus.«

»Hab' sie kurz im Fernsehen gesehen. Ich glaube, daß das noch Probleme für dich gibt.«

»Sam, von was redest du eigentlich?«

Ich hielt ihm einen Finger vors Gesicht. »Du achtest darauf, daß sie und ihre Mutter ohne Zwischenfall nach Hause kommen, Punktum. Laß deinen Schwanz bloß in der Unterhose.«

»Bist du aber vulgär!«

»Du stammst doch aus South Dakota?«

»Aus North Dakota.«

»Gibt's denn da einen Unterschied? Wenn du die beiden sicher untergebracht hast, solltest du vielleicht ein paar Tage Urlaub machen und zu Hause neue Kraft schöpfen.« Ich schob David meine Tasse hin. »Schenk mir bitte was Warmes nach.«

Als er mir heißen Kaffee aus der Kanne nachgeschenkt hatte, sagte er: »Ich bin in den letzten fünfzehn Jahren nicht einmal zu Hause gewesen.«

»So hab' ich's mir vorgestellt. Ist dein Vater noch am Leben?«

»Wahrscheinlich.«

»Du könntest väterlichen Rat auch von jemand anderem gebrauchen und nicht nur von mir.«

»Mein Vater kam mit seinem Rat bei mir immer zu spät.«

»Ein achtzehnjähriger Spinner hört doch nie auf seinen Alten. Da du aber jetzt ein Spinner im Erwachsenenalter bist, solltest du deiner Familie vielleicht doch einen Besuch abstatten. Vielleicht wird es für dich eine Überraschung.«

»Ganz bestimmt wäre es eine Überraschung für *sie*. Sam, du hast mich doch nicht zu dir gerufen, um mit mir über einen Besuch zu Hause zu sprechen? Was ist der eigentliche Grund?«

»Meine Stimmung.« Ich schob den dicken Umschlag in seine Richtung. »Für euch drei habe ich einen Linienflug buchen lassen. Für euch vier, hätte ich richtig sagen sollen. Der General kommt nämlich in den Frachtraum.«

»Sam, weshalb stellst du nicht jemand anderen für diesen Teil des Babysittens ab?«

Ich beugte mich noch weiter vor, damit ich ihn in die Wange kneifen konnte. »Weil ich es dir zutraue, daß du Monteleones Erfolgsliste so kurz wie möglich hältst. Willst du etwa, daß ich einen Zwanzigjährigen damit beauftrage?«

»Weißt du denn etwas, was ich nicht weiß?«

Ich mußte lachen. »Eine ganze Menge sogar. Bezüglich dieses kleinen Abenteuers geht's mir aber so wie dir. Ich habe den Befehl gegeben, daß man dieses Flugzeug aufs gründlichste nach Bomben und Pistolen durchsucht, und zwar gründlicher, als man ein Flugzeug außerhalb von Tel Aviv je durchsucht hat. Ich sage dir, mein Junge, würden die Leute keinen falschen Eindruck bekommen, würde ich euch drei mit der El Al nach New York schicken. Ich habe den Befehl erteilt, daß jedes überprüfte Gepäckstück in einen Druckbehälter kommt. Sollte was hochgehen, dann möchte ich, daß es noch am Boden hochgeht und nicht unter eurem Hintern.«

»Wie kommt's, daß du plötzlich so fürsorglich bist, Sam? Wirst wohl langsam sentimental, was?«

»Meine Fürsorge gilt der Familie des Generals und nicht dir. Dich kann man opfern.«

»Danke«, sagte David, »wirklich, vielen Dank.«

Ich stand auf und legte ihm meine Hand auf die Wange. »Sei vorsichtig. Einen zweiten Idioten auszubilden, dazu fehlt mir einfach die Geduld.«

19

David Smith

Irgendein Idiot machte den Vorschlag, auf der Rollbahn eine kurze Gedenkfeier abzuhalten, zwecks Propaganda: die weinende Witwe, die Tochter, der mit der Flagge bedeckte Sarg, die am Leben gebliebenen Leidtragenden des Terrors. Ich gab zu bedenken, daß es besser wäre, diesen Vorschlag zu begraben, um die in Rom lebenden Amerikaner nicht zu beunruhigen.

Auf dem Flughafen gab eine Eskorte von zwei Soldaten in voller Uniform Mrs. Whitcomb, Susan und General Burns das Geleit zum Flugzeug, das etwa hundert Meter vom Terminal entfernt bereitstand; alle anderen Passagiere waren bereits vorher an Bord gegangen. Ich folgte mit ein wenig Abstand. Man führte uns um das Flugzeug herum, in das man alles Gepäck bis auf den mit der Flagge bedeckten Sarg eingeladen hatte.

In Vietnam bedeckten wir einen Toten mit einem Regenmantel, wenn gerade kein Leichensack da war. Dem Toten konnte das doch egal sein. Ich nehme an, daß der Sarg mit den Messinggriffen, den der General bekommen hatte, eine Art letzte Tarnung war, damit man glauben sollte, er sei im Schlaf gestorben.

Als ich nach oben und dann in alle Richtungen blickte, entdeckte ich in einer Entfernung von etwa sechzig Metern ein Fernsehteam mit Telekamera. Diese Dreckskerle würden selbst noch in einen Arsch hineinkriechen, nur um ihre Aufnahmen zu kriegen. Ich wollte nicht, daß sie mich so, wie ich war, filmten. Ich konnte es allerdings nicht verhindern, wohl aber versuchen, die Abschiedsszene möglichst kurz zu halten.

Mrs. Whitcomb und Susan, die sich ein paar Schritte von den anderen entfernt hatten, hielten sich umarmt; ihr Haar wehte im Wind. Mir wurde erst jetzt bewußt, wie ähnlich Susan ihrer Mutter war. Zwei wunderbare Frauen. Plötzlich fiel mir auf, daß der Deckel des Sarges nicht ganz aufzuliegen schien. Scheiße! Ich ging schnell zum Sarg und tastete den Rand des Deckels ab, zuerst eine Seite, dann die anderen. *Mein Gott, sie müssen einen Zeitzünder benutzt haben. Das Flugzeug hat schon mehr als zwei Stunden Verspätung. Die Bombe kann also jede Sekunde hochgehen.* Ich packte beide Frauen am Arm und schrie: »Weg, so schnell ihr könnt!« General Burns und die Eskorte brüllte ich an: »Sofort weg vom Flugzeug! Weg!« *Was für ein Idiot werde ich sein, falls ich mich getäuscht habe!*

Als wir alle das Weite suchten, wußte ich sogleich, daß die verdammte Fernsehkamera uns aufnehmen würde. Die Frauen hatten gerade den Terminal erreicht, als ich aus irgendeinem Grund stehen blieb und mich in dem Augenblick umdrehte, als der Sarg in einem Hagel von Holz in die Luft flog.

Mrs. Whitcomb kreischte laut. Eine Sekunde dachte ich, sie sei trotz der Entfernung von einem Splitter getroffen worden. Dann sah ich Susan im Schockzustand, wie die Infanteristen in Vietnam, wenn jemand auf eine Mine getreten war und man Körperteile, Blut und Schmutz durch die Luft fliegen sah.

»Laßt sie nicht fort!« schrie ich zu General Burns hinüber und eilte auf das Flugzeug zu. Susan, wie immer ungehorsam, wollte mir nacheilen. Ein Mann von der Gepäckladetruppe, der zu nahe am Flugzeug gestanden hatte, hatte ein Stück Holz oder Metall im Schenkel stecken. Als ich nach oben blickte, konnte ich hinter den Fenstern des Flugzeugs die entsetzten Gesichter der Passagiere sehen. Ich lief um das Flugzeug herum und die Treppe hinauf. Kein Brand. Glück gehabt. Wären die Treibstofftanks getroffen worden, hätte es zu einer Explosion kommen können.

Ich lief die Treppe wieder hinunter und ums Flugzeug herum. Weder vom Sarg noch von der Flagge oder vom General war so viel übrig geblieben, daß man es hätte aufsammeln können. *Mein Gott, ich hab' die Whitcombs allein gelassen.* Ich lief doppelt so schnell über die Rollbahn zurück. Als ich bei ihnen war, ganz außer Atem, legte ich meinen Arm um Susan. »Mein Gott, ich muß mich bei Ihnen entschuldigen«, sagte ich.

Ihr Gesicht bekam langsam wieder Farbe. Ihre Augen waren feucht. »Sie haben uns das Leben gerettet«, sagte sie.

»Hätte ich doch seines auch retten können!«

Im Terminal angekommen, sagte man uns, die meisten Passagiere könnten in einer nur schwach besetzten Boeing 747 aus Bahrain untergebracht werden. Die Verteilung der noch vorhandenen Sitzplätze an viele unerwartete Passagiere wurde von drei übermüdeten Abfertigungskräften durchgeführt, deren Gehirnleistung zusammengenommen nicht einmal der eines einzigen normal funktionierenden Gehirns entsprach. Ich hatte auch mit noch so viel Erklären, daß wir drei nebeneinander sitzen wollten, keinen Erfolg. Susan und ihrer Mutter wurden schließlich Plätze auf der Steuerbordseite zugewiesen, und zwar neben einem jungen Mann, der auf dem Fensterplatz saß und dessen Finger auf der Tastatur eines Computers hin- und hertanzten. Es gelang mir, den Sitz neben dem Gang, genau hinter Susan, zu bekommen. So konnte ich ihr Haar betrachten, wenn ich mich nicht gerade umsah, ob ich irgendwo etwas Gefährliches entdecken könnte. Der Mann zu meiner Rechten schien in seine »Business Week« vertieft zu sein.

Nach dem Start lockerte ich mir die Krawatte. Mrs. Whitcomb drehte sich einmal nach mir um und sagte: »Ich kann es einfach nicht glauben, daß dreihundert Leute hätten sterben können, nur damit man uns erwischt hätte.«

Der Geschäftsmann zu meiner Rechten blickte sie an und dann mich, dann den hinteren Teil der Kabine, wo er nach einem freien Platz hinter uns Ausschau hielt.

Die Stewardess verteilte Päckchen mit Erdnüssen und Papierservietten.

Ich nahm ein paar Erdnüsse in den Mund, kritzelte mit einem Kugelschreiber auf meiner Papierserviette herum und schloß dann die Augen. Ich wollte nicht an die Passagiere oder an das Flugzeug oder an den Kretin denken, den ich auf der Welt am meisten haßte.

»Wer ist M?« fragte Susan.

Ich schlug die Augen auf. Susan hatte sich umgedreht und blickte über die Lehne ihres Sessels. Auf die Papierserviette hatte ich, ohne mir etwas dabei zu denken, den Anfangsbuchstaben von Monteleones Namen gekritzelt. »Niemand«, log ich sie an, »niemand.«

Zweites Buch

20

Monteleone

Alles wurde anders, als Gino diese Maria kennenlernte, seiner Meinung nach das schönste Vögelchen, das er je gesehen hat.

Ich putzte mir gerade mit meinem Messer die Fingernägel. »Wenn sie wirklich so 'ne tolle Frau ist«, sage ich zu Gino, »dann ist sie zu gut für dich. Sie muß meine Bekanntschaft machen.« Ich steche mit der Klinge nach Ginos Hoden. Gino weiß, daß es nur im Spaß geschieht; ich wäre nicht der geworden, der ich jetzt bin, wenn ich vergessen hätte, wer ein richtiger Freund ist.

Gino arrangiert ein Treffen in einem Café in der Nähe ihrer Wohnung. »Ausgeschlossen«, sage ich. »Selbst wenn es sich um die Lollobrigida handelt, das Treffen findet in meinem Revier statt.«

Monteleone spricht, und Gino tut's. Ich sage die reine Wahrheit: Dieses Mädchen ist zehnmal besser als die Lollobrigida. Ich habe schon einige Schönheiten gefickt – aber noch nie eine, die man mit dieser Maria vergleichen kann. Gino sagte ihr, ich spreche Englisch – und ich zeig's ihr und lege los: »Newark liegt in New Jersey, Trenton ist die Hauptstadt von New Jersey, New Jersey liegt in den USA; na, wie war das?«

Nun, dieses Vögelchen Maria sagt: »Wie ist es möglich, daß du so gut Englisch sprichst?«

Ich sage: »Wie kommt's, daß dein Englisch so schlecht ist?«

Diese Maria mustert mich mit Feuer in den Augen von oben bis unten, als ob man ihr nicht gesagt hätte, wer ich bin. Ich sage zu ihr: »Du sprichst britisches Englisch. Ich spreche echtes US-Englisch.«

Ich kann nicht sagen, ob sie lächelt, weil sie sich freut, mich kennengelernt zu haben, oder lächelt, um mich unsicher zu machen – du wirst schon wissen, was ich damit meine, oder? Wenn eine Frau so lächelt, geht einem das unter die Haut. Sie fängt an und erzählt mir, wie sie in Mailand vier Jahre und in Rom ein Jahr Englisch studiert hat. Man kann mir glauben, ich habe jede Art Frau gevögelt, und diese Maria, sie ist eine jener aufgeilenden Frauen, die nicht wahrhaben wollen, daß Gott den Männern die Schwänze und den Frauen die Löcher dafür gegeben hat. Ist mir gleichgültig, wenn sie mit ihrem flotten Mundwerk von zehn Universitäten erfolgreich abgegangen ist; was zählt, ist doch, daß sie so gebaut ist, daß mir fast die Augen herausfallen, wenn ich sie ansehe.

Ich schätze sie auf sechsundzwanzig oder siebenundzwanzig. Älter als ich – das bedeutet doch nur ein paar Jahre mehr Erfahrung, oder? Das Mädchen weiß genau, was sie will. Siehst du, wie ihre Brustspitzen durchs Kleid stechen? Sie geilt die ganze Welt auf. Gino stellt mich dieser Maria vor, und meine Eier werden so hart wie eine Faust. Ich sehe Brustspitzen, Brüste, Arsch, Mund, mamma mia. »Gino«, flüstere ich ihm zu, damit sie's nicht hören soll, »du könntest als erstklassiger Zuhälter auftreten.«

Gino macht mir gern eine Freude. Er lächelt.

Ich flüstere ihm zu: »Die will ich für mich.«

»He, Garibaldi«, sagt sie zu mir, »flüstern ist unhöflich.«

»Ich heiße nicht Garibaldi, sondern Giovanni.«

Gino sagt: »Jeder nennt ihn den Löwen.«

»Ach so. Schläft er denn auch im Zoo?«

Ich sage: »Du willst wissen, wo ich schlafe? Wirst du gleich sehen.«

Sie schenkt mir dann so ein richtig vernichtendes Lächeln. Wäre sie nicht so wunderschön, würde ich ihr was auf den Kopf geben, das sie spürt.

Gino sagt zu ihr: »Du magst also meinen amerikanischen Freund?«

Maria hört Gino gar nicht zu, sondern sagt zu mir: »Wenn du Amerikaner bist, wie kommt's, daß du seit mehr als zehn Jahren in Rom bist?«

»Gino redet zu viel.« Ich ziehe meinen US-Paß heraus und halte ihn Maria unter die Nase. Sie blättert darin herum. »Das Bild, das bin ich, als ich vierzehn war«, sage ich.

Sie gibt mir den Paß zurück und setzt dann ein Lächeln auf, das für einen Hungrigen eine Million Dollar wert ist. Ich denke, so blond, wie sie ist, kann sie nur aus dem Norden sein. Die Mädchen hier unten – einige sind noch dunkler als Neger. Sieht jemand so aus wie Maria, was macht's mir dann aus, wenn sie gescheit tut? Sie will doch das, was jede Frau will. Bereit oder auch nicht – jetzt komme ich.

»Gino«, sage ich, »such dir eine Beschäftigung.«

»Was für eine?«

Mein guter Freund Gino hat manchmal eine lange Leitung. Ich sage zu ihm: »Ich brauche einen Stadtplan von Rom, auf dem alle Polizeiwachen eingetragen sind.«

»Wo kaufe ich den denn?«

»Stupido! Du kaufst dir einen ganz normalen Stadtplan von Rom. Darauf trägst du dann die Polizeiwachen ein, capisci?«

Das wird Gino eine ganze Weile beschäftigen. »Siehst du einen von uns«, sage ich zu ihm, »dann sag ihm, daß ich mein Bitte-nicht-stören-Schild herausgehängt hab'.« Was ich mit dieser Maria brauche, sind mindestens drei oder vier Stunden. Ich finde, beim ersten Mal entscheidet ein Mädchen doch, ob es ein nächstes Mal gibt, oder?

Wiedersehn, Gino. Maria und ich spazieren durch die Nachbarschaft. Die Leute sehen mich, und schon gehen sie in ihre Häuser hinein. Die meisten haben schon genug Probleme.

»Gino sagt, alle Männer in deiner Gruppe sind Italiener.«

»So ist's«, sage ich.

»Keine Verbindungen mit Frankreich? Keine mit Deutschland?«

»Na und? Ich dachte, du seist Italienerin.«

»Bin ich auch«, sagt sie. »Gino sagt, ihr habt keine Verbindung mit Libyen.«

»Gino redet zu viel.«

»Er sagt, du bist ein großer Mann.«

»Was heißt das: ein großer Mann?«

»Weiß ich nicht«, sagt sie. »Sag's du mir.«

»Du denkst wohl, deine gute Ausbildung macht dich zu einer großen Frau, was? Wenn du eine so große Frau bist, wie kommt's, daß du dann nicht mal weißt, was ein großer Mann ist?«

Maria lacht. Zum ersten Mal im Leben bekomme ich vom Lachen eines Mädchens einen Steifen.

»Weshalb bist du aus Amerika weggegangen?«

»Was soll das denn, bist du vom CIA?«

Sie nimmt dann diesen Zeitungsausschnitt aus ihrem Geldbeutel.

»Was ist das?« frage ich. Ich habe das Gefühl, als ob ich heute einen freien Tag hab', keine Geschäfte, lediglich ein bißchen was Frivoles.

»Lies das«, sagt sie.

Ich sage zu ihr: »Sag bitte.«

»Bitte lies es.«

»Für dich«, sage ich, »lese ich sogar eine ganze Zeitung. Soll ich dir mal was verraten? Eine Zeitung, ich meine nicht den ›Corriere della Sera‹, sondern ein Käsblatt, brachte mal gewisse Dinge über mich. Am nächsten Tag flog dann eben das Dach der Lagerhalle, in der sie das Papier lagern, in die Luft, geradeso wie der Ätna – alles brannte. Kein Papier, keine Zeitung.«

»Was glaubst du eigentlich, wer du bist?« sagt sie. »Etwa Mussolini?« Und sie drückt mir den Zeitungsausschnitt in die Hand.

»Nun hör mal gut zu«, sage ich. »Das da ist nichts im Vergleich mit vielen anderen Dingen, die ich schon getan hab'. Was hat's denn damit auf sich?«

Ihr Finger zeigt auf den Zeitungsausschnitt.

Ich falte ihn auseinander. Da steht drauf: »Maria ist in Ordnung. D.« Das »D« ist mit einem Schnurrbart versehen, je eine Hälfte rechts und links. Dominicks Zeichen. Sehr interessant. »Woher kennst du Dominick?«

»Woher kennst du ihn?« antwortet sie mir darauf.

»Hast du denn Erfahrung?« frage ich das Fräulein Klugscheißer.

Sie merkt, daß ich zornig bin. »Beruhige dich bloß wieder.«

»Kannst du denn überhaupt was?« frage ich.

»An was hast du denn gedacht?«

»An eine Bombe.«

»Ich hab' geglaubt, Bomben kriegt man schon fertig zusammengebaut.«

»Hast du eine fertige schon mal in der Hand gehabt?«

Sie schüttelt den Kopf. Ich frag' mich, weshalb Dominick sie zu mir geschickt hat.

»Kannst du mit einer Pistole umgehen?«

»Du zeigst's mir, ja?«

»Was?«

»Alles. Pistolen, Bomben, alles, was du kannst. Du bringst mir bei, wie man einen Krieg führt, ich bringe dir dafür die Liebe bei.«

»Ich sollte dir ins Gesicht schlagen.«

»Wenn du mich schlägst, schlage ich dich.«

»He, was für eine Frau bist du eigentlich?«

»Welche Art magst du denn?«

Jetzt lächle ich.

»Wie viele Leute sind in deiner Gruppe?« fragt sie.

»Genügend.«

»Platz für weitere?«

»Solche ohne Erfahrung?«

»Ich hab' Erfahrung.«

»Erfahrung, die mir nützen kann?«

»Wir werden sehen.« Als sie das sagt, kneift sie mir in die Wange. Seit meinem sechsten Lebensjahr hat mir niemand mehr in die Wange gekniffen.

Ich sehe mich um; wir sind drei oder vier Blöcke von dem Haus entfernt, das ich in diesem Teil der Stadt benutze. Der Mann und seine Frau, denen das Haus gehört, er ist Beamter, so was wie Richter. Dieser Beamte bringt meinen Freund Iggie ins Gefängnis. Wir mußten uns schon reichlich Mühe geben, ihn da wieder herauszukriegen. Als wir Iggie heraus hatten, machen Iggie und Gino und Luigi und ich eines Nachts ziemlich spät noch einen Besuch im Haus des Beamten. Wirklich schönes Haus. Muß mich fragen, wieviel Geld der Beamte wohl nebenher verdient.

Im Schlafzimmer sehen wir ihn in dem einen Bett, seine Frau im zweiten. Er schnarcht. Wir lachen so laut, daß beide aufwachen. Die Frau erblickt uns, sie weiß dann nicht, ob sie zuerst schreien oder sich die Brust bedecken soll. Der Beamte sieht unsere Pistolen, er sagt zu ihr, sie soll die Klappe halten. Wir befehlen ihnen: »Aufstehen!« Sie bewegen sich wie zwei verängstigte alte Hunde. Wir sagen: »Schöne Nacht, drehen wir doch eine kleine Runde mit dem Auto!« Jetzt kann sie sich langsam vorstellen, wer wir sind. »Bitte nicht«, bettelt die alte Dame. Ich nehme ihre Nase zwischen zwei Finger, so daß sie keine Luft kriegt und durch den Mund atmen muß. Meine andere Hand lege ich ihr auf den Mund. »Keinen Laut!« sage ich zu ihr. Wir wollen doch nicht halb Rom wecken.

Wie ich versprochen habe – wir fahren neunzig Kilometer weit weg, eine richtige Fahrt also. Wir kommen in schöne Wälder. Iggie hat das Kommando. Er befiehlt dem Beamten und seiner Frau, sie sollen sich mit dem Gesicht nach unten auf den Boden legen.

Dieser Beamte, legt der doch ein Taschentuch auf den Boden, damit er sich das Gesicht nicht schmutzig macht – zum Lachen, oder?

Iggie hält der Frau die Pistole an den Hinterkopf. Wir hören dann ein Zischen, kommt aber nicht von ihr. Kaum zu glauben, der Beamte, den Kopf auf dem schönen, sauberen Taschentuch, liegt da, und auf seinem linken Hosenbein breitet sich ein großer Urinfleck aus.

Der alte Kerl tut mir leid. Iggie aber tut niemand leid. Er läßt die Frau liegen und geht zu ihrem Mann hin, tritt ihm mit dem rechten Fuß auf den Hintern, zielt und platsch. Die Frau weint. »Aufhören!« sagt Iggie. »Gegen dich hab' ich nichts, bloß was gegen deinen Mann.« Sie weint noch lauter, deshalb schießt Iggie ihr in den Arsch, nur so zum Spaß, aber sie schreit zetermordio, und deshalb beugt er sich über sie und gibt ihr den Gnadenschuß.

Die zwei müssen natürlich in einem großen und tiefen Loch begraben werden. Man soll ja nicht denken, das sei keine Arbeit. Wer will denn schon, daß man sie findet und das Haus dann durchsucht? Ein Haus ist nicht für alle Zeiten sicher. Ich will das aber eine Zeitlang behalten.

Als wir aufhören, sind wir ziemlich erschöpft, und Luigi und Gino gehen nach Hause und schlafen sich aus; aber Iggie und ich, wir gehen zum Haus des Beamten. Interessante Dinge dort, in den Schränken, in den Schubladen. Iggie und ich bleiben bis in den frühen Morgen dort und freuen uns über unsere Beute. Iggie steckt den Schmuck in seine Tasche. Ich drohe ihm mit dem Finger. Er steckt den Schmuck in meine Tasche, und das soll er ja auch. Dann zieht sich Iggie den Bademantel der alten Dame über, ich lache mich halb tot. Kurzum, dies ist das Haus, zu dem ich Maria führe. Sobald Maria weiß, wo das Haus ist, muß sie sich entscheiden: Entweder sie macht mit, oder sie stirbt.

Das ist aber nicht die Zeit, in der ich an solche Dinge denken sollte; ich habe seit zwei Wochen mit keiner Frau geschlafen. Wenn ich diese Maria ansehe, dann kommt's mir wie zwei Monate vor.

Sie neckt mich und ich sie, und dann sind wir vor dem Haus. Ich nehme den Schlüsselbund aus der Tasche, suche nach dem richtigen Schlüssel und lächle Maria an.

Sie sagt: »Wessen Haus?«

»Geht dich nichts an«, sage ich zu ihr. Ich öffne die Tür, gehe hinein, bedeute ihr, mir zu folgen. Sobald sie drin ist, verschließe ich wieder die Tür, um den, der das Haus gerne benutzen will, auszusperren.

»Wie bist du nur so reich geworden?« sagt sie.

»Und du so hübsch?« Ich ziehe sie so nahe an mich heran, daß ihre Brüste an meiner Brust und ihre Hüften an den meinen sind, damit sie bemerken soll, was ich ihr zu bieten hab'. Ich frage mich, wann sie schreit, daß ich aufhören soll; aber ich tu' dies und das und höre nichts von ihr, außer ihrem Atem, und das geilt mich noch mehr auf. Wir sind dann gleich im Schlafzimmer des Beamten, und ich reiße mir schneller denn je die Kleider vom Leib – und sie steht einfach so da.

»Wie kommt's, daß du einfach so herumstehst?« frage ich und ziehe mir die Socken aus.

Sie sagt: »Ich meinte, du würdest mir behilflich sein.«

Nun, es ist auch eine Art Vergnügen, ihr behilflich zu sein. Ich mache ihr den Reißverschluß am Rücken auf, lasse sie aus ihrem Kleid steigen, hake ihr den BH aus, einer von denen mit Löchern für die Brustwarzen, und zack – bekomme ich so schöne Brüste zu sehen, wie ich sie noch nie gesehen hab'. Ich will mich mit denen beschäftigen, aber sie hält mich davon ab und zieht sich ihr bikiniartiges Höschen aus. Sie legt ihre Hand auf meinen Schwanz. Ich überlege, wie ich's machen muß. Ich muß sehr vorsichtig sein, sonst komme ich schon, bevor's richtig losgeht. Ich werfe sie aufs Bett, wo sie hingehört, und ich mache an ihr herum; sie reagiert unglaublich darauf. Junge, Junge, mag sie das, was ich tu'. Dann sagt sie: »Los, komm schon«, und ich versuche einzudringen, bin aber so aufgeregt, daß ich das Ziel verfehle. Sie hilft mir, und ich bekomme dann zu spüren, daß diese Maria ficken kann wie ein wildes Pferd. Ich vergesse, wo ich bin, ich kann nicht genug kriegen. Maria lacht. Sie sagt, wenn ich so weitermache, werde ich noch ein Krüppel. »Nur zu«, sage ich, und sie legt los.

Nun, man muß sich auch mal ausruhen. Als wir auf dem Rücken lagen und etwas von dem Zeug rauchten, das sie lose dabei hatte, sagte sie: »Erzähl mir von dir.«

Ich sah sie an, denn so mach' ich's bei Mädchen, und sie fragt mich wieder.

»Da gibt's nichts zu erzählen.«

»Na komm schon; erzähl mir von deiner Zeit in Amerika. Bevor du ein großer Mann warst.«

Ich kneife ihr in die Brustwarze. »Ich bin schon immer ein großer Mann gewesen.«

Sie lacht. »Mein Vater war auch ein großer Mann.«

Ich sage zu ihr: »Mein Vater Alfredo war so reich, daß er sich einen Cadillac mit extra eingebauten Blenden an den Fenstern leisten konnte.«

»Du spuckst doch nur große Töne.«

»Ich sage die reine Wahrheit. Als ich sechs Jahre alt war, legte er für mich ein dickes Bankkonto an, damit ich das College besuchen konnte, ist das etwa nichts? Jeden Sonntag gab er mir fünf Dollar Taschengeld. Falls mir ein anderes Kind aus unserem Viertel zusetzte, eilte mein Alter herbei und starrte den an, der mir zusetzte; und der rannte dann davon wie vor dem bösen Blick. Die Eltern dieser Kinder hatten vor Alfredo Monteleone größere Angst als vor den Polizisten. Dann passierte mal was.«

»Was denn?« fragt Maria.

Ich fühle mein Gesicht rot vor Zorn werden. »Als ich dreizehn war«, sage ich zu ihr, »mußte ich vor den Richter treten, und der sagt: ›Mein Sohn...‹ Stell dir vor, dieser Kerl nennt mich Sohn, wo er doch keinen Tropfen Monteleone-Blut in seinen Adern hat. ›Wo ist denn deine Mutter? Hat sie dich nicht zum Gericht begleitet?‹

›Sie hat gerade keine Zeit‹, sage ich.›Ich komme schon selbst zurecht.‹

Dann sieht der Richter zu der Frau hinüber, die wie wild vor sich hintippt, als ob er sich bei ihr über mich beklagen will. Wie mit den Nerven am Ende sagt er dann: ›Weshalb ist der Anwalt deines Vaters nicht mitgekommen?‹

›Woher soll ich das wissen‹, sage ich. ›Meine Mutter sagt, ich muß vors Gericht, ich bin vorm Gericht. Was liegt eigentlich vor, Richter?‹

Er sieht mich so an, als ob er noch keinen Dreizehnjährigen gesehen hat, und sagt: ›Dein Vater ist zur Abschiebung verurteilt worden.‹

›Was?‹ schreie ich, daß alle mich hören können.

Der Richter sagt, mein Vater ist zur sofortigen Abschiebung aus den Vereinigten Staaten verurteilt worden, weil er bei seiner Einbürgerung gelogen hat.

Das war doch total verrückt. 'ne einzige Lüge – und schon wirst du aus dem eigenen Land hinausgeworfen! Nun, ich hör's von diesem Dreckskerl, der in seiner schwarzen Robe dort oben sitzt, als sei er der allmächtige Gott.

Ich sage: ›Und was ist mit meiner Mama? Meine Mama ist eine Heilige.‹ Nur ein böses Wort vom Richter über meine Mama, und ich springe auf seine Bank und würge ihn mit eigenen Händen.

Dieser Richter sagt, meine Mama, sie hat kein Verbrechen begangen, sie ist in Ordnung. ›Sie geht freiwillig mit deinem Vater.‹

›Geht wohin?‹ schreie ich.

Der Richter beugt sich dann zu dem Mann in der grauen Uniform hinunter und sagt ihm was, der kommt dann dorthin, wo ich bin, und sagt: ›Benimm dich‹, als ob ich ein ABC-Schütze wäre. ›Sprich nicht so laut.‹

Nun, ich spreche wie sonst auch und frage, wo Mama hingeht. Der Richter sagt: ›Sie geht nach Italien zurück.‹ Ich sage: ›Moment mal, Richter, sie ist noch nie in Italien gewesen, sie ist hier geboren!‹

Ist nicht wichtig. Sie geht mit meinem Vater. Zum ersten Mal in meinem Leben erfahre ich, daß, wenn man bei jemand ist, ohne den man nicht sein will, es nichts ausmacht, ob man hier geboren ist – bum, schon bist du draußen.

Dann sagt der Richter: ›In einem Fall wie diesem ist es üblich, mit den Familienmitgliedern einzeln zu sprechen, damit niemand unter Druck gesetzt werden kann.‹ Dieser Richter weiß gar nicht, daß eine italienische Familie wie Pech und Schwefel zusammenhält.

Ich frage, was mit meiner Schwester ist. Er sagt, meine Schwester Anna, sie geht mit ihnen, ob sie will oder nicht, weil sie erst sieben ist. Anna hat also keine andere Wahl! Doch der Richter hat mich im Visier, weil ich dreizehn bin. Er klopft mich weich, sagt, mein Schulzeugnis ist gut, hast doch Tanten, Onkel, Verwandte aller Art hier; ich kann hier bleiben, sagt der Richter, und bei einem Verwandten leben. Ich sage: ›Und ob ich bei einem Verwandten leben will, ich will mit Mama und Papa in Newark leben und nicht bei meinen Vettern.‹

Dieser Richter ist drauf und dran, mich so einem Sozialarbeiter zu unterstellen. Ich sage ihm, ich will keinen Sozialarbeiter, ich will bei meiner Familie bleiben. Er sagt, dies wird angeordnet, jenes wird angeordnet, und ich erfahre dann als nächstes, daß ich mit dem Rest der Familie nach Neapel soll. Ließ mir der verdammte Richter denn überhaupt eine Wahl? Welches Kind möchte nicht mit seiner Familie wegziehen? Vielleicht ein Kind, das große Schwierigkeiten hat, aber ich nicht.«

»Werde doch nicht so zornig«, sagt Maria.

Ich sage ihr, ich war damals zornig und bin's noch immer. »Meine Mutter hat Angst, sie will nicht mit einem Flugzeug weg, selbst wenn der Pilot Italiener ist wie bei der Alitalia; so müssen wir auf dem Dampfer nach Neapel, mitten im Winter, und jeder wird seekrank. Mein Vater versucht, mir den Rauswurf aus Amerika leichter zu machen. Er zieht einen Tausend-Dollar-Schein aus seinem Sokken und zeigt ihn mir. Vorher hab' ich noch nie einen gesehen. Er sagt, Mama hat zwei weitere im BH. Er sagt, da ich ein großer Junge sei, werde er mir fünf große Scheine geben, die ich mir in die Unterhose stecken soll, bevor wir nach Neapel kommen.

Nun, in Neapel sind wir reiche Leute, aber mein Alter sagt immer, er liebt Amerika, er vermißt Amerika, er wünscht sich, wir könnten alle nach Amerika zurückkehren. Sechs, sieben, acht Jahre vergehen, ich sage, wie kann er Amerika immer noch lieben, nachdem es ihn rausschmeißt? Ich verehre meinen Vater wie Gott. Als ich zu ihm sage, wie er Amerika noch lieben kann, bin ich ganz baff, als er mir ins Gesicht spuckt.«

Maria legt mir die Hand auf den Kopf, fast als ob sie mir durchs Haar fahren wolle. Ich nehme ihre Hand weg, denn ich will nicht, daß mich jemand bemitleidet.

Ich stütze mich auf meinen Ellenbogen und sage zu ihr: »Hör her, mein Alter bringt mir bei: ›Vor dem Überqueren der Straße sieh nach rechts, sieh nach links.‹ Nun überquert er die Straße vor unserem Haus und sieht sich nicht um. Ein Taxi, ganz normale Geschwindigkeit, sagen die Leute, fährt ihn über den Haufen – bum – und schleift ihn wie einen Kartoffelsack fast den halben Block hinunter, bevor es anhält. Jemand holt meine Mama. Ich komme herbeigerannt. Anna kommt herbeigerannt. Mama beugt sich über ihn. Mein Vater, mit Öltropfen auf dem Gesicht, als ob er ein toter Automechaniker wäre, hat für niemanden eine Antwort mehr.

Bei der Beerdigung, wie dann der Sarg hinuntergeht, versuche ich, nur auf das Gesicht des Priesters zu sehen, damit ich meine Mama nicht anblicken muß. Der Priester sieht plötzlich so aus, als ob er den Teufel gesehen hätte. Ich blicke dorthin, wo er hinblickt – meine Mutter rutscht ins Grab hinab und legt sich auf den Sarg. Mein Onkel und ich springen hinein, um sie herauszuziehen. Überall schreien die Leute, denken, wir wollen vielleicht auch versuchen, mit ihm beerdigt zu werden, wie Mutter. Vielleicht hätten wir sie einfach dort sterben lassen sollen. Zwei Monate später schreibt sie

Anna und mir einen langen Brief und steckt den Kopf in den Gasherd.«

Ich wünsche mir, ich hätt's Maria nicht erzählt. Es bringt nichts, wegen was Mitleid zu haben. Aber sie küßt mich auf den Mund, und gleich darauf vergesse ich meinen ganzen Kummer. Diese Maria mit ihrem tollen Körper läßt mich einfach alles vergessen.

Danach rauchen wir einen weiteren Joint, und Maria sagt dann, sie wolle mich gern einigen ihrer Freunde vorstellen.

»Was für Freunden?« Sagt jemand, er ist ein Freund, und du kennst ihn nicht – dann paß auf, daß deine Brieftasche in der Tasche steckt, wo ein Knopf dran ist.

Maria sagt, ihre Freunde, das sei eine Gruppe mit einem Ziel.

»Mit was für einem Ziel?« Mein Verdacht regt sich so schnell wie mein Schwanz. »Weiß Dominick denn von deinen Freunden?« Himmel, diese Frau weiß von diesem Haus. Ob ich sie wohl umlegen muß? Ich will ihre Freunde kennenlernen.

»Jederzeit«, sagt sie.

»Jetzt gleich, heute«, sage ich.

Sie sieht, daß mir's ernst ist, und so macht sie ein paar Anrufe. Der Treff wird für Freitag angesetzt. Das gibt Maria und mir noch drei Tage, in denen wir uns besser kennenlernen können; du weißt doch, was ich meine? Ich mach's ihr, sie macht's mir, wir uns beiden, sie erzählt mir ihr Leben, ich erzähle ihr noch mehr von meinem.

Dann ist's Freitag. Wir gehen ihre Freunde treffen. Klingt so, als ob sie von überallher kommen, nicht nur aus Italien. Ein Kerl ist Deutscher, das schwöre ich. Sein Mädchen ist aus irgendeinem skandinavischen Land, blond wie Maria, sieht aber nicht so gut aus und hat nichts von ihren Brüsten. Auch Hugo ist vielleicht Deutscher, wer weiß. Eins ist sicher, dieser Sohn aus gutem Hause spricht wie ein Roter. Diese Freunde von Maria, ganz besonders die Mädchen, deren Köpfe sind voll von Rußland, Rechten der Arbeiter und solchem Scheiß. Sie sagen, ich bin nicht politisch. »Was soll's?« sage ich zu ihnen. »Ich kenne nur eine Politik: Zur Hölle mit den USA.«

Dann wollen diese Unitypen wissen, weshalb ich einen solchen Haß auf Amerika hab'.

Hugo, der sagt: »Woher sollen wir denn wissen, daß du ein richtiger Amerikaner bist?«

Ich zeige Hugo denselben Paß, den ich Maria gezeigt hab'.

Dieser Schwachkopf sagt: »Jeder kann für Geld einen Paß kriegen. Das ist doch ein Kinderausweis.«

»Hör mal her, du Klugscheißer«, sage ich zu ihm. »Nenne mal eine beliebige Straße in Newark, und ich sage dir, wo die ist.«

Hugo, dieser Arsch, weiß nicht mal, was Newark ist. »Newark, New Jersey, USA«, sage ich zu ihm und blicke zu Maria hin, so daß sie stolz auf mich sein kann. »Wurde dort geboren, kapiert?«

Sie sind jetzt ganz Ohr. »Mach weiter«, sagt Maria, »erzähl's ihnen.«

So erzähle ich ihnen ganz schnell was von dem, was ich ihr erzählt hab'. »Hört her«, sage ich zu Marias Freunden, »auch wenn ich hundert werde, ich werde nie vergessen, was Amerika getan hat. Klar, daß ich nach dort zurück kann. Wozu aber? Um jeden umzulegen? Hier gibt's doch auch genug Amerikaner, die man umlegen kann.«

Ich sehe, Marias Freunde verstehen mich. Ich sage ihnen, als mein Vater überfahren wurde und meine Mutter sich selbst umbrachte, drehte ich unsere Wohnung um, jeden Zentimeter, wollte jede Schuhschachtel und jede Stelle finden, wo mein Vater seine Lire aufbewahrte. Was ich finde, sind Hundert-Dollar-Scheine, mengenweise, einige sind in einer Bibel, einige in einer Schachtel Spaghetti – wäre ich nicht vorsichtig gewesen, hätte ich die Schachtel glatt weggeschmissen, weil die Dinger alt waren. Und was denkt ihr, was ich im Boden der gut gefüllten Schmuckkassette meiner Mutter finde? Genau, noch mehr Schmuck, Diamanten, eine wahre Mine.

Den Schmuck will ich meiner Schwester schenken. Aber nein, sie haut mit diesem Kerl aus dem Norden einfach ab. Paolo ist blond, sieht nicht mal wie ein Italiener aus, schuftet wie verrückt in einer Bäckerei, glaube ich. Ich frage Anna, was sie bloß aus ihrem Leben macht; sie sagt: »Was ich aus ihm mache« und heiratet den blonden Paolo, weil sie sein Brötchen bereits in ihrem Ofen hat. Ich kenne Paolos Art. Der hat die Mentalität eines Verräters. Ich will nicht im

Gerichtssaal irgendeines blöden Richters wie ein Tier in einen Käfig gesperrt werden, nur weil Paolo beschließt, mich zu verpfeifen. Ich vergesse Anna.

»Was kaufe ich mir zuerst, wohl einen Fiat?«

Alle Freunde von Maria lachen. Ich sage ihnen, daß ich mir zuerst zwei Pistolen kaufe, eine für die Wohnung, die andere stets auf dem Leib. Ich bin so voller Haß; sieht mich jemand auf der Straße, macht er einen großen Bogen um mich herum.

Ich sage zu ihnen: »Wollt ihr mal was richtig Schönes sehen?« Ich zeige ihnen ein Messer. Der Griff ist wie Elfenbein, mit einer Zeichnung drauf. Ein Prachtexemplar. Man braucht es nicht aufzuklappen, man drückt auf die Feder, die Klinge springt heraus, als ob sie lebendig wäre. Sie zucken alle zurück. Jetzt bin ich mit dem Lachen dran. »Das ist das Messer von meinem Vater«, sage ich zu ihnen. »Keine Angst. Bei Menschen nehme ich nie ein Messer. Bei Menschen nehme ich immer eine Pistole.« Bin wieder dran mit Lachen. Ich sage zu allen: »Beruhigt euch! Wir sind doch Freunde, oder?« Zu Maria sage ich: »Ich hab' eine ganz trockene Kehle.« Maria bringt mir ein Glas Wasser. Ich sage zu ihr: »Kannst du mir nichts Besseres bieten?«

Sie sagt, sie könne mir später was Besseres bieten. Jeder lacht, weil alle wissen, daß wir nicht von einem Glas Wasser sprechen.

Hugo sagt, ich soll meine Geschichte weitererzählen.

»Ist aber keine Geschichte«, sage ich, »ist was Wahres.« Ich sage zu Marias Kumpel: »Knete ist das, was ich bereits reichlich hab'. Was ich will, ist Rache. Aus Geschäften mache ich mir nichts, wenn das Ziel nicht Amerika ist.«

Maria ist stolz auf mich. Sie kommt zu mir und küßt mich vor allen. Und alle klatschen in die Hände, wie im Kino.

Ich bin wahnsinnig glücklich – Maria sagt, ich bin eine Erektion mit Beinen. Ich sag': »Lieber das als eine Sprechmaschine.« Kriege dann ziemlich schnell mit, worauf es Marias Gruppe abgesehen hat. Gefällt mir, gefällt mir. Ich sage zu ihnen, mein Ziel sei was ganz Spezielles. »Die Araber mit ihren Maschinenpistolen ballern auf dem Flughafen doch nur Schweizer, Italiener und auch einige Amerikaner zusammen, Juden und so weiter, aber wozu soll das denn gut sein? Meine Spezialität ist Uncle Sam. Der hat deshalb einen weißen Bart, weil er alt und schon halb tot ist. Ich will, daß alle Amerikaner vor Monteleones nächstem Ding zittern.«

Maria sagt, jetzt werde ich vielleicht doch politisch.

»Quatsch«, sage ich, »ich werde eher international wie ein Multi.«

Ein paar Jahre später sagen die Leute, daß ich gleich nach Carlos komme. Und niemand, der am Leben bleiben will, nennt mich den Amerikaner.

Als Iggie die Bombe auf den Wagen des Generals legt und davonbraust, bin ich so stolz, daß ich ihn küssen könnte. Ich sage »Bravo!« zu ihm, sein bestes Ding bisher. Wir werden's feiern – und was passiert? Iggie hat einen einzigen Tag, an dem er das Leben genießen kann, bevor dieser Dreckskerl mit der Perücke... Ich werde verrückt, wenn ich nur dran denke. Iggie war mein Bruder. Ich hoffe, daß es im Himmel Fernsehen gibt und daß Iggie gesehen hat, wie der Sarg hochging. Das war für dich, Iggie, capisci? Rache ist die süßeste Frucht auf Erden.

21

David

Wenn man im Dschungel wochenlang nur zähe Armeeverpflegung zu essen hatte, dann bekommt man recht viel Übung darin, die Insekten nicht mitzuessen, die scharenweise über die Verpflegung kriechen. Die Umstände, unter denen man an Bord eines Flugzeugs von einem Tablett ißt, sind wahrlich nicht so schlecht, wie das von den meisten Zivilisten behauptet wird.

»Schmeckt ganz gut«, sagte der Geschäftsführer zu meiner Rechten.

»Keine Insekten«, sagte ich.

»Wie bitte?«

»Keine Konkurrenz von Insekten.«

Er machte sich mit seinem Plastikmesser wieder über sein Rindsfilet her und sägte daran herum, als ob er allein in der Kabine wäre.

Susan, die sich nach mir umgedreht hatte, mußte gegen ein Lachen ankämpfen. Das freute mich. Ich wünschte mir, ich könnte auch Mrs. Whitcomb ablenken. In Vietnam habe ich gelernt, daß man Trauernde am besten nicht an ihr Leid erinnert und ihnen nicht dauernd sein Mitgefühl bekundet. Es ist besser, man begegnet ihnen mit Humor.

Als die Stewardess die Tabletts abgeräumt hatte, machte Mrs. Whitcomb den Vorschlag, die Plätze zu tauschen. »Sie und Susan können sich dann unterhalten.«

Mrs. Whitcomb setzte sich auf meinen Platz und ich mich auf den ihren, und wir nickten uns ein Dankeschön zu.

Ich machte es mir neben Susan bequem. Sie flüsterte mir ins rechte Ohr: »Sie sind ein gnadenloser Spieler.«

»Mit Ihnen?«

»Nein, mit dem Mann hinter mir.«

Ich sah über Susans rechte Schulter zu ihm hinüber. Er hatte uns beobachtet. Als sich unsere Blicke trafen, sah er schnell weg und vertiefte sich in seine »Business Week«.

»Ist meine Art, naseweise Leute, die mir zu nahe kommen wollen, auf Distanz zu halten«, sagte ich.

»Gehöre ich auch dazu?«

»Ich habe mich ja dafür entschieden, neben Ihnen zu sitzen.«

»Ich glaube, das hat meine Mutter für Sie entschieden.«

Ich sagte: »Augenblick, mir kommt da gerade ein Gedanke, aus dem vielleicht was werden kann.«

Ich schnallte mich los und ging nach vorne in die Business Class; eine sehr hübsche dunkelhaarige Stewardess war für diesen Teil der Kabine zuständig, der zu zwei Dritteln leer war.

»Nicht viel los in der Business Class«, sagte ich. »Ist das für gewöhnlich so?«

»Manchmal«, sagte sie, etwas abweisend.

Ich wollte sie wissen lassen, daß ich es nicht auf sie abgesehen hatte. »Ich habe gerade geheiratet«, sagte ich zu ihr. »In Rom.«

»Herzlichen Glückwunsch«, sagte sie und blickte in die Richtung, aus der ich gekommen war. »Ist das die Braut?«

Ich drehte mich um. Susan beobachtete uns.

»Das ist sie«, sagte ich und tat so, als ob ich mächtig stolz auf sie wäre. »Wir wollen uns gerne unterhalten, wissen Sie, und zwar über unsere Pläne, aber der Mann neben uns hört uns dauernd zu. Wäre es denn möglich, daß wir hier zwei Sitze belegen dürfen?«

Sie schien unsicher zu sein.

»Wär' doch ein schönes Hochzeitsgeschenk«, sagte ich.

»Wenn jemand fragt, dann sagen Sie bitte nicht, daß ich es erlaubt habe.«

»Nie im Leben; bin selbst draufgekommen. Ich werde sie gleich holen. Und vielen Dank.«

Wieder in der Tourist Class angekommen, lehnte ich mich zu Susan hinüber, brachte meine Lippen ganz nahe an ihr Ohr und flüsterte ihr zu: »Nehmen Sie Ihre Handtasche. Wir setzen uns woanders hin.«

»Und Mutter? Was wird aus ihr, wenn's gefährlich wird?«

Ich blickte auf. Mrs. Whitcomb schlief.

»Hätte jemand das Flugzeug entführen wollen, dann hätte er es bereits getan.«

»Sind Sie sich da so sicher?«

»Der oder die würden doch wollen, daß man wieder diesseits des Atlantiks landen kann und nicht erst in New York. Ihrer Mutter kann gar nichts passieren. Ab und zu werde ich nach ihr sehen.«

»Das tut gut«, sagte Susan und streckte die Beine aus. »Was haben Sie denn der Stewardess erzählt?«

»Ist unser kleines Geheimnis, ihres und meines.«

»Es ist schon recht praktisch, wenn man jemanden wie Sie um sich herum hat«, sagte sie.

»Dankeschön. Sollte ich in den Vereinigten Staaten je in der Klemme stecken, würden Sie mich dann verteidigen?«

»Sie verteidigen mich doch auch, oder?« sagte Susan.

»Ich werde dafür bezahlt.«

Sie sagte: »Ich verdiene mehr als Sie. An was denken Sie gerade?«

Ich dachte an ihren Körper. »An nichts«, sagte ich. »Ich denke ins Leere.«

»Lügen ist nicht gerade Ihre Stärke.«

»Ich habe keine Erfahrung im Umgang mit Gedankenlesern.«

»Nicht mit Gedankenlesern. Mit intelligenten Frauen.«

»Was ich –« Ich hielt inne. Am liebsten hätte ich eine Mauer um uns herum hochgezogen.

Wir waren zwar in leidlicher Entfernung von den uns am nächsten sitzenden Passagieren, aber trotzdem nicht ungestört. Ich hätte gern meine Hand ausgestreckt und sie ihr auf den Bauch gelegt. Man kann kaum was falsch machen, wenn man es so anfängt. Die Chancen stehen fünfzig zu fünfzig. Die Frau kann die Hand des Mannes wegtun. Tut sie's nicht, kann er seine Hand entweder weiter nach oben oder weiter nach unten gleiten lassen, je nachdem, was sie ihm seiner Meinung nach wohl erlauben wird. Hier aber konnte die Stewardess vorbeikommen. Oder sonst jemand. War deshalb die Versuchung so groß?

»Sie beschäftigen sich mit unanständigen Gedanken«, sagte Susan.

Ich war um eine Lüge verlegen.

»Wenn wir in New York sind«, sagte sie, »werden Sie dann dort bleiben oder gleich wieder zurückfliegen?«

»Ich bleibe so lange, bis Sie und Ihre Mutter sicher zu Hause angelangt sind.«

»Ich wohne in der City. Mutters Zuhause ist in einer der Vorstädte.«

»Weiß ich.«

»Woher zum Teufel wissen Sie das denn?«

»Man hat mich darüber informiert.«

»Himmel, wann kann ich endlich mit meinem Kreuzverhör beginnen?«

»Werden Sie zunächst bei Ihrer Mutter bleiben?« Ich hatte das kaum ausgesprochen, da wußte ich bereits, daß sie's falsch auffassen würde. »Das war keine persönliche Frage«, sagte ich rasch. »Es geht um Sicherheitsaspekte.«

»Ich hab' nichts gegen persönliche Fragen. Nur Sie mögen solche nicht.«

»Zugegeben. Also, werden Sie zunächst bei Ihrer Mutter bleiben?«

»Während der ersten Tage will ich versuchen, so oft wie möglich bei ihr zu sein; aber ich muß wieder an meine Arbeit zurück. Wie bald müssen Sie denn zurückfliegen?«

»Das wollen wir erst mal abwarten, nicht wahr?«

»David?« Sie zupfte mich am Ärmel.

»Ja?«

»Ach, nichts.«

Ich hasse es, wenn mir jemand was sagen will, es aber dann doch nicht tut. Ich konnte spüren, wie mein Gesicht rot vor Zorn wurde. Als ich noch ein Kind war, sagte Vater immer zu mir: »Es wäre besser für dich, wenn du lernst, das zu unterdrücken. Die Leute wissen nicht, wie sie mit jemandem umgehen sollen, der wegen jeder Kleinigkeit fuchsteufelswild wird.«

Susan kritzelte etwas auf ein Stück Papier. Sie faltete das Papier in der Mitte und reichte es mir.

Ich faltete es auseinander.

»Wer zum Teufel sind Sie?«

Ich lachte und knüllte das Papier zusammen. Aus dem Netz, das an der Rückseite des Sitzes vor mir angebracht war, nahm ich die Spucktüte und warf das Stück Papier hinein.

»Bitte reden Sie«, sagte sie. »Sagen Sie mir, wer Sie sind. Vertrauen Sie mir doch.«

»Ach, Ihnen kann ich schon vertrauen. Sie leben aber nicht allein auf der Welt.«

»Sie stehen im Dienst der Regierung. Fangen Sie doch damit an.«

Sie strapazierte meine Nerven. Jahrelang hatte ich mich darin geübt, nicht zu reden. Ich wollte sie aber nicht verlieren, bevor es was zum Verlieren gab.

»Es gibt Tage«, sagte ich, »an denen ich die Regierung so hasse, wie manche Leute ihre Eltern hassen.«

»David, ich will von Ihnen doch nicht Ihren Rang oder Ihre Personalnummer wissen; ich will nur wissen, was Sie tun. Ich hab' zwei Männer vor Gericht gebracht, die auf Befehl getötet haben. Und ich hätte auch den Mann vor Gericht gebracht, der ihnen den Befehl dazu erteilte, wenn wir für eine Verurteilung genügend Material gehabt hätten.«

»Sam würde so was zu schätzen wissen.«

»Wer ist Sam?«

»Der Mann, der mir meine Befehle erteilt.«

»Befehle wozu?«

»Was ich eben zu tun habe. Wie etwa, Sie und Ihre Mutter zu bewachen.«

»Ich glaube Ihnen keine Sekunde, daß Sie Leibwächter sind.«

»Ich werde Sam sagen, daß ich meine Glaubwürdigkeit verloren hab'. Er ist ein wirklich netter Mensch. Sie würden ihn bestimmt mögen. Ich hoffe, Sie werden ihn nie kennenlernen.«

»Handeln Sie denn nie nach Ihrem eigenen Willen?«

»Doch, doch, und dabei kriege ich dann immer Schwierigkeiten. Mit Frauen.«

»Ja, im Augenblick haben Sie Schwierigkeiten mit mir.« Sie schluckte. »Vielleicht hab' ich Schwierigkeiten mit mir selbst. Der Mann, der meinen Vater getötet hat – wenn ich wüßte, wie ich mit ihm abrechnen könnte, würde ich –«

»Was würden Sie dann tun?«

»David«, sagte sie, »wie war das, als Sie zum ersten Mal jemanden bewußt getötet haben?«

Meine Stimmung sank auf den Nullpunkt. »Stellen Sie einem Soldaten niemals diese Frage! Haben Sie je Ihren Vater gefragt, ob er jemand getötet hat?«

Susan sah weg.

»Tut mir leid«, sagte ich rasch. »Ich wollte Sie nicht daran erinnern.«

»Schon gut.«

»Etwas Bedeutendes zu tun fällt einem beim ersten Mal nicht leicht; auch radfahren muß man erst lernen.«

Susan sah von ihrem Schoß auf. Ihr Gesicht konnte wirklich nicht mehr als ein paar Zentimeter von meinem entfernt sein. Sie sagte: »Wer hat Ihnen das Radfahren beigebracht?«

»Mein Vater. Er brachte mir zuerst das Traktorfahren bei, dann das Fahren auf einem Rad, das aber ein Motorrad war. Wir haben das Fahrrad übersprungen.«

»Wie alt waren Sie damals?«

»So um die fünfzehn.«

»Wo lag denn die Farm? Ich meine die, auf der es den Traktor gab?«

»In Scaville, North Dakota. Schon mal gehört?«

Sie schüttelte den Kopf.

»Außerhalb der Stadt nur Landschaft, keine Menschen. Aber jede Menge Silos und gelegentlich eine Scheune oder ein Haus, wenige hundert Meter von der Straße weg. Vielleicht sieht man auch einen Mann auf einem Traktor. Ich wünschte mir immer, wir hätten eine Ranch statt einer Farm gehabt, damit ich auf Pferden hätte reiten können, aber auf solchen, die einen Reiter nicht dulden. Irgendwie gefällt es mir auch, wenn eine Matratze nicht gleich nachgibt.«

Die dunkelhaarige Stewardess kam in diesem Augenblick mit einem kleinen Tablett zu uns, auf dem sie zwei Champagnerkelche aus Plastik balancierte. Sie sagte zu Susan: »Herzlichen Glückwunsch!« und gab dann jedem von uns einen fast randvollen Kelch.

Sobald die Stewardess wieder außer Hörweite war, sagte Susan: »Champagner?«

»Ich sagte ihr, wir hätten eben geheiratet. Deshalb sitzen wir jetzt auch hier.«

»Raffiniert«, sagte Susan. »Sie wollte ich nicht gerne als Mandanten haben. Sie lassen Lügen wie Luftballons steigen. Sie sollten besser auf festen Boden zurückkehren.«

»Wo?«

»Etwa in North Dakota. – Was haben Sie als Kind gespielt?«

»Ich weiß nicht, ob Spielen der richtige Ausdruck dafür ist. Ich hatte eine absonderliche Art des Angebens.«

»Was für eine denn?«

»Ach, ich ging allein auf die Weiden hinaus, um den Elektrozaun zu testen, der das Vieh am Verlassen der Weide hindern sollte. Ich berührte den Zaun, weil ich wissen wollte, ob ich den Schlag aushalten könnte. Einmal lockte ich einige Kinder nach der Schule auf die Weiden hinaus und zeigte ihnen, daß ich den Zaun berühren konnte. Sie aber wollten das nicht tun. An ihren Augen konnte ich erkennen, daß sie mir Respekt zollten. Ich krempelte also den Ärmel hoch und fuhr mit meinem Unterarm mehrmals über den Stacheldraht, bis mir das Blut auf die Handfläche lief; ich sagte dann: ›Will's von euch auch einer versuchen?‹ Sie starrten mich nur an, manche wichen sogar einen oder zwei Schritte zurück. Ich bewegte dann meinen Arm ruckartig auf den mir am nächsten stehenden Jungen zu und beschmierte ihn mit meinem Blut; daraufhin rannten alle weg.«

»Sie waren ein wirklich seltsames Kind.«

»Sie haben noch nicht mal die Hälfte gehört. Eines der Kinder, ein schwächlicher Junge namens Randy, erzählte Mr. Beane, dem Dorflehrer, was ich getan hatte. Ich hatte von Mr. Beane stets gute Noten bekommen, weil ich meine Gedanken besser wiedergeben konnte als die meisten. Er rief mich nach vorne und sagte: ›Du hast doch das nicht getan, was Randy behauptet, oder?‹ – ›Er hat es bestimmt erfunden‹, sagte ich. Randy sagte: ›Er soll doch den rechten Ärmel hochkrempeln.‹ – ›Mr. Beane, bitte‹, sagte ich, ›Randy soll die Unterhose ausziehen, damit er ihnen zeigen kann, daß er keinen hat.‹ Mr. Beane konnte ein Lachen nicht unterdrücken, und ich mußte meinen rechten Unterarm nie vorzeigen.«

Susan legte ihre Hand auf meinen Arm. »Krempeln Sie Ihren Ärmel hoch«, sagte ich.

»Das klingt wie ein Befehl.«

Susan nickte.

Ich krempelte meinen rechten Ärmel hoch und drehte langsam meinen Arm, damit sie die große Narbe sehen konnte.

»Erzählen Sie mir jetzt, was Sie tun, oder muß ich Sie erst unter Strafandrohung vorladen?«

»Das können Sie gar nicht. Sie kennen doch nicht mal meinen richtigen Namen.«

»Ich kann sehr hartnäckig sein.«

»Das hab' ich gemerkt.«

»Wenn Sie mir nicht sagen wollen, was Sie tun, sagen Sie mir dann wenigstens, wie Sie zu diesem äußerst ungewöhnlichen Geschäft gekommen sind?«

»Na gut«, sagte ich. »Sie müssen sich aber darüber im klaren sein, daß ich Sie töten muß, wenn ich Sie in meine Geheimnisse eingeweiht habe.«

Susan schwieg.

»War nur ein Scherz.«

Susan sagte nicht ein Wort. Jeder erfahrene Spezialist im Verhören weiß, daß dies eine sehr gute Methode ist, jemanden zum Sprechen zu bringen.

»Im Jahr 1967 war ich achtzehn Jahre alt.«

»Ich höre«, sagte sie, und so legte ich also los.

»Die bösen Tage von Vietnam«, sagte ich, »waren so was wie eine Falle für Leute meines Alters. Haben Sie schon mal ein Tier in einer Falle stecken sehen? Wahrscheinlich nicht. Vater versammelte sonntags nach dem Gottesdienst die Familie um sich. An einem Sonntag sagte er zu uns – das waren meine Mutter, meine zwei jüngeren Schwestern und ich –, ihm habe geträumt, daß mir etwas Schreckliches zustoßen werde, falls ich nach Vietnam ginge. Ich käme vom Hals an gelähmt zurück und könne Arme und Beine nicht mehr bewegen – er erwähnte zwar meinen Penis nicht, aber ich wußte, daß er auch daran dachte – und würde die restlichen Tage meines Lebens im Rollstuhl verbringen müssen. Heute denke ich, daß er das aus Liebe sagte, um mich vom freiwilligen Militärdienst abzuhalten. Damals aber bedurfte es nur noch dieser Rede. Im Handumdrehen war ich in Fargo, um mich als Freiwilliger zu melden, lange bevor man mich eingezogen hätte. Das sagt über Achtzehnjährige einiges aus.«

Susan nickte und wartete darauf, daß ich fortfuhr.

»Zu Hause war's so: Wenn man einem Indianer oder einem Farbigen begegnete, dann fiel einem das auf, da die meisten Leute dort Weiße sind. In Vietnam waren es aber die wenigsten. Es war, als ob Afrika und Asien Krieg führten: auf unserer Seite überwiegend Schwarze, auf der anderen Seite die Hageren mit den Schlitzaugen. Eine Zeitlang waren Lester und ich die einzigen Weißen in unserer

Kompanie; die anderen Infanteristen sagten häufig zu uns: ›Hör mal, Mann, du siehst bleich aus. Was ist los?‹ Lester kam auch aus North Dakota, und im Handumdrehen waren wir gute Freunde. Eines Tages führte er eine Patrouille an. Ich hatte große Angst um ihn, wie ich um mich selbst Angst hatte, wenn ich an der Spitze war. Wir dachten, an diesem Tag hätten wir großes Glück gehabt, denn nach ein paar Stunden erlöste der Leutnant Lester von seiner Rolle als menschliche Zielscheibe und schickte ein anderes armes Schwein an die Spitze.

Lester kam zurück und in meine Nähe. Wir machten einen Erkundungsmarsch auf einem nicht befestigten Weg, auf jeder Seite eine Reihe; der Abstand zwischen den einzelnen Soldaten betrug etwa fünf Meter, so daß ein Feuerstoß aus einem Maschinengewehr nicht gleich mehrere von uns treffen konnte. Lester ging vor mir her und wurde dann etwas langsamer, um mir ein Stück Kaugummi zu reichen. Er hielt es nach hinten, marschierte aber trotzdem weiter und suchte die Bäume zu beiden Seiten der Straße ab. Seine Hand mit dem Kaugummi erstarrte plötzlich. Ich wußte, er hatte etwas entdeckt, und schon durchschlug ihm die Kugel den Nasenrücken, und man hörte das Krachen des Schusses.

Alle Mann gingen im Straßengraben in Deckung und feuerten in die Bäume hinauf, aus denen der Schuß vermutlich gekommen war; ich war nicht in Deckung gegangen. Ich kniete neben Lester auf der Straße. Sein Gesicht war nicht mehr sein Gesicht. Ich rief: ›Sanitäter!‹, so laut, daß man es bis nach Saigon hätte hören können. Ich hielt Lester den Kopf. Er hatte die Augen geöffnet und sah mich in Todesfurcht an. Der Sanitäter kam im Graben heran, blickte nach oben und hoffte, was wir alle hofften, der Heckenschütze habe sich im Baum festgebunden, sei von unserem Feuerstoß getötet worden und könne keinen weiteren Schuß mehr abgeben.

Der Sanitäter war am Verzweifeln. Was konnte man tun, dem Mann etwa einen Druckverband am Hals anlegen? Ihm einen handtellergroßen Wundverband an Nase und Mund anlegen, die von der Kugel ganz deformiert waren? Wie sollte er aber dann atmen? Lester hatte eine Antwort auf alle Fragen. Seine Augen bewegten sich nicht mehr. Ich ließ seinen Kopf behutsam zu Boden sinken und suchte im Schmutz nach dem Stück Kaugummi, weil ich es aufbewahren wollte. Als ich es aufhob, bemerkte ich, daß meine Hände voll Blut waren. Ich wischte sie am Kampfanzug sauber. Ich wollte Lesters Brieftasche, die ich an mich nahm, nicht mit Blut beschmieren. Der Sanitäter erhob Einspruch, aber in meinem benommenen Zustand kam er damit nicht bis zu mir durch. Ich wollte sicherstellen, daß die Bilder in Lesters Brieftasche von mir zensiert wurden, bevor sie seinen Eltern geschickt wurden. Als mir der Sanitäter die Hand auf den Arm legte, warf ich ihm meinen Blick zu, der die Leute dazu bringt, es sich nochmals zu überlegen, bevor sie sich mit mir einlassen. Er ließ meinen Arm los. Irgendwie wurde mir dann klar, daß Lester mein erster richtiger Freund war, und ausgerechnet er mußte ins Gras beißen.«

»Haben Sie denn jetzt Freunde?«

»Wenn man das tut, was ich tue, dann kann man als Freunde nur die Leute haben, mit denen man zusammenarbeitet.«

»Habe ich also gar keine Chance?«

Ich glaubte, ich hätte mich verhört.

»Sprechen Sie weiter«, sagte sie, »ich wollte Sie nicht unterbrechen.«

»Eigentlich bin ich schon fertig. Nach Lesters Tod verhielt ich mich wie ein Verrückter, als ob ich ständig Rauschgift genommen hätte. Allmählich machte ich mir einen Namen. Einmal wollte unser Leutnant einen Viet-Kong verhören; der wollte uns aber nicht sagen, was weiter vorne los war. Die meisten Viet-Kongs tischen einem doch nur Lügen auf, weil sie glauben, wir seien dumm; dieser aber wollte einfach nicht reden.«

»Und dann?«

»Ich bin wie Sie. Ich tat etwas, das ihn schließlich zum Reden brachte, etwas, wozu unser Leutnant nicht den Mut hatte, und schließlich waren wir es, die den Hinterhalt legten, und nicht die andere Seite.«

»Wenn Sie nun in den Hinterhalt gegangen wären, wären Sie dann nicht zum Helden geworden?«

»Zu einem gefallenen Helden.«

»Ich weiß zwar nicht, was Sie taten, aber wäre ich an Ihrer Stelle gewesen, dann hätte ich auch etwas getan, um jenen Mann zum Reden zu bringen.«

»Das glaube ich Ihnen sofort. Sie haben ja selbst mich zum Reden gebracht.«

»Vielleicht nicht ganz. Sie haben mir noch immer nicht erzählt, wie Sie von dort hierher gekommen sind.««

»Nun, was ich auch getan haben mag – man hat mich zur Spezialausbildung abkommandiert. Was man uns dort abverlangte, dagegen war die Grundausbildung ein Kindergarten. Wenn man nicht vierundzwanzig Stunden ohne Essen und Wasser aushalten konnte, war man draußen. Wenn man nicht durch einen hüfthoch mit Rinderdärmen gefüllten Graben waten konnte, war man draußen. Wenn man nicht einen Gewaltmarsch von fünfzig Kilometern mit je fünf Minuten Pause in der Stunde durchstehen konnte, war man draußen.«

»Das muß ja schrecklich gewesen sein.«

»Ob Sie's nun glauben oder nicht, mir hat's sogar gefallen. Diejenigen von uns, die nicht vorher ausgesiebt worden waren, wurden zu Unternehmungen abkommandiert, wie man sie nicht mal auf Videofilmen zu sehen kriegt.« Ich dämpfte meine Stimme. »Bestimmt kann mich jeder hören.«

»Niemand kann Sie hören«, sagte sie, »außer mir.«

Ich wollte, daß sie mich ganz kennenlernte. Ich mußte den Augenblick nützen. »Bei einer unserer Unternehmungen war es so«, sagte ich, »daß lediglich Kissinger und vielleicht zwei Generale und ein Oberst wußten, wo wir waren. Damals wurde mir zum ersten Mal klar, daß man unsere Unternehmungen ableugnen konnte. Sollten wir keinen Erfolg haben, würde man monatelang nichts davon erfahren. Zu Hause würde schließlich ein Telegramm mit einer Vermißtenmeldung eintreffen, und noch später würde dann die Versicherungssumme ausbezahlt. Hatten wir Erfolg, das heißt, waren wir am Leben geblieben, dann bekamen wir nach unserer Rückkehr keinen Orden. Für den Rest der Welt waren wir gar nicht weggewesen und hatten nichts unternommen. Wir erhielten ein paar Tage Erholungsurlaub und wurden dann wieder in Marsch gesetzt. – Es war bei unserem fünften Auftrag, als mir auffiel, daß zwei der Leute in unserer Gruppe Zivilisten waren und x-mal mehr verdienten als das, was ich als Soldat für dieselbe Arbeit bekam, die ich vielleicht besser machte. Das war ein Lichtblick für mich. Als meine Zeit um war, hatte ich nicht die Absicht, nach Hause zurückzukehren und eine Zapfsäule zu bedienen. Alle meine Offiziere sagten, ich sei was fürs College; aber ich war einfach nicht dazu bereit, mich sieben oder acht Jahre auf den Hintern zu setzen und Medizin oder Jura zu studieren. Meine Mutter schrieb mir weiterhin Briefe, in denen sie sagte, alle würden mich vermissen und wann ich denn wieder nach Hause käme. Ich dachte, wenn ich zu Hause einen Besuch machen würde, dann würden sie mich über meine Tätigkeit ausquetschen. Und ging ich dann wieder, wär's noch schlimmer als vorher. Besser, sie vergessen mich einfach. Ich schrieb einmal nach Hause, als ich im Mittleren Osten auf einer Unternehmung war, und schrieb ihnen, daß der Stempel ihnen nur sage, wo ich vor kurzem gewesen sei; ich sei jedenfalls nicht mehr beim Militär.«

»Wo waren Sie denn dann?«

»Ich war im Krieg. Und zwar dauernd.«

»Mit wem denn?«

»Nun«, ich ließ sie mein Lächeln sehen, »nicht mehr mit meinem Alten. Ich glaube, seither führe ich einen Krieg gegen richtige Terroristen. Bis es auf der Welt keinen mehr gibt.«

Sie saß auf ihrem Platz und starrte geradeaus. »Das haben Sie bestimmt noch niemandem erzählt.«

»Hatte noch nie jemand, dem ich's hätte erzählen können.«

»Ich fühle mich geehrt. Langsam mag ich sogar Ihre Perücke.«

»Ich hab' eine zweite im Koffer. Leihe sie Ihnen, wenn Sie wollen. Könnte Ihnen sogar passen. Sie haben nämlich einen großen Kopf.«

»Vielen Dank.«

»Ich sage Ihnen was. Wenn viele Verrückte hinter Ihnen her sind und Sie einen Schutz brauchen, dann ist eine Perücke leichter als eine kugelsichere Weste, und manchmal bewahrt sie Sie sogar davor, daß man überhaupt auf Sie schießt.«

»David, wissen Sie noch mehr von dem, womit mein Vater beschäftigt war?«

»Ein wenig. Aber nichts Genaues.«

»Werden Sie es mir sagen?«

»Das kann ich nicht. Es ist besser, Sie erinnern sich an ihn anhand dessen, was Sie wissen.«

»Er war also kein Zinnsoldat?«

»Er war ein tapferer Mann.«

»Er sprach nicht darüber.«

»Er war disziplinierter, als ich es gerade gewesen bin. Sie haben einen Schwätzer aus mir gemacht.«

Meine rechte Hand lag auf der Armlehne. Susan legte ihre Hand auf meinen Arm, genau auf die Narbe.

»Ich freue mich, daß Sie geredet haben.«

Sie schnallte sich los und stand auf. Ihre Beine streiften meine Knie, als sie an mir vorbei auf den Gang ging. »Ich sehe nach Mutter.«

»Ich werde Sie begleiten.«

22

Susan

Als das Flugzeug im Anflug auf den Kennedy-Flughafen langsam an Höhe verlor, schien mir der Gedanke, nach Hause zurückzukehren, plötzlich hohl und leer. Mutter und ich, das war ja nicht mehr die ganze Familie. »David«, sagte ich, »ich weiß nicht, ob ich mich jetzt der Presse stellen kann.«

»Keine Sorge. Keine Presse.«

»Die müssen doch erfahren haben, daß der Sarg in die Luft flog.«

»Man hat denen gesagt, daß Sie und Ihre Mutter mit einer Militärmaschine zurückkommen werden, die auf dem Militärflughafen von Andrews landet.«

»Raffiniert.«

»Routine.«

An der Tür des Flugzeugs hielt ich David zurück, so daß Mutter in dem leicht ansteigenden Ausstiegskorridor vor uns hergehen konnte. Ihr sonst so flotter Gang schien jetzt wie in Zeitlupe abzulaufen.

Als wir in das Terminalgebäude kamen, blieb sie plötzlich stehen. David und ich gingen schnell zu ihr hin. Die eine Hälfte ihrer Unterlippe hing nach unten, als könnte sie sie nicht mehr kontrollieren.

»Was ist los?« fragte ich.

Sie griff sich mit beiden Händen an die Brust.

Vor lauter Besorgtheit klang meine Stimme plötzlich ganz anders: »Mutter?«

»Nein, nein, nein«, sagte sie. »Mir geht's gut. Einen Augenblick lang glaubte ich, dein Vater warte dort drüben auf uns.«

Wir setzten uns auf drei aneinandergereihte Kunststoffstühle, Mutter in der Mitte, David und ich außen, und warteten, bis sich Mutters Herzklopfen gelegt hatte.

»Ich überlege mir gerade…«, sagte sie.

»Ja, Mutter?«

»…wo man jemand beerdigen soll, wenn man gar nichts mehr hat, was man beerdigen kann.«

»In Arlington«, sagte David. »Sein Grabstein wird nicht der einzige sein, unter dem nichts begraben liegt.«

Mutter sagte: »Nicht in Arlington. Ich habe mich dafür entschieden, daß ich den Grabstein im Garten hinter unserem Haus haben möchte.«

Stets der Rechtsanwalt, sagte ich: »Im wortwörtlichen Sinn?«

Den Blick, den sie mir daraufhin zuwarf, hatte ich verdient. »Er wird auf unserem Grund und Boden beerdigt. Mach dir nur keine Sorgen«, fuhr sie fort, »wir werden dabei keine einzige Vorschrift verletzen. Es wird nur ein kleiner Grabstein sein.«

Bei der Gepäckausgabe angekommen, setzte sich Mutter auf den Rand eines Förderbandes, das gerade nicht in Betrieb war. Sie sagte: »Hamlet konnte sich mit seinem Gespenst wenigstens unterhalten. Meines verschwand augenblicklich wieder.«

»Hamlet hatte auch einen Mord zu rächen«, sagte ich.

»Sieh ihn dir nur an«, sagte Mutter.

»Wen denn?«

»David. Dort drüben.«

Er suchte unser Gepäck zusammen und lud es rasch auf zwei Gepäckkarren. Er bedeutete uns, ihm zu den Zollbeamten zu folgen, die auf den Ansturm der Menge warteten.

Ich bestand darauf, einen der Karren zu schieben. David kurvte mit dem anderen voraus. Er hatte seine Brieftasche in der Hand, ließ den rundlichen Zöllner, auf den er zugegangen war, etwas sehen und sagte ein paar Worte; ich konnte aber nichts verstehen, weil ich zu weit weg war. Der Zöllner nickte, versah jeden unserer Koffer mit einem Kreidestrich und winkte uns durch. Als Mutter an ihm vorüberging, sagte er: »Herzliche Anteilnahme, Ma'am.«

Was für ein wunderbarer Paß ist doch der Tod! Wäre der Sarg mit an Bord gewesen, hätte uns dann eine weitere Ehrenwache erwartet, oder hätten die Zöllner den Sarg aufgewuchtet, um ihn nach Kokain zu durchsuchen?

In der Halle, in der es keine Gepäckträger zu geben schien, hatte David doch tatsächlich einen aufgegabelt, und der hatte sogar eine Gepäckkarre. Mutter und ich mußten uns gehörig sputen, um ihnen folgen zu können, als sie durch die Schwingtüren gingen.

Hinter der Absperrung stand in der kleinen Schar jener, die auf andere Leute warteten, Farlan Adams, der seine Hand wie eine Signalfahne unübersehbar auf und ab schwenkte.

»David, David!« schrie ich, damit er seinen Eilmarsch mit dem Gepäckträger unterbreche.

Bevor ich sagen konnte: »Woher wußtest du denn, daß wir jetzt ankommen würden?«, hatte Farlan mich schon umarmt und preßte mich an sich.

»Hast du meine Nachricht erhalten?« sagte er leise und voller Freude.

»Selbstverständlich.«

»Bekomm' ich jetzt meine Antwort?« fragte er mit strahlendem Gesicht.

Neben einem der Pfeiler der Halle standen Mutter und David und beobachteten uns.

»Wir werden später miteinander reden...«, sagte ich und drückte ihm die Hand.

»Ich kann dich in diesem Lärm nicht hören«, sagte er. »Oder hast du gar nichts gesagt?«

»Ich sagte, wir werden später miteinander reden. Wir dürfen die anderen doch nicht warten lassen.«

Ich machte alle miteinander bekannt, so gut ich es konnte, und hätte dabei fast den verdutzten Gepäckträger eingeschlossen.

»Ich freue mich, Sie kennenzulernen, Mrs. Whitcomb«, sagte Farlan, wobei er aber David fixierte und dieser ihn, als ob sie einander fragen wollten: »Wer zum Teufel bist du?«

»Herzliches Beileid«, sagte Farlan zu Mutter und nickte dabei in meine Richtung, so daß es auch mir gelten konnte. Ich betrachtete ihn wie durch ein grobes Leinengewebe hindurch. Er kam mir richtig weltmännisch vor. Er war mindestens fünf Zentimeter größer als David.

»Woher wußtest du denn, mit welchem Flugzeug wir kommen würden?« fragte ich.

»Ich rief in deinem Büro an. Deine Sekretärin gab mir bereitwillig Auskunft.«

»Himmel!« sagte David. »Sie haben also Ihr Büro informiert? Die Leitung hätte doch angezapft sein können. Jeder«, sagte er und blickte dabei auf Farlan, »hätte Ihre Sekretärin fragen können, und die hätte dann unsere Ankunft hinausposaunt.«

»David«, sagte ich so freundlich, wie ich konnte, »ich schätze Ihre Vorsichtsmaßnahmen – aber jetzt sind wir zu Hause.«

»Genau das habe ich befürchtet. Wieder zu Hause – Vorsicht, adieu!«

»Mr. Smith«, sagte Farlan, »ist denn irgend etwas nicht in Ordnung?«

»Professor Adams«, sagte David, »kam es denn nicht in den Radio- oder in den Fernsehnachrichten?«

»Ich habe die Zeitung von heute noch nicht gelesen. Fernsehen tue ich nur selten. Ich habe auf der Fahrt hierher im Autoradio Musik gehört. Habe ich denn was Wichtiges versäumt?«

Lieber guter Farlan, wie weltfremd bist du doch!

»Der Sarg des Generals«, sagte David ruhig, »ist von einer Bombe zerfetzt worden.«

Farlan stand sprachlos da und sah so aus, als ob er sich das, was wir erlebt hatten, nicht einmal vorstellen könnte.

»Den Leuten, die den General umgebracht haben«, sagte David, »geht's jetzt darum, auch die anderen Familienmitglieder zu töten. Aber sie konnten sich in Sicherheit bringen, bevor der Sarg explodierte. Wir haben großes Glück gehabt.«

Das war nicht Glück, David, das warst du.

»Es ist von äußerster Wichtigkeit«, sagte David, »sie so wenig wie möglich einem Risiko auszusetzen.«

Davids Sprache wurde ziemlich abstrakt, wenn er sich im Dienst befand. Oder wurde sie es nur deshalb, weil er es mit einem richtigen Professor zu tun hatte?

»Sind Sie also eine Art Leibwächter?« fragte Farlan, als ob es sich dabei um etwas nahezu Obszönes handelte.

Ich wollte verhindern, daß David selbst antwortete. »David ist ein Freund«, sagte ich. Ich hätte genauso gut sagen können, David sei mein Geliebter.

Ich sah den Schmerz in Farlans Augen, und das tat mir weh.

»Ich schlage vor, daß wir uns ein Taxi besorgen«, sagte David und meinte damit eher den ungeduldigen Gepäckträger als uns.

»Ich hab' meinen Wagen dabei«, sagte Farlan. »Ich glaube, wir passen alle hinein.«

»Mutter will nach Scarborough«, sagte ich. »Das erfordert etwa siebzig Minuten.«

»Macht mir nichts aus«, sagte Farlan. »Eurer Rückkehr wegen habe ich alle Termine abgesagt.«

Ich sagte: »Nun gut, lassen wir Professor Adams also seinen Wagen holen.« Als ich die Worte »Professor Adams« aussprach, kam ich mir vor, als ob ich in einem Traum, den jemand anders träumte, eine Rede hielte. Alle warteten darauf, daß ich weitersprach. »Der Gepäckträger kann unser Gepäck am Bordstein abstellen, wir können selbst darauf aufpassen.«

»Vielleicht möchtest du mich zu meinem Wagen begleiten?« sagte Farlan.

Ich erhielt von David einen Blick – Mord und Totschlag, mußte ich dabei denken. »Gehen wir also.« Ich hakte mich bei Farlan ein und ging mit ihm weg; ich hatte dabei das Gefühl, daß von hinten gleich auf mich geschossen würde.

Am Zebrastreifen schienen die Taxis nicht anhalten zu wollen. Farlan packte mich mit seiner Rechten am Ellenbogen; seine Linke hielt er wie ein Verkehrspolizist in die Höhe. Die Fahrzeuge hielten mit kreischenden Bremsen an, um den offenbar Verrückten die Straße heil überqueren zu lassen.

»Farlan!« Das war alles, was ich sagen konnte.

»Die hätten doch zuerst mich erwischt«, sagte er. »Nun beantworte endlich meine Frage.«

»Welche Frage?«

»Die in meinem Brief. Bitte entschuldige, wenn ich etwas dumm dreinblicke. Ich habe noch nie jemand einen Heiratsantrag gemacht.« Er sah wie ein ganz eifriger Junge aus. »Ich liebe dich«, sagte er.

Ich stellte mir vor, wie Farlan in seinem Büro Hof hielt, an der einen Wand die vielen Bücher, an der anderen die Photographien von wichtigen Leuten, und wie er mir jede Frage, die ich ihm stellte, beantwortete, als ob die Antwort irgendwo gespeichert wäre und nur auf den Abruf wartete. Über mein Geschäft wußte er mehr, als ich je lernen konnte. Ihn als Ehemann zu haben gliche einem Leben in einer Bibliothek mit mehr Büchern, als man im Leben lesen kann.

»Ich hoffe, du hast mich trotz des Lärms hören können.«

Vom flotten Gehen waren wir beide ziemlich außer Atem.

»Ich hab' dich verstanden.«

»Und?«

»Sieh her«, sagte ich. »Es hat mir noch keiner einen Heiratsantrag gemacht. Wir müssen alles in Ruhe besprechen. Ich hatte keine Gelegenheit, über deinen Brief gründlich nachzudenken. Willst du mir nicht ein paar Tage Zeit lassen?«

»Laß dir so viel Zeit, wie du brauchst«, sagte Farlan, »solange die Antwort ja ist.«

Höflich wie stets entriegelte er zuerst die Beifahrertür und öffnete sie für mich, wobei er eine leichte Verbeugung andeutete.

Ich ließ mich auf den Beifahrersitz gleiten.

Ich dachte daran, wie ich Farlan zum ersten Mal sah, am Lesepult stehend und uns musternd. Annie hatte einmal gesagt: »Die einzige Möglichkeit, wie man die Columbia-Universität durchlaufen kann, ohne dabei wirr im Kopf zu werden, besteht darin, daß man sich vorstellt, wie jeder dieser Professorenspießer aussieht, wenn er nackt ist und man seine Ausrüstung sehen kann.« Wir lachten, bis uns die Tränen kamen, als Annie dann einen Namen nach dem anderen nannte, und bei jedem prusteten wir vor Lachen. Als sie an Farlan Adams kam, sagte sie: »Nun, der hat wenigstens Eier.«

»Nur Eier?« sagte ich, und Annie sagte dann: »Wer weiß, vielleicht sogar einen Schwanz.« Und dann mußte ich so laut lachen, daß ich fürchtete, mir würde noch eine Ader platzen. *Annie, was würdest du jetzt sagen?*

Farlan drehte den Schlüssel im Zündschloß und schickte eines seiner Hörsaallächeln in meine Richtung. Mein Freund, mein Mentor hatte einen Körper, den er an mich gepreßt hatte. *Wie damals, als Al gestorben war.*

Ich lächelte so zurück, wie ich es gelernt hatte, einen Geschworenen anzulächeln, der mit mir einer Meinung schien. Hatte Farlan mir das beigebracht, oder hatte ich es selbst gelernt? *Wirst du als Geliebter so raffiniert sein, wie du es in Gesetzesdingen bist?*

Farlan mußte fast um den halben Flughafen fahren, bis er auf die richtige Zufahrt zum Ankunftsbereich kam. Ich entdeckte das seltsame Paar, Mutter und ihren angeblichen Leibwächter, die sich ganz gut zu unterhalten schienen. Weshalb achtete David überhaupt nicht auf die ankommenden Fahrzeuge? War er nur aus dem Grund mit uns gekommen, daß er in meiner Nähe sein konnte?

Farlan hupte, damit sie auf uns aufmerksam wurden. Es war unmöglich, daß er den Wagen am Bordstein abstellte, denn dort standen bereits viele Wagen mit geöffnetem Kofferraum und warteten auf das Gepäck.

Farlan parkte in der zweiten Spur und betätigte den unter dem Armaturenbrett angebrachten Knopf zum Öffnen des Kofferraumdeckels. David wuchtete dann schwungvoll jeden unserer guten Koffer in den Kofferraum, als ob es sich um einen Seesack handelte;

im letzten Moment verlangsamte er seine Bewegung und setzte jeden Koffer vorsichtig auf dem Boden des Kofferraums auf. Unser Held konnte einen prächtigen Hoteldiener abgeben.

Meine Gedanken wurden durch Hupen und durch das Herannahen eines übergewichtigen Verkehrspolizisten unterbrochen. Farlan wollte, daß ich neben ihm sitze. Ich sagte: »Der Beifahrersitz mit genügend Raum für die Beine gebührt doch Mutter« und stieg hinten ein, als der Verkehrspolizist an das heruntergekurbelte Fenster an der Fahrerseite kam. »Los, los, fahren Sie endlich weg.«

»Wird gleich geschehen«, sagte Farlan in einem Ton, als ob er keinen Polizisten, sondern einen Kellner vor sich hätte.

David, der auf der anderen Seite des Wagens stand, war noch nicht eingestiegen.

»Sie, Sie halten den Verkehr auf«, schnauzte der Polizist David an.

»Kommen Sie, steigen Sie ein«, sagte ich zu David, dessen Gesicht langsam rot wurde. »Es bringt nichts, wenn man sich in New York mit einem Polizisten streitet.«

Die nächste Viertelstunde fuhren wir dahin, als ob wir Teil der langen Stille vor dem Sturm wären. Dann kam die Regenflut, ein wahrer Wolkenbruch, der Farlan dazu zwang, das Gesicht noch näher an die Windschutzscheibe zu drücken, wo die Scheibenwischer mit ihrer halbkreisförmigen Bewegung ein Wettrennen mit dem Regen veranstalteten.

Die Stimme, die das Schweigen endlich brach, kam von Mutter. »Professor Adams«, sagte sie, »es gibt ein Mittel, gewöhnlich ist es in gelben Kunststoffflaschen abgefüllt, mit dem man die Scheiben besprühen kann; der Regen läuft dann ganz leicht ab. Mein Mann hat davon nach Italien mitgenommen und es unserem Fahrer Audley gegeben, der ebenfalls umgekommen ist.«

Niemand sagte etwas darauf, selbst wenn er etwas zu sagen gehabt hätte. Ich betrachtete mir den Regen, der in Strömen an den Scheiben ablief, und fragte mich, was Mutter wohl über diese Heimkehr dachte.

Wir kamen eine halbe Stunde später in Scarborough an, als wir erwartet hatten. Das aus rotem Backstein erbaute zweigeschossige Haus von Mutter und Vater bot einen unbehinderten Ausblick auf die Weite des Hudson. Ich konnte einen Zug der Metro auf den parallel zum Ufer verlaufenden Gleisen fahren hören und erinnerte mich daran, wie wir erst lernen mußten, auf dieses Geräusch nicht mehr zu achten und so zu tun, als wäre es ein Geräusch, das man in der freien Natur zu hören bekommt, wie das Schlagen eines Finken oder das Rascheln des Westwindes in den Blättern.

Vater hatte gesagt, eine Familie müsse einen Platz haben, an dem man mit den Nachbarn über einen langen Zeitraum hinweg bekannt sei. Sollte er irgendwo im Osten stationiert werden, dann wollte er sein »Fleckchen Erde« schnell erreichen können, selbst wenn er und Mutter nur gelegentlich für ein Wochenende dort hingehen konnten, um sich zu vergewissern, daß alles in Ordnung war, im Winter der Schnee von der Einfahrt weggeräumt, im Sommer der Rasen gemäht und alles für die nicht allzu fernen Tage des Ruhestandes vorbereitet war.

Verdammter Tod! Sein Soldatenleben hatte sich in einem sicheren Bereich abgespielt, und dennoch hatte er ein schlechtes Los erwischt. Wie mußte es dann in Davids Bereich sein? Wie groß waren die Chancen, nicht vor der Zeit zu sterben, wenn man im Auftrag anderer den Soldaten spielen mußte?

Als sie uns auf der mit Kies bestreuten Einfahrt ankommen hörten, waren Don und Marjorie Webster nach draußen gegangen, um uns einen großen Empfang zu bereiten. Mit dabei waren auch ihr zehnjähriger Sohn und ihre um ein Jahr ältere Tochter namens Susan. Don Webster hatte einen jener übergroßen Regenschirme, wie sie Portiers benutzen, an seinem Arm hängen, falls es wieder regnen sollte.

Marjorie Webster hatte es eilig, die neue Witwe zu umarmen. Ich fragte mich, ob die Websters wohl die Nachrufe ausgeschnitten hatten.

Mutter stellte einen jeden mit der für sie typischen Sorgfalt vor. Dann sagte Marjorie Webster: »Gehen wir doch heinein und nehmen eine Erfrischung zu uns!«

David hatte unser Gepäck schon vor die Schwelle getragen, wo sich dann Don Webster seines übergroßen Regenschirms entledigte und das Kommando übernahm.

»Susan«, rief Farlan mir zu, »sollten wir nicht besser in die Stadt zurückfahren?«

Ich sagte zu Farlan, ich beabsichtigte, zumindest diese Nacht bei Mutter zu verbringen, um zu sehen, wie sie sich zurechtfinden würde. »Du könntest doch David in der Stadt absetzen«, sagte ich, »ich bin sicher, er würde das schätzen.«

Was Farlan wirklich schätzen würde, war, David hier nicht zurücklassen zu müssen.

David sagte: »Guter Vorschlag, falls auch Professor Adams damit einverstanden ist.«

»Natürlich bin ich damit einverstanden«, sagte Farlan mit einer Aufrichtigkeit, die im Zeugenstand den Lügner verrät.

Wir standen jetzt alle im Flur hinter der Haustür. David sagte: »Bevor ich gehe, hätte ich gerne noch kurz mit den Whitcombs gesprochen«, und ohne auf eine Antwort zu warten, brachte er Mutter und mich ins Wohnzimmer.

»Ich bin sicher, wir haben dieselbe Absicht«, sagte er. »Wir wollen die Familie, bei der Sie jetzt wohnen, nicht beunruhigen. Es wäre mir aber recht, Mrs. Whitcomb, wenn Sie einen Vorwand finden könnten, unter dem Sie durchs ganze Haus gehen und überprüfen, ob die Fenster alle verschlossen sind. Ich bin sicher, daß die Haustür über Nacht abgeschlossen wird, aber überprüfen Sie's bitte dennoch. Sagen Sie, Sie täten es, um Ihre Nerven zu beruhigen, oder begründen Sie's mit Ihrem Aufenthalt in Rom. Es wäre mir lieber, wenn Sie's selbst tun und nicht Susan, damit es Ihnen zur Gewohnheit wird, wenn Susan in der Stadt ist.«

»Mein lieber David Smith«, sagte Mutter, »ich schätze alles, was Sie für uns getan haben. Da wir jetzt aber zu Hause sind, beabsichtige ich, den ganzen Alptraum so schnell wie möglich zu vergessen. Ich will nicht wie in einem Gefängnis leben oder wie in einer Festung.«

»Mrs. Whitcomb, ich –«

»Bitte. Ich bin nicht willens, es hinzunehmen. Ich brauche doch keinen Leibwächter, und Susan kann gut genug auf sich selbst aufpassen.«

»Ich habe eine Verantwortung –«

»Das war mein letztes Wort«, sagte Mutter.

Ich konnte sehen, daß David keine Erfahrung im Streiten mit einer willensstarken Frau hatte. Er atmete stoßweise aus, um seinem Ärger Luft zu machen; er schrieb eine Telefonnummer auf eine Karte, die er mir übergab. »Unter dieser Nummer können Sie mich erreichen, wenn ich gebraucht werde. In einigen Tagen wird sich jemand von uns mit Ihnen beiden in Verbindung setzen.«

Ich sah auf die Nummer, die er aufgeschrieben hatte. »Wenn Sie nach Rom zurückfliegen, was nützt uns dann eine New Yorker Nummer?«

»Wenn Sie's lange genug klingeln lassen, wird sich unter dieser Nummer immer jemand melden.« Er schrieb die Nummer auf eine zweite Karte und gab diese Mutter. »Die Nummer führt zu einem Anschluß, der sich nicht in New York, sondern woanders diesseits des Atlantiks befindet. Sie wird auf Ihrer Telefonrechnung nicht aufgeführt. Man wird Sie dort mit mir verbinden oder dafür sorgen, daß ich rasch zurückrufe.«

»Wir werden also nicht wissen, was Ihre Deckadresse ist, und noch weniger, wo Sie sind.«

»Raffiniert«, sagte David. »Es wäre mir aber viel lieber, wenn Sie Ihren Verstand für Ihre Sicherheit einsetzten.«

»Bis Monteleone uns vergessen hat?«

»Er vergißt nichts. Vorbeugen ist besser als heilen.«

Mutter sah die Karte an, die David ihr gegeben hatte. Einen Augenblick dachte ich, sie werde sie gleich zerreißen. »Ich muß mich ein paar Minuten meinen Gastgebern widmen«, sagte sie, »bitte entschuldigt mich.«

Als sie außer Hörweite war, sagte David: »Nun können Sie mir endlich sagen, wer dieser Kerl von einem Professor ist.«

»Nun«, sagte ich, »er ist recht verschlossen. Ich kann ihn einfach nicht dazu bringen, mir auch nur irgend etwas von seiner Vergangenheit zu erzählen.«

»Selbst ich hab's doch getan, oder?«

»Und haben damit gegen Ihre Regeln verstoßen.«

»Ja, verdammt noch mal. Nun, wer ist dieser Herr Naseweis?«

»Mein Herr und Meister an der Columbia-Universität, hervorragender Lehrer für Tricks und Taktik im Gerichtssaal, der Quell der Erleuchtung für einen angehenden Rechtsanwalt.«

»Quatsch. Sie sind doch schon vor Jahren von der Universität abgegangen.«

»Das bin ich. Doch Professor Adams und ich treffen uns noch.«

»In voller Kleidung?«

Ich sah Farlan in der Diele stehen und zu uns hersehen. »Ich komme jetzt ganz schnell zu dem Schluß«, sagte ich, »daß Männer, als Teil der Gattung Mensch, zu einem plötzlichen Ausbruch von Eifersucht fähig sind, die an Wahnsinn grenzt. Professor Adams und ich haben uns schon gemocht, als ich noch Studentin war, und so ist es noch immer.«

»Ich glaube, Sie finden ihn ganz brauchbar.«

»Worauf Sie sich verlassen können. Er ist nämlich ein brillanter Taktiker.«

»Ich nehme an, Sie werden ihm sagen, Sie fanden mich auch ganz brauchbar.«

»Weshalb nehmen Sie denn an, daß ich von Ihnen reden werde?«

»Susan, weshalb streiten wir uns eigentlich?«

»Tun wir doch nicht.«

»Wir streiten uns doch, oder?«

»Wir könnten uns selbst darüber streiten, ob wir miteinander streiten, nicht wahr?«

Das brachte ihn schließlich zum Lächeln. »Hören Sie«, sagte er, »gehen Sie doch morgen mit mir zum Lunch, dann können wir ohne heimliche Zuhörer über die ganze Angelegenheit reden.«

»Morgen arbeite ich wieder.«

»Sie essen doch zu Mittag, oder?«

»Viele junge Rechtsanwälte essen heutzutage was.«

»Von Ihnen erwarte ich nicht, daß Sie alle schlechten Angewohnheiten Ihres Berufsstandes annehmen.«

»In welchem Restaurant?«

Damit hatte ich mir sein typisches Lächeln verdient. Er schrieb den Namen eines am Rande der Innenstadt gelegenen Restaurants, von dem ich noch nie etwas gehört hatte, auf eine Karte.

»Treffen sich dort die unbesungenen Helden?«

»Das werden wir sehen.«

»Klingt verlockend. Herr Hauptmann, bitte bringen Sie mich an den Tisch von David Smith.«

»Der wird nicht wissen, wen Sie damit meinen. Sie müssen nach dem Tisch von Frank Barton fragen. Ist aber nicht wichtig. Ich werde ein paar Sekunden vorher da sein und Sie an der Tür erwarten.«

»Ja, Mr. Barton. Ist das Ihr richtiger Name?«

»Nein. Nennen Sie mich Smith.«

»Aber nicht im Restaurant.«

»Wenn wir erst an unserem Tisch sind und keiner uns zuhören kann, dürfen Sie mich heißen, wie Sie wollen.«

»Es wird mir ein Vergnügen sein.«

Das Summen lag nicht etwa in der Luft. Es war in mir drin. Wir hatten uns gerade gestritten. Fängt Liebe so an?

Wir sahen beide auf und bemerkten, wie Farlan auf uns zukam.

23

David

Susan stand ganz allein auf dem Rasen der Websters neben dem Ahorn mit seinen bronzefarbenen Blättern und winkte uns nach, als wir im Wagen davonfuhren. Ich antwortete ihr mit einem Nicken, das sie aber wohl nicht sehen konnte. Adams hatte seine Augen nicht auf der einsamen Straße, sondern winkte Susan zu wie ein junger Mann, der sich mit Bier einen Schwips angetrunken hat.

Ich hatte mich schon darauf vorbereitet, ihm ins Lenkrad zu greifen, falls ein Wagen uns entgegenkäme. War aber nicht notwendig. Adams hörte nämlich mit seinem Gewinke auf und konzentrierte sich wieder aufs Fahren.

Ich sagte: »Sehr freundlich von Ihnen, mich mitzunehmen, Professor Adams.«

»Ist doch selbstverständlich.«

Ich hatte mich an kleine europäische Wagen gewöhnt. Dagegen erschien der Buick mit seinen zwei Insassen geradezu riesig. Vor drei Monaten war ich zum letzten Mal in einem großen Wagen gefahren, und zwar in einem Citroën mit Chauffeur, der Reza Nezhad gehörte, einem jener protzigen iranischen Kaufleute, die unter dem Schah reich geworden waren und denen es wieder gut ging, seit der Ajatollah Persien die Daumenschrauben angelegt hatte. Nezhad hatte Beziehungen und mehr Geld, als man im Leben für nützliche Dinge ausgeben kann. Dafür mußte er verschiedenen Leuten einen Gefallen erweisen, wie zum Beispiel zwei Terroristengruppen in Beirut und einer ganz bestimmten in Europa, denen er harte Währung zukommen lassen mußte.

Nezhad und ich waren einander förmlich vorgestellt worden – soll heißen, ein einflußreicher Mann hatte Nezhad gesagt, es sei zu seinem Vorteil, wenn er mit mir spreche. Als ich ihn wegen eines Termins anrief, wollte er mich abwimmeln. Er wolle sein Flugzeug in Orly nicht verpassen.

Ich fragte ihn, ob ich ihn auf der Fahrt zum Flughafen begleiten dürfe. Sein Chauffeur könne mich auf der Rückfahrt vielleicht wieder mitnehmen.

Ob ich denn nicht bis zu seiner Rückkehr warten könne? Ich könne das selbstverständlich, vielleicht sei es aber für den einflußreichen Mann, der ihn angerufen hatte, eine Beleidigung, wenn ein eilig anberaumtes Gespräch, aus dem ein großes Geschaft erwachsen könnte, verschoben würde. Für wann könnten wir denn einen neuen Termin ansetzen?

Nein, nein – nun bestand Nezhad auf dem Termin; ich sollte gleich mitkommen.

Als ich mich auf dem Weg zu ihm befand und mich freute, daß ich ihn von einem anfänglichen Nein zu einem Ja hatte umstimmen können, kam mir der Gedanke, daß ich vielleicht ein toller Verkäufer geworden wäre, wenn mein Vater mir den Kopf nicht mit seinen Kriegsgeschichten vollgeschwatzt hätte. Statt dessen war ich von einer Art Magnet dorthin gezogen worden, wo alle Söhne nur eines wollen, nämlich ihre Väter noch übertreffen. Es hatte sich inzwischen aber herausgestellt, daß in einer Hinsicht zumindest mein Vater mich übertroffen hatte: Als sein Krieg aus war, war er auch tatsächlich aus. Im Krieg gegen Terroristen gibt es zwar Pausen, aber er ist nie zu Ende. Wenn ich einen Auftrag erledigt habe, dann scheint der nächste schon auf mich zu warten. Als mir der Fall Nezhad anvertraut wurde, erhielt ich auch ein mit Straß besetztes Zigarettenetui, wie es ein Neureicher mit besonders schlechtem Geschmack besitzen könnte. Nezhads Günstlinge in Beirut waren einem anderen anvertraut worden. Mein Auftrag war, diesen iranischen Paria dazu zu bewegen, Monteleone keine weiteren Gelder mehr zukommen zu lassen. Sollte mir das gelingen, schön. Falls nicht, würde ich mich des Zigarettenetuis zu bedienen haben.

Als ich im Fond des Citroën saß, Nezhad zu meiner Linken, lobte ich die gediegene Lederausstattung im Wageninneren. Das gefiel ihm. Und dann fragte ich ihn, wie ich es geplant hatte, ob er an einer Sendung Laserdrucker interessiert sei.

»Was könnte ich denn mit denen anfangen?«

»Diese haben die außergewöhnliche Fähigkeit«, sagte ich, »eine Kopie von allem, was auf ihnen ausgedruckt wird, anzufertigen. Die Maschinen sehen aber ganz normal aus, wie frisch vom Fließband. Innen drin hat man sie aber verfeinert.«

Er sah wie ein fetter Mann aus, der vor einer Eisdiele steht.

»Ich muß Sie aber darauf aufmerksam machen, daß diese Maschinen nicht gerade billig sind.«

Mit einer Handbewegung bedeutete mir Nezhad, eine ordinäre Frage nach dem Preis sei im Moment nicht von Interesse. »Wo werden sie denn hergestellt?« fragte er. »In Japan?«

Ich lächelte. »Diese Sonderanfertigung wird in San José in Kalifornien hergestellt.«

»Wie teuer?«

Endlich. Ich mußte bei der Nennung des Preises vorsichtig sein.

Ein zu niedriger Preis war verdächtig. Ein zu hoher würde zu einem Gefeilsche führen, und das wollte ich vermeiden.

»Siebentausend Dollar das Stück bei Abnahme einer größeren Stückzahl.«

»Ab wieviel?«

»Zehn und mehr an eine Lieferadresse.«

»Bar?«

»Bei Bestellung ist die Hälfte fällig. Der Rest nach Eingang der Maschinen, sofern es keine Transportschäden gegeben hat. Frachtzuschlag in Höhe von eintausend Dollar je Maschine.«

»Fünfhundert.«

»Siebenhundertfünfzig.«

»Fünfhundert.«

»Akzeptiert«, sagte ich. Nachdem ich vor ein paar Stunden die Maschinen erst erfunden hatte, konnte ich es mir leisten, ihm die Freude über einen gelungenen Abschluß zu gewähren.

Er schüttelte mir freundlich die Hand.

»Übrigens«, sagte ich, »kennen Sie einen Mann namens Monteleone?«

Nezhads Gesicht glich plötzlich einer Maske. »Nein«, sagte er.

»Noch nie gesehen?«

»Ganz bestimmt nicht.«

»Auch noch nie von ihm gehört?«

»Nein.«

Ich reichte Nezhad eine heimlich angefertigte Photographie, auf der er und Monteleone in einem Restaurant in Rom zu sehen waren.

Er sah von der Photographie auf und starrte auf den Hinterkopf des Fahrers. »Sehr traurig«, sagte er.

»Weshalb traurig?«

»Sie haben mich zum Lügen gebracht.«

»Mr. Nezhad, niemand hat Sie zum Lügen gebracht.«

»Ich glaubte, es gehe um Ware«, sagte er.

»Es geht uns darum, daß Sie Monteleone den Geldhahn zudrehen. Ich kann Ihnen versichern, das Wichtigste, was Sie jetzt überhaupt tun können, ist, diese Zahlungen einzustellen.«

»Ich weiß nicht, wie –«

»Ich bin sicher, daß Sie einen Weg finden werden.« Dann machte ich einen Fehler. Ich bat ihn, mir die Photographie zurückzugeben.

Nezhad sagte, er werde das Photo gern als Andenken an unsere Freundschaft behalten.

»Natürlich«, sagte ich, »behalten Sie's ruhig. Eines Tages, wenn unsere Freundschaft schon etwas älter geworden ist, gebe ich Ihnen vielleicht sogar das Negativ.«

Mehr brauchte ich nicht zu sagen. Nezhad beugte sich über die Lehne des Fahrersitzes und erteilte ein paar Befehle. Ich mußte Persisch nicht besonders gut beherrschen, um verstehen zu können, daß der Fahrer dafür sorgen sollte, daß ich auf dem Rückweg den Wagen nicht lebendig verließ.

Ich zog das mit Straß besetzte Zigarettenetui aus meiner rechten Tasche und schob es in den Schlitz zwischen Rückenlehne und Sitzpolsterung. Dann beugte ich mich nach vorne, um mir den Schnürsenkel am linken Schuh neu zu schnüren, zog meine 38er mit geübtem Griff aus dem Halfter am Fußgelenk und drückte Nezhad den Lauf in die Leiste. Weiß Gott, was er getan hätte, wenn ich die Pistole lediglich auf ihn gerichtet hätte; aber Iraner sind auch nicht anders als andere Männer – sie sind mehr um die Juwelen der Familie besorgt als um ihr Herz oder um ihr Gehirn.

»Lassen Sie den Fahrer anhalten.« Als der Citroën neben einem Rastplatz zum Stehen kam, befreite ich Nezhad vom Druck auf seine Leiste und nahm die 38er in die linke Hand. Dann rutschte ich nach rechts und hielt ihm das Zigarettenetui hin, was mir die Möglichkeit gab, den Auslöser daran zu betätigen, und sagte: »Ich glaube, eine Ihrer Freundinnen hat das hier im Wagen liegen lassen.« Ich gab Nezhad das Zigarettenetui und stieg aus.

»Ihr Amerikaner seid doch blöde Hunde«, sagte er und schwenkte das Zigarettenetui hin und her.

Ich beobachtete, wie der Citroën in einer Wolke von Staub und Split davonbrauste. Nach etwa dreihundert Metern ließ eine kraftvolle Explosion die Seitenscheiben und die Rückscheibe von Nezhads Wagen bersten. Der Wagen schien einen Augenblick umkippen zu wollen, schoß dann über die Straße hinaus, überschlug sich und prallte gegen eine Stützmauer.

Auf der Straße kreischten Bremsen. Fahrer und Beifahrer stiegen aus den Wagen und rannten auf den zerstörten Citroën zu. Ich tat das nicht. Das Zigarettenetui, hatte man mir gesagt, sei von einem Perfektionisten in einem kleinen Labor in Virginia hergestellt worden. Wenn Nezhad es noch in der Hand gehabt hatte, war er noch vor dem Aufprall auf der Mauer tot gewesen. Die Ajatollahs mußten sich um eine neue Verbindung zu Monteleone bemühen. Wir hatten Zeit gewonnen. Im Krieg, wo so vieles umsonst geschieht, ist das schon genug.

Auf dem ganzen Weg ins Stadtinnere sprach Professor Adams kein einziges Wort. Als wir angekommen waren, fragte er mich: »Wo darf ich Sie denn absetzen?«

»An irgendeinem Taxistand.«

»Ich bringe Sie aber auch gern zu Ihrem Hotel.«

»Es ist wirklich nicht nötig, daß Sie meinetwegen einen Umweg machen«, sagte ich. »Ich hab' doch nur die eine Tasche dabei.« Ich lasse mich nie von jemand dort absetzen, wo ich gerade wohne.

»Wie Sie wollen.« Dann sagte er: »Ich hoffe, daß man die Person, die Susans Vater umgebracht hat, erwischt.«

»Ach, ich glaube nicht, daß man ihn erwischen wird.«

»Ich bin sicher, man wird ihn erwischen«, erwiderte Adams. »In den vielen Jahren, in denen ich mich mit Strafverfolgung beschäftigt habe«, sagte er, »habe ich feststellen können, daß die Statistik eindeutig ist. Die überwiegende Mehrzahl der Mörder wird früher oder später verhaftet. Handelt es sich bei einem Opfer um einen Prominenten, ist es sogar noch wahrscheinlicher.«

»Sie haben bestimmt recht«, sagte ich. »Kennen Sie die Familie Whitcomb schon seit längerer Zeit?«

»Nein, nein, ich kenne nur Susan. Sie war eine meiner Studentinnen an der juristischen Fakultät. Außerordentlich begabt. Wir schlossen Freundschaft. Mit der Zeit wurde sogar eine enge Freundschaft daraus. Ich habe ihr einen Heiratsantrag gemacht.«

24

Susan

Als ich Farlan und David zusammen wegfahren sah, war mir, als ob ich zwei Freunde weggeschickt hätte, damit sie sich über einen Film unterhalten sollten, den sie gerade gesehen, aber schlecht verstanden hatten, weil das Drehbuch in einer Sprache abgefaßt war, die sie nur schlecht beherrschten. Farlan würde bestimmt über das Recht und über mich sprechen. Der Außenseiter David würde bestimmt über Terroristen, das Militär, über Europa oder irgend etwas sprechen, womit er Farlan von unserer gemeinsamen Erfahrung ausschließen konnte. Oder sie würden sich gegenseitig mit Schweigen strafen. Ich mochte beide. Was wäre gewesen, wenn sich die beiden auch hätten leiden können?

Ich ging ins Haus zurück, als die Websters gerade herauskamen.

»Wir müssen noch etwas einkaufen gehen«, sagte Marjorie. »Don begleitet mich und wird mir die Taschen tragen helfen. Wir kommen bald zurück.«

»Sie tun das doch hoffentlich nicht unseretwegen?«

»Nein, nein«, sagte Marjorie. »Verschiedene Dinge sind uns gerade ausgegangen; außerdem wollten wir heute sowieso einkaufen gehen.«

Wie beneide ich die Leute, die mit ihren Höflichkeiten ganz problemlos durchs Leben kommen! »Ist Mutter unten?« fragte ich.

»Sie ist nach oben gegangen, um das Notwendigste auszupacken und sich dann etwas auszuruhen.«

Zum ersten Mal fühlte ich mich im Haus wieder in vertrauter Umgebung und geborgen. Die Kinder der Websters waren verschwunden. Ich hatte das ganze Erdgeschoß für mich allein.

Übermüdet ließ ich mich in einen der weichen Sessel sinken. Wie Geschäftsleute nach einem Atlantikflug sogleich wieder in ihr Büro gehen können, ist etwas, was ich noch nie verstanden habe. Vielleicht kam meine Müdigkeit weniger von der Zeitverschiebung als von dieser Fahrt vom Flughafen hierher, wobei beide Männer, die mich begehren, im selben Wagen gesessen hatten.

Alle Frauen, die ich von der Schule her kenne und die nicht schon sehr früh geheiratet haben, jammern darüber, daß ihnen noch kein begehrenswerter Mann vor die Augen gekommen und daß aus den einst reichen Jagdgründen eine öde Wüste geworden sei. Begehrenswert, das bedeutet für die meisten von ihnen unverheiratet, nicht homosexuell, nicht ständig trübsinnig oder hoffnungslos einer Sucht ergeben und vor allem nicht arm. Unter begehrenswert habe ich seit jeher Vitalität verstanden, einen Sinn für das Jetzt, die Energie, mit der man seine Chancen sucht, ergreift und sie zu seinem Vorteil umgestaltet. Und hier war ich nun mit zwei Exoten, die die meisten meiner Kriterien erfüllten; doch konnte ich mir mein Leben mit keinem von ihnen so recht vorstellen.

Als ich vor zwei Jahren Mutter und Vater in Paris besuchte, fuhren wir in den Süden, nach Les Beaux in der Provence. Vater wollte das Kreidekliff wiedersehen und das einer Mondlandschaft gleichende Hochplateau, auf dem man das kräftige Wehen des Mistral spüren kann. Als wir dort angekommen waren, stieg ich schneller als die beiden nach oben und genoß den heftigen Wind, der mir das Haar zauste. Ich klammerte mich an jedem der im Kalkgestein eingelassenen Haltegriffe fest, als ob mein Leben davon abhinge, und so war es ja auch. Als ich oben ankam, fand ich mich allein auf der verlassenen Mondlandschaft.

Als ich einen Blick in den Abgrund wagte, wurde mir schwindlig. Waren denn keine anderen Leute hier, nicht mal Touristen? Ich war mutterseelenallein und geriet in Panik, gerade so, als ob ich der letzte Mensch wäre, der noch auf der Erde lebte.

Kaum eine Viertelstunde später erschienen Mutter und Vater, ganz außer Atem, aber beide lächelten, und Vater sagte: »Hab' ich dir nicht gesagt, wie wundervoll es hier ist?«

Ich kann nicht glauben, daß sich jemand freiwillig für ein Leben allein entscheiden kann. Wie würde Mutter wohl zurechtkommen? Würde sie sich mit irgendeinem General anfreunden, weil er aus demselben Milieu wie Vater stammte und zufällig Witwer war, oder würde sie's stoisch ertragen können? Wäre Vater noch am Leben, würde er bestimmt sagen: »Nur zu, Heather, heirate ihn, genieße das Leben.« Und zu mir würde er sagen: »Hast du in letzter Zeit junge Rechtsanwälte kennengelernt?« Und das hieße jünger als Farlan Adams.

Vater, bei einem älteren Mann, der klug und um einen besorgt ist, gibt es nun mal 'ne ganze Menge Vorteile. Es ist etwa so, als ob man jemand bei sich an Bord hat, der ein toller Steuermann ist.

»Was ist mit diesem David? Deine Mutter scheint ihn zu mögen.«

Natürlich. Sie ist ja eine Frau. David, der bringt unseren Körper auf Touren. Aber sein Revier ist Europa. Meine Arbeit habe ich hier zu tun. Ich werde mich nicht auf so was wie »alle Jubeljahre einmal« einlassen.

»Susan!« rief jemand.

»Ja?« antwortete ich; es war aber ein Mädchen aus der Nachbarschaft, das der Susan von Websters gerufen hatte. Ich sah jetzt besser nach, wie's Mutter ging.

Mutter war wach und freute sich, daß ich zu ihr heraufgekommen war. »Sieh nur, die Websters haben das Zimmer umgeräumt, damit es auch noch Platz für dich gibt. Ich schätze es sehr, daß sie mich aufgenommen haben.«

»Die ganze Nachbarschaft wird sie bestimmt darum beneiden.«

»Ich möchte alle Nachbarn besuchen. Natürlich nicht sofort. Vielleicht in ein paar Tagen... Im Erdgeschoß klingelt das Telefon. Ich habe deinem Vater immer gesagt, daß es eine freundliche Geste wäre, wenn man auch im Gastzimmer einen Anschluß legen ließe.«

»Ich gehe hin«, sagte ich und lief die Treppe hinunter.

Es klang so, als ob überall im Haus Telefone klingelten. Hatten die Websters mehrere Anschlüsse legen lassen? Das erste dieser aufdringlichen Dinger sah ich in der Diele; ich nahm den Hörer noch vor dem nächsten Klingeln ab. »Ja bitte?« sagte ich ganz außer Atem. »Wer ist denn dran?«

Vielleicht hatte der Anrufer eine ihm vertraute Stimme erwartet. »Hier spricht Susan Whitcomb«, sagte ich, »die Websters sind gerade außer Haus.«

Der Anrufer legte einfach auf.

Plötzlich wurde mir mit Schrecken bewußt, daß ich alle Warnungen Davids, mich ja nicht unvorsichtig zu verhalten, vergessen, mich dummerweise wie ein ganz normaler Bürger benommen und uns damit einen schlechten Dienst erwiesen hatte.

Ich eilte die Treppe hinauf, um Mutter zu sagen, sie solle sich nicht erst häuslich niederlassen und daß sie wegen meines unvorsichtigen Verhaltens wohl eine neue Bleibe finden müsse.

»Ja, vielleicht war es unvorsichtig von dir, deinen Namen zu nennen, ohne zu wissen, wer am anderen Ende war«, sagte Mutter, »aber ich denke nicht daran, von hier wegzugehen. Es ist schon schlimm genug, wenn man im eigenen Haus den Gast spielen muß. Ich lasse mich von dir nicht in einem Hotel in der Stadt unterbringen.«

»Ich könnte dich dann aber jeden Tag besuchen.«

»Und ich denke nicht daran, bei unseren Freunden anzurufen, um zu erfahren, wo ich vielleicht unterkommen kann, solange ich ein eigenes Haus habe.«

»Bitte, Mutter.«

»Komm mir jetzt bitte nicht mit ›Bitte, Mutter‹; ich will nicht, daß man mich herablassend behandelt. Und ich werde niemand anrufen und ihm sagen: ›Meine Tochter glaubt, es ist gefährlich für mich, wenn ich in meinem eigenen Haus wohne. Sie glaubt, die Verrückten, die Hal umgebracht haben, sind jetzt auch hinter mir her, und meint, ich würde mich in der Geborgenheit eures Hauses wesentlich wohler fühlen.‹ Susan?«

»Ja, Mutter?«

»Hat denn ein klein wenig Gefahr nicht auch deinem Leben schon mal mehr Schwung gegeben?«

Und so blieb Mutter bei den Websters. Ich tröstete mich mit der Tatsache, daß Vater eine hervorragende Alarmanlage im Haus installiert hatte. Im Schlafzimmer und an der Haustür sowie an der Hintertür waren Alarmknöpfe angebracht worden. Plötzlich kam mir der folgende Gedanke: Waren wir schon vorher wegen Vaters Tätigkeit stets in Gefahr gewesen und hatten es nur nicht gewußt? Ich hatte immer gedacht, eine Alarmanlage sei etwas, mit dem man sich vor Einbrechern schützt.

Diese erste Nacht blieb ich bei Mutter. Natürlich passierte nichts. Der Anrufer hatte sich wohl verwählt.

Ich versprach Mutter, am Wochenende wieder bei ihr zu sein. Don Webster war so freundlich und brachte mich mit dem Wagen zum Bahnhof. Von der Grand Central Station ging ich geradewegs zu meinem Büro; das erste, was ich dort tun wollte, sollte der Anruf beim Sekretär von Richter Ballin sein, dem ich sagen wollte, ich sei wieder zurück und wolle mich für meine Abwesenheit entschuldigen. Falls sie es nicht aus der Zeitung erfahren hatten, wollte ich ihm schildern, was vorgefallen war.

Es stellte sich jedoch heraus, daß ich nichts erklären mußte. Bei der dringenden Post, die Betty für mich aussortiert hatte, befand sich ein Brief von Richter Ballin, in dem er mir sein Mitgefühl ausdrückte und mich über das, was er veranlaßt hatte, informierte; ich bräuchte mir keine Sorgen zu machen. Selbst Richter konnten liebenswürdig sein. Da waren noch etliche Beileidsbriefe, doch ich befaßte mich mit dem, was einer sofortigen Erledigung mittels Ferngespräch oder Brief bedurfte. Die Stunden kamen mir wie Minuten vor. Schon war es Mittag geworden; ich mußte mich also auf die Suche nach dem Restaurant machen – wie hieß es doch gleich? Und wie sollte ich David nennen? Ich fand die Karte in meinem Geldbeutel. Frank Barton. David Smith gefiel mir besser.

Betty hatte es sich zur Gewohnheit gemacht, meinen Terminkalender auf die von mir gemachten Nachträge durchzugehen.

»Wer ist D?« fragte sie. »Ein neuer Mandant?«

Nun begann also mein zweites Leben. »Jemand, der Mutter und mir dabei hilft, die Angelegenheiten im Zusammenhang mit meinem Vater zu regeln.« Betty mußte ein Lachen unterdrücken. Ich konnte spüren, daß es besser gewesen wäre, wenn auch ich gelacht hätte. »Tut mir leid«, sagte ich. »Das klang doch schrecklich. Ich werde so schnell wie möglich zurück sein.«

Ich machte mich auf den Weg. Das Tempo der City bewirkte immer noch einen Adrenalinstoß bei mir – oder war es das bevorstehende Treffen mit David? Ob es nun vom einen oder vom anderen oder von beidem kam, ich schaffte es in Rekordzeit zu der Adresse, die David mir gegeben hatte. Ich war genau zwei Minuten zu spät dran, als ich die drei Betonstufen zu der Tür mit Holzschnitzereien und einer Messingklinke hinabstieg.

Drinnen war eine ganz andere Welt: ein Garten unter der Erdoberfläche. In der Mitte des Raumes stand ein Baum, der durch die Decke aus Plexiglas hindurchwuchs. Weiter oben im Freien bildeten die belaubten Äste und Zweige eine fast kreisrunde Krone, und das Sonnenlicht, das auf die hellroten Tischdecken und den marmorierten Fußboden fiel, bekam von den Schatten der Blätter lauter Tupfen. Überall im Raum standen Topfpflanzen. Auf jedem Tisch stand eine Vase mit einer einzelnen Blume.

Ich hatte kaum die Worte »Frank Barton« ausgesprochen, da drehte sich der Oberkellner um, und David kam nach vorne geschritten. David nickte ihm zu, nahm mich beim Ellenbogen – wie schön war das! – und führte mich zu einer Reihe von mit Vorhängen versehenen Nischen am hinteren Ende des Raumes.

Ich sah David an. Er lächelte nur sein typisches Lächeln – ein reines, trügerisch-unschuldiges Lächeln.

Der Oberkellner zog den Vorhang gerade so weit auf, daß ich in die Nische hineinschlüpfen konnte. David gab dem Mann ein paar zusammengefaltete Scheine und nahm auf der gepolsterten Bank Platz, während der Oberkellner den Vorhang mit einer leichten Verbeugung wieder zuzog. In einem Restaurant, das voller Leute war, waren wir plötzlich ganz für uns.

»Wo haben Sie je eine ähnliche Einrichtung wie die hier gesehen?«

»Es ist die Kopie einer solchen in einem Hotel an der Rue des Beaux Arts in Paris. Ich kann darauf schwören, daß man die Nischen dort tatsächlich Nischen der Sünde nennt. Ich finde es ganz praktisch, wenn ich die anderen Essenden nicht ansehen muß, falls ich wissen will, ob die mich beobachten.«

»Ist es denn nicht eher störend, wenn der Kellner dauernd kommt und geht?«

»Soll ich Ihnen mal was zeigen?« David hob die Vase hoch. Darunter war eine Halbkugel aus Messing mit einem Knopf in der Mitte. »Wenn der Hauptgang serviert worden ist, braucht man nur draufzudrücken, und schon kommt der Kellner. Drückt man nicht drauf, dann wird man in Ruhe gelassen, und zwar so lange, wie man will.«

»Sie sind ein Schelm.«

David lachte in sich hinein. »Man hat mich im Leben schon vieles genannt, aber noch nie einen Schelm.«

»Das kommt davon, wenn man sich unter die Ungepflegten und Ungebildeten mischt.«

»Gnädige Frau sind wohl ein Snob?«

»Schuldig«, sagte ich.

»Läßt Ihr Rechtsanwalt Sie denn immer gleich ein Schuldbekenntnis ablegen – will er vorher nicht noch eine kleine Verteidigungsrede halten?«

Bei unserem Geplänkel kam es mir einen Augenblick so vor, als ob wir zwei Verliebte inmitten einer gefährlichen Situation wären und die draußen Speisenden uns beschützten.

David, stets der Gedankenleser, sagte: »Die einzigen gefährlichen Gaststätten in New York sind die Spelunken der Mafia und manche Restaurants in Chinatown.«

Ich war ganz überrascht, als plötzlich ein Kellner vor uns stand.

»Wollen Sie vor dem Essen gerne was Alkoholisches trinken?«

»Warum auch nicht?« sagte ich. »Etwas Kühles zum Nippen.«

»Gin und Tonic?«

»Ich hätte lieber einen gespritzten Weißen.«

David hielt zwei Finger in die Höhe. Der Kellner nickte und verschwand. Es hatte wohl nicht einmal eine Minute gedauert, bis er mit den Getränken und zwei von Hand in Schnörkelschrift geschriebenen Speisekarten zurückkam. Da stand jedes Gericht in Französisch, gefolgt von einer nicht ganz adäquaten englischen Übersetzung, deren es bei mir jedoch nicht bedurft hätte. Ich bestellte gekochte Artischocken, damit meine Hände etwas zu tun hätten, danach pochierten Lachs als Hauptgang. Als der Kellner verschwunden war, sagte ich zu David: »Wie war denn die Fahrt in die Stadt mit Professor Adams?«

»War eine lange Fahrt.«

»Haben Sie miteinander gesprochen?«

»Wir haben uns verprügelt wie Gentlemen. Ich ließ ihn in Ruhe, weil er am Steuer saß. Spaß beiseite, was gibt es denn zwischen Ihnen beiden?«

»Distanz. David, er war ein glücklicher Fund beim Studium.«

»Wohl ein richtiger Busenfreund?«

»Er kennt sich in den Taktiken des Gerichtssaals so gut aus, als ob er sie erfunden hätte. Er kennt jeden, den ein junger Rechtsanwalt kennen sollte. Er hat mir geholfen, eine gute Stelle zu bekommen. Er hat mich in den mir anvertrauten Fällen beraten, wollte aber nie eine Gegenleistung dafür. Ich schwöre, daß es zwischen uns beiden nichts... Körperliches gibt und auch nicht gegeben hat.«

»Außer daß er Ihnen einen Heiratsantrag gemacht hat. Wie hat er das denn ohne was Körperliches tun können? Mittels Telepathie etwa?«

Wenn man dich überrascht, sag besser nichts. Die meisten Leute spucken in einer solchen Situation irgendwas Lahmes aus, was ihnen zuerst einfällt. Ich reagierte mit Schweigen. Das Wort war gefallen. David liebte mich.

»Sie sollen mich doch bewachen«, sagte ich, »und nicht meinen Tugendwächter spielen.«

Der Kellner schreckte mich auf. Mit einer Verbeugung stellte er die Artischocken vor mich hin und einen Krabbencocktail vor David und war schon wieder weg.

»Bezüglich Farlan Adams sollte ich Ihnen vielleicht noch was erklären«, sagte ich. »Bei ihm spielt sich alles nur im Kopf ab. Soweit ich weiß, hat er keine praktische Erfahrung im Gerichtssaal gemacht. Aber sein Modell funktioniert und macht denen von uns das Leben leichter, die die ersten Jahre im Gerichtssaal nicht zu einer Zeit der Versuche und Irrtümer auf Kosten ihrer Mandanten machen wollen. Farlan ist so was wie ein hervorragender Schachstratege, der die Spieler berät, aber nicht selbst spielt. Auch in bezug auf... Frauen ist er so. Ein lebenslanger Flirt, bis ich daherkam, und dann geriet sein Schaltkreis durcheinander. Vielleicht auch der meine. Bei ihm entwickelte sich eine starke Zuneigung zu mir. Unsere Beziehung hat sich zu etwas sehr viel Persönlicherem entwikkelt, als er und ich es beabsichtigt hatten. Ich versichere Ihnen, er hat mich noch nie angefaßt.«

»Schon toll, so was ohne Hände zu tun.«

»David, jetzt reicht's aber!«

Die Geräusche des Restaurants drangen zu uns herein, undeutliche Stimmen von den in der Nähe des Vorhangs stehenden Tischen, das Klappen der zwei Türen von und zu der Küche, die gelegentlichen gedämpften Anweisungen des Oberkellners, an denen alle erkennen konnten, daß er das Sagen hatte, und, selbstverständlich, das Geräusch des Silberbestecks auf den Tellern, auch auf den unseren.

Als ich David kurz ansah, war sein Gesichtsausdruck ganz anders, als ich es erwartet hatte. Der Haudegen, der Spezialist für Ringkämpfe und den Dschungelkrieg, der Mann, der Unschuldige vor Terroristen schützte, der eine Pistole am linken Fußgelenk trug, als ob es sich dabei um einen abnehmbaren Teil seines Körpers handelte, sah in diesem Augenblick wie ein Junge aus einem kleinen abgeschiedenen Dorf aus, der in die große Stadt gekommen ist und dort etwas gesehen hat, aber noch nicht so recht weiß, wie er es sich verschaffen kann.

»Woran denken Sie gerade?« fragte David.

»Ich betrachte Ihre Hände.«

Es waren gute, starke Hände. Die eine hielt ein Messer, die andere eine Gabel. Er legte diese Gegenstände behutsam neben seinen Teller.

»Sie sind die erste Frau, in deren Gesellschaft ich mir wünsche, ich wäre nicht von zu Hause abgehauen, hätte einen höheren Schulabschluß gemacht und wäre auf irgendein College gegangen. Ich spüre aber, daß ich das nicht mehr aufholen kann.«

»Was denn?«

»Ihr Niveau erreichen.«

Ich wäre gern mit meinem Zeigefinger die Ader auf dem Rücken seiner rechten Hand entlanggefahren. »Das haben Sie aber gar nicht nötig; Sie haben lediglich im zivilen Leben was versäumt. Das Militär war auch für Vater eine Art Versteck. Ich frage mich, wie Sie wohl als freier Mann wären.«

Ich hatte nicht beabsichtigt, ihn zu verletzen. Hoffentlich schlug der Schmerz, den ich in seinen Augen sehen konnte, nicht in Zorn um. Er gab sich große Mühe, ganz normal darauf zu reagieren. Ich versuchte, ihm dabei zu helfen.

Schließlich sagte er: »Wissen Sie, was ich verdiene?«

Ich schüttelte den Kopf. »Keine Ahnung.«

»Das vorletzte Jahr war ein sehr geschäftiges Jahr. Ich habe mehr verdient als der Präsident.«

»Ich könnte schwören, daß Sie auch ein größeres Risiko eingegangen sind.«

»In puncto Lebensgefahr? Nein. Den Präsidenten wollen doch viele Verrückte nur zu gern abknallen.«

»David?«

»Ja?«

»Den Hals riskieren ist nicht gerade eine tolle Leistung.«

»Ist aber das einzige, was ich gut beherrsche.«

»Wenn man sich auf eine stark befahrene Autobahn stellt, dann kommt man früher oder später unter die Räder eines Lastwagens.«

»Ich stelle mich aber nicht auf eine Autobahn. Ich plane mein Vorgehen stets sehr sorgfältig.«

»Wie groß ist das Risiko?«

»Mein Plan muß stets hundertprozentig stimmen.«

»Das schafft doch niemand.«

»Weshalb sind Sie denn so besorgt?« fragte er.

Ich hätte ihn gerne berührt.

Er sagte: »Ich falle niemand zur Last. Mich kann man jederzeit opfern.«

»So darf man doch nicht denken – und erst recht nicht leben.«

»Sie haben es doch mir zu verdanken, wenn Sie anders leben können.«

»Was soll das denn heißen?«

»Ich fliege nach Europa zurück.«

Davids Stimme klang plötzlich ganz anders. In diesem Augenblick erinnerte er mich an meinen Vater, als er noch jung und ich noch ganz klein war. *Kann es denn sein, daß ich mitten in New York in einem Restaurant sitze und mein Vater in Rom gestorben ist?*

»David, wird man den Mann mit dem Motorrad je erwischen?«

»Nein.«

»Warum nicht?«

»Ich hab' mich mit dem Mann mit dem Motorrad befaßt.«

»Was soll das heißen?«

»Als er am Abend nach dem Anschlag zu seiner Freundin kam, hab' ich dort auf ihn gewartet.«

»Haben Sie ihn festgenommen? Sitzt er jetzt im Gefängnis?«

»Ich bin doch kein Polizist.«

»Sie hätten aber die Polizei einschalten können.«

David sagte im Flüsterton: »Der Motorradfahrer ist tot.«

»Umgebracht?«

»Ja.«

»Von wem?«

»Ist doch klar.«

»Sie haben ihn also umgebracht?«

Diese Frage hatte ich zwar schon einer Person im Zeugenstand gestellt, aber noch nie jemand, den ich gut leiden konnte.

David nickte.

»Woher wußten Sie denn, daß es der Richtige war?«

»Susan, es ist mein Geschäft, das zu wissen.«

»Geschäft?«

»Nicht der finanzielle Aspekt. Es geht vielmehr um die Kompetenz. In einer gerechten Sache. Oder denken Sie etwa, es war keine gerechte Sache?«

»Ich nehme an, Sie wollen auch Monteleone umbringen.«

»Soll er denn zuerst noch Ihnen oder Ihrer Mutter oder jemand, den ich nicht kenne, was antun? Klar, daß ich ihn erledigen will. Monteleone ist süchtig nach Terror. Töten macht ihm Spaß.«

Dir doch auch. Ich konnte es nicht unterdrücken. »Ich nehme an, daß Sie ihn sogar gern umlegen werden«, sagte ich.

Davids Gesicht erstarrte zu einer Maske. »Meinen Sie mich?«

»Damit meine ich jeden, der mordet.«

David zögerte einen Augenblick. »In Ihrer Gesetzeswelt ist es doch ein Mord erster Klasse, wenn man jemand vorsätzlich tötet, oder nicht?«

»Ersten Grades«, sagte ich, glaube aber nicht, daß er mir zugehört hat.

»Wenn man jemand im Streit umbringt, dann ist es ein Mord zweiter Klasse, nicht wahr?«

»Es könnte sich dann um Totschlag handeln.«

»Wenn man aber jemand umbringt, der einen selbst umbringen will, dann ist das Selbstverteidigung, nicht war?«

Ich nickte.

»Es ist doch aber so, daß die Tötung Ihres Vaters beabsichtigt war, bis in die kleinste Einzelheit geplant und sorgfältig durchgeführt wurde. Als ich den Mörder umbrachte, war das Selbstverteidigung in bezug auf sein nächstes und auf weitere Opfer.«

»Klingt eher nach Angriff als nach Verteidigung; auch ›selbst‹ ist falsch gewählt. Sie sind doch der Killer, der im Auftrag unserer Seite handelt, oder?«

»Nein, im Auftrag unserer Seite verhindere ich Mordanschläge.«

»Das hat aber den Mord an meinem Vater nicht verhindern können.«

»Ich hätte dafür mein Leben aufs Spiel gesetzt, wenn wir vorher was gewußt hätten. Jetzt geht es um das Leben anderer. Ihres. Das Ihrer Mutter. Und weiß Gott, wer dann dran sein wird.«

»Und Sie rüsten sich jetzt also für den Präventivschlag?«

»Drücken Sie's nur so negativ aus, wie Sie's können. Ich tue das, was ich tue.«

Ich führte meine Hände zu seinem Gesicht.

»Was tun Sie da?« fragte er, unternahm aber nichts, um mich abzuhalten. Ich hatte meine Finger um die Bügel seiner übergroßen Brille gelegt und zog sie ihm von der Nase. Wie anders und wie schön er jetzt aussah!

Ich sah durch die Brille – Fensterglas.

David sagte ruhig: »Du tust da was sehr Gefährliches!«

»Ich bin noch nicht fertig«, sagte ich. Ich legte ihm meine Hände auf die Wangen. Ich konnte fühlen, wie heiß sie waren. Ich war mir nicht sicher, ob das rhythmische Geräusch, das ich vernehmen konnte, sein Atmen oder meines war. Ganz vorsichtig nahm ich ihm die Perücke ab. Ich hatte mit Widerstand gerechnet. Stattdessen half er mir, die Perücke abzunehmen. Sein eigenes Haar war dadurch in Unordnung geraten. Ich legte die Perücke zwischen uns auf die gepolsterte Bank, führte meine Hände an sein Haar und brachte es in Ordnung.

»Ich komme mir nackt vor«, sagte er.

»Ja, das weiß ich.«

»Entkleidet.«

»Nackt ist der richtige Ausdruck.«

Sein Kuß kam unerwartet. Mit einer solchen Zärtlichkeit hatte ich nicht gerechnet. Er küßte mich auf ein Ohrläppchen, auf die Ohrmuschel, die Wange, den Mund. Ich fürchtete, die Vorhänge vor unserer Nische würden gleich aufgezogen und jeder im Restaurant könnte uns dann anstarren. Aber sie blieben geschlossen.

Ich atmete wie nach einem Dauerlauf.

Er sagte: »Ich kann mit Worten nicht so gut umgehen wie du. Ich glaube, daß ich mein Leben in deine Hände gelegt habe.«

»Dein Gesicht sieht gar nicht furchterregend aus. Es ist sehr... anziehend.«

»Ich hätte dich das nicht tun lassen sollen. Ich meine, mir Brille und Perücke abzunehmen. Keine der Gruppen, gegen die ich vorgegangen bin, weiß, wie ich eigentlich aussehe. Sie kennen meine Körpergröße, sie wissen von der großen Narbe am rechten Arm. Die Narbe an der Austrittsstelle der Kugel an meiner rechten Bauchseite kann man unter der Kleidung ja nicht sehen. Wenn die wüßten, daß jemand weiß, wie ich ohne diese Maskerade aussehe, dann würden sie sich denjenigen von der Straße wegschnappen und ihm Photos vorlegen und fragen: ›Welcher ist David Smith?‹«

»Haben sie denn ein Photo von dir?«

»Wenn wir eines von Abu Nidal haben, dann können sie sich doch genauso gut eines von mir beschafft haben. Vielleicht aber auch nicht. Doch wissen sie verdammt gut, wie man aus jemandem eine Personenbeschreibung herausquetschen kann.«

»Herausquetschen?«

»Das ist das falsche Wort für das, was sie tun«, sagte David. »Wenn man keine Spuren einer Folterung hinterlassen will, dann schlägt man am besten auf die Fußsohlen. Weißt du denn, wie empfindlich die Füße sind?«

Ich sagte: »Wenn sie schon hinter mir her sind, dann macht es doch nichts aus, wenn ich weiß, wie du tatsächlich aussiehst. Ich bin glücklich, daß ich es jetzt weiß. Und ich bin glücklich, daß du mir vertraut hast.«

»Ich hasse diese Maskerade. In letzter Zeit trage ich Brille und Perücke aber so oft, daß ich mir wie ausgezogen vorkomme, wenn ich sie abnehme.«

»Wie zur Schau gestellt?«

»Nein, wie ausgezogen. Fühlst du dich zur Schau gestellt, wenn du dir die Kleider ausziehst?«

Ich mußte an die Verabredungen in meiner Jugend denken, an den Rücksitz eines Wagens, der dort abgestellt worden war, wo es keine Zuschauer geben würde, an das »Na komm schon« der unerfahrenen Jünglinge. David war nicht unerfahren. Er mußte fühlen, wie er ohne diese Maskerade auf eine Frau wirkte.

»Weißt du«, sagte er, »wenn du aus einem Feind, der zu schweigen geschworen hat, Informationen herausholen willst, dann zieh ihn einfach aus. Spart etliche Stunden Verhör. Bei Männern kommt man sogar noch schneller ans Ziel. Ich glaube, wenn sie nackt sind, fühlen sie sich noch verletzlicher als Frauen.«

»Wie kannst du da so sicher sein?« fragte ich. »Hast du Männer *und* Frauen verhört?«

»Du versuchst, dir Informationen zu verschaffen.«

»Ich stelle dir nur eine Frage. Du mußt nicht darauf antworten.«

»Eigentlich hast du schon so viele Informationen, daß du zu Annahmen kommen kannst, die vielleicht sogar zutreffen. – Ich bin Zivilist. Ich kann zusammenarbeiten, mit wem ich will und wann ich will.«

»Sei mir nicht böse, David. Wenn ich es richtig sehe…«

»Nur weiter.«

»…bist du ein Söldner.«

»Das bist du auch, zum Teufel nochmal. Wir alle arbeiten doch für Geld. Ich arbeite aber nur für unsere Seite und für enge Verbündete, die für eine bestimmte Aufgabe eine der speziellen Fertigkeiten brauchen, die ich vielleicht habe. Ich hab' dir schon zu viel gesagt. Ich höre besser auf.«

Ich nahm einen Schluck Wasser, um etwas Zeit zu gewinnen.

»Zwischen meinem Vater und dir hätte es einen größeren Unterschied nicht geben können.«

»Ich hatte nie die Chance, General zu werden.«

»Das meinte ich auch nicht. Er sagte immer, er habe sich erst mit Mutter und dann mit der Armee verlobt. Tatsächlich aber hat er beide nicht aufgegeben. Ich habe den Verdacht, du und mein Vater, ihr habt nie daran gedacht, Veteranen zu werden, einmal aufzuhören. Den Vollzeitsoldaten zu spielen gefällt euch zu gut, als daß ihr es lassen könntet. Ihr habt diesem Spiel euer Leben geopfert.«

»Es ist aber kein Spiel. Und mein Leben habe ich dafür auch nicht geopfert. Ich habe mein Leben immer so gelebt, als ob ich über einem Abgrund hinge, anstatt vor Langeweile zu sterben, wie das bei euch Zivilisten ja häufig der Fall ist.«

»Ich dachte, du seist Zivilist.«

»So nennen wir alle, die nicht zu uns gehören.«

»Ein verächtlicher Ausdruck also.« Ich konnte es mir nicht verkneifen. »Du solltest mal Shakespeare lesen«, sagte ich.

»Wegen meiner Gesundheit?«

»Nein, für deinen Verstand. Bei ihm gibt's nämlich viele Helden, die nicht wissen, wann es genug ist. David, hast du je einen Gedanken darauf verwendet, daß du mal etwas anderes tun könntest, damit du ein bißchen bessere Überlebenschancen hättest?«

»Ist das für dich so wichtig?«

»Jetzt ist es wichtig für mich.«

»Um dir die Wahrheit zu sagen«, sagte er, wobei ihm das Gesicht glühte, »ich wüßte dann nicht, was ich mit mir anfangen sollte. Krieg ist das einzige, worin ich mich auskenne.«

»Du könntest doch so viele andere Dinge ausprobieren.«

»Ich kann den Gedanken, ich könnte versagen, einfach nicht ertragen. Wenn ich in diesem Geschäft versage, werde ich's nie wissen, denn ich wäre sofort tot.«

»Es muß doch aber einen Ausweg geben.«

»Den gibt es auch«, sagte David. »Ich hab' ihn doch gerade genannt: den Tod.« Er zögerte einen langen Augenblick. Dann umfaßte er ganz vorsichtig meine Arme mit seinen Händen und drehte mich liebevoll ein wenig zur Seite, so daß ich ihn ansehen mußte. Wollte er mich wieder küssen?

Ich sagte: »Es ist ein komisches Gefühl, wenn ein Mann, der Leute umbringt, mich berührt.«

Er hielt meine Arme noch immer und sagte: »Es wäre schöner, wenn du mich einfach als einen Soldaten betrachten würdest. Wie deinen Vater.«

Ich wollte gerade darauf antworten, mein Vater habe keine Leute umgebracht, als mir die Gruppe in der Tschechoslowakei einfiel.

David ließ mich los, und es tat mir sehr leid. Mit kaum vernehmbarer Stimme sagte er dann: »Ich möchte dich was fragen.«

»Frag nur.«

»Ich bin es nicht gewohnt zu fragen.«

»Du erteilst wohl nur Befehle.«

»So könnte man es nennen.«

»Frag.«

»Würdest du mit mir ins Bett gehen?«

Beide hörten wir die Geräusche von außerhalb des Vorhanges.

»Aber doch nicht im Restaurant.«

»Ich dachte auch nicht ans Restaurant.«

Er lehnte sich zu mir herüber. Seine Lippen berührten meinen Nacken. Genauso schnell saß er wieder aufrecht. »Ich hab' was für dich mitgebracht«, sagte er und zog ein kleines Kästchen hervor, das nicht größer als eine Pillenschachtel war.

Einen Augenblick war ich ziemlich aufgeregt. Farlans Heiratsantrag war ja noch nicht vom Tisch.

»Es ist kein Ring«, sagte er und öffnete den Deckel.

Ich sah, daß es sich um ein militärisches Abzeichen handelte, zwei gekreuzte Gewehre auf blauem Grund und das Motto »Folge mir nach« in kleinen Goldbuchstaben.

»Es ist das Motto der Infanterieschule«, sagte er. »Bewahre das Abzeichen irgendwo in einer Schublade auf. Und denke an den, der es dir gegeben hat.«

Ich konnte spüren, daß er mich wieder küssen wollte. Ich wollte ihn auch küssen, zum Teufel noch mal.

»Es war rein theoretisch.«

»Was?«

»Meine Frage nach dem Ins-Bett-Gehen. Mein Gepäck ist in der Garderobe. In nicht mal fünf Minuten muß ich mir ein Taxi schnappen. Ich muß noch mein Flugzeug erreichen.«

»Aufschiebbar?«

»Jetzt nicht mehr.«

Ich legte meine Hand auf die gepolsterte Bank, auf der wir saßen.

Er legte seine Hand auf die meine. »Du weißt, wo du mich erreichen kannst«, sagte er.

»In Notfällen.«

»Ich hoffe, daß es die nicht geben wird. Ich muß jetzt gehen. Mein Auftrag müßte in einer Woche erledigt sein. Benütze die Rufnummer nicht nur im Notfall. Du kannst dort auch eine ganz normale Nachricht wie: ›Alles unter Kontrolle‹ hinterlassen.«

»So ist es aber ganz und gar nicht.«

»Geht mir auch so«, sagte er und setzte sich die Perücke auf, strich sie glatt, setzte sich die Brille auf die Nase, stand auf und zog den Tisch mit großer Vorsicht zur Seite, um die Vase mit der Blume nicht umzustoßen. Mir kam alles wie in Zeitlupe vor. Von mir aus hätte es noch langsamer sein dürfen. »Du hast die Rechnung noch nicht bekommen.«

»Werde ich gleich erledigen.«

Der Kellner stand schon bereit. David blickte kurz auf die Rechnung und blätterte ein paar Scheine hin. An die Welt der Kreditkarten konnte er sich absolut nicht gewöhnen. Er ließ mich vorausgehen, ich konnte aber spüren, daß er es sehr eilig hatte. An der Garderobe erhielt er seine Reisetasche.

Auf der Straße angekommen, steckte er zwei Finger in den Mund und pfiff ein Taxi herbei; so was hatte ich seit Jahren niemand mehr tun sehen und noch nie so gekonnt.

Als ein Taxi am Bordstein hielt, sagte David: »Unter normalen Umständen würde ich dir das erste Taxi lassen, aber ich bin schon ziemlich spät dran. Kannst du mir verzeihen?«

»Ich könnte doch ein paar Blocks mitfahren.«

»Kommt nicht in Frage.« Sein typisches Lächeln war weg.

»Ich weiß doch, daß du zum Flughafen willst, was ist denn daran so geheim?«

»Du weißt nicht, zu welchem Flughafen.«

Er winkte mir aus dem Taxi heraus. Ich stand da und ließ die Arme hängen; das kleine Schmuckkästchen, in dem die Anstecknadel mit dem Motto »Folge mir nach« lag, hielt ich ganz fest in der linken Hand. Diese Anstecknadel würde ich nie tragen können, denn ich konnte ja nicht erklären, woher ich sie hatte. Würde ich sagen, Vater habe sie mir vermacht, würde Mutter wissen, daß ich log.

Ich weiß nicht, was David dem Taxifahrer außer dem Ziel sonst noch sagte; auf jeden Fall aber schoß das Taxi davon wie ein Krankenwagen ohne Martinshorn.

25

David

Durch die verkratzte Kunststoffscheibe konnte ich die unter uns dahinziehende Wolkenschicht erkennen. Die DC-10 riß mich mit einer Geschwindigkeit von mehr als achthundert Stundenkilometern von Susan weg. Die Turbinen vibrierten so, wie es in einer Wunde pocht, bevor die erste Morphiumspritze zu wirken beginnt.

Ich bestellte ein paar der viel zu kleinen Zehntelliterflaschen und leerte den Inhalt über die drei Eiswürfel, die mir die Stewardess in einem Kunststoffbecher gebracht hatte. Ich ließ den Bourbon um die Eiswürfel kreisen, damit sie schneller abschmolzen.

Wenn es um die Betäubung von Schmerzen geht, darf man dieses Zeug nicht mit der Morphiumspritze vergleichen, die man nach einer Verwundung bekommt. Ich nahm einen Schluck. Nichts. Ich trank den Becher leer und legte meine Schläfe gegen die Seite des Fensters, an der ich das Vibrieren der Turbinen spürte – ein altbewährtes Mittel, mit dem ich mich im Flugzeug zum Einschlafen bringen konnte. Ich schlug ein Auge auf und sah gerade noch rechtzeitig, daß meine Linke den Becher mit den abschmelzenden Eiswürfeln in einem gefährlichen Winkel hielt. Ich klappte das Brett heraus, stellte den Becher drauf, schloß mein linkes Auge und fing an zu zählen: einhunderteins, einhundertzwei, einhundertdrei – und, rums, fand ich mich am Steuer eines Jets, wobei Susan im Sessel des Kopiloten saß. »Susan«, schrie ich sie an, »du kannst doch gar nicht fliegen! Nimm deine verdammten Hände vom Steuer weg!« Susan sagte: »Warum schaltest du nicht den Autopiloten ein?« Wie ein richtiger Scheißkerl sagte ich: »Weshalb auch?« Darauf Susan: »Na, weshalb wohl?« und legte die Arme um mich. »Laß das«, schrie ich sie an, »ich will doch dieses Ding fliegen.«

Dann sah ich uns auf dem Boden liegen. Ich hab' vergessen, den Autopiloten einzuschalten, und gleich darauf hängt das Flugzeug gefährlich nach der einen, dann wieder nach der anderen Seite. Ich schreie: »Laß mich aufstehen!« und höre Susan protestieren: »Wo gehst du denn hin?« Ich reiße mich los, um ans Steuer zu kommen, und plötzlich wachte ich auf, und im selben Augenblick sagte die Stewardess, die ein Tablett in der Hand hielt: »Tut mir leid, ich habe nicht bemerkt, daß Sie geschlafen haben.« Zum Teufel nochmal, ich hatte doch gar nicht geschlafen, war im Traum doch hellwach gewesen!

Ich aß die ganze Mahlzeit auf. Zwei Minuten nach dem Einsammeln der Tabletts wußte ich nicht mehr, was ich gegessen hatte.

Mir wurde erst bewußt, wie wenig ich in den letzten Tagen geschlafen hatte, als ich in Rom meine Unterkunft betrat und mein Bett erblickte. Die weißen Bettücher waren einladend. Ich freute mich richtig auf die sieben vollen Stunden Schlaf.

Ein gequältes Gehirn kann einen tiefen Schlaf nicht vertragen. Sobald ich einschlief, träumte mir, ich sei im Theater und Susan stehe allein auf der Bühne. Sie befand sich auf einer Art Laufsteg, der ins Publikum hineinragte; sie hatte irgendwas Hautfarbenes an und schritt – und in was für einem Gang! – geradewegs auf meinen Platz zu, bis sie über mir stand. Meine Augen befanden sich auf gleicher Höhe mit ihren Fußgelenken. Ich sah zu ihr auf, und mir blieb fast die Spucke weg, als ich bemerkte, daß ihre hautfarbene Strumpfhose gar keine war – sie war vielmehr nackt. Ihr Körper, den ich noch nie gesehen hatte, schrie geradezu danach, berührt und mit Küssen bedeckt zu werden. Sie sah auf mich herunter, und ich sah zu ihr hinauf, und es schien, als ob sie an das denke, an was ich auch dachte. Was mußten wohl die ganzen Leute von ihr halten, die sie beobachteten? Ich wandte den Kopf in alle Richtungen. Da saß niemand. Zum Teufel, wir waren ja allein! Das war mehr, als ein Mann ertragen kann. Ich streckte meine Hand aus, um ihre Fußgelenke zu berühren, und meine Finger fuhren ihr gerade über die Haut, da bemerkte ich, daß sie das Gleichgewicht verlor und auf mich herabfiel; und dann wurde mir bewußt, wie ich nach Luft schnappte, daß ich wach in meinem Bett lag, und zwar allein.

Ich schaltete meinen Feind, den Wecker, aus, nahm eines der Kissen in die Arme und sagte: »Susan, du solltest dich auch ein bißchen ausruhen!«

26

Susan

Es war mir zuwider, auf Farlans Hilfe angewiesen zu sein. Ich war mitten aus meinem Prozeß nach Rom gerufen worden – was sage ich da, *mein* Prozeß, es war doch der von Jim und Judy Flegelman. Wir hatten nur für die Eröffnungsplädoyers Zeit gehabt. Ziemlich naiv hatte ich mich lediglich an die Fakten gehalten. In seinem Eröffnungsplädoyer hatte der Anwalt von Tammus, Bill Corzini, den Eindruck entstehen lassen, wir seien einer unnötigen Übung wegen hier, die für das Gericht reine Zeit- und für den Steuerzahler Geldverschwendung bedeute.

Ich war hin- und hergerissen, wen der beiden Flegelmans ich zuerst in den Zeugenstand rufen sollte. Bei unseren Gesprächen hatte sich gezeigt, daß Judy in der ganzen Angelegenheit wesentlich besser Bescheid wußte. Würde ich sie aber zuerst rufen, dann würden sich die Geschworenen, die in einer männlichen Welt leben, fragen, weshalb ich Jim übergangen hätte. Also rief ich zuerst Jim in den Zeugenstand.

»Mr. Flegelman«, sagte ich zu ihm, »berichten Sie doch den Geschworenen mit Ihren eigenen Worten, was vorgefallen ist; fangen Sie mit der Unterzeichnung des Vertrages zwischen Ihrer Schallplattenfirma und der Vertriebsfirma von Mr. Tammus an.«

Jim betrachtete seine linke Hand, als ob es dort etwas zu sehen gäbe. Ich hatte mir alle Mühe gegeben, ihm das abzugewöhnen. Er hatte mir hoch und heilig versprochen, es im Gerichtssaal nicht zu tun – und da saß er nun also und sah schon nach der ersten Frage seine Hand an, aber nicht mich.

»Es war so«, sagte er.

Na komm schon.

»Als wir alles noch selbst erledigten, hatten wir Vertreter, die die wichtigsten Händler betreuten, aber nicht gerade systematisch. Wir waren natürlich erfreut über die Möglichkeit eines professionellen landesweiten Vertriebs durch Tammus. Die sagten uns, sie könnten vierzig- bis fünfzigtausend Einheiten im Monat vertreiben. Als Spitzenergebnis hatten wir einmal sechzehntausend Stück in einem Monat vertreiben können.«

»Nur weiter, Mr. Flegelman.«

»Judy und – Mrs. Flegelman und mir wurde ein wenig schwindlig, wenn wir an die Herstellungskosten für so viele Schallplatten dachten, aber die Firma Tammus streckte das Geld dafür vor, und wir hatten somit eine Sorge weniger. Das Problem war, daß wir das Geld für die Künstler, die Aufnahmetermine, die Gestaltung der Plattenhüllen, für all das und dazu noch für die Gemeinkosten vorschießen mußten, und wir freuten uns natürlich riesig auf die Zeit, wenn die Zahlungen von Tammus eingehen würden und wir die noch offenen Rechnungen begleichen konnten.«

»Und was geschah dann?«

»Was meinen Sie damit?«

»Erhielten Sie die im Vertrag festgelegten Zahlungen?«

»Nein.«

»Haben Sie sich bei Mr. Tammus wegen der nicht eingegangenen Zahlungen beklagt?«

Corzini war aufgesprungen. »Einspruch. Der Zeuge wird geführt.«

Richter Ballin beugte sich nach vorne. »Mr. Corzini«, sagte er, »wie wir bereits gehört haben, sagt Mr. Flegelman zum ersten Mal im Leben aus. Wir wollen uns doch in Geduld üben, solange er seine Geschichte erzählt. Wenn ihm sein Anwalt dabei ein wenig behilflich ist, macht das doch nichts aus. Ich werde Ihren Einspruch dann akzeptieren, wenn der Zeuge zu sehr geführt wird. Und Sie, Frau Anwältin, wenn Sie Ihre Frage umformulieren wollen, wird es für Mr. Corzini vielleicht ein schönerer Tag. Bitte machen Sie weiter.«

Richter Ballin, Sie sind ein Goldschatz. »Mr. Flegelman, kam eine Zeit, wo Sie sich bei Mr. Tammus wegen der Zahlungen beklagten?«

»Ja, die kam.«

Wollen Sie denn wirklich nur das sagen? »Wollen Sie, daß der Stenograph die Frage für Sie wiederholt?«

»Nee.«

Mein lieber, guter Mann, sagen Sie im Gerichtssaal nicht: »Nee.« »War das schon Ihre ganze Antwort?«

»Oh, ich habe Mr. Tammus' Sekretärin angerufen und sie gebeten, ihren Boss an die beiden längst fälligen Zahlungen zu erinnern. Als daraufhin nichts geschah, rief ich nochmals an und wurde mit dem Bürochef von Tammus, Henry Zatz, verbunden; er sagte mir, er habe schlechte Nachrichten für mich, die Hochrechnungen zeigten nämlich, daß sich die Schallplatten gar nicht gut verkauften; die Gelder würden deshalb vorläufig zurückgehalten. ›Hören Sie mal‹, sagte ich, ›wenn ich das Geld nicht bekomme, steigen mir die Lieferanten aufs Dach. Außerdem habe ich bei einigen Händlern angerufen, und die haben mir gesagt, daß wir mit der Produktlinie richtig liegen. Ich will mit Tammus sprechen‹, sagte ich. ›Ist mir egal, wenn er gerade auf den Bermudas ist, ich will ein sofortiges Treffen.‹«

»Und hat ein solches Treffen stattgefunden?«

»Es ist schließlich zustandegekommen, nachdem er braungebrannt nach New York zurückgekehrt war.«

»Mr. Flegelman, ich zeige Ihnen jetzt diese Kalkulationsbögen. Sind es die Bögen, die Mr. Tammus und Mr. Wood Ihnen bei jenem Treffen gaben?«

Jim nickte.

»Bitte antworten Sie auf meine Frage, damit der Gerichtsstenograph Sie hören kann, Mr. Flegelman.«

»Ja, das sind sie.«

»Euer Ehren, ich möchte, daß diese Bögen als Beweisstück Nummer eins der Anklage zu den Akten genommen werden.«

Als wir die Formalitäten hinter uns gebracht hatten, bat ich Jim Flegelman, jede Zeile auf der ersten Seite laut vorzulesen und etwas dazu zu sagen.

»Judy kann das besser als ich«, sagte er. »Unser Buchhalter kann es aber noch besser als sie oder ich.«

Ich konnte Farlans Stimme in meinem Hinterkopf hören: »Schnell weg mit ihm. Laß seine Frau und den Buchhalter die Hochrechnungen kommentieren.«

»Sagten Sie Mr. Tammus bei diesem Treffen etwas, was Sie für besonders wichtig hielten?«

»Aber ja. Ich sagte zu ihm, wenn sich die Schallplatten so lausig schlecht verkaufen ließen, warum stelle er denn dann nicht den Vertrieb ein und steige aus dem Vertrag aus. Daraufhin ergriff Tammus selbst das Wort und sagte, wenn wir die Plattenhüllen aufmotzten und den Händlern angemessene Beträge für die Werbung anböten, dann sei er zuversichtlich, daß es besser werden würde.«

»Und was sagten Sie darauf?«

»Ich sagte, wir könnten diese Extrakosten nicht ohne die Mittel, die uns zustünden, übernehmen.«

»Sie sagten doch, daß Mr. Zatz nach wie vor behauptete, daß sich die Schallplatten nicht befriedigend verkaufen ließen?«

»Er ist ein gottverdammter Lügner. Ich weiß es genau, weil ich nämlich mit den Händlern spreche.«

Richter Ballin lehnte sich nach vorne: »Frau Anwältin, ermahnen Sie doch bitte den Zeugen, er möge seine Kraftausdrücke für sich behalten.«

Ich stellte die Befragung ein. Je mehr Fragen ich Jim beantworten ließe, desto mehr Ansatzpunkte würde ich für Corzinis Kreuzverhör schaffen.

Als Corzini an die Reihe kam, warf er mir durch seine schönen

Augenwimpern, wie Italiener sie haben, einen Blick zu, der deutlich zeigte, daß er Mitleid mit mir hatte. Hoffentlich stolperte er und brach sich das Genick, wenn er vor den Zeugenstand trat! Dort saß Jim Flegelman wie eine übergroße, schlaffe Puppe.

»Mr. Flegelman«, sagte Corzini, »Sie haben ausgesagt, daß Ihre Vertreter vor dem Vertrieb Ihrer Schallplatten durch die Firma Tammus im Monat sechzehntausend Stück an den Mann bringen konnten. War das ein durchschnittliches Monatsergebnis?«

»Nein, Herr Anwalt. Ich habe gesagt, das sei das beste Monatsergebnis gewesen.«

»Was könnte dann ein durchschnittliches Monatsergebnis gewesen sein?«

»So um die zehn- bis zwölftausend Stück.«

»War das der Gesamtabsatz?«

»Nicht ganz, wir mußten auch wieder welche zurücknehmen.«

»Wie hoch könnte dann die durchschnittliche verkaufte Stückzahl nach Abzug der Rückgaben gewesen sein?«

»So um die acht- bis zehntausend Stück im Monat.«

»Können Sie das dem Gericht in Dollar angeben?«

»Etwa fünfunddreißigtausend Dollar im Monat.«

»Und konnten Sie mit einer solchen Summe Gehälter und andere Kosten pünktlich bezahlen?«

Jim zögerte. »In der Regel schon.«

»Hingen Ihre Schwierigkeiten bezüglich der flüssigen Mittel damit zusammen, daß Sie die Produktionskosten sofort zu bezahlen hatten?«

Ich erhob Einspruch. »Es gibt keine Beweise dafür, daß die Flegelmans vor ihrer Verbindung mit der Firma Tammus finanzielle Schwierigkeiten hatten.«

Richter Ballin sagte: »Ich lasse die Frage zu.«

Ich setzte mich wieder. »Klammere dich nie an einem Strohhalm fest«, würde Farlan sagen. »Das erweckt den Eindruck, daß dein ganzer Fall wenig aussichtsreich ist.«

Die Frage wurde für Jim nochmals wiederholt.

»Nun ja, es war ziemlich schwierig, das Geld für die Produktion zusammenzukratzen.«

»Als Tammus dann aber Ihre Marke vertrieb, hat seine Firma dann nicht Ihre Produktionskosten bezahlt?«

»Doch, aber wir sahen nie was von unserem Geld.«

»Mr. Flegelman, ist es möglich, daß die acht- bis zehntausend Stück im Monat, die Sie in Ihrer Aussage als verkaufte Stückzahl angegeben haben, bedeutet haben könnten, daß es für Ihre Marke einfach nicht mehr Käufer gab?«

»Das glaube ich keine Sekunde. Unser Vertrieb war doch lausig schlecht. Mit einem guten Vertrieb hätten wir wesentlich mehr verkaufen können.«

»Haben Sie aber nicht.«

»Wenn's nach Mr. Tammus geht, nicht; aber ich glaube nicht –«

Corzini brüllte: »Beantworten Sie meine Frage. Ja oder nein.«

»Ja oder nein, was?«

»Sie haben aber nicht mehr verkaufen können, nachdem Sie eine so gute Vertriebsmöglichkeit erhalten hatten.«

»Ich wollte –«

»Ja oder nein!«

Ich war aufgesprungen. »Euer Ehren«, sagte ich, »mein Kollege schüchtert den Zeugen ein.«

»Stattgegeben.«

Corzini machte sich aber nichts daraus. »Als Sie Ihre eigenen Aufnahmen vertrieben, warf Ihr Geschäft denn da Gewinn ab?«

»Nun ja.«

»Was heißt ›nun ja‹? Machten Sie nun Gewinn oder nicht?«

»Manchmal.«

»Und manchmal auch keinen Gewinn?«

»Mhm.«

»Wußte Mr. Tammus davon?«

»Ich hab's ihm gesagt.«

»Und dennoch war er willens, Ihre Produktlinie aufzunehmen, gab Ihnen die Chance, von höchstens sechzehntausend Stück im Monat auf vierzig- bis fünfzigtausend zu kommen, *und* streckte das Geld für Ihre Produktion vor – und Sie haben ihn und seine Firma vor Gericht gebracht, weil der Verkauf Ihrer Schallplatten trotz seiner Hilfe so schlecht war wie zuvor, als er sie noch nicht vertrieb – ist das etwa nicht die Wahrheit?«

»Euer Ehren«, sagte ich, »das war keine Frage.«

Der Richter forderte die Geschworenen auf, diese Frage nicht zu berücksichtigen, ich hätte aber schwören können, daß keiner das tun würde. Corzini hatte einen Teil seiner abschließenden Argumentation auf seine Strategie verwendet, Jim Flegelman unglaubwürdig zu machen.

Noch vor dem Ende dieses Verhandlungstages gelang es mir, Judy und den Buchhalter der Flegelmans in den Zeugenstand zu bekommen; es war aber ein Mißerfolg. Ich hätte wetten können, daß die Geschworenen schon zu dem Schluß gekommen waren, daß Jim Flegelman nicht das Zeug zu einem Geschäftsmann hatte und es ihm nur darum ging, über den schlechten Verkauf seiner Schallplatten zu jammern. Fall erledigt.

Corzini hatte noch nicht seine Zeugen aufrufen können, als ich den Anruf von Mutter erhielt und nach Rom eilen mußte. Nun war ich wieder zurückgekommen, und es ging mir mehr denn je darum, wenigstens ein kleines Scheibchen Gerechtigkeit, und sei es auch noch so klein, für Jim und Judy zu bekommen. Oder war das die Gelegenheit, Corzini ohne Farlans Hilfe zu schlagen?

Normalerweise schafft es Betty, die Berge von Papier auf meinem Schreibtisch so zu ordnen, daß ich sofort finde, was ich eiligst benötige. Jetzt aber hatte sogar sie Schwierigkeiten, sich dort zurechtzufinden, denn das Durcheinander auf meinem Schreibtisch spiegelte den Wirrwarr in meinem Kopf wider.

Davids Abwesenheit führte nicht dazu, daß ich nicht mehr an ihn dachte. Ständig war mir jeder Augenblick dieser zwei Stunden im Restaurant gegenwärtig.

Farlan rief jeden Tag an. Ich wimmelte ihn mit Ausreden ab, die immer weniger überzeugend klangen. Es tat ihm sehr weh. Dabei hatte ich ihm doch gar nicht weh tun wollen. Ich versuchte, mich bei der Arbeit zu vergessen. Aber ich ertappte mich immer wieder dabei, wie ich in Gedanken ein Gespräch mit Farlan führte.

»Du bist ein großartiger Lehrer. Ein Freund in der Not. Ein Vermittler, wie es keinen zweiten gibt. Ich will dir ja eine Freude machen. Was wäre, wenn ich's nicht könnte? Was, wenn wir ins Bett gingen und du nicht könntest? Dann müßte ich ja heucheln. O Farlan, das würde ich aber nicht wollen; ich will doch, daß uns das verbindet, was eine Frau und einen Mann verbindet und den Rest der Welt ausschließt.«

Statt des abwesenden Farlan hörte ich eine teuflische Stimme, die aus meinem Kopf kam: »Versuch's doch. Es könnte dir doch gefallen. Wenn's ihm nicht gefällt, dann wird doch alles erledigt sein.«

Ich antwortete darauf: »Ich bin in sein Gehirn verliebt. Das gibt mir Schutz und Sicherheit und ist meine Rechtsenzyklopädie...«

»Quatsch!« sagte die zweite, die teuflische Stimme. »Eine Frau, die mit einer Enzyklopädie ins Bett gehen will, ist doch total verrückt.«

»Das verstehst du einfach nicht!«

»Das Problem ist, daß ich's nur zu gut verstehe.«

Meine Generation sagte doch, daß es nicht gerade eine heilige Handlung sei, wenn man mit jemand ins Bett geht; es sei eher ein Versuch oder diene der Entspannung; es bedeute auch nicht, daß man ein Gelübde ablegt, sein ganzes Leben dieser Affäre zu opfern.

Ich übte es mit der Stimme, die ich leiden konnte. »Na gut, Farlan, versuchen wir's, wir werden dann schon sehen, wie's läuft.«

»Sehen, wie was läuft?«

Es war Betty, die den Kopf zur Tür hereinstreckte. Dann kam sie vollends herein. »Hoffentlich habe ich Sie nicht bei der Arbeit gestört; wir müssen aber morgen in die Verhandlung«, sagte sie, »und wir haben uns noch nicht vorbereitet.«

Jemand wie Betty ist für jemand wie mich nicht mit Gold aufzuwiegen.

»Es sei denn, Sie wollten's ohne Notizen wagen«, sagte sie.

»Bitte stellen Sie ein Gespräch mit Professor Adams her«, sagte ich.

»Ihr Schreibtisch sollte wirklich aufgeräumt werden.«

»Können Sie ja machen, solange Professor Adams mich instruiert.«

Betty sah mich an, wie man eine Verrückte ansieht. *Bist du sicher, daß du das, was du vorhast, auch willst?*

»Hallo, Mentor«, sagte ich, als Farlan abnahm, und hoffte, daß diese Anrede ihn über den Grund meines Anrufs aufklärte.

»Susan, ist das aber eine Überraschung, daß du mal anrufst!«

»Ich muß dich sprechen.«

»Oh. Wann?«

»So bald wie möglich.«

»Ich habe Termine mit zwei Studenten, und zwar um vierzehn Uhr und um fünfzehn Uhr.«

»Wäre es zu viel verlangt, ihnen einen neuen Termin zu geben? Farlan, morgen wird dieser verdammte Prozeß fortgesetzt, der Fall Flegelman, den ich vertrat, bevor ich weg mußte. Die Vertriebsfirma schickt ihren Direktor in den Zeugenstand, einen Mann namens Harry Tammus. Kannst du dich daran erinnern?«

»Vage.« Es klang so, als ob ich ihm das Gesicht zerkratzt hätte. »Ich dachte, unser Thema wäre meine Frage an dich.«

»Darum geht's auch.«

Er machte den Vorschlag, uns über Mittag in einer Weinstube zu treffen. Als er mir die Adresse nannte, fiel mir auf, daß es gar nicht weit von seiner Wohnung war. Stand mir nun die Entscheidung bevor?

Bei der Weinstube handelte es sich nicht um eine Studentenkneipe. An den Wänden waren Spiegel angebracht, die Beleuchtung erinnerte mich an das Restaurant in der Radio City Music Hall, und an den Tischen saßen hauptsächlich Frauen, die mit anderen Frauen ihr Mittagessen aßen. Ich wurde zu einem Tisch mit einem Gedeck gebeten. Sah ich wie jemand aus, der nicht verabredet war?

Ich studierte die Weinkarte. Sie fing bei einem billigen Wein an, das Glas zu zwei Dollar, und hörte bei einem kalifornischen Cabernet Sauvignon zu viereinhalb Dollar auf.

»Hast du dich schon entschieden?«

Ich sah auf – es war Farlan, agil, attraktiv; seine Augen, die von den meinen nicht ablassen wollten, verrieten eine Spur Enttäuschung.

»Ich meinte, ob du dich schon für einen Wein entschieden hast«, sagte Farlan und zog seinen Stuhl so nahe wie möglich an den Tisch mit der Marmorplatte heran.

»Wir haben uns noch nicht mal die Hand gegeben«, sagte ich.

Er nahm meine Hand und führte sie ganz kurz an seine Lippen. »Du scheinst ein bißchen nervös zu sein«, sagte er. »Stimmt irgendwas nicht?«

»Der Kellner kommt«, sagte ich.

Farlan bestellte eine halbe Flasche Soave Bolla. »Mit dem kann man nichts falsch machen«, sagte er. »Ich möchte nicht, daß wir eine Enttäuschung erleben... Hat mein Antrag dich überrascht? Bist du verärgert?«

»Nicht verärgert. Ich fühle mich geehrt. Er hat mich berührt.«

»Die Probleme kenne ich. Du brauchst sie nicht aufzuzählen. Genießen wir doch ganz einfach unseren Lunch!«

Wenn das schon alles war, warum dann diese Weinstube so nahe bei seiner Wohnung?

»Laß mich doch deinen Kummer wegen morgen wissen.«

Ich faßte kurz zusammen. Tammus war ein Vielschwätzer, der beeindruckend wirken konnte – weißer Kragen und Manschetten zu einem farbigen Hemd, dazu eine Krawatte mit Paisley-Muster; auf alles hatte er sofort eine Antwort, als ob er stets die Wahrheit sagte. Beim Kreuzverhör mußte ich unbedingt seine Glaubwürdigkeit zu Fall bringen.

»Man sollte denken, bei einem notorischen Lügner sollte das nicht schwierig sein«, sagte ich. »Stimmt aber nicht. Er hat einige Übung darin, sich erfundene Fakten zu merken. Er glaubt jetzt vielleicht sogar selbst daran.«

»Dazu brauchst du mich doch nicht«, sagte Farlan. »Für dich ist es doch überhaupt kein Problem, mit so jemand richtig umzugehen.«

Wenn das wirklich so ist, warum bin ich dann hier?

»Farlan«, sagte ich, »diese Schallplattenfirma ist aus Amateurproduktionen hervorgegangen und hat zu wenig Kapital. Sie beschäftigt insgesamt dreizehn Angestellte, alle mit Arbeit überlastet. Wenn der Vertrieb ihnen nicht bezahlt, was er ihnen schuldet, dann werden sie nie mehr aus dem Schlamassel herauskommen. Das sind nette, junge und talentierte Leute. Die Vertriebsfirma hat sich vier Jahre lang an den ihnen zustehenden Geldern schadlos gehalten. Es hat geheißen, sie würden sich am Tag vor Prozeßbeginn noch einigen – das haben sie aber nicht getan. Die sind sich ja so sicher, daß sie gewinnen werden. Das kann ich aber nicht zulassen.«

»Deine Entschlossenheit finde ich geradezu erotisch.«

»Ich bin gar nicht zuversichtlich, Farlan«, sagte ich. »Ich kann doch die jungen Leute nicht im Stich lassen.«

Ich hätte die Augen nicht niederschlagen sollen. Ich sah auf und blickte Farlan direkt in die Augen. Sieh ihn dir an, er liebt dich, er verblutet noch, und meine ganze Barmherzigkeit gilt einem Mandanten, den ich doch erst vor wenigen Monaten kennengelernt habe. Er wollte mich, und ich widmete mich nur denen.

»Ich möchte, daß du dir was ansiehst, was dir vielleicht von Nutzen sein kann«, sagte er.

»Was denn?«

»Das wirst du schon sehen.«

»Wo?«

»In meiner Wohnung. Sie liegt gleich um die Ecke.«

Mir gingen Szenen durch den Kopf, die aus einem Stummfilm stammen konnten: Die Dame verkündete ihr Nein, während der schnurrbärtige Schurke sie an den Armen festhielt und noch enger an sich ziehen wollte. »Er ist doch nicht der Schurke. Du bist der Schurke. Wenn du nicht immer seine Hilfe brauchen würdest, könntest du diese Beziehung doch jederzeit beenden. Oder willst du das etwa gar nicht? Vielleicht ist es gerade umgekehrt. Vielleicht willst du's im Gerichtssaal deshalb nicht allein durchstehen, weil du den Faden zu Farlan nicht abschneiden willst.«

Wie wird man eine Stimme los, die aus dem eigenen Kopf kommt?

Ich hatte erwartet, Farlans Junggesellenwohnung sei ziemlich klein, denn alle Junggesellen, die ich bisher kennengelernt hatte, waren Studenten oder junge Anwälte, die zum ersten Mal in den eigenen vier Wänden wohnten, kleine, beengte Räumlichkeiten, die sie an das Darlehen für das Studium erinnern sollten. Selbst mein ehemaliger Freund Woody – er war ziemlich abgeklärt, und ich weinte ihm keine Träne nach –, der von der juristischen Fakultät direkt in die zweitgrößte der großen Kanzleien gegangen war und ein Gehalt hatte, das sogar ihn in Verlegenheit brachte, hatte eine Studiowohnung, in der das Bett auf einer Galerie unterhalb der Decke stand, zu der sieben Stufen hinaufführten. Der größte Unterschied zwischen uns und denen von der Wall Street war doch der: Wir hatten Angst, unser Geld könnte einfach ausbleiben, sie gaben es aus, bevor sie es durch einen Börsenkrach verlieren konnten.

Farlan war noch nie verheiratet gewesen. Eine Wohnung wie die seine hatte ich noch nie gesehen: große, hohe Räume in einem alten Gebäude, wo es einen Portier gab und im Aufzug sogar einen Aufzugführer.

Als wir aussteigen durften, war ich ziemlich überrascht, als ich im Gang nur eine einzige Tür sah. War seine Wohnung etwa die einzige auf dem ganzen Stockwerk?

Der Boden im Eingangsbereich war gefliest – anscheinend mit handgefertigten Fliesen aus einem der Mittelmeerländer. Der halbrunde Tisch unter dem Spiegel hatte Füße, deren Herstellung einen Holzschnitzer Wochen gekostet haben mußte. Auf dem Tisch stand eine Kristallvase mit frischen Blumen. Und darüber hing ein Chagall. Ich meine damit nicht einen Kunstdruck, es war vielmehr ein Original.

Farlan führte mich in das riesige Wohnzimmer. Etwa auf halbem Weg standen rechts zwei ungewöhnlich dick gepolsterte Sessel vor dem Kamin; es sah so aus, als ob man sie für diesen speziellen Anlaß dort hingestellt hätte.

Farlan lud mich ein, in einem der Sessel Platz zu nehmen. »Ich hol' dir jetzt, was du brauchst«, sagte er.

Er war kaum draußen, da stand ich auch schon auf und lief rasch die ganze Strecke bis ans andere Ende des Wohnzimmers. Entweder hing zwischen den beiden Fenstern dort ein echter Mondrian, oder ich hatte mich getäuscht.

Ich hörte seine Stimme.

»Da bin ich wieder.«

Ich drehte mich um. Zwischen uns war die ganze Länge des Wohnzimmers. »Du hast wirklich Geschmack«, sagte ich.

»Danke.«

»Und auch viel Geld.«

»Ich hab' eine ganze Menge für die Bilder ausgegeben.«

Er hielt mir ein Bündel Papier entgegen. »Was du brauchst, fängt auf Seite drei an«, sagte er.

Fast wie in einer Zeremonie, die wir aber nicht eingeübt hatten, gingen wir aufeinander zu. Ich verspürte den Drang, zu ihm hinzulaufen, ihn zu umarmen, auf beide Wangen zu küssen, weil er mir das Angebot gemacht hatte, das alles mit mir zu teilen. Ich nahm die Blätter in die Hand.

»Du wirst sehen, das ist ein bequemer Platz zum Lesen«, sagte er und deutete dabei auf einen der Sessel. »Ich setze Kaffee auf.«

Ich sah ihm nach, als er aus dem Zimmer ging. In diesem Zimmer würde auch ich mich richtig wohlfühlen.

Was er mir gegeben hatte, das waren etwa zwei Dutzend Seiten aus einem Ringbuch. Auf der ersten Seite stand die folgende Überschrift: »Wie man die Glaubwürdigkeit eines Zeugen zu Fall bringen kann.« Als Farlan mit einem Tablett wieder hereinkam, bemerkte ich es kaum, weil auf diesen Seiten genau das stand, was ich für die Verhandlung am nächsten Tag brauchte – eine brillante Darlegung, wie man einen angesehenen Zeugen kleinkriegen kann.

Als ich die Seiten durchgelesen hatte, hätte ich am liebsten nochmals von vorn angefangen. Ich sah auf und sah Farlan auf einem halbrunden Sofa sitzen, das etwa drei bis vier Meter von mir weg war. Er sah mich an. »Du bist schön«, sagte er.

»Danke. Farlan, wo hast du diesen Text her?«

Er griff sich ans linke Ohrläppchen, merkte dann, daß ich ihn dabei beobachtete, und nahm seine Hand sofort wieder weg, als ob es sich bei einer unbewußten Geste wie dieser um etwas Obszönes handelte. »Vor langer Zeit«, sagte er, »als ich etwa so alt war wie du, verspürte ich die Versuchung, das Recht nicht zu lehren, sondern es zu praktizieren. Und so kam es dann, daß ich für mich selbst ein Manuskript anfertigte, ein sehr umfangreiches sogar, bei dem es sich um ein Unterrichtswerk für Strafverteidiger handelt, das Schritt für Schritt, wie du ja gesehen hast, sich mit Methoden, Techniken, Fragen des richtigen Zeitpunktes und Tricks befaßt und Zitate bietet, wo solche notwendig sind. Ich brauchte etliche Monate, bis ich es fertiggestellt hatte; und als es fertig war, las ich es in einem Zug durch, alle zweihundertundneunzig Seiten. Ich entschied dann, daß einer, der so was geschrieben hat, andere unterrichten sollte, denn wenn man sein Leben lang unterrichtet, kann man Hunderte von Praktikern ausbilden; hätte ich aber selbst zu praktizieren begonnen, dann hätte ich nur mich selbst ausbilden können.«

Kann man jemanden seines Glaubens wegen lieben? Aufgrund dessen, was er einem beibringt? Ich war mit dem Problem Lehrer–Student vertraut. Hatte sich Farlan etwa in seine ideale Studentin verliebt? Hatte dieser absolut brillante Mann sich eine Illusion geschaffen? Aber taten wir alle das nicht ebenfalls? Wenn wir als Zauberkünstler unser rhetorisches Feuerwerk abbrennen, wenn wir als Liebende im Schlafzimmer unsere große Nummer abziehen – und je besser wir das beherrschen, desto mysteriöser ist es für andere.

»Wirst du morgen zurechtkommen?« fragte Farlan.

Ich wartete mit einer Antwort, bis er den Kaffee eingeschenkt hatte und mir die Tasse reichte. »Wegen morgen bin ich wesentlich zuversichtlicher, als ich es wegen heute bin.«

»Soll heißen?«

»Mein Hiersein.«

»Soll ich meinen Antrag zurückziehen?«

Langsam mußte ich Farlan eine Antwort geben. Und bevor ich ihm die Wahrheit sagen konnte, mußte ich sie ja erst selbst kennen.

»Nein«, sagte ich. »Zieh ihn nicht zurück.«

»Heißt das noch nicht?«

»Ich meine es so, wie ich es gesagt habe. Soll ich's dir nochmals vortragen?«

Farlan lächelte mit einer Offenheit, die ich bei ihm noch nie bemerkt hatte.

»Möchtest du gern die ganze Wohnung sehen?«

»Kann ich das hier mitnehmen?« Ich hob die Blätter hoch.

»Natürlich. Du kannst sie auch kopieren. Bitte gib mir aber die Originale wieder zurück. Ich gehe davon aus, daß du also nicht die ganze Wohnung sehen willst.«

»Dieses Mal nicht.«

»Dann nächstes Mal?«

»Ja«, sagte ich.

Einen Augenblick dachte ich, er werde mich küssen. Ich wünschte es mir sogar. Mehr noch, ich wollte ihn küssen. Aber er war schon aufgestanden und ging zur Tür.

Als er mich verabschiedete, bemerkte ich, daß in seinen Augen noch immer ein Hauch von Traurigkeit war. Ich blickte verstohlen auf den Chagall, als ob es dazu nie mehr eine Gelegenheit geben werde.

Als ich im Gang stand und ein Summen die Ankunft des Aufzugs verkündete, warf ich Farlan, der unter der Wohnungstür stand, einen Kuß zu. Er stand wie vom Donner gerührt da, so freute er sich darüber. Wie wenig er doch wollte! Wie viel er doch gab! Wie viele Männer wie ihn gibt es wohl auf der Welt?

»Ich will alle Bilder wiedersehen, und zwar bald«, sagte ich, als die Tür des Aufzugs aufging. »Und dich auch.«

27

Susan

Das Gespräch mit Farlan an diesem Nachmittag hatte mir Mut gemacht, und ich konnte mich nun wieder dem zuwenden, was bereits wie eine verlorene Schlacht ausgesehen hatte. Mir war, als ob ich eine zweite Chance erhalten hätte.

Ich blieb bis spät am Abend im Büro, saß jedoch nicht am Schreibtisch, sondern in dem einzigen bequemen Sessel, den es dort gab, hatte die Füße auf ein Sitzkissen gelegt und machte mir Notizen für die Verhandlung. Dann las ich den Teil von Farlans Manuskript nochmals, in dem beschrieben wurde, wie man einen Zeugen kleinkriegte. Unglaublich, was da stand! Ich fühlte mich so, als ob ich mir einen sadomasochistischen Film ansähe. Wissen, was Leute einander antun können, steht auf einem Blatt, beobachten, wie sie's einander tatsächlich tun, auf einem anderen. Farlans Beispiele waren so lebendig, daß ich meinte, ich könnte mit ausgestreckter Hand die sich windenden Zeugen berühren.

In aller Öffentlichkeit einem Menschen in der Enge des Zeugenstandes zuzusetzen, seine Widersprüche auszunützen, sein Gedächtnis herauszufordern, sich über seine Fehler lustig zu machen, ihm den Fluchtweg abzuschneiden, sein Gehirn zum Kochen zu bringen verfolgt doch dasselbe Ziel wie eine Folterung: Der unter Zwang stehende Zeuge soll dazu gebracht werden, daß er seine Sache mit seinen eigenen Worten zunichte macht.

Vielleicht war ich noch zu jung, zu unerfahren, zu idealistisch, um die menschliche Natur ohne rosa Brille sehen zu können. Mein Gott, ein raffinierter Rechtsanwalt kann sich ja viel leisten, bevor der Richter ihn zurückpfeift. »Sie wollen also hier im Zeugenstand sitzen und sagen, daß Sie sich zwar an Willy Mays' durchschnittliche Punktezahl im Baseball erinnern können, daß Sie sich aber nicht daran erinnern können, ob Sie sich nun eine 38er Smith und Wesson gekauft haben oder nicht, und zwar entweder am Tag bevor oder an dem danach, als Ihr Geschäftspartner Jerry Michaels, mit dem Sie zwanzig Jahre lang zusammengearbeitet haben, zwei Stunden nach dem offiziellen Geschäftsschluß an seinem Schreibtisch sitzend erschossen wurde? Sie wollen also, daß die Geschworenen Ihnen glauben, daß Sie sich zwar an Ergebnisse im Baseball erinnern können, aber nicht daran, daß Sie selbst ein Ergebnis in eigener Sache herbeigeführt haben?« Natürlich wird der Anwalt der Gegenseite zum Gegenschlag ausholen, aber die Geschworenen haben dann schon begriffen, worum es geht.

David sagte, daß die Folterknechte ihren Opfern auf die Fußsohlen schlagen. Der Strafverteidiger dagegen sticht mit einer Nadel im Gehirn herum. Wie unterscheiden sie sich eigentlich voneinander, der Mann, der Fragen stellt und vor sich auf dem Tisch eine Zange zum Ausreißen der Fingernägel liegen hat, und der im dreiteiligen Anzug, der zu einem unter Strafandrohung wegen Meineids und wegen Mißachtung des Gerichts stehenden Zeugen folgendes sagt: »Sie waren in jenem Raum, das Opfer war in jenem Raum; Sie haben ausgesagt, daß sonst niemand in jenem Raum war – und nun erwarten Sie wohl, daß jeder hier Ihnen glaubt, daß Sie wegen einer, wie

Sie es nennen, ruhigen und sachlichen Diskussion dorthin gegangen sind und daß sich Ihr Geschäftspartner nach Ihrem Weggang mit einer Pistole erschossen hat, die Sie gekauft haben?«

Farlan sagt, die Stiche, die der Anwalt einem Zeugen versetzt, dienen dazu, die Geschworenen davon zu überzeugen, daß Schwarz schwarz ist oder daß Schwarz weiß ist, je nachdem, was er beweisen will. Aber, so Farlan, man muß große Vorsicht walten lassen, wenn man aus einem Menschen, der im Zeugenstand hin- und herrutscht und unter Zwang steht, eine Antwort herausfoltern will. Richter werden wie Ärzte mit der Zeit gefühllos für die Schmerzen der Leute, über die sie Recht sprechen. In Wirklichkeit ist es aber so, sagt Farlan, daß, wenn man einem Zeugen nicht selbst hart zusetzt, es dann der Anwalt der Gegenseite tun wird und daß die eigene Zurückhaltung dazu führen kann, daß der eigene Mandant den Prozeß verliert. Bei diesem Spiel kommt es einzig und allein auf das Gewinnen an, und zwar nicht nur wegen des Hochgefühls, das man im Gerichtssaal im Augenblick des Triumphes hat, sondern wegen der nicht zu übersehenden Tatsache, daß das Honorar höher und höher wird und jede Menge Geschäft für Anwälte hereinkommt, bei denen man sich darauf verlassen kann, daß sie das Gedächtnis eines feindlich gesinnten Zeugen so lange bearbeiten werden, bis er ins Stolpern gerät und seine Glaubwürdigkeit mit seinen eigenen Worten zerstört, und das fällt ja nicht unter das Verbot der Selbstbeschuldigung.

Wenn man sich auf den Gerechtigkeitssinn der Geschworenen verläßt und denkt, der Ausgang des Prozesses werde durch diesen bestimmt, dann, so Farlan, irrt man sich gewaltig. Im Gerichtssaal wird die Wahrheit von einem Mann gehütet, der an der Stelle Gottes steht. Er kann sich genauso irren wie die hundert Priester in Italien, denen ein raffinierter Soziologe, der sich zu diesem Zweck mit einem Tonbandgerät ausgerüstet hatte, jeweils dasselbe beichtete und die ihm hundert unterschiedliche Antworten im Auftrag der einen wahren Kirche erteilten. Das Recht, sagt Farlan, ist ein Lotteriespiel, in dem es auf den Zufall und auf die Unberechenbarkeit der menschlichen Natur ankommt. Präzedenzfälle kann man heranziehen oder aber beiseite lassen, wie die Zehn Gebote. Mach sie dir zunutze, auch die Zeugen und den Richter – aber verlaß dich nicht darauf. Verlaß dich nur auf deine Vorbereitungen. Verlaß dich nur auf deine Fähigkeiten.

Mir wurde plötzlich klar, daß Farlan nicht nur ein »ganz gewöhnlicher Lehrer« war, wie er sich einmal selbst nannte. Wenn der Richter ein schlechtes Abbild der Göttlichkeit ist, dann ist Farlan der Schatten Luzifers. Seine Raffinesse ist teuflisch. Er erfaßt, worum es in der Schlacht geht, präsentiert Strategie und Taktik, überläßt es aber anderen, im Gerichtssaal die Entscheidung herbeizuführen. Ich war also nur der intelligente Soldat des Generals. So wie David.

In einem dritten Durchgang überflog ich nochmals die vierundzwanzig Seiten aus Farlans diabolischer Bibel. Sein Gehirn arbeitet wie eine Kreissäge, die sich durch die nicht zu gebrauchenden Schichten hindurchfrißt, bis sie schließlich auf den Kern kommt, wo man dann das Verborgene findet, das man braucht, will man im Gerichtssaal ein Kaninchen aus dem Hut hervorzaubern. Mit seinem Training könnte ich mich über die Reste meines jugendlichen Gewissens hinwegsetzen und im Gerichtssaal jede Schlacht gewinnen, die ich je zu schlagen hätte. Warum ihn nicht heiraten? Oder zumindest mit ihm zusammenleben?

Manche Männer sagen, sie lieben eine Frau, und meinen damit, daß ihnen ihre Brüste, ihr Hinterteil und ihre Beine und alles, was zwischendrin ist, gefällt. Einige Frauen wollen einen Begleiter, der für andere Frauen gut aussieht und der's ihnen privat gut besorgt. Farlan besorgt's einem gut in anderer Hinsicht – mit diesen Seiten. Einer, der so gekonnt mit der Sünde umgehen kann, müßte doch unter der Bettdecke ganz hervorragend sein, oder? Was könnte ich denn dabei verlieren?

Du nützest Farlan aus. Weshalb sollte er dich nicht ausnützen?

Ich vertrat Farlans Sache. Angenommen, er wäre nicht mein Lehrer gewesen? Angenommen, ich hätte ihn bei einem geselligen Abendessen kennengelernt und ihn reden gehört, wobei mir seine Klugheit aufgefallen wäre – würde ich dann anders über ihn denken? Fiel ich langsam um? Und warum? Hatte Farlan, der geborene Lehrer, etwa einen Pferdefuß, den ich nicht zwischen meinen

Beinen haben wollte? Ich wußte, was ich von ihm wollte. Was wollte er von mir?

Ich schwang meine Füße vom Sitzkissen und ging an meinen Schreibtisch zurück. Die Kraft, die mich dorthin gezogen hatte, ließ mich dann auf den Messingrahmen blicken, in dem zwei Bilder waren: rechts der General, links meine Mutter. Als ich noch sehr jung war, kam ihr Rat stets unaufgefordert. Als ich zum ersten Mal meine Periode bekam, half sie mir, das Wunderbare ihres Uhrwerkes zu erkennen, zu begreifen, daß es zwar ein lästiges Übel war, daß man damit aber leben kann, wenn man begriffen hat, was es bedeutet. Das war eine Lehre fürs Leben, wo lästige Übel zuhauf auftreten, die man jedoch in den Griff bekommen kann. Mutter brachte mir bei, wie man sich im Leben über lästige Übel hinwegsetzt. Das Leben sei eine Art Gewebe, sagte sie. Betrachte die schweren Augenblicke doch einfach als die kleinen Zwischenräume zwischen den einzelnen Fäden. Dieses Bild hatte sie benutzt. Sie ist eine wirklich kluge Frau. Wäre sie eine Generation später auf die Welt gekommen, wäre ich die Mutter und sie die Tochter, dann wäre vielleicht sie der General in unserer Familie gewesen. Als ich älter wurde, konnte ich öfters feststellen, daß sie weitgehend kontrollierte, was gerade geschah. Weshalb sprach ich eigentlich nicht mit ihr über Farlan? Vielleicht konnte sie die ganze Angelegenheit deutlicher sehen, weil ihr der Kopf nicht schwirrte. Ich werde das Wochenende sowieso bei ihr verbringen. Weshalb sprach ich nicht mit ihr?

Nach diesem Entschluß schob ich Farlans Geist auf die Seite und konzentrierte mich auf das, was er geschrieben hatte. Ich machte mir eilig Notizen. Kaum hatte ich damit angefangen, hatte mich's schon wieder gepackt. Ich könnte wetten, daß Farlan keine Schuldgefühle dabei verspürte, wenn andere die Dreckarbeit erledigten, die er ersonnen hatte. Was ich tun würde, um den Prozeß für Jim und Judy Flegelman zu gewinnen, konnte doch nur gut sein und nicht schlecht.

Dieser Gedanke ließ mich innehalten. Das elfte Gebot, das in jedem anspruchsvollen Buch steht, lautet doch: »Du sollst keine schlechten Mittel für einen guten Zweck einsetzen.« Das konnte aber die größte aller Lügen sein. Hat sich denn noch niemand damit auseinandergesetzt? Sofort fielen mir alle klassischen Beispiele ein. Ein Vergewaltiger greift deine Tochter an. Du kommst dazu mit einer Pistole in der Hand. Wirst du schießen? Natürlich! Wirst du schießen, um ihn nur zu verwunden? Der Mann hält deiner Tochter ja ein Messer an die Kehle. Wenn du ihn nur verwundest, kann er sie immer noch erstechen. Und so wirst du, obwohl du dazu erzogen wurdest, dich an das »Du sollst nicht töten« zu halten, schießen, um zu töten. Wenn deine Kinder Hunger leiden und du kein Geld hast, dann wirst du ganz selbstverständlich stehlen! Und wenn man einen Film darüber drehen würde, dann würde überall auf der Welt das Publikum Beifall klatschen, wenn es sieht, daß du stiehlst. Wir sind zu Heuchlern ausgebildet worden, die jeden Tag schlechte Mittel für einen guten Zweck einsetzen. Eine Frau kann es sich nicht leisten, einer rauhen Taktik kritisch gegenüberzustehen, solange man uns immer noch als weibliche Anwälte betrachtet. Dabei sind wir doch Frauen, die wissen, wie man kämpft.

Ich schrieb das Wichtigste auf kleine Karteikarten, wobei ich alles wegließ, was ich nicht brauchen konnte. Mein kämpferisches Blut geriet durch die Vorfreude auf den Zeitpunkt in Wallung, in dem Bill Corzini, der Anwalt von Tammus, die Befragung seines Mandanten abgeschlossen hätte und ich ihn dann ins Kreuzverhör nehmen würde.

Um zehn Uhr am darauffolgenden Morgen fühlte ich mich richtig fit. Corzini aber hatte ganz andere Pläne.

»Euer Ehren«, sagte Corzini, »dürfen wir vor die Richterbank treten?«

Ich stand direkt neben Corzini. Ich hätte fast erraten können, was jetzt kam.

»Euer Ehren«, sagte er, »ich möchte den Antrag stellen, das Verfahren abzubrechen. Ich habe großes Verständnis für die Gründe, die zu Miss Whitcombs Abwesenheit führten, aber bei allem Respekt, die Geschworenen können sich doch nach einer Unterbrechung von fünf Tagen nicht mehr genau an die Aussagen und an das Kreuzverhör erinnern. Es ist meine –«

Ballin unterbrach ihn. »Mr. Corzini, ich schätze Ihr berufliches

Können sehr, aber nicht in diesem Augenblick. Das Gericht hat bereits Mittel dafür ausgegeben, die Geschworenen in einem zeitraubenden Verfahren zu bestimmen und das Anliegen des Klägers zu hören. Wenn ich wegen Miss Whitcombs notwendiger Abwesenheit einem Antrag auf Abbruch stattgeben würde, wo sollte ich dann die Grenze ziehen? Anwälte können erkranken, Angeklagte können erkranken, ein Familienangehöriger kann sterben.« Er sah mich kurz an. »Wenn die Geschworenen Probleme haben, sich an etwas, was sie für wichtig halten, genau zu erinnern, dann können wir ihnen doch das Protokoll vorlesen lassen. Antrag abgelehnt. Befragen Sie Ihren Zeugen, Mr. Corzini.«

Mit seinen Fragen, die er so gut geplant hatte wie ich die meinen, baute Corzini Tammus als den hilfsbereiten Vertriebsspezialisten auf, der immer dazu bereit ist, eine junge Schallplattenfirma zu betreuen und ihr eine Chance zu geben.

»Mr. Tammus«, sagte Corzini, »war es Ihre Absicht, die Flegelmans zu schädigen?«

»Ganz im Gegenteil. Ich versuchte, ihnen dadurch zu helfen, daß ich Märkte für ihre Schallplatten öffnete, die ihnen sonst verschlossen geblieben wären.«

»Kam denn eine Zeit, wo Sie feststellen mußten, daß sich die Schallplatten der Flegelmans nicht gut verkaufen ließen?«

»Das haben wir sogar ziemlich schnell feststellen müssen.«

»Haben Sie das den Flegelmans mitgeteilt?«

»Sofort.«

»Aber Sie haben deren Schallplatten dann doch noch für weitere vier Jahre vertrieben?«

»Ja. Wir hatten es doch mit netten jungen Leuten zu tun. Ich war der Meinung, das Blatt werde sich wenden, wenn sie die Plattenhüllen etwas aufmotzten, damit sie so auffällig wären wie andere Produkte.«

»Wurde es dann besser?«

»Leider nicht.«

»Aber schließlich waren es die Flegelmans, die den Vertrag kündigten, und nicht Sie?«

»Stimmt.«

Ich mußte zugeben, daß Corzini gut war. Sogar mehr als gut. Es gelang ihm, seine Fragen mit einem Kommentar zu versehen, aus dem hervorging, daß mit einem Geschäft stets auch ein Risiko verbunden ist. Wenn jemand Probleme mit dem Geschäft hat, dann kann er damit zu einem Priester oder einem Rabbi gehen, oder, was noch besser ist, er könnte versuchen, diese Probleme zu lösen; auf keinen Fall aber war ein Gerichtssaal der geeignete Ort für die Diskussion geschäftlicher Probleme. Zwar hätte ich Einspruch erheben können, aber das hätte dann bedeutet, daß das, was er sagte, besondere Aufmerksamkeit erhalten hätte. Der Eindruck, den er bei den Geschworenen hinterließ, war, daß dieser Fall eigentlich nicht vor Gericht gehörte und daß Harry Tammus es immer nur gut gemeint hatte. Nun, wir würden sehen.

Ich stand auf und ging auf den Zeugenstand zu.

Tammus hatte einen zweigeteilten Schnurrbart, wobei die Spalte der Oberlippe die zwei Hälften voneinander trennte. Für mich sah der Schnurrbart wie angeklebt aus. Mein Plan war, seine Erscheinung lächerlich zu machen, seine Gemeinheit, die man ihm aus den Augen ablesen konnte, in einen solchen Rahmen zu bringen, in dem er lächerlich wirken würde.

Mir fiel auf, daß mich diese Augen lange musternd anblickten. Als er unter Eid aussagte, hatte ich ihm keine bohrenden Fragen gestellt, und so hatte ich das, was ich wollte, ins Protokoll bekommen, als ob es mir wie einer ganz normalen Schreibkraft lediglich um die Notizen ginge. Als unsere Gesichter noch etwa zwei Meter voneinander entfernt waren, lächelte er.

Ich starrte auf den Schnurrbart von Tammus. Er faßte ihn an, als ob irgend etwas daran nicht in Ordnung wäre.

Ich kehrte ihm den Rücken. Das macht einen Zeugen immer unsicher, sagt Farlan, besonders wenn man ganz nahe bei ihm steht. Ich blickte auf Jim und Judy Flegelman, die ihre ganze Hoffnung und ihre Ersparnisse in eine Schallplattenmarke investiert hatten, die meine Generation ansprach und wegen Tammus' Schwindeleien pleite gehen sollte. *Ihr könnt mir vertrauen, ihr seid in guten Händen.*

Ich wandte mich wieder Tammus zu und stellte ihm ein paar

harmlose Fragen, damit er sich in Sicherheit wiegen sollte. Dann ging ich an die Frage, die Farlan so beschrieben hatte: Man nimmt ein Stück verschimmeltes Brot mit einer langen Zange vom Abfallhaufen und legt es dann vor den Zeugen hin.

»Mr. Tammus«, sagte ich, »als Ihr Anwalt Sie nach Ihrer Ausbildung befragte, sagten Sie, daß Sie am Iona College einen Grad erworben haben; ist das richtig?«

»Stimmt.«

»Sind Sie sicher, daß es das Iona College war?«

»Ganz sicher.«

»Sie stehen unter Eid, Mr. Tammus.«

»Das weiß ich.«

Zum Richter sagte ich: »Euer Ehren, ich möchte, daß eine Photokopie des Zeugnisses, das der Zeuge vom Iona College erhalten hat, als Beweisstück Nummer vier des Klägers zu den Akten genommen wird.«

Corzini eilte herbei, um sich das Zeugnis anzusehen. »Euer Ehren, ich kann die Bedeutung eines dreißig Jahre alten College-Zeugnisses für die Sache des Klägers nicht erkennen.«

»Mr. Corzini wird die Bedeutung in weniger als einer Minute erkennen.«

Das Beweisstück wurde registriert. Als ich es wieder in Händen hatte, reichte ich es dem Zeugen. »Mr. Tammus, hilft das Ihnen, sich an Ihre Zeit am Iona College zu erinnern?«

»Das tut es.«

»Bietet das Iona College nicht ausschließlich vierjährige Studiengänge an?«

Er antwortete nicht darauf.

»Ich kann Sie nicht hören«, sagte ich. »Bitte sprechen Sie lauter, damit die Geschworenen Sie hören können. Dauert das Studium am Iona College vier Jahre?«

»Ja.«

»Und was geht aus diesem Zeugnis über die Dauer Ihres Studiums hervor?«

Er sah zu den Geschworenen hinüber.

Man hat Sie nicht genügend vorbereitet, Mr. Tammus, sonst wür-

den Sie es vermeiden, die Geschworenen anzusehen, wenn Sie ertappt worden sind.

Tammus sagte: »Zwei Jahre.«

»Sie waren also nur zwei Jahre am Iona College?«

»Ja.«

»Sie haben doch aber unter Eid ausgesagt, Sie hätten einen Abschluß am Iona College gemacht, nicht wahr?«

»In jenen Tagen ging nicht jeder aufs College, und zwei Jahre waren schon ganz beachtlich.«

»Sie haben also die fehlenden zwei Jahre erfunden, nicht wahr? Sie sagten, Sie hätten einen Abschluß. Das entsprach aber nicht der Wahrheit, nicht wahr?«

Tammus faßte sich an seinen Schnurrbart: »Nein.«

»Sie haben dieses Gericht also belogen, nicht wahr?«

Corzini war aufgesprungen: »Einspruch! Dieses Dokument bedarf keiner Interpretation. Euer Ehren, wir haben es hier doch mit einer unbedeutenden Angelegenheit zu tun, die lange zurückliegt und wohl kaum von Bedeutung ist –«

»Euer Ehren«, unterbrach ich ihn, »Mr. Corzini ist es bei seiner Befragung doch darum gegangen, den Geschworenen seinen Mandanten als einen ehrlichen Menschen erscheinen zu lassen, als einen gebildeten Menschen, weil wir alle auf Bildung doch einen gewissen Wert legen; tatsächlich aber ist der Zeuge ein Studienabbrecher und hat keinen Abschluß gemacht. Meine Fragen zielen geradewegs auf die Glaubwürdigkeit des Zeugen.«

Wie nett der Richter doch seufzen konnte! »Einspruch abgelehnt. Der Anwalt möge aber bitte auf das Wesentliche kommen. Alsbald.«

»Ja, Euer Ehren.« Ich nahm Tammus die Photokopie weg und übergab sie dem Sekretär. »Mr. Tammus, Sie sagten, als Sie das erste Mal die Zahlungen an die Firma des Klägers zurückhielten, sei aus Ihren Hochrechnungen hervorgegangen, daß ein hoher Prozentsatz der Schallplatten wohl zurückgegeben würde; ist das richtig?«

»So schätzten wir die Dinge ein.«

»Und deshalb haben Sie eine Zahlung, die nach Ihrer eigenen

Aussage hundertdreiundsechzigtausend Dollar betragen hat, zurückgehalten?«

Tammus blickte hilfesuchend zu Corzini. Corzini blieb sitzen. Er nickte Tammus zu.

»Ja«, sagte Tammus.

»Da wir es jetzt mit konkreten Ergebnissen und nicht mit Hochrechnungen zu tun haben, geben Sie jetzt zu, daß Ihre Hochrechnungen unzutreffend waren?«

»Es waren eben Hochrechnungen.«

»Haben sie sich als unzutreffend erwiesen?«

»Ja.«

»Und waren die Gelder, die Sie zurückgehalten haben, für Sie verfügbar?«

»So könnte man es nennen.«

»Und profitierten Sie von diesen Geldern? Warf das Geld Zinsen für Sie ab?«

Tammus nickte.

»Der Gerichtsstenograph kann ein Nicken nicht zu Papier bringen, Mr. Tammus. Bitte sprechen Sie laut und deutlich.«

»Ja«, sagte er und schrie dabei fast.

»Und arbeitet dieses Geld noch immer für Sie?«

»Ja.«

»Und das Geld, das Sie veruntreut haben und das Ihnen Zinsen eingebracht hat –«

»Einspruch! Der Anwalt schüchtert den Zeugen ein!«

»Euer Ehren«, sagte ich, »die Schallplattenfirma, die dem Kläger gehört, wurde durch die Vorenthaltung von Geldern, die ihr zustanden, an den Rand des Ruins gebracht.«

»Stattgegeben. Der Sachverhalt der Veruntreuung ist nicht bewiesen worden.«

Verdammt. Die Geschworenen würden von diesem Schlagabtausch den Eindruck bekommen, daß ich einen Fehler gemacht hatte.

Ich stellte mich für die nächste Frage vor der Geschworenenbank auf und blickte auf die Geschworenen, nicht auf Tammus. »Mr. Tammus«, sagte ich, »kam denn eine Zeit, wo die von Ihnen für Ihre

Firma bestellten Rechnungsprüfer die von Ihnen zu gering bezifferten Verbindlichkeiten gegenüber dem Kläger in Frage stellten?«

»Die taten damit doch nur ihre Pflicht.«

Ich drehte mich um und ging auf Tammus zu. »Und gehörte es nicht auch zu ihren Pflichten zu überprüfen, ob Ihre Bücher richtig geführt wurden?«

»Selbstverständlich.«

»Und waren die Bücher dort, wo der den Klägern zustehende Betrag aufgeführt war, in den Augen der Rechnungsprüfer korrekt geführt?«

»Ich verschwende doch meine Zeit nicht damit, daß ich mich mit den Rechnungsprüfern streite. Ich –«

»Wir sprechen nicht von Zeitverschwendung, Mr. Tammus. Die Gelder, die zurückgehalten wurden, gehörten nach der Aussage der von Ihnen bestellten Rechnungsprüfer nicht Ihnen, sondern Jim und Judy Flegelman. Das stimmt doch?«

»Na gut.«

»War das denn nicht Veruntreuung?«

»Einspruch!« rief Corzini.

»War das denn nicht Diebstahl?« schrie ich den Zeugen an.

Der Hammer des Richters fiel krachend auf den Tisch. Er wies Corzini und mich an, vor die Richterbank zu treten. Corzini, der ein bißchen rot im Gesicht war, lamentierte über Selbstbeschuldigung und über meine Einschüchterung des Zeugen. Als er fertig war, bedeutete uns der Richter, wir sollten weitermachen.

»Mr. Tammus«, sagte ich, »wenn die hundertdreiundsechzigtausend Dollar, die, wie Sie selbst zugegeben haben, vorenthalten wurden, an die Kläger bezahlt worden wären, könnten Sie sich dann vorstellen, was diese mit dem Geld gemacht hätten?«

»Woher soll ich das wissen?«

Diese Antwort hatte ich verdient. Wenn man eine Frage unüberlegt stellt, dann gibt man sich eine empfindliche Blöße.

»Mr. Tammus, Mr. Flegelman sagte aus, er habe, da die Gelder, die seiner Firma zustanden, nicht bezahlt wurden, den von ihm zu Aufnahmen verpflichteten Künstlern ihre Tantiemen nicht rechtzeitig auszahlen können, habe die Schallplattenhüllen und die Satzkosten nicht bezahlen können und sogar Schwierigkeiten gehabt, die Löhne auszuzahlen, und habe sich deshalb dazu gezwungen gesehen, die Belegschaft drastisch zu reduzieren. Das ist seine Aussage. War diese Misere nun auf die schlechten Schallplattenverkäufe oder auf die unzutreffenden Hochrechnungen Ihrer Firma zurückzuführen?«

»Seit Jahren hat meine Firma den Vertrieb für Dutzende von kleinen Produzenten übernommen. Das System, auf dem unsere Hochrechnungen basieren, beruht auf durch Extrapolation gewonnenen Zahlen, die sich wiederholt als aussagekräftig erwiesen haben.«

»Will der Zeuge bitte auf die Frage antworten?«

»Wir bekommen unseren Anteil von der tatsächlich verkauften Stückzahl, nicht von der abgenommenen Menge.«

»Mr. Tammus, ich habe Sie nicht nach Ihrer Vergangenheit gefragt. Ich will wissen, ob Ihre Hochrechnungen zutreffend waren.«

»Ich hab' keine Kristallkugel. Hochrechnungen sind nun mal Hochrechnungen.«

»Aber es war doch so, daß Sie aufgrund dieser Hochrechnungen Gelder zurückgehalten haben, die nicht Ihnen gehörten. Das stimmt doch?«

Tammus gab keine Antwort. Ich hakte nicht nach, denn für die Geschworenen war sein Schweigen eine eindeutige Antwort.

»Mr. Tammus«, fuhr ich fort, »Ihr Vertriebsvertrag mit den Flegelmans, war der so konzipiert, daß Sie dabei verdient hätten, wenn die Schallplatten der Flegelmans sich gut verkauft und die auch daran verdient hätten?«

»Natürlich.«

»Ist es nicht auch so, daß Ihre Firma auch dann noch verdient hätte, wenn sich die Schallplatten der Flegelmans hatten schlecht verkaufen lassen und es zu Rückgaben gekommen wäre und die Flegelmans dabei Geld verloren hätten?«

»Meine Firma ist doch dazu da, um Gewinn abzuwerfen.« Tammus sah zu den Geschworenen hinüber und dann zum Richter. »Darum geht es doch jedem, der ein Geschäft hat. Was ist denn daran so falsch?«

Ich wollte ihm darauf antworten, wollte ihm sagen, daß so, wie er sein Geschäft betreibe, die Flegelmans niemals Gewinn machen konnten – ich mußte es aber in eine Frage umformulieren, und plötzlich wußte ich nichts mehr.

»Frau Anwältin?« Das war der Richter. Ich drehte mich um. Alles im Gerichtssaal blickte nun auf mich.

»Ist irgendwas nicht in Ordnung? Wollen Sie eine Verhandlungspause?«

»Nein, Euer Ehren. Ich möchte weitermachen.«

Als ich mich wieder Tammus zuwandte, schien der meiner Schwäche wegen zu triumphieren. *Achte darauf, ob dein Mandant sich ärgert, wenn du bei Gericht einen Fehler machst.* Ich sah zu den Flegelmans hinüber. Beide nickten mir aufmunternd zu.

»Mr. Tammus«, sagte ich ruhig, »war es Ihnen bekannt oder nicht, daß die Flegelmans große finanzielle Schwierigkeiten hatten, weil ihnen die Gelder vorenthalten wurden?«

Während es sich Tammus noch überlegte, ob er darauf wahrheitsgemäß antworten sollte oder nicht, ging ich zu dem Tisch hinüber, an dem die Flegelmans saßen, und nahm drei Blatt Papier vom Tisch, die von einer Büroklammer zusammengehalten wurden. Jim Flegelman hatte Tammus einen langen Brief zugeschickt, in dem er die großen Schwierigkeiten, in denen er steckte, genau beschrieben hatte. Bei der Vorlage der Dokumente hatte Tammus abgestritten, diesen Brief je gesehen zu haben. Ich hatte Jim gefragt, weshalb er den Brief nicht als Einschreiben mit Rückantwort abgeschickt hatte, und er hatte mir gesagt, daß sie auch bei den Portokosten sparen wollten, weil es so schlecht aussah.

Tammus wußte nicht, was für Papiere ich in der Hand hielt. Farlan hatte mir diesen Trick beigebracht. Hatte ich vielleicht einen Beweis dafür, daß Tammus den Brief erhalten hatte, was er ja abgestritten hatte? Er entschloß sich dazu, lieber die Wahrheit zu sagen. »Ich hatte Kenntnis davon. Nach einiger Zeit wußte ich davon.«

»Mr. Tammus, kam eine Zeit, wo Sie wußten, daß sich drei der Gläubiger von Mr. Flegelman zusammengeschlossen hatten, um den Bankrott seiner Firma herbeizuführen?«

Ich wußte, daß es Jim und Judy weh tun würde, wenn darüber gesprochen wurde, aber es ließ sich nicht vermeiden.

Tammus zögerte ziemlich lange. Ich hoffte, er werde lügen. Ich konnte nämlich beweisen, daß er mit dieser Tatsache vertraut war.

»Ja«, sagte er schließlich, »ich wußte davon.«

»Können Sie dem Gericht sagen, unter welchen Umständen Sie von diesem Plan erfuhren?«

Tammus verlagerte sein Gewicht und blickte hilfesuchend auf Corzini. Corzini konnte ihm aber nicht helfen, ohne dabei eine Schau abziehen zu müssen – und das hätte den Richter nur verärgert.

»Die Geschäftsführer der drei Gläubigerfirmen baten mich um ein Gespräch.«

»Und ist es dazu gekommen?«

»Ja.«

»Wollen Sie uns bitte sagen, was sie Ihnen sagten und was Sie denen sagten?«

»Sie sagten, wenn ich mit ihnen zusammenarbeiten würde, dann würden sie dafür sorgen, daß ich – das heißt meine Firma – die Gelegenheit erhielte, die Firma der Flegelmans nach dem Bankrott aufzukaufen.«

»Hätte das eine große Investition für Sie bedeutet?«

»Nein.«

»Eine kleine?«

»Sicher.«

»Wie klein denn?«

»Ich kann mich nicht mehr an die Summe erinnern.«

»Weniger als hunderttausend Dollar?«

»Ja.«

»Weniger als zehntausend Dollar?«

Tammus blickte zu seinem Anwalt hinüber. Corzini hatte keine Möglichkeit, Einspruch zu erheben.

»Soll ich die Frage wiederholen?«

»Nein. Es war ein noch geringerer Betrag.«

»Weniger als fünftausend Dollar?«

»Natürlich nicht.«

»Und was würde es für Sie bedeuten, wenn die Schallplattenfirma der Flegelmans in Ihren Besitz übergehen würde?«

Corzini war aufgesprungen: »Einspruch! Der Anwalt fordert den Zeugen zu Spekulationen auf.«

»Ich werde die Frage umformulieren«, sagte ich, noch bevor der Richter das Wort ergreifen konnte. »Mr. Tammus, bei jenem Gespräch, haben da die drei Gläubiger darüber gesprochen, welchen Nutzen Ihre Firma von der Zusammenarbeit haben könnte?«

»Sie sagten, es sei für eine Vertriebsfirma von Vorteil, wenn sie eine eigene Marke hat.«

»Würde das also einen höheren Gewinn bedeuten, als wenn man das Produkt eines anderen vertreibt?«

»Müßte es eigentlich. Es ist ja auch ein größeres Risiko dabei.«

»Sie meinen also, zusätzlich zu Ihrem normalen Risiko müßten Sie auch das Risiko übernehmen, das die Flegelmans trugen?«

»Ja natürlich.«

»Wenn Sie die Firma der Flegelmans übernehmen würden, wäre das Risiko dann für Sie so groß, wie ihr Risiko war, oder würden Sie zu sich selbst ehrlicher sein, als Sie es ihrer Firma gegenüber waren, als sie noch die Besitzer waren?«

Corzini war aufgesprungen.

Noch bevor der Richter sich zu Corzinis Einspruch äußern konnte, sagte ich: »Ich ziehe die Frage zurück.« *Vielen Dank, Farlan. Auf manche Fragen bedarf es keiner Antwort, sie sprechen nämlich für sich selbst.*

»Hatten Sie in Ihrer Firma jemanden damit beauftragt, eine Aufstellung anzufertigen, aus der hervorgeht, was Ihre Firma durch den Vertrieb einer bestimmten Marke verdient und was sie verdienen würde, wenn Sie sowohl selbst produzieren als auch selbst vertreiben?«

Er wußte, daß wir diese Aufstellung bei der zwangsweisen Offenbarung der Dokumente gefunden hatten.

»Ja.«

»Und es ist also auch nicht unbillig, wenn man sagt, daß Sie Jim und Judy Flegelman nicht nur Gelder vorenthalten haben, die ihnen vertraglich und nach dem Gesetz zustanden, und damit verursacht haben, daß die Flegelmans so große Schulden machen mußten, daß feindlich gesinnte Gläubiger sie in den Bankrott treiben könnten, sondern daß Sie auch über einen möglichen Weg gesprochen haben, wie Ihre Firma schließlich die der Flegelmans praktisch umsonst übernehmen könnte?«

Corzini rief: »Einspruch!« – aber das war nicht mehr wichtig. Die Geschworenen hatten das gehört, was man als eine Zusammenfassung unseres Falles in einem Satz bezeichnen kann.

Als ich an diesem Freitag Farlan von der Telefonzelle im Gerichtsgebäude aus anrief, sagte er: »Du klingst hocherfreut.«

»Bin ich auch. Drei Millionen werden die Flegelmans bestimmt wieder zu einer gesunden Firma werden lassen.«

»Ich nehme an, Tammus wird einen Revisionsantrag stellen, oder?«

»Sicher, dann müßte er aber eine Sicherheit in Höhe von drei Millionen hinterlegen – und mit diesem Urteil im Rücken sind die Flegelmans kreditwürdig und können weitermachen. Was glaubst du, wie lange das Revisionsverfahren dauern wird?«

»Drei, vier Monate, wenn das nur reicht. Sei aber nicht überrascht, wenn er keine Revision beantragt.«

»Was kann er denn dadurch verlieren?« fragte ich.

»Die Anwalts- und Prozeßkosten und sogar noch etwas Wichtigeres. Tammus' Verhalten hat auch kriminelle Züge. Der Richter könnte dem Bezirksanwalt empfehlen, das Verhandlungsprotokoll durchzulesen. Der Bezirksanwalt könnte aber auch von sich aus tätig werden. Du warst doch schon dabei, du weißt doch, wie so was läuft. Was wäre, wenn man einem stellvertretenden Bezirksanwalt etwas zuflüsterte? Tammus könnte schon jetzt darauf eingehen, nur damit er alles hinter sich hat.«

»Das wäre ja ganz wunderbar!«

»Susan, du denkst wie ein ganz normaler Mensch und nicht wie ein geschäftstüchtiger Anwalt. Ein Revisionsantrag bedeutet Geld für deine Firma – solltest du doch wissen.«

»Ich will, daß wir alles hinter uns haben, wegen Jim und Judy.«

»Du hast noch immer ein gütiges Herz, meine Liebe. Ich frage mich, wie lange es noch dauert, bis du in deinen Mandanten in erster Linie eine Einkommensquelle siehst.«

»Mir ist vorher noch nie aufgefallen, Farlan, daß du zum Söldner geworden bist.«

»Ich unterrichte.«

»Und das sehr gut. Die Flegelmans haben mich gebeten, dir zu danken.«

»Was soll das heißen?«

»Ich hab' ihnen gesagt, wie sehr du mir geholfen hast. Und das hast du auch, Farlan, sogar mehr, als du glaubst.«

»Nun hör mir mal gut zu, Susan. Du darfst einem Mandanten nicht sagen, woher du deine Taktik hast. Ein Mandant schätzt deinen Dienst nur dann, wenn er denkt, daß nur du ihn erbracht hast. Das ist Regel Nummer eins. Regel Nummer zwei ist, daß du ein wenig Dankbarkeit zeigen könntest, wenn du heute beim Nachtessen mein Gast bist. ›Nicola Paone's‹ ist in der Thirty-fourth Street. Zu ›Nicola Paone's‹ kannst du einfach nicht nein sagen.«

»Du weißt gut, wie du einen verführen kannst, Farlan. Ich kann aber trotzdem nicht. Ich hab' Mutter versprochen, am Wochenende bei ihr zu sein.«

»Ich will dich nicht von deiner Mutter fernhalten. Abendessen mit mir, und dann fahr' ich dich zu ihr.«

»Sie erwartet mich aber zum Abendessen«, log ich ihn an. »Außerdem muß ich mit dem eigenen Wagen fahren, damit ich auch wieder zurückfahren kann.«

Sein Schweigen am Telefon gefiel mir nicht. *Susan, wie undankbar du doch bist.* Er würde das nie sagen, selbst wenn er es dachte.

»Susan?«

»Ja?«

»Abendessen?«

Farlan war ein kluger Taktiker in eigener Angelegenheit. Er hatte es geschafft, daß ich mir selbst einen Verweis erteilte.

»Ja«, sagte ich, »Abendessen.«

Als ich den Hörer auflegte, wurde ich von einem ungeduldigen Klopfen an der Tür der Telefonzelle aufgeschreckt. Ein kleiner dunkelhaariger Mann gestikulierte draußen. Ich öffnete die Tür.

»Na los schon, Gnädige«, sagte er und schob mich beiseite.

Barbaren gab's anscheinend überall.

28

Farlan

Als ich mir das Gesicht einschäumte, fiel mir auf, daß ich etwas ganz Ungewöhnliches tat. Ich hatte mich doch schon am Morgen rasiert. So gut wie nie rasierte ich mich abends noch einmal.

Ich war ganz eindeutig so nervös wie ein Gymnasiast der Oberstufe vor einem Abschlußball. Ich hoffte, daß Susan meine Einladung nicht nur aus Dankbarkeit angenommen hatte. So was würde sie doch nie machen, sie hat doch Charakter, oder?

Ich führte den Rasierapparat vorsichtig über meine Wangen. Ich durfte mich jetzt nicht schneiden. Wilde Gedanken bemächtigten sich meiner. Schon allein das Denken an ein Tabu wirkt auf Männer. Das Gebot, keine Erregung herbeizuführen, wirkt doch gerade erregend. Patienten verlieben sich in ihren sie untersuchenden Arzt, und zwar häufiger, als Patienten oder Ärzte es zugeben wollen. Es ist doch ganz normal, daß sich die Libido einer Studentin mit der ihres Lehrers vereinigt. Die Beziehung ist nicht so körperlich wie die des Arztes, der seine Hände auf dem Rücken, der Taille oder den Brüsten der Patientin hat und abtastet, drückt oder streicht. Wenn aber das Gehirn die eigentliche Quelle des Erogenen ist, dann versetzt bei einer Beziehung mit dem Mentor ein Gehirn das andere fast ständig in Erregung. Dennoch, warum habe ich so heftige Gefühle für Susan, wo ich doch seit Jahren immer viele Studentinnen um mich herum habe?

Ich wusch mir rasch den im Gesicht verbliebenen Schaum ab und wollte mir gerade etwas Limonen-Aftershave auf die Wangen sprühen, als mich ein plötzlicher Gefühlsausbruch überwältigte. Ich mußte mich setzen, wollte ich nicht umkippen.

Ich brachte es nicht fertig, mich auf den Klodeckel zu setzen, und setzte mich deshalb – ziemlich unsanft, muß ich sagen – auf den Wannenrand. Wenn ich bewußtlos wurde und dann zusammensackte, wer würde es bemerken? Susan würde so was ahnen, wenn ich nicht ins Restaurant kam. Sie würde nicht sogleich zu ihrer Mutter davonbrausen wie eine junge Frau, die man versetzt hat; Susan würde sich Sorgen um mich machen. Sie würde hier anrufen. Und wenn niemand ans Telefon ginge, würde sie dann auch hierher fahren, um nachzusehen, was los war? Oder würde sie an eine Falle denken? Weiß Gott, ich habe ihr doch selbst beigebracht, daß man den Handlungen anderer Leute zunächst einmal mit Mißtrauen begegnen soll.

Ich faßte das Schwächegefühl als eine Botschaft auf. Zeit, daß ich mein Leben mit jemand teile.

Susan kam in die Garderobe des Lokals, als die Garderobenfrau mir gerade die Marke reichte. Ich bestand darauf, daß ihr Mantel am selben Haken hängen sollte wie der meine.

Ich war ganz hingerissen von ihrem strahlenden Gesicht, als sie mir ihre Wange hinhielt und mir nochmals für die Hilfe beim Prozeß dankte.

Als wir an unseren Tisch geführt wurden, sagte sie zu mir: »Dr. Frankenstein, Sie haben mich zum Schrecken der Gerichtssäle gemacht.«

»Ich wäre gerne dort gewesen.«

»Glaub mir nur, du warst dort.«

Als wir am Tisch saßen und man unsere Gläser mit Weißwein gefüllt hatte, kam Susan mit einem Toast.

»Auf Jim und Judy Flegelman!«

»Möge jede gerechte Sache einen guten Anwalt finden!« sagte ich.

Ich weiß nicht genau, weshalb ich über meine Bemerkung lachte. Susans ungewöhnlicher Fähigkeit wegen, sich Taktiken rasch anzueignen und für ihre Zwecke einzusetzen? In Wahrheit aber schlug in meiner Brust das Herz eines jungen Mannes, das vor Freude hüpfte, weil er bei seiner Geliebten sein durfte. »Ich liebe dich«, sagte ich ruhig.

Sie lächelte mich an. Und sagte nichts.

»Susan, das ist doch so unmöglich wie das Klatschen mit einer Hand.«

»Was?«

»Wenn sich nur eine Person verlobt hat.«

Jetzt lachte sie.

»Bitte«, sagte ich.

»Bitte was?«

»Mach mir doch die Freude und sag ja. Ich hab' dir einen Heiratsantrag gemacht – schriftlich und mündlich. Wenn du keine Gefühle für mich hast...«

»Hör auf.«

Ich hatte nicht weitergeredet. Dann sagte sie leise: »Meine Gefühle für dich sind sogar außerordentlich groß, Farlan. Ich bin glücklich, wenn ich bei dir bin. Ich bin dir dankbar für jede segensreiche böse Lektion, die du mir erteilt hast. Am liebsten wäre ich für alle Zeiten deine Schülerin.«

»Du bist jetzt nicht mehr in der Schule«, sagte ich. »Bei uns geht es nicht mehr um ein Lehrer-Schüler-Verhältnis, oder?«

»Nein«, sagte sie.

»Na also. Was hält dich dann zurück?«

»Vertragsrecht hab' ich immer gehaßt.«

»Wir könnten doch einfach so zusammenleben. Ich brauche keinen Vertrag. Ich brauche dich.«

Ihr Schweigen war für mich so unerträglich wie die Vorstellung, daß man allein auf der Welt sei. Schließlich sagte ich: »Ist es wegen dieses David Smith?«

»Unseres Leibwächters wegen?«

»Susan, was meine Fehler auch sein mögen, dumm bin ich nicht. Er ist nicht nur euer Leibwächter.«

»Natürlich nicht. Jemand muß doch die Terroristen erledigen.«

»Das habe ich nicht gemeint. Zwischen euch beiden hat sich doch eine persönliche Beziehung entwickelt.«

»Wenn uns jemand vor den Mördern meines Vaters schützt, dann ist das nicht gerade etwas Unpersönliches.«

»Du weichst mir aus«, sagte ich. »Also nochmal.« Ich konnte mein Anliegen nicht einfach begraben. »Es ist doch irgendwie bezeichnend für unsere Gesellschaft, nicht wahr, daß sie Mörder hervorbringt und solche, die Mörder umlegen.«

Als ich sah, wie sich auf ihren Wangen eine kleine Röte ausbreitete, hätte ich meine Worte am liebsten sofort wieder zurückgezogen.

Sie sagte: »Nenn mir eine Gesellschaft, die keine Mörder hervorgebracht und sie dann Soldaten genannt hat.«

»Bitte, Susan.«

Sie redete trotzdem weiter. »Nach dieser Aussage ist mein Vater ein Mörder, nicht wahr? Nur wurde leider *er* ermordet, und es sind Leute wie David Smith, die dafür sorgen, daß zumindest ganz bestimmte Mörder mit Morden aufhören. Denk doch mal an das, was du mir beigebracht hast, Farlan – wie man Leute bei lebendigem Leibe auseinandernimmt.«

»Für eine gerechte Sache!«

»Und du denkst also, daß mein Schutz oder die Rache für den Tod meines Vaters keine gerechte Sache ist?«

»Es ist schon eine traurige Welt, die ihre Auseinandersetzungen damit entscheiden will, daß sie viel mehr Soldaten als Anwälte hat.«

»Nun, die Anwälte holen doch bereits auf.«

»Es wird dir bei deiner Arbeit eher schaden, wenn du deinen Berufsstand verachtest.«

»Ich verachte gar nichts, Farlan, außer der Heuchelei!«

Und so ging es die ganze Zeit. Wir sprachen miteinander, ohne zu einer Entscheidung bezüglich meines Antrages zu kommen. Als die Rechnung kam, sagte ich: »Ausgerechnet in meiner wichtigsten Sache bin ich ein schlechter Anwalt.« Ich wartete auf eine Antwort und wollte die Pause so nützen, wie ich Susan geraten hatte, es im Gerichtssaal zu tun.

Sie antwortete mir darauf mit Schweigen, und das traf mich wie ein Schlag.

»Sprich mit mir«, sagte ich und versuchte, meine Stimme so normal wie möglich klingen zu lassen.

»Wir haben doch den ganzen Abend miteinander gesprochen, Farlan.«

»Du hast es den ganzen Abend vermieden, über meinen Antrag zu reden.« Ich war überrascht, daß ich rot vor Zorn war – eine Regung, die im allgemeinen doch nichts nützt. Und so sagte ich: »Alles nur wegen dieses David Smith, nicht wahr?«

»Ihr seid beide meine Freunde, Farlan. Du bist es seit langem. Er ist ein neuer Freund.«

»Ich kann es einfach nicht glauben, daß er oder ich ganz gewöhnliche Freunde von dir sein sollen, wie du sagst. Wenn du die Heuchelei haßt, dann sei wenigstens konsequent. Wir sind beide Männer, die an dir als Frau interessiert sind.«

»Wie kannst du wissen, was er denkt?«

»Susan, ich bin doch nicht blind.«

Als sich unsere Blicke trafen, wurde ich von einem Ausbruch meiner Liebesgefühle ganz geblendet.

Und gerade in diesem Augenblick sagte Susan: »Farlan, ich schwöre dir, es gibt keinen Grund zur Eifersucht.«

Ich half ihr in den Mantel, zuerst in den linken, dann in den rechten Ärmel. Hätte ich es gewagt, hätte ich sie in die Arme geschlossen.

Als wir draußen waren, sagte sie, wie ich es nicht anders erwartet hatte, sie habe ihren Wagen dabei; sie habe ihn nur zwei Blocks entfernt abgestellt. Als ich sie zu ihrem Wagen begleitete, wurde ich von meinem Liebeskummer fast übermannt. Wenn ich zu ihr sagte: »Mir wird schlecht«, würde sie nicht nach Scarborough fahren. Würde sie dann darauf bestehen, mich nach Hause zu bringen? Nein, sie würde mich ins Bellevue-Krankenhaus bringen.

»Gute Nacht«, sagte sie. Sie hielt mir nicht die Wange hin. Sie bot mir den Mund.

Ich beugte mich zu ihr hinunter und küßte sie zärtlich, oh, so zärtlich.

Als sie davonfuhr, war ich sicher, mein Herz werde noch hier, auf der Thirty-second Street, zerspringen und ich müsse auf jeden Fall ins Bellevue-Krankenhaus gebracht werden, dann allerdings von fremden Leuten.

Ich war der Meinung, daß mir ein Spaziergang in der frischen Nachtluft gut tun würde. Eine halbe Meile, das waren zehn Blocks. Fünf Blocks hin und fünf zurück. *Ich schwöre dir, es gibt keinen*

Grund zur Eifersucht. Hatte sie mich belogen? Sie hatte mich doch geküßt – und das war keine Einbildung.

Ich hatte kaum zwei der fünf Blocks, die ich mir vorgenommen hatte, geschafft, als ich, die Augen stur geradeaus wie ein Soldat, mit dem rechten Fuß plötzlich auf etwas trat. Das Etwas – es war eine Frau – bewegte sich, sammelte die verstreut um sie herumliegenden Gegenstände auf und brummte: »Passen Sie beim Gehen gefälligst auf, Mister. Was glauben Sie eigentlich, wer Sie sind?«

»Entschuldigung«, sagte ich, »ich hab' Sie nicht gesehen.«

Drei höchst verdächtige Gestalten, die an einer Schaufensterscheibe lehnten, starrten mich an.

»Entschuldigung«, sagte ich nochmals und ging rasch davon.

Folgten mir die drei etwa? Lieber nicht nach hinten sehen. Will man einen Angriff vermeiden, dann muß man sich furchtlos geben.

Plötzlich spürte ich eine Hand auf der Schulter. Ich wirbelte herum und wollte schon zuschlagen.

Es war jedoch keiner der drei. Es war ein erbärmlich aussehender alter Mann, der mir nun die Hand, die er mir auf die Schulter gelegt hatte, entgegenstreckte. »Einen Dollar für eine Mahlzeit«, sagte er.

Für einen Dollar kriegt man in Manhattan nichts zu essen. Der Mann wollte damit doch nur erreichen, daß ich meine Brieftasche herauszog, damit er sie sich dann schnappen und davonlaufen konnte.

Ich griff in die linke Hosentasche, wo ich stets Kleingeld habe. Ich tastete nach Münzen in der Größe eines Vierteldollars. Schließlich hatte ich fünf Vierteldollarmünzen in der Hand. Er hatte nur vier gewollt. Bevor ich eine wieder in meine Hosentasche zurückstecken konnte, hatte er mich mit seiner schmutzigen Hand am Handgelenk gepackt, und mit der anderen riß er mir die Vierteldollarmünzen aus der Hand. Er grinste, dann rülpste er. Ich begrub meine Absicht, am späten Abend noch ein wenig spazierenzugehen, und eilte meinem Wagen entgegen. Er war nicht mehr da.

Mein Herz jagte, als ich das Schild an einem in der Nähe stehenden Pfosten las: »Parkverbot von 8 bis 19 Uhr, ausgenommen sonntags.« Es war schon lange nach neunzehn Uhr. Hatte man meinen Wagen etwa abgeschleppt? Das war mir noch nie passiert. Ich weiß nicht mal, wohin die abgeschleppten Wagen gebracht werden oder was man tun muß, um sie wieder zu bekommen.

Ich winkte heftig nach dem Taxi, das die Straße herabkam. Der Fahrer würde wissen, wo die abgeschleppten Wagen stehen. Er konnte mich dorthin bringen. Ich winkte nochmals. Dieser Dreckskerl konnte mich doch deutlich sehen, hielt aber nicht an. Als das gelbe Taxi an mir vorüberbrauste, sah ich, daß es bereits besetzt war. Ich kam mir wie ein Idiot vor.

Ich sah mich um, ob ein Polizist in der Nähe war, konnte aber keinen sehen.

Ich strebte wieder zu dem Lokal zurück. Man würde sich dort an mich erinnern und mich telefonieren lassen. Wen konnte ich anrufen?

Dann sah ich ihn plötzlich. Mein Wagen stand dort geparkt, wo ich ausgestiegen war, lediglich ein paar Schritte vom Eingang zum Restaurant. Was war denn mit meinem Gedächtnis los? Der Gedanke, mein Gedächtnis könnte plötzlich aussetzen, die plötzlich entstehende schreckliche Leere, die ich von Zeit zu Zeit selbst in jungen Jahren verspürt hatte, hatte mich davon abgehalten, als Anwalt zu praktizieren. Schauspieler hätte ich nicht werden können, weil man sich da auf den auswendiggelernten Text verlassen muß – und ich hatte große Angst davor, daß sich plötzlich dieser Abgrund auftun könnte und ich alles vergessen hätte. Bei Gericht wäre so etwas noch schlimmer, denn dort gibt es ja keine Souffleure. Solange ich mir selbst soufflieren konnte, fühlte ich mich sicher.

Gott sei Dank hatte Susan dieses Versagen nicht miterlebt.

Mein Schlüssel paßte ohne Probleme ins Schloß der Fahrertür. Sie ließ sich nicht wie in einem Alptraum öffnen, sondern ganz normal. Ich stieg ein und verriegelte die Tür, damit kein Fremder einsteigen konnte, und drehte den Schlüssel im Zündschloß. Das Geräusch des Motors war für mich so angenehm, als ob ich Bach hörte. Ich war nun sicher vor Frauen mit Plastiktüten und vor Bettlern.

Ich fuhr schneller stadtauswärts, als ich für gewöhnlich auf den Straßen der Stadt fahre. Wenn irgendeine jener Gestalten der Nacht es wagen sollte, mir jetzt in den Weg zu treten, dann würde sie von diesem Automobil überfahren werden und wäre selbst schuld daran. »Hütet euch«, hätte ich am liebsten ausgerufen, »hütet euch!« Und dann hörte ich wieder Susans Stimme: »Du hast keinen Grund zur Eifersucht!«

Ich sah den Polizisten, der unter der Straßenlaterne stand und mich zu sich herwinkte. Ich hatte doch nichts Falsches getan? Fuhr ich etwas zu schnell, dann nur deshalb, weil ich in einer unsicheren Stadt auf Sicherheit bedacht war. Wußte ich denn überhaupt, ob es ein Polizist war? Irgendein Dieb hätte sich beim Kostümverleih eine Uniform besorgen können. Ich hielt nicht an. Ich gab Gas, falls der Trottel beabsichtigte, mein Nummernschild zu entziffern. Im Rückspiegel – nichts. Ich sang laut und immer lauter, um so im Einklang zu stehen mit dem überschwenglichen, unbezähmbaren Glücksgefühl, am Leben zu sein.

29

Susan

Scarborough am Samstagmorgen – das war für mich der schönste Platz auf Erden. Vom Fenster in meinem Zimmer im ersten Stock hatte man einen herrlichen Blick nach Westen: grünes Laub, durch das das Blau des Hudson schimmerte, der breit dahinfloß. Eine klosterähnliche Stille lag über der Landschaft, lediglich die Vögel konnte man zwitschern hören. Selbst wenn man in der Ferne das störende Knattern eines Rasenmähers hörte, schien auch das ein Geräusch der Natur zu sein. Dieser Ort hatte für meine Eltern, die ja häufig auf Reisen waren, die magnetische Kraft des Zuhauses. Auch ich konnte diesen Ort genießen.

Am Telefon hatten Mutter und ich vereinbart, daß wir unser Ritual, eine Tasse Kakao im Freien zu trinken, wie wir es vor vielen Jahren getan hatten, wieder aufleben lassen wollten; und dazu gehörte auch, die untergehende Sonne mit ihrem feuerroten Glanz zu bewundern, vor der sich das Laub abzeichnete, dessen Farbe dann von Grün langsam in ein Grau umschlug, das Geräusch der gelegentlich vorbeifahrenden Züge zu verfolgen, die ihre Fahrgäste entweder nach Norden oder nach Süden beförderten, während wir nach Westen schauten und von der Sonne fasziniert waren, die langsam hinter dem Palisadenzaun verschwand.

Nach dem Abendessen mit Farlan war ich natürlich für das alles zu spät dran, außer für den Kakao, den wir jedoch im Haus tranken. Mutter spürte, daß ich etwas auf dem Herzen hatte; sie war aber ziemlich erschöpft und sagte deshalb: »Reden wir doch lieber morgen darüber! Marjorie hat mir gesagt, daß die ganze Familie am Wochenende ausschläft. Wir werden also ungestört sein.«

Mitten in der Nacht erwachte ich aus einem Traum, in dem Farlan und David auf Karussellpferden saßen und versuchten, mein Pferd einzuholen, als wir alle im Kreis herumfuhren. Ich versuchte, mein Pferd anzuhalten, damit mich einer der beiden einholen könne – aber welcher? Ich holte tief Luft, um einen Namen zu rufen. Davon wurde ich dann wach, konnte aber beim besten Willen nicht sagen, welchen Namen ich rufen wollte.

Ich schlief wieder ein, träumte aber nicht mehr. Als ich ziemlich früh am Morgen aufwachte, konnte ich die große Energie spüren, die ein guter Nachtschlaf mit sich bringt. Ich blickte zu Mutter hinüber, die im zweiten Bett lag; wie schön zeichnete sich doch ihr graues Haar gegen das Kissen ab. Ganz leise zog ich meine Jeans an, schlüpfte in einen Pullover mit V-Ausschnitt, weil es am Morgen noch ziemlich kühl war, und ging ins Freie, wo ich die kalte Luft tief in die Lungen zog. Orangensaft und Kaffee – damit hatte es noch Zeit. Ich wollte die Umrisse des riesigen Silberahorns im frühen Morgenlicht vor dem Hintergrund des Himmels sehen.

Nach Süden hin fällt der Rasen ziemlich steil ab und hört dort auf, wo das Niveau plötzlich fünfzehn Meter oder mehr zu einem Bach hinunter jäh abfällt, der von einer kleinen Quelle mit Wasserfall gespeist wird. Manchmal kommen Nachbarn hierher, nur um diesen Minicanyon zu bewundern; dabei halten sie dann kleine Kinder fest an der Hand, falls es denen in den Sinn kommen sollte, den gefährlichen Hang hinabzulaufen.

Mir war, als hätte sich unten zwischen den Bäumen etwas bewegt.

Manchmal gehen Rehe, die ja gewandt klettern können, in den Abgrund hinunter. Ich kann mich daran erinnern, wie ich sie beobachtet habe, bis sie, aufgeschreckt durch meine Nähe, zunächst ziemlich unsicher nach einem festen Halt suchten und dann immer schneller und gewandter den gegenüberliegenden Hang hinauf davonsetzten und das Weite suchten.

Was ich dort unten in der Tiefe sah, war aber kein Reh. Ein Mann war hinter einen Baum getreten.

Was konnte jemand so früh am Morgen da unten verloren haben? Genoß vielleicht ein Fremder am frühen Morgen den herrlichen Ausblick, den man von unserem Grundstück aus hatte?

Ich hielt meine Hände wie einen Trichter vor den Mund und rief dem dort unten Stehenden ein lautes Hallo zu. Ein magerer junger Mann in Jeans trat hinter dem Baum hervor. Ich winkte ihm zu, damit er mich sehen konnte.

Er winkte aber nicht zurück. Er starrte zu mir herauf, als ob er schon die ganze Zeit gewußt hätte, daß ich dort oben stand.

»Kann ich Ihnen helfen?« fragte ich.

Ich hatte erwartet, daß er den Kopf schütteln und dann davongehen werde.

Er kam jedoch den Abhang herauf.

»Haben Sie sich verirrt?«

Er gab keine Antwort, sondern kam immer näher auf mich zu.

»Das hier ist ein Privatgrundstück«, rief ich und machte mich auf den Rückweg zum Haus.

Ich hatte kaum sechs oder sieben Schritte getan, als ich einen zweiten jungen Mann sah – er hätte, mit Ausnahme der Körpergröße, das Spiegelbild des ersten sein können –, der neben der Haustür stand.

Er kam auf mich zu.

Gott sei Dank gab es ja die Alarmanlage. Ich mußte also nur hinters Haus laufen, um gleich neben der Küchentür den innen angebrachten Alarmknopf betätigen zu können. Dadurch würde auf dem Dach eine Sirene in Betrieb gesetzt, und in der Telefonzentrale der Polizeiwache würde ein Licht aufleuchten.

Ich rannte auf die Rückseite des Hauses zu – dann blieb ich plötzlich stehen. Die Alarmanlage war ja dazu da, daß von außen niemand ins Haus gelangen sollte. Die Küchentür würde, da sie ja verschlossen war, auch mich aussperren.

Mir war, als ob tatsächlich ein Alarmknopf betätigt worden wäre, und zwar in meiner Brust. Ich bekam Herzflimmern. Mir stockte der Atem. *Monteleone hat es doch auf die ganze Familie abgesehen.* Wenn ich zum Fluß hinunter wollte, mußte ich vier Eisenbahngleise überqueren, mit jeweils einer dritten, spannungsführenden Schiene zur Stromversorgung der Züge. Selbst wenn ich unverletzt über die Gleise käme, was konnte ich dann tun – etwa über den Hudson schwimmen?

Ich lief in die entgegengesetzte Richtung, weg vom Fluß und hin zur Straße; mir war eingefallen, daß an Wochenenden ein Jogger gelegentlich schon am Morgen auf der River Road unterwegs war. Ich sah mich um und konnte erkennen, daß die zwei Männer und ich die Eckpunkte eines Dreiecks bildeten. Sie bewegten sich auf mich zu.

In diesem Moment erblickte ich den braunen Lieferwagen, der auf der River Road dahergefahren kam. Das mußte der Lieferwagen sein, der die Morgenzeitungen bringt. Ich rannte ihm entgegen, die Erleichterung verlieh mir neue Kraft. Ich konnte die beiden Männer hinter mir schwer atmen hören – sie kamen immer näher. Sie sagten etwas zueinander, aber ich konnte es nicht verstehen.

Auf der Straße angekommen, winkte ich wie wild, damit der Lieferwagen anhalten sollte. Wie gut, daß er nicht schnell fuhr. Der Fahrer hatte mich gesehen. Er hielt an. Gott sei Dank, er stieg aus dem Führerhaus. Ich lief auf ihn zu und rief um Hilfe.

Der Fahrer schien mich retten zu wollen; er hatte die Arme ausgestreckt, als ob er erwartete, ich würde auf ihn zulaufen und in seinen Armen Schutz suchen. Als ich nur noch drei Meter von ihm entfernt war, blieb ich plötzlich wie angewurzelt stehen. Er sah genauso aus wie die anderen, ein Mann in Blue Jeans mit olivfarbenem Teint. Ich drehte mich um. Die zwei anderen hatten mich schon fast eingeholt. Wohin konnte ich mich retten? Ich schrie so laut, wie ich konnte, und zwar so lange, bis der Fahrer mich packte und mir seine Hand fest auf den Mund drückte, während der zweite Mann meine Arme packte und festhielt und der dritte dabei half, mich zum hinteren

Teil des Lieferwagens zu ziehen. Ich kämpfte verbissen wie eine gefangene Katze, um freizukommen. Es gelang mir, meine rechte Hand loszureißen; ich ballte sie zur Faust und schlug nach hinten ins Gesicht des Mannes, der mir seine Hand auf den Mund drückte. Er ließ los, und ich konnte wieder um Hilfe rufen. Mit den Nägeln kratzte ich ins nächstbeste Gesicht. Ich wand mich, um loszukommen, da spürte ich aber schon wieder eine harte Hand auf meinem Mund. Einer öffnete die Laderaumtür des Lieferwagens, und dann stießen mich alle drei mit vereinten Kräften in den Wagen.

Als zwei der Männer nach mir in den Lieferwagen kletterten, stieß ich nochmals einen Hilferuf aus, solange die Tür noch offen war, und hoffte, daß dieser Don Webster aufweckte, falls es meine ersten Hilferufe nicht bereits getan hatten. *Komm doch endlich, schreib dir die Zulassungsnummer auf, ruf die Polizei!* Einer der Männer schlug mich brutal ins Gesicht. »Nix schrei, du Hure«, sagte er. Ich hatte plötzlich den süßen Geschmack von Blut im Mund.

Er packte mich bei den Schultern und stieß mich nach hinten. Ich fiel auf den harten Sitz. Mein Kopf war von dem Schlag ganz benommen.

»Du bleibst sitzen!«

Sein Akzent erinnerte mich an Rom, an den Flughafen, an David. *Wo bist du jetzt?*

30

Heather Whitcomb

Susans gellender Schrei weckte mich. Einen Augenblick dachte ich, ich hätte ihn im Traum gehört. Dann hörte ich einen zweiten Schrei, der eher nach einem Klagen klang, war dann hellwach und stürzte aus dem Zimmer. Vom Treppenhaus aus sah ich Don Webster im Erdgeschoß stehen.

»Was ist denn los?« fragte er. »Wo ist sie denn?«

»Draußen«, sagte ich. Hatte er das denn nicht mitgekriegt?

Ich war schon halb die Treppe hinuntergerannt, bevor ich bemerkte, daß ich ja nur mein Nachthemd anhatte. »Rufen Sie die Polizei«, rief ich Don Webster zu und öffnete die Haustür.

Vorne an der Einfahrt, neben dem Briefkasten, stand ein brauner Lieferwagen. Ich konnte den Fahrer sehen. Vielleicht hatte er hören können, aus welcher Richtung die Schreie gekommen waren. Ich eilte über den Rasen auf den Lieferwagen zu. Mir ging fast die Puste aus. Dann war mir plötzlich alles klar: Sie war in dem Lieferwagen.

»Heather!« Don Webster stand unter der Haustür. Ich blieb stehen und drehte mich um. »Bei der Polizei kommt ständig das Besetztzeichen!«

»Wahrscheinlich haben Sie die falsche Nummer gewählt«, rief ich. *Weshalb können Männer nicht selbständig denken? Harold hätte gewußt, was man in so einer Situation macht.* Wenn Susan im Lieferwagen war, weshalb fuhr der Mann dann nicht davon? Ich machte ein paar zögernde Schritte auf den Lieferwagen zu. *Weil die doch auch mich wollen!*

Ich hörte, wie es im Lieferwagen rumorte. Dann flog plötzlich eine der Laderaumtüren auf, und ich konnte sehen, wie ein Mann mit sehnigen Armen versuchte, die Tür von innen zu schließen. Dann hörte ich Susan rufen: »Mutter, geh zurück zu –« Die Laderaumtür des Lieferwagens wurde zugeschlagen.

Als ich aufs Haus zurannte, stolperte ich. Dabei verlor ich den rechten Hausschuh. Ich ließ ihn im Gras liegen. Durch die geöffnete Haustür sah ich, daß Don Webster noch immer am Telefonieren war.

»Ich komme einfach nicht durch«, sagte er.

Ich drückte auf den Alarmknopf, der innen gleich neben der Tür angebracht war. Das löste das laute Geheul einer Sirene auf dem Dach und einer zweiten im Treppenhaus aus. Ich schrie Don Webster durch den Lärm zu: »Das wird sie alarmieren!«

Ich zupfte Don am Ärmel und bedeutete ihm, mir zu folgen. An der immer noch offenen Haustür angelangt, erkannte ich dann, was ich angerichtet hatte. Anstatt zu warten, bis sie auch mich noch erwischen konnten, fuhren sie mit dem Lieferwagen davon. Ich hätte etwas tun sollen, das sie hingehalten hätte, daß sie geglaubt hätten, sie könnten mich auch noch erwischen. Ich hätte die Alarmanlage nicht auslösen sollen.

Ich hatte einfach keine Zeit, dem armen, bestürzten Don Webster alles zu erklären. Am Telefon in der Diele wählte ich die Nummer der Polizei und machte mich schon auf das Besetztzeichen gefaßt. Ich kam aber sofort durch. »Hier ist Mrs. Whitcomb von der River Road«, sagte ich. »Ein brauner Lieferwagen, in dem meine Tochter ist, fährt in Richtung Süden.«

Die Stimme am anderen Ende der Leitung sagte: »Bitte langsamer, Mrs. Whitcomb. Ist Ihre Tochter bei den Leuten im Lieferwagen?«

»Sie ist deren Gefangene«, sagte ich und schrie fast dabei.

»Wie alt ist sie?«

Guter Gott, fast wie bei der Notaufnahme im Krankenhaus. Stets kommt der Papierkrieg zuerst. »Sie ist erwachsen«, sagte ich. »Ich bin die Frau von General Whitcomb. Sie ist seine Tochter. Die Terroristen, die meinen Mann umgebracht haben...« Ich brauchte nichts mehr zu sagen. Alle hatten ja die Zeitung gelesen.

»Wir haben einen Streifenwagen auf der Route neun, Ma'am«, sagte der Polizist und bat mich, noch dranzubleiben.

Don Webster sah mich die ganze Zeit an, blickte mir aber nicht ins Gesicht; und plötzlich wurde mir wieder bewußt, daß ich ja nur mein Nachthemd anhatte.

»Ich werde Ihnen Ihren Morgenmantel holen«, sagte er und lief die Treppe hinauf.

Der Polizist war wieder am Apparat. »Wir haben den Lieferwagen gesichtet und werden die Verfolgung aufnehmen.« Ich konnte hören, wie er jemandem etwas zurief. Ich versuchte, mich daran zu erinnern, wo ich die Telefonnummer, die wir von David Smith für den Notfall erhalten hatten, hingelegt hatte.

Don war mit meinem Morgenmantel zurückgekommen und legte ihn mir um die Schultern.

Ich blieb am Telefon und wartete, ob sich der Polizist nochmals melden würde. Einzelne Szenen gingen mir durch den Kopf: wie die

Polizei von Briarcliff Manor den Lieferwagen am Rockefeller Park vorbei in Richtung Tarrytown verfolgte; wie Harold sich über das Krankenhausbett beugte, als ich unser Neugeborenes im Arm hielt; Harold plötzlich wieder lebendig und beim Organisieren der Verfolgung. *Du mußt versuchen, klar zu denken!* Bestimmt hatte man die Polizei von North Tarrytown informiert, damit die den Lieferwagen abfangen konnte. Würde der Lieferwagen auf die schmalen Nebenstraßen ausweichen, dann würde er bei der Geschwindigkeit bestimmt noch irgendwo auffahren, mit Susan im Laderaum.

Marjorie und ihre zwei Kinder, die von den heulenden Sirenen geweckt worden waren, kamen ins Erdgeschoß herunter. Don versuchte, ihnen trotz des ohrenbetäubenden Lärms zu erklären, was passiert war.

Im Telefon konnte ich hören, wie sich die Polizisten auf der Wache Worte zuriefen, fast wie eine Familie, die ein weiträumiges Haus bewohnt. Plötzlich hörte ich nur noch das Freizeichen. Auch recht, man sollte jetzt besser die Sirenen abstellen. Hatten wir denn den Websters nicht erklärt, wie man das macht? Weshalb standen die denn nur so herum? Ich zog meinen einen Hausschuh aus und ging barfuß die Treppe hinauf und zum Dielenschrank, wo der Schaltkasten für die Alarmanlage war. Ich drückte auf den roten, quadratischen Knopf. Beide Sirenen hörten augenblicklich auf, und zurück blieb eine große, leere Stille, in der ich dann das Telefon klingeln hörte. Ich fuhr in ein Paar Pantoffeln, die ich geholt hatte, und ging wieder nach unten.

Don war schon am Apparat und bedankte sich bei dem Anrufenden. Sowie er den Hörer aufgelegt hatte, fragte ich ihn: »War das die Polizei?«

Don nickte.

»Gibt's was Neues?«

Don stand da wie ein Zombie.

»Haben sie den Lieferwagen schnappen können?«

Dons Mund bewegte sich merkwürdig; es sah so aus, als ob seine Lippen zusammengeklebt wären und er sie nur mühsam bewegen könnte. »Davon haben sie nichts gesagt.«

31

Susan

Sie hatten mir die Handgelenke mit einem festen Seil zusammengebunden. Das andere Ende des Seils hatten sie um meine Fußgelenke geschlungen und dann so gespannt, daß ich mich dauernd nach vorn beugen mußte und dabei große Schmerzen hatte. In dieser Haltung verspürte ich solche Schmerzen in den Muskeln, daß ich am liebsten geschrien hätte.

Das Holpern des Lieferwagens löschte jeden Gedanken aus bis auf den einen: Erlöst mich endlich von diesen Schmerzen. Wie schnell wird doch das Bewußtsein des Menschen zu dem eines klagenden Tieres, das in einer Falle steckt. Was wollten mir diese Leute antun?

Ich hörte das laute Heulen einer Polizeisirene hinter uns. Hoffnung regte sich in meinem Herzen. Wieder das Heulen, diesmal noch näher. Der Streifenwagen mußte uns also einholen. Wir mußten jetzt in der Nähe von Tarrytown sein. Der Lieferwagen mußte dann langsamer fahren.

Der größere meiner Entführer stieß eine der Laderaumtüren auf. Als ich mich auf die Seite drehte, konnte ich den uns verfolgenden Streifenwagen in einer Entfernung von etwa zwanzig Metern sehen – und er kam immer näher. Der Große blickte mich kurz aus haßerfüllten Augen an, als ob es meine Schuld wäre, daß wir von einem Wagen verfolgt wurden. Eine Sekunde lang glaubte ich, er werde mich packen und verschnürt, wie ich war, auf die Straße und vor den Streifenwagen werfen. Statt dessen griff er in den marineblauen Seesack, auf dem er gesessen hatte, und zog ein Gewehr heraus. »Rallenta!« rief er dem Fahrer des Lieferwagens zu.

Der Lieferwagen wurde langsamer und zwang den Streifenwagen, dasselbe zu tun. Der Große legte sich mit dem Kopf zur geöffneten Tür hin auf den Bauch, wobei seine Füße fast die meinen berührten. Sein linker Ellenbogen war direkt unter dem Lauf des Gewehrs, das er wie ein geübter Soldat bediente. Er zielte sorgfältig durch die geöffnete Tür. Der zweite Mann, klein und mit unsteten Augen, sah ihn bewundernd an.

Das Krachen des Schusses glich dem Geräusch eines von den Metallwänden im Inneren des Lieferwagens abprallenden Pelotaballs. Als ich die Augen wieder öffnete, konnte ich gerade noch sehen, wie der Streifenwagen mit seiner von der Kugel zersplitterten Windschutzscheibe auf der Straße ins Schleudern kam und auf einen der großen Bäume knallte, die zu beiden Seiten der Route 9 standen. Ich verspürte einen Schlag in meiner Brust, als ob ich beim Aufprall in dem Wagen gesessen hätte.

Mein Entführer, jetzt zum Mörder geworden, drehte sich um und grinste mich an. Er schloß die Metalltür mit einem Knall. Der Kleine klatschte wie ein fröhliches Kind in die Hände und schrie, damit auch der Fahrer vorne was von dem Ereignis haben sollte. Der Große streichelte das Gewehr und sah mich dann an, als ob er von mir eine Medaille für seine Schießkünste erwartete.

Fragen wirbelten mir durch den Kopf. Weshalb hatten sie mich nicht einfach auf dem Rasen vor dem Haus getötet? Weil sie dich noch brauchen, Dummerchen.

Das Geheul von Sirenen unterbrach meinen Gedankengang. Weshalb schoß die Polizei denn nicht auf den Lieferwagen? Weil man dich nicht versehentlich treffen will, Dummkopf. Oder vielleicht deshalb nicht, weil die Polizisten fürchten, dabei selbst erschossen zu werden? Wenn es so aussieht, daß die Polizei uns schnappt, werden mich diese Leute dann umbringen? Ich sah den Scharfschützen an. *Der* würde keine Sekunde zögern.

Der Lieferwagen neigte sich plötzlich zur Seite und bog scharf rechts ab. Was hatte der Fahrer vor?

Wir fuhren schneller. Wenn wir auf die Schnellstraße kamen, dann mußte er nach links abbiegen, wenn er nach New York wollte, andernfalls nach rechts über die Tappan-Zee-Brücke. Die zwei Männer, die mit mir im Laderaum des Lieferwagens saßen, lachten wie Kinder auf der Achterbahn.

Der Lieferwagen wurde schneller. Wir mußten jetzt den See überqueren. »Bitte bindet mich los!« hätte ich am liebsten zu den lachenden Männern gesagt. Wenn ich sie gebeten hätte, mich loszubinden, hätten sie aber nur noch lauter gelacht.

Warum konnte ich jetzt keine Sirene mehr hören?

Ich mußte dringend aufs Klo. Ich war heute morgen auf der Toilette gewesen, nachdem ich aufgewacht war. Ich hatte doch noch nichts getrunken. Kam das von den Nerven? Woher es auch kommen mochte, es setzte mir so stark zu, daß ich rief: »Bitte anhalten, haltet irgendwo am Straßenrand an!«

Der Große sagte: »Nix anhalten!«

»Sobald wir über der Brücke sind, bitte!« sagte ich.

»Nix anhalten!« schrie er mich an.

»Ich muß ins Badezimmer.«

Er sah mich verständnislos an. Natürlich, es waren doch Europäer. »Toilette«, rief ich, »gabinetto.«

Beide lachten. Ich wünschte mir, beide hätten sich dabei totgelacht.

»Bitte...«, sagte ich. Sie beachteten mich nicht. Alles, was ich von ihrer Unterhaltung mitbekam, war, daß der eine Guido hieß und der Kleine Poco oder so ähnlich.

Nach einer Weile rutschte dann der Große, Guido, so nahe zu mir herüber, daß ich seinen schlechten Atem riechen konnte. Er sagte: »Alle Toten scheißen in die Hose.«

Zentimeter für Zentimeter arbeitete ich mich zur Bordwand des Lieferwagens vor, damit ich meinen Rücken dort anlehnen konnte und nicht mehr so durchgeschüttelt wurde. Guido starrte fortwährend auf meinen Körper, einmal hierhin, einmal dorthin. Ich versuchte, ihm nicht in die Augen zu sehen. Hatte ich recht damit, daß mich dieser Guido nur deshalb noch nicht umgebracht hatte, weil er mich als Geisel benützen wollte? Wohin brachten sie mich? Was hatten sie mit mir vor? Mir schwirrte der Kopf vor lauter Fragen, auf die ich aber keine Antwort wußte.

Das erste Nagen des Hungers kam wie ein tierischer Instinkt, über den ich keine Gewalt hatte. Schon als kleines Kind konnte ich ziemlich unerträglich werden, wenn das Frühstück einmal etwas später als gewöhnlich kam. Hat es denn überhaupt einen Zweck, sie zu fragen? *Sie müssen doch nur das tun, was zu ihrem Plan gehört.*

Ich tadelte mich selbst, weil ich ständig an etwas zu essen dachte. »Menschen können doch tagelang, ja sogar wochenlang, ohne Nahrung auskommen«, sagte ich zu mir selbst. »Konzentrier dich lieber darauf, wie du am Leben bleiben kannst. Versuch herauszukriegen, wohin sie dich bringen. Nütze jede Sekunde.«

Ich habe die Leute noch nie verstehen können, die nicht wissen wollen, wie die Zeit vergeht, die die Stunden zwischen dem Jetzt und dem Tod einfach so abhaken. Man mußte doch jede Minute auskosten. Wie aber kann man den Schmerz genießen, der davon kommt, daß man wie ein Tier gefesselt worden ist? Wäre man ein Tier, dann würde man wenigstens nicht wissen, daß jeder vergehende Augenblick einen dem Tod näher bringt.

Der Lieferwagen hielt plötzlich an. Ich kippte zur Seite. Poco, der Kleine mit dem dümmlichen Gesicht, zog mich zum Sitzen hoch. Guido öffnete die Türen des Lieferwagens, sah sich um, nickte Poco zu, sprang dann wieder auf den Lieferwagen und packte meine gefesselten Beine, während Poco mich unter den Achseln packte. Zusammen zogen sie mich aus dem Lieferwagen. Guido und der Kleine hielten mich, als jemand – war das wohl der Fahrer? – eine viertürige graulackierte Limousine rückwärts an den Lieferwagen heranfuhr. Der Fahrer öffnete den Kofferraum.

»Nein, nicht!« kreischte ich.

»Maul halten!« sagte Guido. Er schlug mir mit der Hand brutal ins Gesicht.

Der Fahrer holte eine zusammengefaltete marineblaue Decke aus dem Kofferraum.

Was für ein Idiot bist du doch! Dein Geschrei könnte sie doch erst darauf bringen, dich dort hineinzustecken. Reagier nicht so spontan. Du hättest eher versuchen sollen, einen Blick auf das Nummernschild zu werfen. Du hättest es sehen können. Du hast's aber verpatzt. *Ich hab' gar nichts verpatzt. Was hätte ich denn davon, wenn ich die Zulassungsnummer kennen würde?*

Der Idiot hielt die hintere Tür der grauen Limousine auf. Selbst zu zweit mußten sie sich anstrengen, ihr zusammengeschnürtes

Bündel in den Wagen zu hieven. Ich versuchte, sowohl meine Beine als auch meinen Hintern auf den Sitz zu kriegen, um in meinem gefesselten Zustand weniger Schmerzen zu haben. Poco stieß meine Beine vom Sitz hinab. Ich versuchte, sie wieder hochzukriegen. Der Idiot hätte mich noch vom Sitz hinabgestoßen, wenn Guido nicht befohlen hätte: »Smettila! Lascia stare!«

Gehorsam wickelte mich Poco bis zum Hals in die blaue Decke. Würde mich jemand sehen, sähe ich für ihn wie ein Grippekranker aus, aber nicht wie ein für den Kochtopf zusammengeschnürter Truthahn.

Der Fahrer der Limousine hatte längere Koteletten als die anderen; er hatte volles, schwarzes, ungekämmtes Lockenhaar, das er dringend hätte waschen müssen. Er sprach kein einziges Wort. War er stumm? Ich wandte den Kopf, um nach dem Lieferwagen zu sehen.

Der Lieferwagen war weg. Ich hatte ihn nicht wegfahren hören. Wer hatte ihn weggefahren? Es mußten also mehr als nur die drei sein. Waren dort, wo sie mich hinbrachten, noch mehr?

Poco wollte sich zu mir auf den Rücksitz setzen. Aber Guido legte ihm gebieterisch die Hand auf die Schulter und hielt ihn so davon ab. Mit dem Daumen verwies er ihn auf den Beifahrersitz. Dann setzte sich Guido neben mich. Wenigstens hatte ich die Decke.

Guido mußte meinen Gedanken erraten haben. Er hob den Zipfel der Decke hoch und starrte auf meine Brüste.

»Bitte laß mich in Ruhe«, sagte ich.

Er grinste mich an wie ein dreister Teenager, der gerade das tun will, was man ihm verboten hat.

Schon hatte er mir seine Hand auf die rechte Brust gelegt.

Ich hätte gern »Hör auf!« gerufen, wußte aber, daß mein Widerstand ihn eher ermuntern als abhalten würde.

Mit dem Zeigefinger tastete er an meiner rechten Brust herum und suchte nach der Spitze. Als er sie gefunden hatte, sagte er mit seinem italienischen Akzent: »Sehr schön.« Ich versuchte, seine geschäftigen Finger einfach nicht zu beachten, an irgend etwas zu denken, außer an das, was Guido tat.

Am Stand der Sonne konnte ich feststellen, daß wir in südliche Richtung fuhren. Über den Tappan Zee und dann nach Süden konnte nur bedeuten, daß wir in Richtung New Jersey fuhren. Ich fuhr immer auf dem Garden State Parkway, wenn ich in diese Richtung wollte. Sie vermieden die gebührenpflichtigen Schnellstraßen.

Es war unmöglich, Guidos Hand auch jetzt noch nicht zu beachten, denn sie hatte sich weiter nach unten bewegt. Mit sehr ruhiger Stimme sagte ich: »Bitte laß das.«

»He!« sagte Guido. »Wo du Hand wollen?«

Ich wand mich. Aber was nützte mir das schon?

»He, he! Du dich gerne bewegen? Wo du Hand wollen? Hier, dort, wo?«

Wenn mich mein Gegner bei Gericht in die Enge getrieben hatte, fiel mir immer ein Ausweg ein.

»He! Dein Vater ist General, ja?«

Ich sagte nichts.

»Ein hohes Tier, ja?«

Lieber nichts sagen.

»Er kommen, dir helfen?«

Seine Hand bewegte sich nicht mehr.

»Er bringen ganze Armee, um dir zu helfen. He, Poco!« rief er. »Ihr Vater werden ganze Armee bringen und uns auslöschen.«

Sein Gesicht war ganz nahe an meinem. Ich konnte meinen Kopf nicht noch weiter nach hinten bewegen.

»Dein Vater ist tot«, sagte er. Seine Hand bewegte sich nun wieder.

»Bitte laß mich in Ruhe.«

»Du auch bald tot. Was dann macht, was ich mache, he?«

»Hör damit auf, oder ich piss' dich voll.«

Guido lachte. »Nix Englisch sprechen.«

Poco drehte sich um und wollte sehen, was Guido tat.

»Dreh dich um«, fuhr Guido ihn an und sagte dann etwas auf italienisch.

»Du sprichst doch Englisch«, sagte ich, »hab's dich doch gerade sprechen hören.«

»Nix Englisch sprechen«, wiederholte Guido und lachte dabei. »Ich auch taub.«

Ich biß die Zähne zusammen und fing an zu zählen. Irgendwo zwischen hundertfünfzig und hundertsechzig überlegte ich mir, weshalb sie mir nicht die Augen verbunden hatten. »Weil es nicht von Bedeutung ist«, hätte David bestimmt gesagt, »was du siehst, falls sie dich später umbringen wollen.«

32

Heather Whitcomb

Ich erkannte den Polizeisergeant wieder; er war einer der Polizisten von Briarcliff und war vor vielen Jahren zu uns gekommen, um die Hundesteuer einzuziehen, nachdem unser Hund bereits ein Jahr zuvor verendet war. Er war ein sehr großer Mann, und mit seinem dicken Bauch kam er mir einfach riesig vor – oder kam ich mir plötzlich klein vor?

Alle vier Websters und ich saßen im Wohnzimmer und sahen den Polizisten erwartungsvoll an. Don Webster bat den Sergeant, auf dem zerbrechlichen Stuhl Platz zu nehmen, den Harold von seiner Mutter geerbt hatte. Das war mir gar nicht recht. Ich fürchtete, der Stuhl, der Harold so viel bedeutet hatte, könnte unter dem Gewicht des Sergeant zusammenbrechen. Ich wollte nicht, daß etwas, was Harold gehört hatte, kaputt ging.

Der Sergeant räusperte sich wie ein Schuljunge, wenn er was aufsagen muß. »Der Polizist, der aus dem Lieferwagen heraus erschossen wurde«, sagte er, »starb noch auf dem Weg nach Phelps. Das Krankenhaus liegt nur wenige Minuten vom Unfallort entfernt.«

Warum sagte er nichts von Susan? Konnte der Lieferwagen entkommen? »Das tut mir aber leid«, sagte ich, »das mit dem Polizisten.«

»Er war erst vierunddreißig«, fuhr der Sergeant fort, »er hinterläßt Frau und drei Kinder. Eines mehr, als Sie haben.«

Don Webster sagte: »Das tut mir aber leid.«

Der Sergeant starrte auf eine Stelle im Teppich, die zwischen Don und mir war, als er dann sagte: »Für uns ist das der erste Todesfall im Einsatz.«

»Was ist mit meiner Tochter und dem Lieferwagen?«

»Der fuhr wie ein Wilder, Ma'am«, sagte der Sergeant, »und gefährdete dabei den gesamten Verkehr. Ein Streifenwagen darf das nicht, nicht einmal bei einer Verfolgungsjagd. Die Polizei von Tarrytown hat den Lieferwagen schließlich auf der Brücke aus den Augen verloren.«

Die Polizei von Briarcliff war also aus dem Schneider. Die Polizei von Tarrytown trug jetzt die Verantwortung. Oder noch besser, die ganz gewöhnlichen Verkehrsteilnehmer auf der Brücke waren schuld.

»Es stehen uns keine Hubschrauber zur Verfügung, Ma'am. Wir haben eine Ringfahndung ausgelöst. Die Staatspolizei wird es denen in New Jersey sagen, falls die Kerle nach Süden fahren. Da es sich um eine Entführung handelt, haben wir das FBI eingeschaltet. Irgendeiner muß den Lieferwagen schließlich sichten, falls die nicht in einen anderen Wagen umsteigen. Früher oder später werden wir Ihre Tochter finden.«

Er sagte nicht, ob tot oder lebendig. Ich entschuldigte mich und ging nach oben.

Ich hatte die Nummer, die David mir auf seine Karte geschrieben hatte, auf die Rückseite einer Visitenkarte von Harold geschrieben, die ich stets bei mir hatte. Ich wählte sehr sorgfältig, um ja keinen Fehler zu machen.

In den Staaten hatte Hal nie eine Visitenkarte dabei. In Europa brauchte man die, selbst wenn die Uniform schon alles sagte. Auf der Karte stand in Harolds Handschrift: »Bei Rückgabe Finderlohn.« Er hatte immer eine Karte in jedes unserer Gepäckstücke gelegt.

Ich sollte mir doch besser aufschreiben, wie oft ich telefoniere, damit ich den Websters die Kosten ersetzen kann. Das würden sie aber bestimmt nicht wollen, denn sie gehören nicht zu den Leuten, die stets alles Geld, das sie kriegen können, ungeachtet der Umstände auch nehmen. Nichts tat sich. Vielleicht hatte ich mich verwählt. Ich wählte nochmals sehr sorgfältig.

Nach dem vierten Klingeln hörte ich eine Männerstimme: »Bitte geben Sie Ihren Namen und Ihre Telefonnummer an, wenn das Signal ertönt.« Ein Anrufbeantworter! Es war nicht mal Davids Stimme. War ich überhaupt zum richtigen Anschluß durchgekommen? »Hier... spricht... Heather... Whitcomb«, sagte ich und sprach jedes Wort langsam und deutlich aus, als ob ich mit einem Ausländer redete. »Bitte... benachrichtigen... Sie... David... Smith... daß... Susan... entführt... worden... ist.«

Ich wollte schon meine Telefonnummer durchgeben, tat es aber dann nicht. Ich konnte ja mit dem falschen Teilnehmer verbunden worden sein. Außerdem hatte David unsere Telefonnummer.

Als ich den Hörer aufgelegt hatte, nahm ich sofort wieder ab und wählte die Null und dann die Vorwahl für Italien und blätterte dabei rasch mein kleines Adreßbuch durch, fand die Nummer, die ich suchte, und wählte sie. In weniger als fünf Sekunden konnte ich das Telefon am anderen Ende klingeln hören.

Es klingelte monoton, bis mir einfiel, daß es ja auch in Italien Samstag war. Ich legte kurz auf und fing wieder von vorne an – erst die Vorwahl für Italien, dann die Privatnummer von General Burns.

»Ja?«

Gott sei Dank. Er war zu Hause. »Hier ist Heather.«

»Wie herrlich, deine Stimme zu hören«, sagte er. »Wie geht's dir?«

»Tut mir leid, daß ich dich am Wochenende mit einem Anruf belästige, Millie, aber –«

»Macht gar nichts. Ich hab's mir gerade mit der Zeitung bequem gemacht und –«

»Susan ist entführt worden.«

Ich dachte schon, die Verbindung sei unterbrochen worden. Schließlich sagte er dieses dumme Wort, das wir so oft gebrauchen. »Nein.«

»Ich brauche deine Hilfe, Millie. Die Polizei am Ort ist... nun, nicht gerade toll. Sie haben den Lieferwagen verfolgt und dabei aus den Augen verloren. Zugegeben, bei der Verfolgung des Lieferwagens wurde ein Polizist erschossen.«

»Was für ein Lieferwagen?«

»Ein brauner, in dem haben die Entführer Susan weggebracht.«

»Nationalität?«

»Woher soll ich das wissen?«

»Ich meinte damit, ob die Männer wie Araber aussahen.«

»Der eine, den ich deutlich sehen konnte, war dunkelhäutig, wie manche Italiener es sind. Er war zwar so hager wie ein Araber, aber ich glaube nicht, daß er einer war. O Millie, weißt du, ob die Armee uns helfen kann? Oder kann sie das gar nicht?« Ich hörte nur das Brummen in der Leitung. »Harold kann mir ja nicht mehr helfen«, sagte ich.

»Ich will sehen, was mir möglich ist, Heather. Ich fürchte aber, daß das was für die örtlichen Gesetzeshüter ist.«

»Ich brauche aber niemand, der das Gesetz hütet. Ich will, daß man Susan findet!«

»Natürlich, natürlich! Hast du das FBI schon informiert?«

»Ich hab' eine Nachricht für David Smith hinterlassen.«

Nach einem Augenblick sagte Milford Burns: »Gut, Heather.«

»Millie«, sagte ich, »wenn Harold sein Leben für eine Privatfirma gelassen hätte, die im Vergleich mit der Armee nur ganz klein ist, dann hätte die wegen der Entführung seiner Tochter schon längst etwas unternommen. Ich weiß, daß ich etwas Unmögliches von dir verlange. Ich werde das FBI anrufen. Adieu, Millie.«

»Bevor du auflegst, Heather, gib mir noch deine Telefonnummer.«

»Du hast meine Telefonnummer.«

»Natürlich. Ich will sehen, was ich von hier aus für dich tun kann.«

Er würde nichts tun, sagte ich zu mir selbst, weil die Armee, die für alles eine Vorschrift hat, keine Vorschrift dafür hat, was zu tun ist, wenn die Tochter eines verstorbenen Generals, die dazu eine Zivilistin ist, entführt worden ist.

Drunten umringten mich die besorgten Websters. Don rief sie zur Ruhe und sagte: »Setzen wir uns doch, damit Heather uns sagen kann, was eigentlich los ist.«

Ich werde noch verrückt – das ist los. Dann informierte ich sie.

Es klingelte.

»Ich werde aufmachen«, sagte Don Webster. »Bleiben Sie im Haus.«

Ich sah, wie er eine Schrotflinte aus dem Schrank in der Diele nahm und dann die Tür vorsichtig öffnete, um zu sehen, wer draußen war. »Ist für Sie«, sagte er. Neben ihm stand ein Mann, der höchstens einsfünfundsiebzig groß war; in der Linken hielt er seinen Hut und in der Rechten eine Brieftasche, die er geöffnet hatte, damit man seinen Ausweis sehen konnte.

»Mein Name ist Earl Morath«, sagte er, »FBI. Die Polizei hat uns eingeschaltet.«

Ich sah mir den Ausweis an. Ich hatte große Schwierigkeiten, das zu lesen, was darauf stand. Das Photo glich dem Mann; aber jeder konnte doch ein Bild von sich auf einem gefälschten Ausweis anbringen, oder? »Woher soll ich wissen, daß Sie auch der sind, für den Sie sich ausgeben?«

Meine Frage schien eher Don Webster als den Mann in Verlegenheit zu bringen. »Wir werden euch beide allein lassen«, sagte Don.

»Es wäre mir lieber, wenn ihr hier bleiben würdet«, sagte ich. »Ich bin nicht verrückt, sondern glaube nur nicht, daß wir jedem blind vertrauen dürfen.«

»Man muß verstehen, daß Mrs. Whitcomb so reagiert«, sagte Don.

»Kann ich auch«, sagte der Mann darauf. Dann hielt er mir eine andere Karte hin. »Darauf steht die Telefonnummer des FBI in Westchester. Sie können dort anrufen und sich erkundigen.«

»Woher soll ich denn wissen, daß es auch die Nummer des FBI ist? Könnte doch eine x-beliebige Nummer sein.«

»Man wird sich dort mit ›FBI‹ melden.«

»Nun, es könnte doch ein Freund von Ihnen sein, der sich mit ›FBI‹ meldet, nicht wahr?«

Ich bemerkte, daß er langsam die Geduld verlor. »Bleibt doch hier«, sagte ich zu den Websters, die gerade aus dem Zimmer wollten.

Der Mann sagte: »Nun gut, dann rufen Sie eben irgendein FBI-Büro an, etwa das in Manhattan; oder rufen Sie doch gleich in Washington an, wenn Sie meinen Ausweis überprüfen lassen wollen.«

»Ich werde in Manhattan anrufen«, sagte ich und ging zum Telefon in der Diele. Das dicke Telefonbuch für Manhattan lag auf dem Regal über dem Telefon.

»Schlagen Sie unter ›Vereinigte Staaten‹ nach«, sagte der Mann zu mir.

»Weiß ich«, sagte ich. »Mein Mann hat auch für die Vereinigten Staaten gearbeitet.« Ich kam mir völlig überspannt vor, als ich wählte.

Unter der Hauptanschlußnummer des FBI in Manhattan meldete sich jemand schon nach dem ersten Klingeln. »FBI«, sagte ein Frauenstimme.

»Kann ich bitte einen Agenten sprechen?«

»Sie können auch mit mir sprechen, Ma'am.«

»Ich möchte nicht mit der Telefonistin sprechen. Ich möchte mit einem Agenten sprechen.«

»Ich bin ein Agent, Ma'am. Mein Name ist Chris Jones.«

»Bitte entschuldigen Sie, Ihre Stimme klang so, als ob Sie eine Frau wären.«

»Ich bin auch eine Frau«, sagte die Agentin Jones.

Ich hätte nicht verlegener sein können. »Bei mir ist ein Mann, der behauptet, er sei ein Agent des FBI. Zeigen Sie mir bitte nochmals diesen Ausweis.«

Der Mann öffnete seine Brieftasche und hielt sie mir ganz nahe vor die Augen. »Seinem Ausweis nach ist er Earl Morath.«

»Haben Sie denn schon bei Ihrem örtlichen FBI-Büro angerufen?«

»Er gab mir zwar eine Telefonnummer, aber woher soll ich wissen, daß das auch die richtige ist?«

»Es muß dieselbe sein wie die, die in Ihrem Telefonbuch als die Nummer des örtlichen FBI verzeichnet ist.«

»Ach so«, sagte ich und kam mir richtig idiotisch vor. »Können Sie bitte noch dranbleiben?«

»Selbstverständlich.«

Ich schlug das Telefonbuch von Westchester auf – und siehe da, unter FBI stand die Nummer, die mir auch der Mann gegeben hatte.

»Vielen Dank«, sagte ich zu der Frau am Telefon.

»Keine Ursache«, sagte die Frau und legte auf.

»Bitte entschuldigen Sie, daß ich Ihnen nicht aufs erste Mal geglaubt hab'«, sagte ich zu dem Agenten Morath.

»Macht nichts«, sagte er.

»Bis später dann«, sagte Don Webster und brachte seine Familie außer Sichtweite. Ich deutete auf den Stuhl von Harolds Mutter. Morath nickte und setzte sich. Er schien nur halb so groß zu sein wie der Polizeisergeant. Ich setzte mich ihm gegenüber.

Morath hatte sein Notizbuch gezückt. »Bitte buchstabieren Sie mir den vollen Namen Ihrer Tochter.«

Ich hätte am liebsten losgeheult. Susan war irgendwo und schwebte in Lebensgefahr, und wir saßen hier und vergeudeten kostbare Zeit, wo doch die ganze Polizei der Welt auf den Beinen hätte sein sollen, um den Lieferwagen zu finden, bevor jene Verrückten wieder etwas Schreckliches taten.

33

David Smith

Sam empfahl mir, ein paar Tage Urlaub zu machen. »Monteleone wird auch noch hier sein, wenn du dich ausgeruht hast.«

Ich sagte ihm, daß ich mich wohl fühlte und es vorziehen würde, sogleich wieder an die Arbeit zu gehen. Susan erwähnte ich nicht. Hätte ich es getan, dann hätte ich mich bestimmt verraten.

Am frühen Sonntagmorgen riß mich das zweimalige Klingeln des Telefons aus dem Schlaf. Ich wälzte mich zum Nachttisch hin. Als ich nach dem Telefon griff, merkte ich, daß ich Kopfschmerzen hatte. Draußen war es noch dunkel. Ich griff blind zu, und zur Strafe riß ich dann den Telefonapparat vom Nachttisch. Der scheppernde Aufschlag machte meine Kopfschmerzen nur noch schlimmer – nun stach es mir überall im Kopf.

Als ich den Hörer schließlich am Ohr hatte, kam es mir einen Augenblick so vor, als hätte ich die Verbindung unterbrochen.

»Hallo«, sagte ich, »hallo.«

»Hier ist April.«

Mein Mittelsmann ist nicht eine ganz bestimmte Person; vielmehr handelt es sich um ein Büro, in dem verschiedene Leute arbeiten, denen ich noch nie begegnet bin.

»Sagen Sie's doch nicht so streng«, sagte ich. »April mit Regen – im Mai den Blumensegen. Sie haben mich geweckt. Außerdem hab' ich Kopfschmerzen.«

»Tut mir leid. Aber wir müssen Ihnen eine Nachricht übermitteln.«

»Sie hätten damit doch noch ein paar Stunden warten können«, sagte ich. Schließlich waren wir nicht in Vietnam, und nach der Erledigung eines Auftrags wird man doch wenigstens ein paar Stunden ungestört schlafen dürfen.

»Tut mir leid. Ich habe aber den Befehl, alles, was aus den Staaten kommt, sofort zu übermitteln.«

Ich war sofort hellwach.

»Mrs. Whitcomb meldet, daß Miss Whitcomb verschwunden ist.«

»Was zum Teufel heißt verschwunden?«

»Entführt nannte sie es. Von anderer Seite liegt aber keine Nachricht über eine Entführung vor.«

Mein Gehirn arbeitete nun, wie man es ihm beigebracht hatte. Erst die Tatsachen prüfen, dann die Möglichkeiten in Betracht ziehen. Die Nachricht per Telefon kam von ihrer Mutter. Das hieß also, daß man nur Susan entführt hatte. Hatte man auch versucht, ihre Mutter zu entführen? Was planten die Hunde? Mein Instinkt hatte sich also doch nicht getäuscht; ich hätte meinen Befehl mißachten und in Scarborough bleiben sollen.

»Bitte sagen Sie mir, wann die Nachricht einging.«

Es dauerte nicht lange, bis er es gefunden hatte.

»Vor neun Stunden! Was zum Teufel ist denn los mit euch?«

Es war dumm von mir, meinen Frust so hinauszubrüllen. Der Kerl ist doch nur ein Bürokrat, der seinen Dienst schiebt. Ich entschuldigte mich für das Gebrüll, legte auf und wählte Dracoffs Privatnummer.

Nein, er war nicht mehr im Bett, er ließ sich gerade sein Frühstück schmecken.

»Was ist los, David?«

»Ist Monteleones Leitung immer noch angezapft?«

»Was zum Teufel ist denn plötzlich in dich gefahren? So unvorsichtig habe ich dich noch nie erlebt.«

»Weshalb unvorsichtig?«

»Du sprichst doch gerade auf einer ganz normalen Amtsleitung, du Idiot. Ich werde dich auf der abhörsicheren Leitung anrufen.«

Er legte auf, und kaum eine Minute später klingelte mein anderes Telefon: »Nun hör mir mal gut zu«, sagte Sam. »Der Löwe ist doch so raffiniert, daß er mein oder dein Privattelefon anzapfen kann. Wenn er das bereits getan hat, dann hast du ihm gerade verraten, daß wir seine Gespräche aufzeichnen. Du bist wirklich urlaubsreif.«

»Wissen wir denn, wo er ist, Sam? Ich meine, in diesem Augenblick. Erzähl mir bloß keinen Scheiß.«

»Weshalb rufst du nicht seine Sekretärin an und bittest um einen Termin?« sagte Sam.

»Spar dir deine blöden Witze, Sam, sonst erwürge ich dich noch eigenhändig.«

»Nur nicht so schnell am frühen Morgen, David. Was nagt denn so an dir?«

»Man hat jemanden als Geisel genommen.«

»Weiß ich. Die Tochter des Generals.«

»Warum hast du mir das nicht sofort gesagt? Mein verdammter Mittelsmann hat dafür neun Stunden gebraucht.«

»Ich wollte damit warten, bis du wach wärst. Sie haben die Staatsgrenze überschritten. Das FBI hat die Regie übernommen. Beruhige dich.«

»Könntest du denn ruhig bleiben, Sam, wenn Monteleones Schergen deine Schwester entführt hätten?«

»Ich wußte gar nicht, daß du eine Schwester hast. Oder gehört die Tochter des Generals inzwischen auch zu deinen Puppen?«

»Sam, wenn wir beide im selben Zimmer wären, würdest du nie wagen, so was zu sagen. Wo ist er?«

»Du kannst nicht klar denken, wenn du aufgeregt bist. Er wird dich umbringen.«

»Das hat bis jetzt noch keiner geschafft. Ich brauche ihn lebendig, und zwar so lange, bis ich aus ihm herausgequetscht habe, wohin man sie gebracht hat.«

»Wieviel Mann Verstärkung brauchst du?«

»Aber Sam. Du weißt doch, daß eine Handvoll Holzköpfe nur hinderlich sein kann.«

»Ich hab' auch nicht an Holzköpfe gedacht. Wie wär's mit Anderson und Willy?«

»Und wenn Monteleone uns drei erledigen sollte, wovon willst du dann leben? Das mache ich schon allein.«

»Willst du mir die Nummer deines Schweizer Kontos schon jetzt oder erst später geben?« Man merkt es an Sams Stimme, wenn es ihm ernst ist. »Hör zu, mein Junge, ich mag's nicht, wenn bei dir die Sicherung durchbrennt und du mit Streichhölzern spielen willst.«

»Du vergeudest nur deine Zeit, Sam. Du weißt genau, daß du mich nicht davon abhalten kannst, deshalb könntest du mir genauso gut helfen. Ich werde zu dir kommen – erst mache ich dich fertig und dann Monteleone.«

Sam stieß einen seiner abgrundtiefen Seufzer aus. »Wenn du zu mir kommst, dann bist du am falschen Ende von Rom, wenn du zu ihm willst.«

»Das klingt schon besser.«

Sam nannte mir eine Adresse in einer Vorstadt, in der hauptsächlich Leute aus dem Mittelstand wohnen. »Dort hat er sich öfter aufgehalten als in den anderen zwei Häusern, die er benutzt. Seine Frau wohnt auch dort, er läßt sie aber nie lange allein. Vielleicht ist er jetzt dort. Vielleicht hast du Glück. Sagst du mir, was du in deinem Wirrkopf planst?«

»Nein.«

»Wirst du mich morgen anrufen?«

»Nein.«

»Das heißt, wenn du dann noch am Leben bist.«

»Nein.«

»David, so kenne ich dich gar nicht.«

»So bin ich jetzt eben.«

»Was soll das heißen?«

Verrückt nach einer Frau. Dazu bereit, Monteleone so lange die Eier zu quetschen, bis er seinen Hunden befiehlt, Susan freizulassen. »Adieu«, sagte ich und legte auf.

Wenn ich mich für die Arbeit vorbereite, komme ich mir wegen der Vorbereitung manchmal ziemlich blöd vor. Was würde denn jemand denken, wenn er sähe, wie ich mir die Scheide meines Kampfmessers außen ans rechte Bein binde? Oder wie ich das Messer ein paarmal ziehe und wieder hineinstecke, damit ich weiß, daß es sich auch leicht ziehen läßt. Oder wie ich mir das Halfter am Fußgelenk befestige, dann meine Biretta überprüfe und sie griffbereit hineinstecke. Langsam sah ich mich mit Susans Augen. Die 9-mm kam in das Halfter unter der linken Achselhöhle, meine 45er hinten in den Gürtel. Sie würde mich bestimmt auslachen. Ich würde ihr erklären müssen, daß es nur in den Polizeifilmen im Fernsehen so aussieht, als ob man Zeit zum Nachladen hätte; es ist aber viel leichter, eine zweite Waffe zu ziehen, als die leergeschossene neu zu laden. Würde sie verstehen, daß ich stets damit rechnen mußte, man könnte mich auf Waffen untersuchen? Auch daß der Idiot, der mir die Seiten abtastet, die Pistole unter der Achselhöhle findet, daß aber eine reelle Chance besteht, daß er entweder die am Fußgelenk oder die auf dem Rücken nicht findet?

Ich überprüfte meine Erscheinung im Spiegel. Man konnte nichts bemerken. Es zahlt sich aus, wenn man einen verständnisvollen Schneider hat.

Ich mußte fünfundfünfzig Minuten fahren, bis ich schließlich nur noch einen Block von der Adresse entfernt war, die Sam mir gegeben hatte. Ich sah mich um, um sicher zu sein, daß niemand gesehen hatte, wie ich das Auto abstellte.

Ich hielt mich im Schatten auf der anderen Straßenseite und näherte mich dem Haus.

Im ersten Stock sah ein Mann zum Fenster heraus. Ich blieb unbeweglich stehen und hielt den Atem an. Der Mann blickte die Straße auf und ab und verschwand dann vom Fenster. Es schien, als ob sich Leute im Stockwerk darüber aufhielten.

Ich blickte mich prüfend um. Ein Mann brachte einem Mädchen das Radfahren bei, es war wohl ihr Vater.

Volle drei Minuten vergingen, bevor der Kerl im ersten Stock wieder ans Fenster trat und einen prüfenden Blick auf die Straße warf. Als er dieses Mal vom Fenster verschwand, überquerte ich sofort die Straße und ging um das Haus herum.

Ein Junge saß hinter dem Haus, dem mein Interesse galt. Er gähnte. Wohl zu lange aufgeblieben und zu wenig geschlafen. Als ich auf ihn zuging, stand er auf. In meinem besten Italienisch fragte ich ihn höflich, ob Monteleone zu Hause sei.

Man hätte meinen können, ich hätte den Jungen danach gefragt, ob er mit seiner Schwester schlafe. Ich weiß nicht, ob in seinem Gesicht Schrecken oder Zorn stand; er drehte sich aber auf der Stelle um und lief auf die Hintertür zu. Ich packte ihn, legte ihm die Hände um den Hals und stieß ihm mein rechtes Knie in den Rücken. Er ging zu Boden.

Würde ich meine Hände nicht lange genug an seiner Kehle lassen, dann würde er schreien, sobald ich losließe. Ließ ich sie zu lange dran, würde er sterben.

Als ich sicher war, daß ich ihn kaltgestellt hatte, ließ ich ihn los. In einem oder zwei Jahren würde dieser Junge am Schalter einer Fluggesellschaft Reisende umlegen. Vielleicht würde er sich's aber noch anders überlegen und aussteigen, da ich ihm gerade einen tüchtigen Schrecken eingejagt hatte.

Der Junge hatte die Hintertür angelehnt, damit er wieder ins Haus hinein konnte. Ich versuchte sehr vorsichtig, die Tür vollends zu öffnen, und hoffte, daß sie nicht in den Angeln quietschte.

Die Stimme einer Frau, die aus einem Zimmer gleich nebenan erklang, erschreckte mich. Die Tür entglitt meiner Hand und schlug zu.

Die Stimme der Frau aus dem Zimmer erklang wieder. »Rocco, chi c'è?« rief sie.

Ich drückte mich gegen den Küchenschrank. Sie war fast augenblicklich in der Küche – eine dicke Italienerin im Alter von etwa fünfzig – und wischte sich die Hände an ihrer Schürze ab. Sie entdeckte mich und erstarrte wie ein Hase.

»Dov'è Monteleone?« fragte ich.

Unwillkürlich wich die Frau einen Schritt zurück.

Ich zog die 9-mm aus der linken Achselhöhle. Ich befahl ihr, die anderen herbeizurufen.

Sie nickte.

Ich stellte mich neben den Kühlschrank; das war die beste Dekkung, die es in diesem Raum gab.

Sie ließ eine Reihe Namen los, es waren vier oder fünf, die man noch in Neapel hören konnte. Sie polterten die Treppe herunter, kamen in die Küche und fragten, was zum Teufel denn los sei; da sie nun Verstärkung bekommen hatte, nickte sie in meine Richtung. Sie konnten mich noch nicht sehen; also trat ich hinter dem Kühlschrank hervor und richtete meine 9-mm der Reihe nach auf jeden, von rechts nach links. Da standen vier junge Draufgänger und eine wunderschöne Frau.

Die alte Frau sagte einen Satz, der für mich zu schnell war; ich hatte aber den Namen Monteleone verstehen können. Wie auf ein Signal hin blickten die Männer auf die junge Frau. Sie überlegte einen Augenblick und zeigte dann auf einen rundlichen Mann; er war als letzter in den Raum gekommen.

Ich schüttelte den Kopf. In vertraulichen Dossiers hatte ich Monteleones Gesicht schon mindestens ein dutzendmal gesehen. Er war ein schöner Mann, glattrasiert und fast so groß wie ich. Von den Männern im Raum glich ihm keiner. Verdammt! Ich hatte ihn also nur alarmiert. Sam Dracoff hatte doch gesagt: »Du kannst nicht klar denken, wenn du aufgeregt bist. Er wird dich umlegen.« Ich hatte gehofft, Monteleone mitnehmen zu können. Ich wußte schon ganz genau, wo wir dann hinfahren würden. Wenn ich ihm die Zeichen des ganzen Sadismus, der noch in mir war, in grünen und blauen Flecken auf den Leib geschrieben hätte, dann würde ich schließlich noch eine kleine Nummer abziehen, die sogar den hartnäckigsten Gefangenen davon überzeugte, daß es ihm ans Leben ging. Und dann würde ich ihm ein Angebot machen. Sein Leben für Susan. Fraglich war nur noch, ob ich es über mich bringen könnte, ihn ziehen zu lassen, wenn Susan frei war.

Auf jeden Fall aber wollte ich nicht ein halbes Dutzend Italiener nach bester Chicago-Manier umlegen, obwohl ich der Welt einen Gefallen getan hätte, wenn ich die erledigt hätte. Wer mit Monteleone im selben Bett schläft, kann nicht unschuldig sein; das galt für die junge Frau, die wohl seine Geliebte war, für die Männer und für Roccos Mutter. *Du hast aber keine Beweise dafür, daß sie zu Monteleones Leuten gehören.* Irgendwas war seit Susan anders mit mir geworden. Vielleicht wurde ich ganz einfach alt. Sicher aber wurde ich sentimental.

»Sentimental, das heißt, daß du dich auf dem Weg in den Tod befindest«, sagt Sam.

Vorsichtig ging ich rückwärts auf die Küchentür zu. Wenn einem Mann das Jackett nicht richtig sitzt, dann heißt das, daß er entweder einen schlechten Schneider oder eine Waffe darunter hat. Diese Leute hatten keinen Schneider. Ich war sicher, daß zumindest zwei der Hitzköpfe bewaffnet waren. Ich mußte annehmen, daß es die anderen auch waren. Würde ich versuchen, allen die Waffen abzunehmen, konnte das gefährlich werden. Außerdem, ich war doch schon mit einer so großen Ausrüstung ins Haus gekommen, wie zum Teufel konnte ich denn noch mehr tragen? Wäre Monteleone im Haus gewesen, dann hätte er sich längst zeigen müssen. Sam sagte früher immer: »Ein Auftrag hat nur ein Ziel. Laß dich nicht von Nebensachen ablenken.« Ich erreichte die Hintertür und rannte los.

Der Junge Rocco regte sich wieder. Ich lief die Hinterfront von vier Häusern entlang, bog dann um die Ecke und kam, immer noch laufend, auf die Straße, wo ich so schnell wie möglich zu meinem Wagen kommen wollte; plötzlich prallte ich auf jemand, der zu fluchen anfing und dann plötzlich aufhörte.

Das war Monteleones Gesicht. Er wollte zu seinem Haus, kannte offensichtlich mein Gesicht, wie ich seines kannte. Er griff sich in die Achselhöhle, sah dann aber meine 9-mm vor seiner Nase und hielt inne. Ich hatte ihn.

»Los!« sagte ich und zeigte mit der Pistole dorthin, wo mein Wagen stand. Ich konnte ihm aber nicht die ganze Zeit die Pistole in den Rücken drücken. Wenn ich wußte, was man in einer solchen Situation macht, dann wußte er es auch.

Ich mußte ihn entwaffnen. »Leg deine Hände auf das Dach des Autos.«

»Welches Auto?«

»Egal, welches. Sofort.«

Er wandte den Kopf und sah mich an. Seinen Gesichtsausdruck werde ich nie vergessen – es war nicht Furcht, sondern blanker Haß. Ich war Amerikaner. Und ich war wohl auch der, der Iggie erledigt hatte.

Er spuckte aus.

»Hände auf den Wagen«, wiederholte ich.

In der Mitte der Straße standen zwei junge Männer, die uns beobachteten. Einer der beiden eilte zu dem Haus, aus dem ich gekommen war. *Er wird Alarm schlagen. Mach schnell.*

Monteleone hatte die Hände auf den Wagen gelegt. Ich fing an der linken Seite an und zog die Pistole heraus, nach der er hatte greifen wollen. Ich tastete ihm die rechte Seite ab und auch den Rücken, für den Fall, daß er noch eine Pistole im Gürtel stecken hatte. War keine perfekte Leibesvisitation. Sam hatte recht gehabt. Ich hätte noch jemanden dabei haben sollen. Ich warf seine Beretta mit Schwung in die Büsche, so weit ich konnte.

»Gut«, sagte ich. »Der schwarze Fiat am Ende der Straße ist mein Wagen. Los!« Als er die Hände vom Dach herunternahm, merkte ich, daß ich zu nahe bei ihm stand. Er drehte sich mit einer Bewegung nach links, mit der er mir seine Faust direkt ins Gesicht schlagen konnte. Ich riß den linken Unterarm hoch, um den Schlag abzufangen, und holte gleichzeitig mit der 9-mm aus, in der Hoffnung, ihn am Kopf zu treffen; Monteleone aber duckte sich plötzlich, und mit so was hatte ich nicht gerechnet. Mit meinem linken Unterarm konnte ich zwar seinen Schlag abfangen, er aber kam schon von unten, um meine Rechte mit der Pistole zu packen. Ich trat schnell einen Schritt zurück. *Er verläßt sich darauf, daß ich nicht schieße.*

Ich drückte den Abzug. In diesem Bruchteil einer Sekunde konnte ich sehen, wie sein Gesichtsausdruck von Überraschung in Wut und schließlich in Angst umschlug, als ihn der Schuß nach hinten warf. Ich sah auf Monteleone hinab, der sich krümmte und auf dessen Stirn ein schwarzes Loch prangte, aus dem es blutete. In diesem Mann war kein Leben mehr.

David, was bist du doch für ein blöder Hund! Als er noch lebte, hattest du eine Geisel, die du gegen ihre Geisel hättest eintauschen können. Sobald sie wissen, daß der Löwe tot ist, werden sie sich an Susan grausam rächen und sie dann töten.

Ich steckte die 9-mm in das Halfter und rannte zu meinem Wagen. Eine Sekunde lang hatte ich die Absicht, dorthin zu fahren, wo Monteleones Körper lag, und ihn in den Kofferraum zu werfen – dann aber sah ich, wie sich drei oder vier Leute dem Toten näherten. Das Mädchen war auch dabei. Sie bemerkten mich im selben Augenblick, in dem ich sie auch bemerkte. Zwei kamen dahergerannt und zogen noch im Rennen ihre Waffe.

Können Sie sich vorstellen, was für ein Gefühl es ist, wenn man jede Sekunde damit rechnen muß, von einer Kugel getroffen zu werden? Ich setzte mich gerade auf den Fahrersitz, als die erste Kugel in das Metall oberhalb der Windschutzscheibe schlug und ich einen Splitter ins Ohrläppchen bekam. Ich senkte den Kopf weit hinunter und brauste davon, drehte wie wild am Steuerrad, als sich eine zweite Kugel neben mir in den Beifahrersitz bohrte. Da die Straße vor mir frei war, beschleunigte ich bis auf hundertzehn Stundenkilometer und hoffte, daß niemand, aber auch wirklich niemand aus einer Seitenstraße herausfuhr, ohne sich vorher umzusehen.

Ich fuhr wieder langsamer, als ich sicher sein konnte, daß ich außer Gefahr war, und tastete dann mein Ohrläppchen ab. Ich habe gar nicht gewußt, daß ein Ohrläppchen so bluten kann.

Ich konnte Sams Stimme so deutlich hören, als ob er neben mir säße: »Der einst perfekte Spezialist David Smith hat also ganz souverän großen Mist gebaut.«

Ich konnte mich nicht mal dagegen verteidigen. Ich hatte Susan zum Tod verurteilt.

34

Sam Dracoff

David klang am Telefon furchtbar aufgeregt. Als er schließlich bei mir eintraf, sagte ich zu ihm: »Was glaubst du eigentlich, was ich hier betreibe, eine Zufluchtsstätte für Fahnenflüchtige?«

»Monteleone ist tot.« Er sah ganz hilflos aus.

»Du?« fragte ich.

»Ja, leider.«

Er war nicht zum Spaßen aufgelegt.

»Setz dich«, sagte ich. »Willst du Kaffee?«

Er schüttelte den Kopf.

»So sag's mir doch endlich.«

Als er fertig war, sagte ich: »Erwarte bloß nicht, daß du von mir jetzt einen Orden kriegst, Söhnchen. Lebte er noch, hätte er dir in dieser Sache von Nutzen sein können. Wenn du dich jetzt wie ein freier Mitarbeiter verhalten willst, dann rechne bloß nicht damit, daß ich dich decken werde.«

»Sam, ich hab' ihn fast umgerannt. Er hat mich erkannt. Was hätte ich denn tun sollen, mich etwa bei ihm entschuldigen?«

»Was hast du bezüglich des Mädchens vor?«

»Meinst du Monteleones Mädchen?«

»Ich meine damit dein Mädchen. Susan.«

»Sie ist nicht mein Mädchen.«

»Bitte entschuldige. Die junge Dame.«

»Ich brauche deine Bänder mit Monteleones Telefongesprächen. Wenn ich herauskriege, wo seine Knaben sie hingebracht haben, werde ich den Rest schon allein erledigen.«

»Ich hab' die Bänder per Kurier nach New York geschickt.«

»An wen?« schnauzte mich David an.

»An das FBI«, sagte ich.

»Du hast sie also den Brüdern vom FBI überlassen und nicht mir? Kaum zu glauben!«

»Mußt du aber«, sagte ich. Vielleicht bin ich der einzige auf der Welt, der David Smith ungestraft eine lange Nase drehen darf. »Ich hab' natürlich eine Kopie hier behalten, du Trottel. Die kannst du haben. David, verdammt noch mal, konzentrier deinen angeblichen Grips ganz auf das, was ich dir jetzt sage. Du bist doch so was wie ein Priester«, sagte ich. »Du kannst dich entweder an den Zölibat halten oder mit deiner Haushälterin schlafen; aber du kannst es dir nicht leisten, was zu empfinden, verstanden? Klar doch, manche Priester verlieben sich dann schließlich in ihre Haushälterin. In der Liebe weiß man nie, was alles passieren kann. Ich weiß das. Du weißt, daß ich es weiß. Und nun hör mir mal gut zu. Das FBI wird die Entführer aufspüren.«

»Und damit erreichen, daß sie Susan umbringen!«

»Du denkst wohl, du bist der einzige Held auf der Welt. Es gibt viele Leute, die wissen, was im Falle einer Geiselnahme zu tun ist.«

»Es handelt sich aber nicht um eine ganz normale Geiselnahme.«

»Und warum nicht? Weil du zufällig in die Geisel verknallt bist? Du weißt doch, wie gefährlich es ist, sich auf was einzulassen –«

»Sam, erteilst du mir gerade Befehle?«

»Worauf du dich verlassen kannst«, sagte ich. »Hochheilige Befehle sogar. Du hörst mir zu. Oder du tust so, als ob, und gehst dann wieder und machst, was du willst. Ich hab' dich immer gewähren lassen, David, weil du tüchtig bist und ich niemand habe, der dich ersetzen könnte. Noch nicht. Ich halte aber die Augen offen. Wenn du jetzt in die Staaten gehst und dich umlegen läßt, was soll ich dann so lange machen – Europa den Terroristen überlassen?«

»Du kannst dich doch pensionieren lassen, Sam. Du wirst langsam alt.«

»Danke.«

David beleidigt mich – und was tu' ich? Ich hole ihm die Bänder. Als ich David mit einem Kopfhörer versehen hatte, sagte ich: »Ich hab' mir die letzten Aufzeichnungen noch nicht angehört; ich glaube aber nicht, daß sie dir viel nützen werden. Du kannst eher das hier brauchen.«

Ich gab ihm die Duplikate von Monteleones Telefonrechnungen. Die Italiener gaben mir nur widerwillig solche Rechnungen, wie man sie in Amerika bekommt, wo verzeichnet wird, wohin jeder Anruf geht. Sie mußten den Ort nämlich von Hand eintragen.

»Du brauchst mir keinen Kuß zu geben«, sagte ich, als David mir die Hand schüttelte, als ob ich ihm gerade was geschenkt hätte. »Die Nachbarn könnten sonst noch auf falsche Gedanken kommen.«

David studierte die Telefonrechnungen, und nach kaum zehn Minuten drehte er sich um, sah mich mit den Augen eines Fanatikers an und sagte: »Wo zum Teufel liegt denn Chester, New Jersey?«

35

Susan

Die Limousine hielt auf einer Einfahrt zu einem Haus im Ranch-Stil an. Ich kann mich nicht daran erinnern, ob ich ins Haus hineingegangen bin. Wie hätte ich überhaupt gehen können, wo man mich doch an den Beinen gefesselt hatte? Hatten sie mich hineingetragen?

Ich erwachte auf einem schmalen Bett und hatte furchtbare Kopfschmerzen. Der Schmerz war auf eine einzige Stelle konzentriert. Als ich die Schwellung an meinem Hinterkopf berührte, tat es dort weh.

Sie hatten mir die Hände losgebunden. Das Seil, mit dem sie mich gefesselt hatten, war weg; lediglich die Druckstellen an den Handgelenken waren noch übriggeblieben. Die Schweine mußten mir einen Schlag versetzt haben, damit ich ohnmächtig wurde. Sie hätten mir doch ganz einfach die Augen verbinden können wie... Ich hätte fast gelacht. Ich wollte doch tatsächlich sagen: wie zivilisierte Menschen.

Ich drehte ganz langsam den Türknopf zurück. Die Tür war abgeschlossen. Beide Schiebefenster waren von außen zugenagelt. Jeder Teil des Fensters war in sechs Scheiben unterteilt; mein erster Gedanke war, eine der Scheiben zu zertrümmern und dann die im Rahmen verbliebenen Glassplitter zu entfernen. Da würde ich mich aber nie durchzwängen können. Außerdem würden sie es hören, wenn das Glas zersplitterte. Ich legte mein Ohr an die Tür. Auf der anderen Seite konnte ich jemand atmen hören.

Gott sei Dank gab es hier wenigstens ein Badezimmer, und zwar gleich neben dem Schlafzimmer, in dem ich war. Es hatte zwar weder Wanne noch Dusche, aber ein Waschbecken, neben dem ein Stück Seife der Marke Irish Spring und eine Rolle mit Papiertüchern lagen; das Beste aber war die Toilette. Meine Großmutter Nelly erzählte uns immer davon, was für ein Gefühl es war, als sie damals im ländlichen Illinois keinen Nachttopf mehr benutzen oder mitten in einer frostigen Nacht auf die Latrine hinausgehen mußten. Großvater Edwin hatte es so eingerichtet, daß das erste Bad im Haus installiert wurde, als Nelly bei Verwandten zu Besuch war. Als sie wieder heim kam, war sie ganz überrascht und hocherfreut. Mir ging es nun so wie ihr, als ich aufwachte und die offene Tür ins Badezimmer bemerkte. Sie hatten den Schließhaken abmontiert, so daß ich die Tür nicht von innen verriegeln konnte. Aber das war jetzt nicht wichtig.

Mein Hungergefühl wurde immer stärker. Wie lange war ich wohl schon hier? Oder kam es einfach von den Nerven, daß es mich danach verlangte, die gähnende Leere im Magen zu füllen? Hier war ich nun also, eine erfolgreiche Rechtsanwältin, und wartete wie ein Tier im Zoo darauf, daß sich die Tür öffnete und man mir Nahrung brachte.

Gleichzeitig aber hatte ich Angst, die Tür könnte aufgehen. Vor Jahrtausenden mußten sich meine Vorfahren wohl so ähnlich in ihren Höhlen niedergekauert und dabei eine dumpfe Angst vor dem verspürt haben, was von draußen hereinkommen konnte.

Das Haus stand an einem Hang. Vom einen Fenster aus konnte ich in ein tief unten liegendes Tal blicken, das unbewohnt schien. Vom

Fenster neben dem Bett konnte ich den Berg hinauf sehen; und dort gab es dichtes Gestrüpp und Bäume. Konnten wir etwa schon in Pennsylvania sein? Oder waren wir noch in New Jersey?

Als wir unterwegs einmal am Straßenrand angehalten hatten, stritten sich Guido und der Fahrer auf italienisch und hatten dabei eine ziemlich abgegriffene Karte vor sich liegen; ich hatte die Worte Chester und Long Valley hören können. Ich hatte nicht die geringste Ahnung, wo diese Städte liegen konnten, falls es überhaupt Städte waren. Und als sie Newark und Trenton erwähnten, verlor ich vollends jegliche Orientierung, denn so, wie es draußen aussah, konnten wir nicht in der Nähe einer Großstadt sein. Vielleicht würde es mir noch gelingen, einen Blick auf diese Karte zu werfen. Oder auf eine andere.

Das Geräusch war unverkennbar das einer sich öffnenden Tür. Guido stand da, ein breites Grinsen im Gesicht. »Alles schön?« fragte er.

Ich wich dem stechenden Blick seiner grauen Augen nicht aus.

»Gabinetto gut?« fragte er.

Wollte er freundlich sein?

Das würde ich gleich wissen. »Kann ich etwas zu essen haben?« fragte ich.

Guido öffnete den Reißverschluß an seinem Hosenschlitz.

Ich wich zurück und blickte mich schnell im Zimmer um, ob ich etwas entdecken könnte, was sich als Waffe benützen ließ.

»Nix essen?« sagte Guido. »Tanto peggio! Peggio così!« Er machte den Reißverschluß wieder zu. »Vielleicht du später essen, ja?«

36

Heather Whitcomb

Ich sah den Apparat an und wollte ihn zum Klingeln zwingen. Die Stille war fast unerträglich. Als das Telefon schließlich klingelte, war das fast ein Schock. Beinahe wäre ich über den Teppichrand gestolpert, weil ich es so eilig hatte, ans Telefon zu gehen.

Earl Morath hatte den Hörer schon in der Hand. Sie hatten einen Kopfhörer am Telefon angeschlossen, auf dem man ankommende Gespräche mithören konnte, ohne daß der Anrufende etwas davon merkte. Im Erdgeschoß war auch ein Aufnahmegerät angeschlossen worden, das jedes Gespräch vollständig aufzeichnete. Alte Freunde, die in der Zeitung von der Entführung gelesen hatten, riefen an und wollten mich trösten. Hätte ich ihnen sagen sollen, daß das Gespräch aufgezeichnet wurde? Als ich Morath deswegen fragte, hatte er gesagt, ich solle das ja nicht tun. Ich konnte also nur versuchen, die Gespräche so kurz wie möglich zu halten, und dafür sorgen, daß das Telefon durch solche Anrufe nicht blockiert wurde. Jeder falsche Alarm zehrte an meinen Reserven.

Jedesmal, wenn ich mich meldete, klopfte mir das Herz.

»Mrs. Whitcomb?« fragte eine Stimme mit fremdem Akzent.

Ich hielt den Atem an. »Am Apparat.«

Ich sah, wie Morath mir ein Zeichen gab. Ich sollte den Anrufer so lange wie möglich an der Strippe halten.

»Ihre Tochter nix kriegt zu essen, bis Lösegeld zahlen.«

Es klang so, als ob er die Worte ablese. Vielleicht hatte er sie sich zu diesem Zweck aufgeschrieben. Ich hatte nicht alles, was er gesagt hatte, deutlich verstehen können. Wer löste? Was zahlen? Morath kritzelte etwas auf ein Stück Papier: »Lösegeldforderung. Halten Sie ihn fest!«

»Bitte sprechen Sie doch deutlicher«, sagte ich, »ich kann Sie kaum verstehen...«

»Zwei Millionen Dollar. Capisci? Verstehen?«

Mir war, als ob mir der Brustkorb platze. Morath nickte mir zu und wollte mir damit Mut machen, das zu sagen, was wir vereinbart hatten.

»Sie wissen doch, daß ich nicht so viel Geld habe. Woher soll ich's denn nehmen?«

»Du besorgen, Tochter essen. Du nicht besorgen, Tochter nicht essen, ja? Ich rufe morgen an. Du besorgen Geld, capisci?«

»Ich kann Sie kaum verstehen«, sagte ich, »könnten Sie das bitte wiederholen?«

Er hatte aber bereits aufgelegt. Ich sah, wie Morath den Kopf schüttelte. Der Anruf war zu kurz gewesen, als daß sie hätten ermitteln können, woher er kam.

37

Susan

Das Getrampel meiner Bewacher veranlaßte mich, rasch die Beine vom Bett zu schwingen.

Die Tür ging auf. Es war Guido. Sein Gesicht verriet, daß er wütend war. »Deine Mutter stupida.« Er blickte drein, als ob er mich gleich schlagen werde.

»Das ist mir unverständlich.«

»Sie nicht Lösegeld besorgen.«

Überleg dir genau, was du sagst. »Sind Sie sich da ganz sicher?« fragte ich.

Er schien mich nicht verstanden zu haben.

»Ich bin ganz sicher, sie wird versuchen, so viel zusammenzubekommen, wie Sie fordern.«

»Versuchen nicht gut genug. Zeig mir deine Finger.«

Ich streckte ihm die linke Hand entgegen.

»Welchen Finger sie erkennen? Zeig andere Hand.«

Mein Gott, nur das nicht!

Er packte meine rechte Hand. Am Ringfinger trug ich einen einfachen Ring aus Gold, der mit einem einzelnen Rubin besetzt war; Mutter und Vater hatten ihn mir zum Abitur geschenkt.

»Sie Ring erkennen?«

»Ja«, sagte ich und wollte den Ring abziehen.

»Nein, nein«, sagte er, »laß Ring an Finger. Wir schicken Finger, die besorgen denaro, moneta, rapidamente, eh?«

Die eine Stimme sagte: »Das würden sie doch nicht machen.« Die zweite Stimme sagte: »Man hat dem Enkel von Getty ein Ohr abgeschnitten, warum dann dir nicht den Finger?«

»Ich kommen wieder.« Guido knallte die Tür zu.

Ich konnte seine Schritte hören – hatte er vergessen, die Tür abzuschließen? Bevor ich noch an der Tür war, hörte ich, wie sich der Schlüssel im Schloß drehte. Wahrscheinlich mußte Poco Wache schieben.

Ich sah auf den Ring an meiner rechten Hand. Ich versuchte mir vorzustellen, wie ich in den Gerichtssälen vor den Geschworenen meine Worte mit Gesten unterstreichen würde und mir der Ringfinger fehlte. Das würde den Leuten doch zuallererst auffallen. Ich wäre dann Susan Whitcomb, die Anwältin, der ein Ringfinger fehlt. Bekannt, weshalb man ihr den Finger abgeschnitten hat? Sie wurde nicht schnell genug ausgelöst.

Denk doch auch an dein Glück. Vor ein paar Stunden hast du noch geglaubt, sie würden dich umbringen. Das können sie doch immer noch. Dann wäre es gleichgültig, wenn dir ein Finger fehlt, nicht wahr?

Die Tür ging auf. Poco kam geradewegs auf mich zu und hielt mir seine schmutzige Hand auf den Mund. Ich kratzte ihn im Gesicht und hinterließ blutende Kratzwunden auf seiner Wange. Er schlug mir mit dem Handrücken ins Gesicht.

Dann sah ich Guido unter der Tür stehen; in der einen Hand hielt er ein Tablett aus Holz und in der anderen ein großes Küchenmesser.

38

David

Sam fuhr mich zum Flughafen; während der Fahrt sprach er in seinem vertrauten Tonfall auf mich ein. Sein Gesicht war für mich das eines lieben Onkels: ein Schnurrbart mit grauen Stellen, Augen, die immer so aussahen, als wüßte er etwas, was man selbst nicht wußte. Hinter dem Steuer sah man einen entspannten Körper sitzen, den eines Mannes im zweiundfünfzigsten oder dreiundfünfzigsten Lebensjahr; man konnte aber auch sogleich erkennen, daß man besser daran tat, sich mit diesem Körper auf keinen Kampf einzulassen. Sam hat einen nach außen friedfertigen Gesichtsausdruck. Er sagte mir einmal, daß er einem alten Geschlecht von Wüstenkämpfern entstamme, die keinen Streit vom Zaun brechen wollten; sollte ein anderer aber einen anfangen, dann würden sie den so gewinnen, daß der andere nicht mehr an einen zweiten denken würde.

Als ich Sam kennengelernt hatte, sprach ich, wenn er außer Hörweite war, von ihm als dem Judenjungen; so nannten wir nämlich zu Hause die Juden – und dort gab es keine. Jemand mußte ihm das gesteckt haben. Eines Tages nämlich griff Sam nach mir, hielt mich fest, warf mich zu Boden, hielt mir dann die Hand hin, half mir wieder auf und sagte: »Wie wär's, wenn du mich nicht mehr Judenjunge nennen würdest? Ich bin kein Junge mehr.«

Tags darauf entschuldigte ich mich dann bei ihm.

»Weshalb eine Entschuldigung?« sagte er. »Ich kann mich an nichts erinnern.«

Sam ist ein Lügner. Er kann sich an alles erinnern. Er kann sich auch daran erinnern, daß ich in einem Augenblick der Rührung, als er mir zur Hilfe gekommen war, zu ihm sagte: »Ich wünschte, ich hätte einen älteren Bruder gehabt, so einen wie dich.«

Sam blickte mich an, als ob ich ihn beleidigt hätte. »Was sagst du da? Wenn ich nicht dein Bruder bin, wer könnte es sonst sein?«

Wir, das heißt Sam, ich und ein hagerer Kerl namens Rand, mußten einmal in Beirut einen gefährlichen Auftrag ausführen. Ich erfuhr erst später davon, daß sich Sam gegen die Einteilung Rands ausgesprochen hatte, aber damit nicht durchgekommen war. Bevor wir in Zypern von einem Hubschrauber abgeholt wurden, waren Sam und ich einige Minuten allein, und ich fragte ihn, weshalb er mitgekommen sei. »Du hättest doch jemand dafür einteilen können«, sagte ich.

Er blickte mich so an, als ob er mir darauf keine Antwort geben wollte. Ich versuchte es dann mit einem Bitte-antworten-Blick.

Sam stieß einen seiner bedeutungsvollen Seufzer aus und sagte: »Wenn's bei einem Auftrag auch ums Gewissen geht, dann kann man sich auf Rand nicht verlassen. Er sollte nach Hause zurückkehren und Politiker werden.«

»Er würde nie und nimmer gewählt werden.«

»Stimmt.« Sam lachte. »Vielleicht sollte er dann besser Bankier werden. Ich werde versuchen, ihn loszukriegen.«

Rand ist nie aus West-Beirut zurückgekommen. Sams einziger Kommentar war: »Die Schiiten haben ihn ausgemustert, bevor ich es tun konnte.«

»Du hast deinen Hals riskiert, um ihn zu retten.«

»Er mag zwar ein Scheißkerl gewesen sein, aber er war Amerikaner. Ich hab' eben Reflexe.«

»Du hast nur deshalb versucht, ihn zu retten, weil du ihn gerne selbst umgebracht hättest.«

»So ähnlich, mein Junge.«

»Sam«, sagte ich, »wie kommt's, daß einer wie du, der einen akademischen Grad hat, zu einem solchen Geschäft kommt? Eigentlich solltest du irgendwo Professor sein.«

»Ja, ja.« Er überlegte einen Augenblick. »Ich glaube, ich hab' immer noch Angst vor Gaskammern.«

»Dieser Krieg ist aber schon lange zu Ende.«

»Es gibt noch immer viele, die Leute in Gaskammern treiben würden, mein Junge.« Er kniff mir in die Wange. »Du könntest auch so einer sein, wenn ich dich beim Erwachsenwerden nicht ständig im Auge hätte.« Im Auto überschlug sich Sams Stimme: »Du hörst mir gar nicht zu. Ich rede doch nicht meiner Gesundheit wegen.«

»Ich höre dir aber zu.«

»Du Lügner! Was hab' ich denn gerade gesagt?«

»Du hast gerade gesagt, ich sei ein Lügner.«

Sams Lachen kam von ganz weit unten. Dabei ging die rechte Hälfte seines Schnurrbartes leicht nach oben, wie sie es gelegentlich tut, wenn Sam den Oberlehrer heraushängt: »Wenn jemand anders mit dir redet, kannst du von mir aus sogar taub sein. Jetzt aber will ich, daß sich deine Ohren auf mich konzentrieren.«

»Zu Befehl!«

»Laß den Quatsch. Hör mir lediglich zu. Das FBI ist auch darauf gekommen, daß es sich bei dem fraglichen Ort nur um Chester handeln kann. Sie haben jede Menge Leute eingesetzt, die jede im Telefonbuch für Long Valley stehende oder dort nicht aufgeführte Nummer anrufen sollen. Meldet sich jemand mit italienischem Akzent, wird das notiert und der Betreffende in seinem Haus besucht werden.«

»Nichts Konkretes?«

»Konkretes? Sehr Konkretes sogar. Als Monteleones Mann zum zweiten Mal anrief, drehte er fast durch, weil das Geld noch nicht bereitlag. Weißt du was, David, ich denke, daß dieser Hund dabei war, sich eine geheime Zentrale für Aktionen in den Staaten aufzubauen. Das könnte uns noch große Kopfschmerzen verursachen.«

»Susan wäre also bereits tot, wenn es nicht um Geld ginge.«

»Genau.«

»Sie werden sie umbringen, sobald sie das Geld haben.«

»Mein Junge«, sagte Sam, »es ist schon schwer genug, die Nerven zu beruhigen, wenn's an einen Auftrag geht. Verzweiflung darf es einfach nicht geben, hast du mich verstanden? Außerdem, bei diesem zweiten Anruf hat deine Mama Whitcomb ganz hervorragende Arbeit geleistet, indem sie den Dreckskerl lange genug an der Strippe halten konnte. Der Anruf konnte zu einer Telefonzelle bei einer Tankstelle in der Nähe von Chester zurückverfolgt werden.«

»Weshalb zum Teufel hast du mir das nicht sofort gesagt?«

»Was hast du denn? Willst du etwa, daß ich das Ende vor dem Anfang erzähle?«

»Mach endlich weiter!«

»Nun hörst du mir endlich zu. Das FBI konzentrierte sich auf Telefonanschlüsse in Häusern, die an der Straße liegen, die von Chester wegführt. Und auf solche, die an Nebenstraßen liegen, die von dieser Straße abzweigen; die dachten sich nämlich, daß eine Gruppe von Ausländern sich in einem abseits gelegenen Haus besser verstecken könnte als mitten in einer Kleinstadt. Die vom FBI sind auch nicht blöd.«

»Nur nicht so raffiniert wie wir.«

»So könnte man's beschreiben. Weißt du, weshalb das FBI immer die Rolle dessen spielt, der stets hinterdreinrennt? Vor dem Krieg haben die hauptsächlich Anwälte angestellt. Schicke nie einen Anwalt, wenn die Arbeit einen ganzen Mann erfordert.«

»Anwälte magst du also nicht gerade, Sam, oder?«

»Frauen von Anwälten mögen Anwälte. Und manchmal stimmt auch das nicht. Gegen den, den meine Exfrau zuletzt beauftragt hat, war der Ajatollah geradezu ein Heiliger. Zugegeben, es gibt ein paar ehrenwerte –« Sam wechselte plötzlich auf die linke Fahrspur, so daß ich spürte, wie sich der Sicherheitsgurt spannte. Er trat aufs Gaspedal und fuhr dann wieder auf die rechte Fahrspur. »Dieser Idiot hat abgebremst, weil er merkte, daß ich's eilig hab'.«

»Fahren ist hier doch ein Sport. Hast du was gegen Sport?«

»Für Rasereien auf der Straße bin ich zu alt. David, dieses Volk hat in vorchristlicher Zeit und in der Renaissance die Hälfte aller Genies hervorgebracht. Kannst du heute noch einen Leonardo da Vinci entdecken? Jemand, der so was Fortschritt nennt, muß doch blind sein.«

Nach einer Weile sagte Sam: »Diese Susan, ist das was Ernstes?«

»Das geht dich gar nichts an, Sam.«

»Ich muß aber wissen, womit ich's zu tun hab'. Es gibt zwei Arten von Leuten, die sich in diesem Geschäft eine Blöße geben: Teenager und Verliebte.«

»Darf ich dich was fragen?«

»Wenn's dabei um Liebe geht, dann lieber nicht. Darauf hat nämlich niemand eine Antwort.«

»Sind Monteleones Leute über den Kennedy-Flughafen eingereist?«

»Du willst vom Thema abweichen.«

»Ja, verdammt noch mal!«

Sam zuckte die Schultern. »Niemand hat den Sicherheitskräften auf dem Kennedy-Flughafen deren Akten gegeben. Sie haben die von Monteleone, für den Fall, daß er jemals versuchen sollte, wieder in seine Heimat zurückzukehren; aber wer hätte auch gedacht, daß Mitglieder seiner Bande ein Ding in den Staaten drehen? Ich bezweifle, daß einer von denen schon jemals in den Staaten war. Weiß Gott, mit was für Pässen und Visa die daherkommen. Vielleicht sind sie auch nicht über den Kennedy-Flughafen eingereist. Wäre doch auch woanders möglich gewesen.«

»Wenn du der Löwe wärst, auf welchem Weg würdest du sie denn herschicken? He, laß bloß deine Augen auf der Straße!«

»Seit wann spielst du denn den vorsichtigen Fahrer, mein Junge?«

»Ich werde jenseits des Atlantiks gebraucht und nicht im Leichenschauhaus von Rom. Du hast meine Frage aber noch nicht beantwortet.«

»Ich bin noch beim Überlegen, wenn du nichts dagegen hast.«

Ich ließ ihm Zeit.

Schließlich sagte Sam: »Ich würde sie mit französischen Pässen nach Montreal fliegen und in einem Mietwagen über die Grenze fahren lassen.«

»Das Risiko an der Grenze ist doch zu groß.«

»Nicht, wenn sie noch auf kanadischer Seite ausgestiegen sind, an einem sicheren Ort die Grenze zu Fuß überquert haben und dann einen zweiten Wagen benutzt haben, um dorthin zu kommen, wo die Entführung dann stattfand. Wir sollten unsere Zeit aber nicht damit vergeuden, uns zu überlegen, wie sie's gemacht haben, David. Sie sind ja schon drüben.«

»Sam?«

»Oh, oh! Jedesmal, wenn du meinen Namen so aussprichst,

willst du was von mir. Was ist es denn diesmal? Möchtest du mit der Concorde fliegen? Die Concorde fliegt Rom aber nicht an.«

Ich zögerte noch einen Augenblick und sagte dann: »Wie wär's, wenn du mit mir kommen würdest? Jetzt, im selben Flugzeug, nicht erst später.«

»Wenn ein Einzelkämpfer wie du Begleitung will, David, dann stimmt was nicht. Du hast wohl ein zu großes persönliches Interesse an der Geisel.«

Ich sagte kein Wort darauf.

»Ein großes persönliches Interesse bedeutet nicht nur, daß man nicht mehr objektiv sein kann. Es bedeutet auch, daß man eine sehr wichtige Möglichkeit außer Acht läßt.«

»Welche denn?«

»David, du mußt doch auch an die Möglichkeit denken, daß man die Geisel *nicht* retten kann. Du giltst als erfahrener Profi. Denk auch mal daran, was du mich jetzt schon kostest.«

»Du kommst also mit?«

»Kann mich nicht mal umziehen, hab' nicht mal eine Zahnbürste dabei. Du machst noch einen richtigen Vagabunden aus mir.«

»Ich kaufe dir eine Zahnbürste. Ich kaufe dir sogar Unterwäsche; wär' doch was, oder?«

»Und das setzt du dann bei der nächsten Gelegenheit auf deine Spesenrechnung. Ich kann's also auch gleich auf die meine setzen.«

»Sam?«

»Ja?«

»Danke.«

»Keine Ursache. Was ist denn schon ein kleiner Transatlantikflug unter Brüdern? Was machst du wegen deiner Ausrüstung?«

»Hab' ein Schließfach auf dem Kennedy-Flughafen.«

»David, Schließfächer werden nach vierundzwanzig Stunden geöffnet.«

»Ich benütze kein gewöhnliches Schließfach.«

»So?«

»Ich hab' sogar ein ganz großes, und zwar im Umkleideraum für die Mechaniker, neben einem der Hangars.«

»Freut mich, daß du manchmal deinen Grips benutzt.«

»Warum bist du dann so brummig, wenn es um den Flug geht?«

»Ich hatte für heute abend eine Verabredung.«

»Ruf sie doch einfach vom Flughafen aus an.«

»Sei kein Scheißkerl, David. Was könnte ich ihr denn sagen? ›Hallo, Schätzchen, tut mir leid, aber da ist eine unerwartete Reise in die USA.‹ Sie weiß doch, daß meine Geschiedene mir sofort mit Rechtsansprüchen kommt, sollte sie je herausfinden, wo ich mich aufhalte. Ich gehe nie in die Staaten, wenn ich's vermeiden kann.«

»Daran hab' ich nicht gedacht. Bitte entschuldige«, sagte ich.

»Schon recht, mein Junge. Ich gehe sogar gern mit. Will mir nämlich kein schlechtes Gewissen machen müssen, falls dir was zustoßen sollte.«

»Mir ist doch noch nie was zugestoßen.«

»Außer daß du dich verliebt hast, stimmt's? An jenem Tag, als wir am Strand waren, habe ich dich mit einer Badehose gesehen. Erinnerst du dich daran?«

»Ich hätte nicht gedacht, daß dir das aufgefallen ist.«

»Was mir aufgefallen ist, Scheißer, ist die Narbe an deiner rechten Seite, an der Austrittsstelle der Kugel. Du hast Glück gehabt, mehr nicht. Ich komme mit, um deinem Glück ein wenig auf die Sprünge zu helfen.«

Das Flugzeug war nur zu einem Viertel besetzt. Wir hatten also genügend Platz.

Die meisten Veteranen erzählen gerne Kriegsgeschichten. Sam kann das besser als die meisten, und deshalb war ich ziemlich überrascht, als ich plötzlich aus dem Schlaf hochschreckte und mir klar wurde, daß ich tatsächlich eingenickt war, wahrscheinlich sogar, während Sam am Erzählen war. »Tut mir leid.«

»Weshalb denn? Ein Junge braucht nun mal seinen Schlaf.«

Am Kennedy-Flughafen machte ein Zollbeamter Sam große Schwierigkeiten, weil er kein Gepäck dabei hatte.

»Mein Sohn«, sagte Sam zu dem Zollbeamten, als er ihm einen Ausweis unter die Nase hielt, »bitten Sie Ihren Vorgesetzten, er möge doch zu uns herüberwatscheln.«

Der Vorgesetzte watschelte aber gar nicht. Es war eine rothaarige Frau mit Sommersprossen im Gesicht; in ihrer Uniform sah sie zum Anbeißen aus. Sam mußte sich eine andere Taktik überlegen. Ich hab' noch nie gesehen, daß er einer Frau gegenüber unhöflich gewesen wäre. Was er ihr auch gesagt haben mag, es hielt sie nicht davon ab, erst noch zu telefonieren, bevor sie dann dem Zollbeamten hinter dem Schalter sagte, es gehe mit uns in Ordnung.

»Danke«, sagte Sam. »Hätte ich einen Hut auf, würde ich ihn jetzt ziehen.«

»Wenn Sie einen Hut aufhätten«, sagte die Frau, »dann würde ich nicht sehen können, daß Sie schon eine ziemliche Glatze haben.«

Ich durfte nicht lachen. Sam war in einer Welt aufgewachsen, in der Frauen nicht mit einer frechen Antwort kommen durften.

Sam machte ein paar Anrufe, während ich meine Ausrüstung holte. Alles war in einem blau-orangenen Seesack, auf dem »Princeton« in ausgestanzten Buchstaben stand. Ich kam zurück, als Sam gerade den Hörer auflegte.

»Weißt du, wo dieses Scarborough liegt?« fragte er.

»Ja.«

»Bahn?«

»Von hier aus nehmen wir besser einen Mietwagen.«

Vor dem Haus stand ein Polizist und gähnte. Falls Monteleones Leute vorbeigefahren kamen, konnten sie den Polizisten erschießen, noch bevor sie ausstiegen. Wenn sie gemein sein wollten, würden sie ihm in die Knie schießen.

Mrs. Whitcomb kam an die Tür, um uns zu identifizieren. Sie sah aus wie ein Schatten ihrer selbst. »O David«, sagte sie, »wie bin ich froh, Sie hier zu sehen!« Sie gab mir sogar einen Kuß auf die Wange.

Ich stellte Sam Dracoff als einen Kollegen von mir vor. Sie nickte ihm kaum zu. Als wir drinnen waren, fragte ich sie: »Was ist denn los?«

»Sie werden es gleich sehen.« Sie führte uns ins Wohnzimmer und stellte uns den Agenten des FBI, der das Kommando führte und Earl Morath hieß, und noch drei weitere vor. Einer davon hatte einen Kopfhörer auf und sah wie ein Junge mit einem Walkman aus.

Sam und ich wurden an einen kleinen Nebentisch geführt. Darauf lag eine kleine Schachtel. Mrs. Whitcomb wandte sich von uns ab und ging auf die andere Seite des Zimmers, wo sie heftig zu schluchzen anfing. Ich wollte zu ihr, aber Sam hielt mich am Arm fest. Der Mann vom FBI öffnete die Schachtel. Darin lag ein abgetrennter Finger.

»Das ist doch ein ganz alter Trick von denen«, sagte ich. »Die haben irgendwo einen Leichenbeschauer, der sie mit so was versorgt.« Dann erblickte ich den Ring. »Sie hätten ihren Ring doch einfach an diesen Finger stecken können«, sagte ich, betrachtete dann aber auch den Fingernagel und den Finger. Und der konnte nicht jemand x-beliebigem gehören.

39

David

»Wir leben doch im zwanzigsten Jahrhundert«, sagte Sam. »Ich muß mir das aber immer wieder klarmachen.«

Earl Morath sagte: »Ihr beide seid euch also ganz sicher, daß es ihr Finger ist?«

»Es ist ihr Ring«, sagte ich. »Sie benützt auch diesen Nagellack.«

»Nun, wir werden's dann genau wissen, wenn wir den anderen Teil von ihr finden und daran ein Finger fehlt«, sagte Morath.

Sam wußte, daß ich den Kerl für seine Worte hätte umbringen können. Seine Hände lagen auf meinen Schultern, bereit, mich wieder auf den Stuhl zu drücken, falls ich aufstehen würde.

»Versuch's ja nicht«, sagte Sam der Gedankenleser.

Ich hab' da so eine Methode. Es ist, als ob ich mir eine Kapuze überzöge und mir dabei einredete, daß ich nichts mehr fühlen kann. Im Kampf hat mir das schon oft geholfen; weshalb wollte es denn jetzt nicht funktionieren? Mein Gesicht war feuerrot.

»Setz dich.« Sam Dracoff deutete auf einen Stuhl.

Ich hatte gar nicht bemerkt, daß ich aufgestanden war. Der Mann vom FBI sah mich an. Mrs. Whitcomb sah mich an. Der Mann, der das Haus gemietet hatte und Webster hieß, sah mich ebenfalls an. Auch Sam sah mich an. Am liebsten hätte ich gesagt: »Weshalb starrt ihr mich denn so an?«

Ich hörte Schritte auf der Treppe. Wir sahen dorthin. Es war Professor Adams.

»Was machen Sie denn hier?« sagte ich.

»Das könnte ich auch Sie fragen.« Adams sah mich mit blutunterlaufenen Augen an, als ob ich ihr den Finger abgeschnitten hätte.

Schließlich sagte Earl Morath: »Ich glaube, es ist besser, wenn wir unsere Strategie in einer kleineren Gruppe besprechen. Mrs. Whitcomb, haben Sie was dagegen?«

Mit der Spitze ihres Taschentuchs tupfte sie sich die Tränen aus den Augen. »Ich glaube, ich gehe ein bißchen hinters Haus. Frische Luft hat mir schon immer gut getan.«

»Sie sollten besser im Haus bleiben, und zwar im Obergeschoß«, sagte Morath.

»Ich werde Sie hinaufbegleiten«, sagte Webster unaufgefordert.

Ich wandte mich Adams zu: »Es wäre mir recht, wenn auch Sie von hier verschwinden würden.« Daß ich so unhöflich sein konnte, hätte ich eigentlich nicht gedacht.

»Junger Mann, wenn Sie mal zwanzig Jahre im ›Who's Who‹ gestanden haben, dann dürfen Sie sich einen solchen Ton mir gegenüber erlauben; den dürfen Sie sich jetzt aber nicht erlauben. Ich bin ganz zu Recht hier. Susan ist nämlich meine Verlobte.«

Der Ausdruck der Ratlosigkeit auf Sams Gesicht hielt nur einen Augenblick an. »Also gut«, sagte er. »Wir sind alle angespannt. Benützen wir doch unseren Verstand!« Er ging zu Adams hinüber. »Ich bin Sam Dracoff. Ich entschuldige mich für Mr. Smith. Er ist ganz durcheinander, weil er denkt, er sei zu früh nach Europa zurückgeflogen, und meint, daß er die Entführung hätte verhindern können, wenn er noch hier gewesen wäre.«

Sam hatte das Ganze einfach so erfunden. Es entsprach aber der Wahrheit. Er schüttelte Adams die Hand. »Es freut mich, Sie kennenzulernen. Es ist sogar eine große Ehre für mich. Trotzdem...«, und dabei blickte Sam in die Runde, als ob er uns alle verachte, »denke ich, daß es besser ist, wenn an dieser Besprechung nur die Leute teilnehmen, die wissen, was bei einer Entführung zu tun ist. Mr. Morath, bitte bleiben Sie hier.«

Adams hatte keine andere Wahl und mußte wieder nach oben gehen. Ich mußte an all die Jahre seiner Bekanntschaft mit Susan denken und an die wenigen Stunden, die ich mit ihr verbringen durfte. Ich haßte ihn.

Er war kaum weg, als Sam mich fragte: »Geht's dir jetzt besser?«

Die Zornesröte war verschwunden. Ich spürte, wie es mir in den Händen kribbelte. Ein Faustkampf hätte mir gut getan.

»Hast du denn keine Stimme mehr?« fragte mich Sam. »Ich hab' dich gefragt, ob es dir jetzt besser geht.«

Was zum Teufel hätte ich ihm denn sagen sollen? Ich nickte.

»Also gut.« Sam wandte sich Morath zu. »Bringen Sie uns nun bitte auf den neuesten Stand.«

»Muß denn das da unbedingt hier liegen bleiben?« fragte ich und zeigte auf die Schachtel mit dem Finger.

Morath winkte den Mann mit dem Walkman herbei. »Art«, sagte er, »leg das da bitte in die Tiefkühltruhe.«

Art spielte den Komiker. Mit einer Hand hielt er die Schachtel weit von sich weg, und mit der anderen hielt er sich die Nase zu.

Morath sagte: »Art, nicht in den Mülleimer, sondern in die Tiefkühltruhe.«

Der Spaßvogel sagte darauf: »Wie wär's denn mit der Asservatenkammer?«

»Halt's Maul!« brüllte ich ihn an.

»Schon gut, schon gut«, sagte Art. »Ich dachte, die Angehörigen wären oben.«

Als ich in Vietnam sah, wie die Leichensäcke auf Lastwagen geworfen wurden, als ob es sich dabei um Müllsäcke handelte, hatte ich geglaubt, daß mir etwas Ähnliches nicht mehr auf den Magen schlagen könnte. Ich hätte dem mit dem Walkman den Hals umdrehen können, und das muß Sam mir angemerkt haben.

»David!« schnauzte Sam. »Beherrsch dich bloß!«

Morath sagte: »Wir kennen jetzt das Haus. Es steht an einem Berg oberhalb von Long Valley. Gehört einem älteren Ehepaar namens Telson. Die sind wohl irgendwo auf Urlaub, denn sie sind seit Tagen nicht mehr gesehen worden. Wir haben Leute dort, die das Haus aus der Ferne beobachten. Wenn sie die Telsons zurückkommen sehen, werden sie sie aufhalten. Wir möchten nicht, daß sie dann plötzlich denen gegenüberstehen.«

»Scharf überlegt«, sagte Sam. Das sagte er immer dann, wenn er jemand das Kommando abnehmen wollte.

»Ich hab' geglaubt, ihr wärt dazu ausgebildet worden, Flugzeugentführungen zu beenden.«

»Wir schießen dabei aber nicht die Reifen kaputt«, sagte Sam. »Das überlassen wir lieber dem FBI.«

»Ich hab' geglaubt, ihr würdet ausschließlich im Ausland eingesetzt.«

»Von Revierkämpfen halte ich gar nichts«, sagte Sam. »Arbeiten wir doch besser zusammen!«

Morath nickte.

Und jetzt sah Sam, dieser Hund, auch auf mich und erwartete wohl von mir, daß auch ich nickte.

»Wir brauchen eine Geländekarte von dieser Gegend«, sagte Sam.

»Hab' ich schon besorgt«, sagte Morath. »Und Photos, auf denen man das Haus von allen Seiten sehen kann.«

»Gut«, sagte Sam, den es immer überraschte, wenn jemand von den anderen Diensten das Richtige getan hatte.

»Wir können den Telefonanschluß zum Haus unterbrechen«, sagte Morath. »Sie könnten verrückt spielen, wenn sie erfahren, daß Monteleone tot ist.«

»*Wir* müssen aber mit ihnen telefonieren können«, sagte ich ungeduldig. »Haben die denn Zeitungen im Haus?«

»Wir haben nicht gesehen, daß sie sich welche gekauft haben«, sagte Morath. »Sie haben aber Fernsehen.«

»Wenn die im Fernsehen das von Monteleone mitgekriegt haben, dann ist sie schon so gut wie tot.«

Morath lächelte: »Da haben wir vorgesorgt.«

»Vorgesorgt für was?« fragte ich.

»Die Fernsehantenne kann nur gestörte Signale empfangen. Wir haben einen Störstrahl auf sie gerichtet. In dieser Gegend kann man keine Richtantennen benützen. Das Gelände ist zu bergig.«

»Ihr habt auch an alles gedacht«, sagte Sam.

»Aber nicht daran, wie man sie lebendig herauskriegen kann«, sagte ich. »Habt ihr etwa auch die Armee oder die Luftwaffe eingeschaltet?«

»Die Luftwaffe beabsichtigt nicht, einen Bombenangriff auf Long Valley zu fliegen«, sagte Morath. »Ihr beide und meine Leute – das ist unsere ganze Truppe. Wir können aber die örtlichen Vollzugsorgane jederzeit hinzuziehen.«

Ich hörte nicht mehr allzu aufmerksam zu. Ich spürte das Summen kommen, das ich manchmal kriege, wenn sich plötzlich alles klar zusammenfügt. »Ich weiß jetzt, wie wir's schaffen können«, sagte ich.

Beide sahen mich an. Das Telefon klingelte – es schreckte uns fast so auf wie ein Feueralarm. Morath ging rasch zum Telefon in der Diele, um den Hörer abzunehmen. »Ja?«

Sein Mann mit dem Walkman nickte. Morath sagte dann: »Nun hört mir mal eine Minute zu. Wir *haben* das Geld, es ist schon in einem Koffer und kann jederzeit übergeben werden. Zwei Millionen. Ja, Dollar, nicht Lire. Wir wollen aber ganz sicher sein, daß Miss Whitcomb...«, er zögerte nur einen Augenblick, »nicht noch was zugefügt worden ist.«

Es war frustrierend, nur den einen Teil des Gesprächs hören zu können. Ich trat ganz nahe an Morath heran und deutete auf mich selbst. Mit bloßen Lippenbewegungen gab ich ihm zu verstehen: »Gib mir den verdammten Hörer!«

Morath sah Dracoff an.

Sam nickte.

Morath sagte: »Hol Miss Whitcomb ans Telefon, damit wir sicher sein können.«

Ich nahm Morath den Hörer aus der Hand. »Lebt sie noch?«

»Oh, leben, leben, ja«, sagte die Stimme.

Ich sagte: »Hol sie ans Telefon.«

Nichts. Rein gar nichts.

Ich brüllte so laut in die Sprechmuschel, daß ihm das Trommelfell platzen mußte: »Porta la donna al telefono!«

»Un momento.«

Es dauerte aber länger als einen Augenblick. Es dauerte eine Ewigkeit, bis ich endlich Schritte hören konnte; dann war Susan dran: »Wer spricht dort bitte?«

Ich kann nicht beschreiben, was für ein Gefühl es war, ihre Stimme zu vernehmen. Das war nicht nur der Beweis dafür, daß sie noch am Leben war. Ich hatte mich auch in ihre Stimme verliebt.

»Wer spricht denn dort?«

»David.«

Ich sagte nur das, und sie fing an zu weinen.

»Bitte«, sagte ich.

»Weißt du schon, was sie getan haben?«

»Ich hab's gesehen. Dafür werden sie büßen.«

Sie weinte. Ich glaube, ich hätte etwas anderes sagen sollen. Ich bedeutete Morath, er solle sich entfernen. Bezüglich des Mannes mit dem Walkman konnte ich nichts machen. Ich sagte dann trotzdem: »Ich liebe dich.«

Sie murmelte etwas wegen ihres Fingers, das ich aber nicht verstehen konnte. Plötzlich schrie sie auf: »Laß sofort mein Haar los!«

Als der Dreckskerl dann wieder dran war, mußte ich mich zwingen, nicht zu brüllen. »Wo bringe ich das Geld hin? Langsam. Sag das nochmal. Weshalb treffen wir uns nicht einfach an einem Ort, den du bestimmst?« Ich hörte ihm aufmerksam zu, dann deckte ich die Sprechmuschel ab und flüsterte Sam zu: »Er will, daß wir das Geld bringen.«

»Vor dem Haus haben sie ein tolles Schußfeld«, sagte Morath. »Das Haus steht nämlich an einem Berg.«

»Also gut«, sagte ich in den Hörer. »Das Geld wird im Koffer sein. Ich trage den Koffer.«

»Was dein Name?«

Im Augenblick fiel mir nur der Name des Hotels in Rom ein. »Tantillo«, sagte ich. »Ich werde zu Fuß gehen. Du mußt dafür sorgen, daß die Donna unter der Tür steht, damit wir wissen, daß sie in Ordnung ist.«

Das war meine einzige Sicherheit. Man kann einen Leichnam nicht so hinstellen, daß es aussieht, als stünde ein Lebendiger dort. »Ich werde fünfzehn Meter vor dem Haus stehen bleiben und den Koffer aufmachen. Capisci?«

Er sagte nichts.

»Hast du mich verstanden?«

»Ich hören.«

»Wenn ich den Koffer öffne«, sagte ich, »kommst du herab, mit dem Mädchen. Dann nimmst du den Koffer und gehst damit ins Haus. Das Mädchen läßt du bei mir.«

»Nein, nein, nein«, sagte er. »Wir behalten Mädchen bis Flugplatz. Du haben Flugzeug nach Roma. Keine Tricks, wir lassen Mädchen gehen.«

»Ich werde ein Flugzeug auf dem La-Guardia-Flughafen haben.«

»Nein, nein, nicht La Guardia, kleines Flugzeug. Kennedy, großes Flugzeug über Atlantik, ja?«

»Ja«, sagte ich. Ich hatte ihn bezüglich der Flughäfen nicht reinlegen können. Jetzt würde er mir überhaupt nicht mehr trauen.

40

Guido

Wenn Koffer voller Geld ist, gut. Aber wie soll ich wissen, ob Koffer zwei Millionen enthalten? Geldzählen zu viel Zeit brauchen.

Monteleone, er sagt, alles Geld dem Vetter in New York geben, so daß Poco es sehen können. So Poco können bei Jesus Christus, Maria und Heiligen schwören, daß ich Geld nicht behalten. Am ersten Tag, als wir nach Amerika kommen, ruf' ich Nummer des Vetters in New York an, sage ihm, ich bin Freund von Monteleone aus Italien. Vetter in New York einfach Hörer auflegen, zack! Muß Irrtum sein, ja? Ich rufe wieder an, er gehen nicht mal ans Telefon. Ich rufen nächsten Tag an, nichts. Wie ich jetzt Vetter in New York finden?

Monteleone sagt: »Bring das Geld nicht nach Italien, gib es dem Vetter in New York.« Was soll ich also tun, Geld in einem Loch vergraben? Ich versuchen, Geld nach Italien zu bringen. Ich denke, wenn ich den Koffer in Flugzeug bringen lassen, er geht vielleicht verloren. Wenn nicht geht verloren, in Italien dann sagt Mann: »Was du in Amerika gekauft? Mach Koffer auf. O ja, zwei Millionen Dollar. Du wohl Rauschgifthändler oder so was.« Carabinieri mich fangen, finito. Dann wird Monteleone brüllen: »Warum du Geld nicht bei Vetter in New York lassen, he?« Wenn er anruft, ich ihn fragen, warum Vetter in New York erst auflegt, dann nie zu Hause. Der Löwe sagt: »Polizisten hören mit, Vetter Angst vor Polizisten. Was soll's? Polizisten wissen, daß ich Geld kriege.«

Monteleone will das Geld bei Vetter in New York haben, dann er es haben, wenn er nach Amerika zurückkommen, stimmt? Stimmt.

Ich will nachdenken, aber Poco fuchtelt mir mit den Händen vor Gesicht rum. Ich sag': »Poco, was ist los? Du Schiß, ha?«

»Nix Schiß.«

»Und wie du Schiß!«

»Sie kommen und Frau holen.«

»Poco, du siehst nur schlechte Seite. Sieh gute Seite. Sie kommen, um Geld zu geben, stupido. Sie Frau wollen, Pech. Wir Frau behalten. Wir bringen Frau zu Monteleone, wie er sagte.«

Ich bete zu Gott, Monteleone ruft bald an. Unterdessen wir studieren den Plan, schauen, daß alles recht, wir gehen, zack, wir zurück, Monteleone macht neuen Plan, wir nicht auf was warten. Warten Scheiße. Dieses Haus, sogar verrücktes Bild in Fernsehen. Warum Leute, die hier wohnen, Bild nicht richten?

Wie wenn Gott auf mein Gebet antworten, klingelt Telefon. Fünfmal klingeln lassen, dann abnehmen, so Monteleone wissen, alles in Ordnung. Vier. Fünf.

Ich gehen ran. »Allo?«

Es ist nicht Monteleone. Ich hören die Stimme einer Frau. »Maria?« sag' ich.

»Si.«

»Che c'è?«

»Der Löwe ist tot.«

Ich sag' ihr: »Du lügst, du nicht Maria, du Polizistin.«
»Ich lüge nicht, Guido. Er ist tot.«
Ich will Welt in Stücke reißen. Mamma mia, Monteleone, er ist so jung, er unmöglich tot sein kann.
Ins Telefon sag' ich: »Ich bringe die Frau hier um.«
»Nein, bring die Frau mit. Ich werde sie selbst umbringen.«
Ich will heulen wie ein Wolf. Ich will alles kurz und klein schlagen. »Was ich machen, wenn Löwe tot ist?«
»Die Löwin lebt doch noch, Guido. Tu, was er dir befohlen hat.«
»Monteleones Vetter?«
»Ja.«
»Er will nicht mit mir reden, oder er ist nicht zu Hause.«
»Versuch's nochmal.«
»Ich nochmal versucht.«
»Ich werde ihn von hier aus anrufen. Ich sage ihm, er soll sich mit euch in Verbindung setzen, ja?«
»Polizei hört, was wir sagen.«
»Macht nichts. Hör zu. Der Mann, der den Löwen umbrachte, heißt David Smith.«
Ich sag' Name, damit ich ihn behalten. »David Smith.«
»Genau. Er ist einsachtzig groß. Manchmal trägt er eine Brille. Es ist aber keine richtige Brille. Er trägt eine Perücke – manchmal eine braune, manchmal eine schwarze. Es ist also nicht sein eigenes Haar. Hast du mich verstanden? Ich kann dich nicht hören.«
»Ich verstehen.«
»Der Mann mit der Perücke, der den Löwen umgebracht hat...«
»Ja?«
»Er hat auch Iggie umgebracht.«
»Mutter Gottes!«
»Denk daran, Guido.«
»Ich denken daran.«
»Wir sehen uns also in Rom.«
»Was machen ich mit dem Geld?«
»Kann jetzt nicht länger mit dir reden. Es wird alles gut gehen, wir werden alles von hier aus vorbereiten. Ruf mich später an.«
Maria ist tolle Frau. Ich denken, bevor unser Flugzeug in Italien

ankommt, wird sie mit den Jungs einen großen Mann als Geisel nehmen. Sie lassen uns aus dem Flugzeug raus, vielleicht wir lassen dann die Geisel frei.

»Ciao«, sag' ich.

»Ciao.«

Ich gehen zum zweiten Schlafzimmer, wo Poco vor Tür auf Stuhl sitzt. Poco sehen mich an. Er immer Angst, ich bringen ihm schlechte Nachrichten. Diesmal er recht haben. Ich sag' zu ihm: »Unser Löwe tot.«

Poco sagt, ich lügen. Ich schlag' ihn. Ich schwören ihm, nix Lüge. Blöder Poco nimmt mich in die Arme. Ich ihn auch.

Ich öffnen Tür des zweiten Schlafzimmers. Da sitzt sie auf dem Bett und starrt auf verbundene Hand. Wie schade, daß sie nicht Mann. Sonst ich noch was wegschneiden.

41

Susan

Mutter hat mir erzählt, was sie tat, als sie im Krankenhaus lag und die Schwester mich zum ersten Mal an ihr Bett brachte: das, was die meisten Mütter bei Neugeborenen tun. Sie zählte meine Finger und Zehen, damit sie sicher sein konnte, daß ich ein ganz normales Kind war. Und wie sehe ich jetzt aus?

Ich starre auf meine verbundene rechte Hand. Einen Daumen und drei andere Finger kann man da sehen, gleichzeitig aber auch die abscheuliche Lücke, wo einst der Ringfinger war und wo es jetzt höllisch weh tut.

Wäre das bei einem Verkehrsunfall passiert, hätte man den Finger in Eis gepackt und ihn samt mir rasch in ein Krankenhaus gebracht, wo ein Mikrochirurg ihn hätte wieder annähen können. Wer würde es denn für möglich halten, daß Menschen so was sogar absichtlich machen?

Der stechende Schmerz in meiner Hand meldet sich wieder. Die Hunde verweigern mir jegliche Hilfe. Sie geben mir nicht mal Aspirin. Ich bin sicher, daß die Wunde bereits infiziert ist. Ich sagte ihnen, das Messer sei ja schmutzig, und darauf sagten die: »Fein, schmutzige Amerikaner verdienen schmutziges Messer.«

Gerade da höre ich, wie jemand vor dem Haus aufschreit. Darauf eine lange Stille. Schließlich Stimmen vor der Tür, die dann aufgeht. Guido ist wütend. Poco sieht zornig aus, besessen und ganz außer sich. Ich kann nicht verstehen, was Guido zu ihm sagt; sie schleppen mich dann aus dem Zimmer in die Küche, öffnen dort eine Tür, und ich sehe eine Treppe, die nach unten führt. Guido versetzt mir einen Stoß. Ich habe schreckliche Angst, er wird mich hinabstoßen und dabei könnte ich mir das Rückgrat brechen. Meine Füße haben die Stufen gefunden. Ich gehe hinunter. Guido folgt mir. Poco tappt hinter Guido her. Ich frage mich, wo der dritte Mann wohl sein könnte. In der Dunkelheit stinkt es ganz erbärmlich. Es ist aber nicht ihre Ausdünstung, sondern etwas ganz anderes.

Drunten angelangt, stößt Guido mich in eine Ecke des Kellers neben dem Heizkessel. Er hebt das Ende einer Wäscheleine vom Boden auf und bindet mir die Hände auf den Rücken. Mit der flachen Hand schlägt er mir mit seiner ganzen Kraft ins Gesicht.

Wie ein Tier heule ich ihn an.

Er schlägt mir noch ein paarmal ins Gesicht, und als er aufhört, ist der klopfende Schmerz in meiner Wange so schlimm wie der in meiner Hand. Irgend etwas muß vorgefallen sein, daß er mich so mißhandelt. Mein einziger Gedanke ist: Lieber Gott, wo bist du jetzt?

Sie lassen mich in dem Halbdunkel zurück. Lediglich durch einen Lichtschacht kommt ein wenig Helligkeit in den Kellerraum. Ich kann meine Umgebung kaum erkennen. Der Gestank ist unerträglich. Es ist sehr dunkel hier. Ich versuche, näher an den Kessel heranzukommen. Das Seil scheuert mir dabei die Handgelenke auf.

Zentimeter um Zentimeter arbeite ich mich vorwärts, bis ich dann schließlich am Kessel bin. Jede Bewegung in diese Richtung läßt das Seil etwas weniger straff werden. Ob ich wohl bis dorthin kommen kann, wo das Seil festgemacht ist?

Plötzlich kann ich etwas fühlen. Ich drehe mich um, damit ich es besser sehen kann. Das andere Ende des Seiles, mit dem man mich gefesselt hat, ist angebunden an... Ich traue meinen Augen nicht.

In der Dunkelheit kann ich jetzt die abstoßenden Körper einer alten Frau und eines noch älteren Mannes erkennen, dessen Mund geöffnet ist und dessen obere Gebißhälfte auf einer Seite herabhängt. Er hat nur ein Auge. Wo das andere sein müßte, ist nur ein schwarzes Loch. Die Augen der Frau kann ich nicht sehen, denn sie hat noch ihre Brille auf, deren Gläser aber zersplittert sind. Unter ihrer Nase ist dunkles, angetrocknetes Blut.

Kein Wunder also, daß Guido und seine Freunde sich keine Sorgen machten, die Besitzer des Hauses könnten zurückkommen. Die sind ja schon im Haus.

42

David

Sam war gerade dabei, auf dem Küchentisch unseren Angriffsplan auszuarbeiten, als Adams beschloß, sich wieder einzumischen.

Adams' Verhalten hatte sich geändert. Er war wieder der Mann, als den ich ihn am Flughafen kennengelernt hatte, kultiviert, weltmännisch, Herr über sich selbst.

»Ich würde auch ganz gerne an diesem Vorhaben teilnehmen«, sagte er. »Ich würde mich sehr freuen, wenn ich irgendwie mithelfen könnte.«

Sam legte seinen Arm dem Mann väterlich auf die Schulter. »Ich weiß Ihr Angebot wirklich zu schätzen, Professor Adams«, sagte er, »aber ich will ganz einfach nicht, daß Ihnen was zustößt.«

»Ich bin nicht ängstlich.«

»Es kann Sie erwischen, ob Sie nun ängstlich sind oder nicht. Wir sind dazu ausgebildet worden, mit Situationen wie dieser fertig zu werden. Sollte dabei etwas schiefgehen, dann würde das Leben von Miss Whitcomb...« Sam fuhr sich mit dem Finger an der Kehle vorbei.

Man konnte Adams ansehen, daß er Sams Geste für vulgär hielt. »Es braucht sich doch gar niemand in Gefahr zu begeben, wenn ich das Geld zusammenkriegen kann.«

»Oh«, sagte Sam, »und wie wollen Sie das schaffen?«

»Insgesamt gibt es etwa fünfunddreißigtausend Leute an der Columbia-Universität, wenn man die Graduierten-Kollegs und die Lehrerbildungsanstalt dazurechnet. Ich würde eine Spendenaktion ins Leben rufen. Selbst wenn nur jeder Zehnte etwas geben würde...«

»Und wie lange würde das etwa dauern?«

»Nur ein paar Tage.«

»Und Sie gehen also davon aus, daß die Geisel dann noch lebt?«

»Vielleicht könnte ich einen der Vermögensverwalter dazu überreden, die zwei Millionen vorzustrecken, solange ich noch damit beschäftigt bin, das Geld für die Rückzahlung zusammenzukriegen. Vielleicht würde sogar die Universität selbst einspringen.«

»Man würde damit nur eine Art Präzedenzfall schaffen«, sagte Sam, »und erreichen, daß die Angehörigen der Columbia-Universität, ob Absolventen, Studierende oder Lehrende, für Terroristen, die eine ansehnliche Summe erpressen wollen, ganz besonders interessant werden. Außerdem, Professor Adams, denken wir jetzt mal ganz realistisch! Wenn Sie noch heute zwei Millionen Dollar Bargeld zusammenkriegen könnten und den Leuten brächten –«

»Dann würden die das Geld doch nehmen, oder?«

»Aber ja. Sie würden das Geld nehmen und Sie auch noch – als zusätzliche Geisel.«

»Man müßte vorher eben eine Abmachung mit ihnen treffen.«

»Die werden auf alles eingehen, damit sie an das Geld herankommen und obendrein noch Sie oder jemand anderen in ihre Gewalt bekommen. Herr Professor, Sie sollten sich endlich klarmachen, daß Sie es nicht mit protestierenden Studenten zu tun haben.«

Der weltmännische Adams schien sich plötzlich ganz hilflos

vorzukommen. Die Worte kamen ihm jetzt nur noch langsam über die Lippen. »Irgendwie muß ich aber doch nützlich sein können.«

»Das kannst du vergessen«, hätte ich ihm am liebsten gesagt. »Du kannst deinen Akademikerhintern von hier wegbewegen.«

Sam wechselte das Thema ganz gekonnt. Er sagte: »Ich bezweifle, daß Sie das, was wir vorhaben, gutheißen würden.«

»Sie wollen versuchen, Susan zu retten. Das will ich doch auch.«

»Natürlich«, sagte Sam. »Mit gutem Willen allein ist uns aber jetzt nicht gedient. Haben Sie denn auch praktische Fähigkeiten?«

»Welche etwa?«

»Treffen Sie auf hundert Meter noch einen Apfel? Oder besser, den Kopf eines Mannes? Und das Wichtigste: Können Sie jemanden erschießen, der noch nicht auf Sie geschossen hat?«

»Was meinen Sie damit?«

»Wenn wir so was wie das hier angehen, können wir nur dann Erfolg haben, wenn wir die Geiselnehmer überraschen und matt setzen.«

»Jetzt weiß ich, was Sie sagen wollten. Schießen – um zu töten.«

»Einer, den man nur verwundet hat, kann die Geisel immer noch umbringen. Oder einen von uns.«

»Riskieren Sie damit aber nicht, daß Susan mitten im Schußfeld steht, wenn auf beiden Seiten geschossen wird? Wie wär's denn, wenn die Polizei das übernimmt?«

»Wir haben es doch nicht mit einem Verkehrsproblem zu tun«, sagte Sam und ließ sich schließlich anmerken, daß ihm langsam die Geduld ausging.

»Die Polizei hat doch Spezialisten für Fälle von Geiselnahme, die versuchen, die Geiselnehmer zum Aufgeben zu überreden, nicht wahr? Spezialisten, die auf Zeit spielen.«

»Ich wünschte mir, wir könnten uns diesen Luxus leisten, Herr Professor. Wir kennen diese Leute genau. Die sind von Anfang an nervös. Wenn es zu lange dauert, bis das Lösegeld da ist, dann kommen die ganz schön in Rage. Und dann tun sie was, damit man weiß, wie ernst es ihnen ist. Die sind ja schon soweit – deshalb haben sie ja auch den Finger geschickt.«

Adams verschränkte die Arme vor der Brust, als ob er sich mit dieser Geste gegen das, was Sam sagte, abschirmen wollte.

Der alte Sam aber legte nun erst richtig los. »Professor Adams, Sie wissen doch viel besser als wir, daß es dann, wenn wir zuerst schießen, kein Fall von Notwehr sein kann. Wir halten uns nicht an die Gesetze. Bei einer langen Schießerei kann es auf beiden Seiten Tote geben. Die Geiseln eingeschlossen. Wir lassen es erst gar nicht zu einer Schlacht kommen; wir stoßen rasch zu und sind noch schneller wieder weg. Wir wissen, was die andere Seite vorhat, und wir versuchen mit allen Mitteln, das zu verhindern. Verstanden?«

Adams nickte, als ob er einen steifen Nacken hätte. Man darf mich ruhig einen Schweinehund nennen, aber ich genoß sein Unbehagen.

»Professor Adams«, sagte Sam, »die Polizei hat es mit Leuten zu tun, die durchgedreht haben, oder mit Bankräubern, die nicht rechtzeitig weggekommen sind. Also mit ganz anderen Gegebenheiten. Die Männer, mit denen wir's zu tun haben, sind keine Verrückten und auch keine Berufsverbrecher, die sich überlegen, wie viele Jahre Gefängnis auf sie zukommen. Diese Männer hier handeln auf einen Befehl hin, den sie nicht zu verweigern wagen. Wenn sie mal drinhängen, kommen sie nicht mehr raus. Ihren Anführern geht es dabei um ganz bestimmte Ziele, und sie sind dabei die Ausführenden. Punktum. Es scheint, daß sie Leute nur aufs Geratewohl umlegen, dabei wissen sie genau, was sie anrichten, wenn sie Menschen ermorden und Millionen in Furcht und Schrecken versetzen. Als sie die Bombe auf das Dach von General Whitcombs Wagen legten, geschah das mit der Absicht, die USA durch solche Aktionen aus Europa hinauszubomben.«

Adams gab sich einen Ruck. »Mr. Dracoff, es wäre schön, wenn Sie an der Columbia-Universität mal einen Vortrag halten würden. Viele unserer Studenten unterstützen nämlich gewalttätige Systemgegner.«

Sam lächelte. »Ich hatte schon die Gelegenheit, bei Studenten Überzeugungsarbeit zu leisten, als ich selbst noch einer war. Ich bin jetzt nicht mehr in dem Bereich, wo nur heiße Luft produziert wird.

Außerdem ist es Leuten, die in unserem Bereich arbeiten, verboten, als Redner aufzutreten. Weiter, wenn ich mich an der Columbia-Universität ans Rednerpult stellen würde, dann würde ich ausgepfiffen werden. Die Leute glauben nun mal das, was sie glauben wollen. David sagte mir, daß Sie Rechtswissenschaft lehren. Sie sind wohl ein Meister Ihres Faches.«

Adams, dem das peinlich war, wollte gerade sagen: »Nun, ich...«

»Professor Adams, ich glaube nicht, daß Sie da mitmachen wollen.«

»Ich werde alles tun, wenn ich damit helfen kann, Susan zu retten.«

»Stimmt nicht. Sie würden doch nicht den ersten Schuß auf ihre Entführer abgeben.«

»Woher wollen Sie denn wissen, wozu ich fähig bin?«

»Nehmen Sie mir's bitte nicht übel, Herr Professor. Sie haben Erfahrung als Anwalt und als Lehrer für Anwälte; bitte halten Sie sich an die Gesetze. David und ich bereiten uns nämlich darauf vor, die Gesetze zu brechen, und nicht nur ein wenig. Das Praktische dabei ist, daß es uns nicht gibt. Wenn Sie wollen, können Sie uns ja anfeuern, damit wir Erfolg haben. Aber nur aus der Ferne.«

Als wir Adams los waren, versammelte Sam uns wieder um den Küchentisch, auf dem die Karten lagen, weil das, mit Ausnahme des Fußbodens, die einzige genügend große Fläche war, auf der wir unsere Pläne ausbreiten konnten.

»Wir hätten nicht so viel Zeit mit Adams vergeuden sollen«, sagte ich.

»Lieber jetzt als später«, fuhr Sam mich an. »Außerdem hab' ich's richtig genossen.«

Earl Morath, der für Sam praktisch Luft war, kam mit seinen zwei Vorschlägen: »Könnten wir denn nicht fünf oder sechs unserer Leute per Hubschrauber auf diesem ebenen Gelände hinter dem Haus absetzen? Wir könnten –«

»Das würde zu viel Lärm machen«, sagte ich. »Das Geräusch eines Hubschraubers würde sie alarmieren. Die würden Ihre Männer schon bei der Landung erledigen. Wahrscheinlich haben sie sich für dieses Haus entschieden, weil sie nicht nur vor dem Haus, sondern auch dahinter ein ausgezeichnetes Schußfeld haben. Lediglich durch das dichte Gestrüpp hier«, sagte ich und zeigte dabei auf die Karte, »könnten Ihre Männer unbemerkt ans Haus herankommen. Ich weiß aber nicht, ob da ein Durchkommen überhaupt möglich ist.«

»Wenn wir uns langsam vorarbeiten können, werden wir schon durchkommen.«

Ich sagte: »Eines dürfen wir dabei nicht vergessen. Sie erwarten, daß das Geld von einem Mann überbracht wird, und zwar zu Fuß.«

»Kann das FBI dabei helfen?« fragte Morath.

»Das Wichtigste ist, daß wir herausbekommen, in welchem Teil des Hauses Susan Whitcomb festgehalten wird«, sagte Sam.

»Nicht nötig«, sagte ich. »Ich will, daß sie deutlich sichtbar an der Tür steht, wenn ich den Koffer mit dem Geld bringe.«

»Wer zum Teufel hat denn bestimmt, daß du das tust? Moraths Leute haben das Telefongespräch aus Rom abgehört. Die Verbrecher wissen jetzt, daß du den Löwen umgebracht hast. Sie wissen jetzt auch, daß du Iggie erledigt hast. Du hättest keine Chance.«

»Aber sie können mich doch erst dann deutlich erkennen, wenn es bereits zu spät ist«, sagte ich ziemlich laut, lauter, als ich es beabsichtigt hatte. »Ich bin beweglicher als du, Sam. Ein ganz gewöhnlicher Polizist kommt dafür nicht in Frage.«

»Wir haben Leute, die für die Übergabe von Lösegeld ausgebildet worden sind«, sagte Morath.

»Alles herhören.« Sam glich einer aufgeplusterten Taube, als er versuchte, durch tiefes Atemholen und Hervorstrecken des Brustkorbes seine Geduld zu wahren. »Derjenige, der den Koffer trägt, muß dazu fähig sein, denjenigen zu erschießen, der das Geld in Empfang nehmen will. Außerdem«, fuhr Sam fort, »selbst wenn Sie jemand hätten, der ein hervorragender Pistolenschütze ist, Earl – und ich bin sicher, daß Sie so jemand haben –, gibt es keinen Grund, ihn in Schwierigkeiten zu bringen, oder? Von euch erwartet man, daß ihr Verbrecher überwältigt, damit man sie vor Gericht stellen kann; ihr sollt sie nicht umbringen.«

Morath sagte: »So weitreichende Vollmachten habt ihr doch auch nicht, oder?«

Sam sagte: »Wenn wir's verbocken, könnten Sie uns noch festnehmen müssen, Earl.«

Morath lächelte. Dann sagte er zu Sam: »Wie wär's, wenn wir dem Mann einen kleinen Empfang hinterm Ohr anbringen, damit wir ihm eine eventuelle Änderung des Planes noch mitteilen können, wenn er mit dem Geld schon zum Haus unterwegs ist?«

Sam sagte: »Ach, meinen Sie damit wohl eines jener gar nicht so geheimen Apparätchen des Geheimdienstes, an denen man die Leibwächter des Präsidenten schon von weitem erkennen kann? Wenn die Kerle so was sehen, wissen sie, daß unser Mann bewaffnet ist. Es wäre mir schon lieb, wenn David diesen Auftrag heil übersteht.«

»Danke«, sagte ich.

»O bitte, bitte«, sagte er. »Wir sollten uns jetzt ein Motel suchen und uns schlafen legen. Morgen mußt du nämlich richtig ausgeruht sein, mein Junge.«

Als der Morgen graute, war ich schon auf den Beinen und mußte Sam wecken, der laut vor sich hinschnarchte. Wir frühstückten in einem kleinen Restaurant an der Straße; ich trank den Kaffee, obwohl er noch viel zu heiß war.

»Zunge verbrannt?« fragte Sam.

»Macht nichts«, gab ich ihm zur Antwort, »ich will einfach von hier weg.«

»Sie wird bestimmt auf dich warten, mein Junge.« Sam duckte sich, obwohl ich nicht zu einem Schlag ausgeholt hatte.

Earl Morath fuhr uns nach Long Valley; hinter uns folgten einige Wagen. Die FBI-Leute würden sich einzeln von der Anhöhe oben durch das dichte Gestrüpp auf das Haus zu arbeiten und so nahe wie möglich an es herankommen, ohne ihre Deckung aufzugeben; sobald der erste Schuß fiele, würden sie dann das Haus stürmen.

»Ist eine tolle Methode, die Geisel umzubringen«, sagte ich.

Sam bedeutete mir, den Mund zu halten.

Ich hatte Angst, Susan könnte von einer verirrten Kugel getroffen werden. Im Idealfall würde ich zuerst den erledigen, der das Geld abholen käme, und dann den, der hinter Susan stünde, noch bevor er sie erschießen konnte. Ich mußte mir aber eingestehen, daß ich nicht so schnell war. Und was wäre, wenn ich nicht nahe genug an das Haus herankommen könnte?

»Mr. Morath«, sagte ich, »ist einer Ihrer Leute ein so guter Schütze, daß er mit einem Gewehr noch ein kleines Ziel treffen kann, wenn er etwa hundert Meter weiter unten hinter einem Wagen in Deckung steht?«

»Wie groß ist denn das Ziel?«

»So groß wie der Kopf eines Mannes. Der Kopf dessen, der die Geisel festhält.«

Morath sagte: »Diese Frage bringt mich ein wenig in Verlegenheit.«

»Inwiefern denn?« wollte Sam wissen.

»Ich gelte als der beste Schütze von uns«, sagte Morath. »Im Kofferraum meines Wagens liegt eine Winchester mit Zielfernrohr.«

Ich sah Sam an und er mich. »Wir sollten für den Augenblick die Rivalität zwischen den Diensten vergessen«, sagte er zu mir. »Wenn der Mann ein guter Schütze ist, sollten wir uns das zunutze machen. Er könnte sofort schießen, nachdem du geschossen hast. Du kannst dich dann ganz darauf konzentrieren, wie du mit dem Koffer den Hang hinaufkriechst.«

Ich sah ihn an. »Weshalb denkst du denn, daß ich kriechen werde?«

Sam sagte zu Morath: »Sie sollten besser dafür sorgen, daß unten an der Straße zwei Krankenwagen unauffällig bereitgestellt werden.«

»Zwei?« fragte Morath etwas verwundert.

»Einen für die, die noch am Leben sind«, sagte Sam, »und zwar für den Fall, daß einer von euch zwei Superschützen seinen Gegner nur verwundet.«

Die Fahrt von New York nach Westen verlief zunächst im dichten Verkehr. Auf einer Straße, die anscheinend von Tankstellen gesäumt war, war der Verkehr dann nicht mehr so stark; schließlich waren wir auf dem offenen Land. Morath war ein guter Fahrer. Ich legte den Kopf zurück und gähnte.

Sam tippte mir auf die Schulter und sagte: »Wir sind schon fast da.«

An der nächsten Gabelung stand ein Mann in Zivil und winkte uns an den Straßenrand. Er wollte das Wageninnere inspizieren. Morath fuhr langsamer. Der Mann erkannte ihn und bedeutete uns, die nach rechts führende Straße zu nehmen.

Die Schlaglöcher in der Straße zwangen Morath, mit weniger als dreißig Stundenkilometern zu fahren. Vor uns sahen wir neben einer Hecke eine Gruppe von Männern stehen.

»Das sind sie«, sagte Morath. »Ihr zwei könnt im Wagen bleiben.« Er stieg aus, stellte den Motor aber nicht ab, ging auf die Männer zu und sprach mit ihnen. Ich sah, wie er nickte, konnte aber nicht verstehen, was sie sagten.

Als Morath zum Wagen zurückkam, streckte er den Kopf durch das offene Fenster ins Wageninnere: »Hier ist der Plan.«

»Ich kann nichts verstehen«, sagte ich.

Er streckte die Hand herein und schaltete die Zündung aus. »Fünfzehn Männer befinden sich im Dickicht oberhalb des Hauses. Sobald Smith den Mann abgelenkt hat, der das Geld holen kommt, werden unsere Leute zur Rückseite des Hauses eilen und es stürmen, sobald der erste Schuß fällt.«

Morath stieg wieder in den Wagen und fuhr ziemlich langsam, weil einer seiner Leute neben dem Wagen herlief, um uns den Weg zu zeigen. Ich stellte mir vor, daß er bestimmt auf dem Trittbrett gestanden hätte, wenn sich das alles vor einem halben Jahrhundert abgespielt hätte.

Das mußte ich denen vom FBI lassen: Sie hatten das Gelände sehr sorgfältig studiert. Man brachte uns zu einer Stelle, wo ein paar Bäume und Hecken einen hervorragenden Sichtschutz boten. Morath sagte, er zöge es vor, wenn er sein Ziel in liegender Stellung anvisieren könnte; an der Stelle gab es aber keine Möglichkeit dazu. Er entschloß sich dazu, den Arm, mit dem er das Gewehr hielt, auf der Kühlerhaube seines Wagens aufzustützen. Das war aber nur eine Notlösung.

Sam gab Morath zu bedenken: »Die Männer im Haus könnten doch das Mündungsfeuer sehen.«

»Macht euch meinetwegen keine Sorgen«, sagte Morath.

Von mir aus konnte es losgehen. Ich beabsichtigte, von links aus, weit weg vom Auto, auf eine freie Stelle zuzugehen, wo sie mich schon aus einer Entfernung von mehreren hundert Metern sehen konnten. Je eher sie mich sehen konnten, desto weniger würden sie von einem der Leute des FBI abgelenkt werden, die den Berg herab auf das Haus zukamen.

Mir war auch deshalb etwas mulmig, weil ich mit Leuten zusammenarbeiten mußte, die ich gar nicht kannte. Sam hatte jedem von uns beigebracht, wie man als Teil einer kleinen Gruppe arbeitet; ein jeder von uns konnte sich auf die Fähigkeiten des anderen verlassen.

Als sich die Gelegenheit bot, daß keiner uns zuhörte, fragte ich Sam: »Warum führst du den Kopfschuß nicht aus?«

»Es ist Moraths Gewehr«, sagte er. »Außerdem hat er selbst gesagt, er sei ein toller Schütze. Soll ich dich in ein kleines Geheimnis einweihen, mein Junge? Meine Sehkraft ist nicht mehr so toll.«

»Es ist das erste Mal, daß ich ohne einen Alternativplan arbeite.«

»Du kannst nicht mehr zurück, wenn du mal den Hügel halb oben bist. Die einzige Alternative, an die ich jetzt denken kann, ist die, daß du hier bleibst und ich das Geld hochtrage.«

»Damit wirst du aber kein Glück haben.«

»Denk daran.«

»An was?«

»An alles, was ich dir beigebracht habe, mein Junge.«

Ich nickte.

Ein jeder stand bereit. Morath brachte sein Gewehr auf der Kühlerhaube seines Wagens in Anschlag, sah zu mir herüber und nickte. Sam stand neben ihm. Ich wuchtete den schweren Koffer mit der rechten Hand hoch und wechselte ihn dann in die linke.

»Mach's gut, mein Junge«, sagte Sam, »los!«

Noch nie im Leben hab' ich mich so allein gefühlt.

43

Susan

Vor vielen Jahren, ich muß damals acht oder neun gewesen sein, wachte ich einmal mitten in der Nacht auf. Brandgeruch hatte mich aufgeschreckt.

Als ich die Nachttischlampe einschalten wollte, ließ sich zwar der Schalter hin- und herbewegen, aber das Licht ging nicht an. Ich angelte mit den Füßen nach meinen Hausschuhen, schlüpfte hinein und tastete mich dann durch das dunkle Zimmer zum Schalter an der Wand. Fehlanzeige. Nichts tat sich, und noch immer war der Brandgeruch da.

In panischer Angst hastete ich ans Fenster, konnte aber nirgendwo eine Straßenlaterne brennen sehen. An der offenen Zimmertür war der Brandgeruch am stärksten; ich ging in die Richtung, aus der er kam, hinaus auf den dunklen Flur und dann die paar Schritte bis zum Schlafzimmer meiner Eltern. Dessen Tür stand einen Spalt weit offen. Ich klopfte an. Ich hörte das Geräusch von Schritten, und dann machte Vater die Tür vollends auf – und da stand er, lächelte und hielt einen Aschenbecher in der Hand, in dem eine große weiße Kerze brannte. »Wir haben einen Stromausfall«, sagte er. »Es ist alles in Ordnung. Geh nur wieder ins Bett.«

Dieses Mal hatte mir auch von einem Gestank geträumt. Als ich aufwachte, war es dunkel, und der Gestank war ganz in der Nähe und kaum auszuhalten. Ich wußte wieder, wo ich war: im Heizraum.

Ich versuchte, noch weiter von den Körpern wegzukommen. Das ging aber nicht, denn das Seil gab nicht nach.

Ich wollte an nichts mehr denken. Ich wollte, daß ich den Gestank, der von den Körpern ausging, nicht mehr riechen müsse.

Plötzlich hörte ich oben Schritte.

Ich hörte, wie die Kellertür aufging, und dann sah ich den Kegel eines hellen Lichtes auf der Treppe.

Es war Guido, und hinter ihm kam Poco. Poco hielt sich die Nase zu. In der einen Hand hielt Guido eine Taschenlampe, in der anderen eine Pistole.

Kamen sie herab, um auch mich zu erledigen?

Guidos Taschenlampe blendete mich. Als ich zurückzuckte, richtete er sie auf die Körper. *Ja, die sind immer noch tot. Die haben sich nicht von hier entfernt.*

»Steh auf!«

Das konnte ich aber nicht. Guido winkte Poco mit der Pistole zu, er solle mich losbinden.

Sie brachten mich aus dem Gestank des Heizraums nach oben. Guido machte die Kellertür ganz fest zu – als ob damit der Gestank zurückgehalten werden könnte, den man mittlerweile im ganzen Haus roch.

Guido steckte sich die Pistole in den Gürtel und befahl mir, mich an den Küchentisch zu setzen. Poco stellte einen Teller mit Schweinefleisch und Bohnen vor mich hin. Obwohl ich sehr hungrig war, hatte ich keinen Appetit. Ich bat um einen Schluck Wasser. Guido brachte mir ein Glas voll. Als ich sie das letzte Mal um Wasser gebeten hatte, hatte Guido es mir mit einem hämischen Lachen ins Gesicht geschüttet. Das tat jetzt aber keiner der beiden. Ich fragte mich, weswegen sie so nervös waren.

»Iß!« befahl Guido.

»Ich werde mich nur erbrechen.«

»Iß und erbreche dich.«

Ich nahm ein paar Bohnen auf die Gabel. Sobald ich den ersten Bissen im Mund hatte, mußte ich mich zwingen, das Zeug nicht hinunterzuschlingen. *Iß langsam. Dir darf's doch jetzt nicht schlecht werden.*

Poco schnitt mir eine Scheibe von dem dunklen Brot ab, von dem sie auch gegessen hatten, und legte sie mir mit einer Verbeugung neben den Teller, als ob er mir etwas schenke.

Ich brachte ein »Dankeschön« heraus. Poco grinste, und Guido nickte ihm zu, als ob er das Richtige getan hätte. Ich wurde dann auf den dritten Mann aufmerksam, der zuerst den Lieferwagen und danach die Limousine gefahren hatte. Er hatte das Sofa ans Fenster geschoben und auf der Fensterbank ein Gewehr in Anschlag gebracht. Als ich mich wieder nach Poco umdrehte, fiel mir auf, daß auch er eine Pistole im Gürtel hatte.

Die Bohnen, die nicht mal richtig warm waren, schmeckten mir besser als das beste Essen, das ich je gegessen hatte. Die Gabel mit der linken Hand zu bedienen fiel mir gar nicht leicht. Ich konnte immer nur ein paar Bohnen aufspießen. Ich war so hungrig, daß ich meinen Mund am liebsten ganz nahe an den Teller gebracht hätte. Als nur noch fünf oder sechs Bohnen übrig waren, aß ich eine nach der anderen, um den Genuß zu verlängern. Dann wischte ich den Teller mit einem Stück Brot aus.

Als ich noch ein Kind war, stellten wir nach dem Essen unsere Teller auf den Boden, damit die Katze sie sauber lecken konnte. Jetzt war ich selbst die Katze. Der Teller war ganz sauber.

Als ich fertig war, bedeutete mir Guido, ihm zu folgen. Er ging mir voraus zu dem Badezimmer, das sie benutzten. An den Haken dort hingen Kleider.

»Nimm eine Dusche. Mach dich sauber.«

Sobald er draußen war, verriegelte ich die Tür. Ich stieg in die Badewanne, damit ich noch näher an das Fenster mit den Milchglasscheiben herankommen konnte, das über der Wanne war. Ich versuchte, es zu öffnen. Es war von außen zugenagelt worden, wie die Fenster im zweiten Schlafzimmer.

In meinem kleinen Badezimmer gab es keinen Spiegel. Ich hatte mich nicht mehr im Spiegel betrachten können, seitdem sie mich in den Lieferwagen gestoßen hatten. Als ich den Spiegel über dem Waschbecken sah, mußte ich einfach hineinschauen. Ich war entsetzt über die dunklen Flecken unter meinen Augen, über den Schmutz, der sich in meinen Poren festgesetzt hatte, und über mein wirr zerzaustes Haar.

Mit der linken Hand legte ich meine Unterwäsche ins Waschbecken, um sie dort einweichen zu lassen. In meiner rechten Hand war ein pochender Schmerz. *Der Verband darf nicht naß werden.* Ich fand schließlich eine Bademütze, die wohl der Frau im Keller drunten gehört hatte, wickelte sie mir um meine verbundene Hand, so gut es eben ging, stieg in die Badewanne und stellte die

Dusche an. Ich genoß die Wohltat des über mich strömenden heißen Wassers.

Mitten in meinem dampfenden Vergnügen stellte sich plötzlich ein Gedanke ein, der mich ganz aus der Fassung brachte. Weshalb wollten die plötzlich, daß ich mich wasche? Sollte ich nach der Übergabe des Lösegeldes freigelassen werden? Würde Guido mich wie eine wohlfeile Ware präsentieren, damit man mich sehen konnte, dann das Geld nehmen und mich umlegen? Würden sie auf den, der mir zu Hilfe käme, schießen? Wozu denn sonst das schußbereite Gewehr? Ich mußte nun klar denken. Ich duschte rasch fertig.

Die Vorstellung, nach einem Duschbad wieder das anziehen zu müssen, was ich seit Tagen getragen hatte, war mir zuwider. Ich wickelte meine Unterwäsche in eines der kleineren Handtücher, das sauberer schien als die anderen. Als ich die Tür des Badezimmers öffnete, stand Poco davor und grinste idiotisch wie immer. Es war mir aber völlig egal, welchen Teil meines Körpers er zu sehen kriegte, solange er mich nur nicht berührte.

Er wies mir den Weg. Einen Augenblick dachte ich, er werde mich wieder in den Keller hinunterbringen. Dann aber dirigierte er mich zum zweiten Schlafzimmer. Ich konnte sehen, wie Guido und der andere Mann ihre Waffen überprüften, inzwischen ein richtiges Arsenal. Wo hatten die denn die vielen Waffen her?

Poco war wegen des zusammengerollten Handtuchs, das ich bei mir hatte, mißtrauisch. Ich wickelte es auf dem Bett auf, nahm die noch feuchte Unterwäsche heraus und gab ihm dann das Handtuch. Meinen BH hängte ich an einem der Träger an dem Fenster auf, wo er die meiste Sonne bekam. Das Höschen hängte ich im Badezimmer auf, damit Poco es nicht sogleich sah.

Ich hörte, wie jemand im Wohnzimmmer etwas rief; daraufhin redeten alle drei gleichzeitig. Ich konnte überhaupt nichts verstehen. Der einzige nützliche Gedanke, der mir in den Sinn kam, war der: Falls es zu einer Schießerei kommt, dann laß dich sofort auf den Boden fallen.

Poco kam mich holen. Guido war am zweiten Fenster in die Hocke gegangen. Als ich das Zimmer betrat, zeigte er hinaus. Ich gab mir alle Mühe, die winzige Gestalt in der Ferne zu erkennen: Es war ein Mann, der einen Koffer in der Hand hatte. Ich spürte, wie etwas in meiner Brust riß, wie die Saite einer Gitarre: David!

David, der ein so flottes Tempo hatte, als wir nebeneinander hergingen, schien sich jetzt geradezu im Schneckentempo fortzubewegen. Machte er das aus Gründen der Vorsicht, oder war der Koffer so schwer? Er konnte doch nicht allein sein, oder? Wo waren denn die anderen? »Ich ziehe es vor, allein zu arbeiten«, hatte David zu mir gesagt. »Man braucht sich dann um niemand zu sorgen.«

Ich drehte mich um und sah in Guidos Gesicht den Ausdruck abgrundtiefen Hasses. »Das ist der Mann«, sagte er und spuckte aus. Dann zog er die große Pistole aus seinem Gürtel.

44

David

Der Koffer war schwer, denn er war dicht mit schwerem Papier gefüllt worden. Als ich anhielt und den Koffer absetzte, tat ich das nicht, weil er mir zu schwer gewesen wäre. Wir hatten aber ausgemacht, daß Susan deutlich sichtbar an der Tür stehen würde.

Unter dem Vordach vor der Haustür stand niemand.

Dann trat ein langer, hagerer Kerl aus der Tür, der etwas in der rechten Hand hatte, das wie eine 45er aussah. Er mußte mich vom Haus aus gesehen haben. Er starrte mich an. Ich starrte zurück. Mit seiner linken Hand bedeutete er mir, ich solle noch näher herankommen.

Ich bewegte mich aber keinen Schritt weiter. Ich holte tief Luft und brüllte dann ein einziges Wort so laut heraus, daß man es auch gegen den Wind hören mußte: »Susan!«

Würden sie verstehen, was ich wollte? Sie waren doch darauf eingegangen, verdammt noch mal!

Nochmals tief Luft holen, nochmals ein lautes Brüllen: »Susan!«

Der Mann rief dann etwas auf italienisch. Ein kleiner Mann kam durch die Tür und stieß Susan vor sich her. Als ich sie erblickte und somit wußte, daß sie noch am Leben war, jagte mir das Herz. Am liebsten hätte ich meinem Instinkt gehorcht und wäre auf sie zugelaufen. Meine Ausbildung aber hielt mich davon ab und ließ mich das tun, was die Erfahrung mich zu tun gelehrt hatte, nämlich mir zuerst ein Bild der Lage zu machen.

Mit Schrecken wurde mir klar, daß der Mann, der hinter Susan stand, nur so groß war wie sie. Sein Kopf ragte ja gar nicht über sie hinaus! Wie sollte Morath dann einen Kopfschuß anbringen können?

Der Lange mit der 45er winkte mich nochmals näher heran, dieses Mal tat er es ganz aufgeregt mit dem linken Arm. Was würde Morath tun?

Ich nahm den Koffer wieder in die Hand und ging weiter den mit Gras bewachsenen Hang hinauf, und zwar Schritt um Schritt. Ich machte absichtlich kleinere Schritte, damit Morath Zeit zum Überlegen hatte. Wenn er aber anders als vereinbart vorgehen wollte, konnte er es mich nicht wissen lassen. Vielleicht hätte ich doch den Empfänger nehmen sollen, trotz des Risikos. Zu spät dafür! Ich hatte druckartige Kopfschmerzen auf beiden Schädelseiten. Ich hatte mich darauf verlassen, daß ich auch den erschießen konnte, der Susan festhielt, falls Morath ihn nicht treffen würde; aber der Kerl, der Susan festhielt, war fast ein Zwerg und hinter ihr kaum zu sehen.

Ich war noch an die hundert Meter vom Haus entfernt, als der Lange den Hang herunter auf mich zukam. Ich vermutete, daß er davon ausging, daß man nicht auf ihn schießen würde, solange die Geisel noch in ihren Händen war. Er hielt die 45er so, als ob er wüßte, wie man damit umgeht.

Ich ging noch ein paar Schritte. Der Lange streckte die linke Hand wie ein Verkehrspolizist in die Höhe. Ich ließ mich auf mein rechtes Knie nieder, um ihn wissen zu lassen, daß ich nicht weitergehen würde. Er sah sich prüfend um und nickte. Die Jungs vom FBI hatten sich wirklich gut versteckt. Man konnte überhaupt nichts sehen.

Sollte Morath auf den Langen schießen, würde der Zwerg Susan sofort umbringen. Weshalb hatten wir uns nicht die Zeit genommen und alle Eventualitäten berücksichtigt? Daran war ich selbst schuld. Ich hatte jeden zur Eile getrieben.

Da ich es nicht riskieren konnte, sie merken zu lassen, daß ich bewaffnet war, hatte ich mir nur meine entsicherte 38er ins Halfter am Fußgelenk gesteckt. Der Lange blieb etwa drei Meter vor mir stehen. Ich wußte, was eine 45er auf diese Distanz anrichten kann. Langsam verlagerte ich mein Gewicht nach hinten und zog meinen linken Fuß so weit nach vorne, bis er sich in einer Stellung befand, in der ich die Pistole schnell ziehen konnte.

Ich stieß den Koffer ein paar Zentimeter in seine Richtung.

»Aufmachen«, sagte er.

Mein erster Gedanke war, den Koffer mit der linken Hand zu öffnen, damit ich mit der rechten die Pistole ziehen konnte. Diesen Gedanken verwarf ich aber augenblicklich wieder. Der Lange war kein Anfänger. Er sah so aus, als ob er den Braten riechen könnte.

Dann kam mir eine bessere Idee. Mit beiden Händen machte ich die Schlösser am Koffer auf, hob den Deckel hoch und drehte den Koffer um hundertachtzig Grad, so daß er sehen konnte, daß er voller gebündelter Banknoten war. Ich erwartete, daß ihm die Augen angesichts von so viel Geld überlaufen würden; er blinzelte aber nicht einmal.

Nur die obersten Bündel waren echt. Ich langte über den Deckel des Koffers, der meinen linken Fuß mit dem Halfter verdeckte, nahm das mit einem Gummiband versehene, in der Mitte liegende Geldbündel heraus, das einzige, das nur echte Scheine enthielt, und warf es ihm in hohem Bogen zu, so daß er eine Sekunde nach oben sehen mußte, um es aufzufangen.

Er fing das Bündel mit der Linken auf. Mit dem Daumen fächerte er es kurz auf, und das reichte mir, um die Pistole zu ziehen, gleichzeitig aufzustehen und zu feuern, wobei ich aber mit dem Arm die Perücke verschob. Verdammt!

Aus den Augenwinkeln sah ich, wie Susan sich zu Boden warf. Sofort hörte ich den Schuß aus Moraths Gewehr krachen und sah den Zwerg nach hinten kippen. Ich war so erleichtert, daß ich nicht bemerkte, wie sich der Lange nach vorne beugte, als ich auf ihn schoß. Ich hatte ihn nicht ins Herz getroffen, sondern irgendwo in den Bauch. Er zielte mit seiner 45er genau auf mich und schrie: »Perücke! Perücke!« In diesem Bruchteil einer Sekunde wurde mir klar, daß Sam recht gehabt hatte: Selbst wenn man denkt, man sei noch so gut – wenn man eine persönliche Beziehung zu einer Geisel hat, dann kann einem schon die geringste Ablenkung teuer zu stehen kommen.

45

Susan

David hatte nur eine Sekunde dorthin geblickt, wo ich stand. Dann feuerte Guido zweimal aus seiner großen Pistole. Ich werde den Ausdruck der Überraschung auf Davids Gesicht nie vergessen, als sein Körper wie eine Puppe nach hinten fiel.

Guido schien sich auf den Koffer zu stürzen – oder fiel er auf den Boden?

Plötzlich wimmelte es auf dem ganzen Gelände von Männern in Anzügen, die von links, rechts und hinten auf das Haus zu rannten. Die Schüsse, die man dann im Haus fallen hörte, mußten bei weitem ausgereicht haben, um den dritten Mann zu erledigen, der am Fenster gewesen war. Die Pistolenschüsse hörten dann so plötzlich auf, wie sie eingesetzt hatten. Ich bemerkte, daß Poco nur einen halben Meter von mir entfernt am Boden lag. Ich wollte nicht hinsehen, tat es dann aber doch. Ein Teil seines Kopfes war nicht mehr da.

Meine linke Hüfte schmerzte an der Stelle, auf die ich gefallen war. Ich versuchte meine Benommenheit abzuschütteln und stand auf, wobei ich in Davids Richtung blickte. Mir war, als wohnte ich als Unbeteiligte einem Alptraum bei. Männer kamen den Berg herauf auf David zugelaufen. Ich bemerkte dann, daß ich den Hang hinunterrannte, an Guido vorbei, der sich nicht rührte und dessen Gesicht auf den Boden gepreßt war, als ob es von irgendeiner Kraft dort festgehalten würde.

Ein breitschultriger Mann mit Grau im Schnurrbart war noch vor mir bei David. David war bei Bewußtsein, seine Augen blickten mir ins Gesicht. Der breitschultrige Mann stellte David ganz routiniert Fragen. Er fragte David, ob er die Beine bewegen könne, ob er die Arme bewegen könne, und David versuchte, dem breitschultrigen Mann so genau zu antworten, wie er es bei einem Arzt getan hätte, wobei seine Augen noch immer auf mir ruhten. Der ihn Untersuchende wollte sich ein Bild von seinen Verletzungen machen. Ich hörte, wie er fragte: »Kannst du das nicht spüren?« Und David sagte: »Gar nicht, gar nicht.« Dann kniete ich neben David, nahm seinen Kopf in meine Arme und küßte ihm aus lauter Liebe und Dankbarkeit das Gesicht.

Plötzlich fühlte ich, wie Hände an meinen Schultern zerrten und mich hochzogen. Der breitschultrige Mann sagte zu mir: »Ich bin Sam Dracoff. Ich fürchte, daß die Kugel, von der unser Freund David getroffen wurde, ziemlich weit oben im Rückgrat steckt.«

46

Susan

»Betrachten Sie's doch einfach von der Warte aus«, sagte Sam Dracoff zu mir. »Sie haben nur einen von zehn Fingern verloren. Neun Finger ist immer noch ein ganz guter Prozentsatz.«

»Ich glaube, ich kann damit leben, daß meine Hand etwas sonderbar aussieht, Sam. Für mich ist eher der Gedanke bedrückend, daß David, diese Sprinternatur, nun im Rollstuhl sitzen muß.«

Wir hatten uns gerade von David verabschiedet. Sam hatte das Zimmer zuerst verlassen, damit ich mit David noch ein paar Minuten allein sein konnte. Es ist ein schreckliches Gefühl, wenn man bei jemand ist, den man ganz fest in den Arm nehmen will und der das nicht erwidern kann.

Als ich aus dem Zimmer kam, fröstelte ich, obwohl es draußen gar nicht kalt war.

Sam sagte: »Gleich um die Ecke ist ein Café.« Er bestand darauf, daß ich mir auch etwas zu essen bestellte.

Ich sagte: »Sie sind eine richtige jüdische Mutter, Sam. Aber weshalb konnte David zur Rehabilitation nicht im Krankenhaus verbleiben? Weshalb hat man ihn denn an einen so einsamen Ort gebracht?«

Sam brummte vor sich hin, griff nach meinem Plundergebäck und brach sich ein Stück davon ab. »Darf ich?«

Ich nickte.

»Schmeckt gut«, sagte er kauend. »Meine Liebe... Ich hoffe, Sie nehmen mir's nicht übel, wenn ich Sie so nenne?«

»Gar nicht.« Langsam gefiel mir dieser Freund von David.

»Leute wie wir sind im Krankenhaus nicht gerade willkommen. Sie haben doch die Wachen gesehen, rund um die Uhr, in drei Schichten – aber keine einzige Krankenschwester. Es gefällt Schwestern nicht, wenn wir uns in ihrem Revier breitmachen. Erst recht nicht, wenn die, die Köpfchen haben, begreifen, weshalb wir unsere Patienten bewachen müssen. Man arbeitet doch nicht im Krankenhaus, um sich dort eine Verletzung zu holen. Die Schwestern beschweren sich bei ihrem Vorgesetzten und sagen, daß die Pflege eines Patienten, der eine Schußverletzung hat, noch annehmbar ist, nicht aber dann, wenn man fürchten muß, daß jemand den Patienten vollends erledigen will und man dabei vielleicht selbst erledigt wird. Wir merken es schon, wenn wir unerwünscht sind. Wenn die Operationen vorüber sind und der Patient außer Gefahr ist – zumindest, was seinen Gesundheitszustand betrifft –, dann verlegen wir ihn in eine unserer eigenen Einrichtungen – hier in New York, in London, Rom oder wo wir eben solche haben.«

»Es ist doch ziemlich ungerecht, daß David noch immer in Gefahr schweben soll. Er ist... er ist doch...«

»Eigentlich gar nicht mehr David«, führte Sam den Satz für mich zu Ende. »Als ich vor der zweiten Operation nach Europa zurückflog, gab es wenigstens noch eine geringe Hoffnung, daß er schließlich so weit geheilt werden konnte, daß er nur noch eine Gehhilfe oder einen Stock benötigte. Damit ist es aber jetzt aus. Bei unserem Geschäft wird einem das eine deutlich: Wenn du einen Körper hast, dann begrab ihn.«

»Aber David ist doch gar nicht tot, Sam.«

»Um so schlimmer für ihn. Kindchen, ich werde Ihnen jetzt was sagen, und das werden Sie gar nicht gern hören.«

»Nur zu.«

»Noch eine Woche, und dann kommt David in eine unserer eigenen Einrichtungen, die in der Nähe von Washington ist; dort haben wir bessere Möglichkeiten als an dem sonderbaren, einsamen Ort, wo er jetzt ist.« Sam legte mir den Zeigefinger auf die Nasenspitze. »Sie sind doch ein ganz verständiges Mädchen«, sagte er und nahm seinen Finger wieder weg. »Hören Sie auf meinen Rat. Ziehen Sie nicht nach Washington. Besuchen Sie ihn nicht einmal. Wenn Sie ihn nämlich besuchen, dann kann er Sie nicht vergessen und Sie ihn nicht. Ich kenne David ganz genau, er wäre lieber tot als hilflos. Er könnte vielleicht einen Weg finden, wie er allein weiterleben kann, aber er wird nie einen finden, wie er mit Ihnen zusammenleben kann. Sie wissen doch, wovon ich rede?«

»Ich weiß es.«

»Können Sie es dann auch akzeptieren?«

»Nein.«

»Zumindest sind Sie ehrlich. Um ganz offen mit Ihnen zu reden, mir war die Vorstellung, daß sich David zu Hause in eine Anwältin verknallt hat, höchst zuwider.«

»Sam?« Ich legte meine Hand auf Sams Arm, wie ich es auch bei David getan hatte. »Ich wache nachts schweißgebadet auf und muß daran denken, daß David noch gesund und munter sein könnte, wenn ich ihn nicht kennengelernt hätte.«

»Was geschehen ist, ist nun mal geschehen. Die einzige Lehre, die wir daraus ziehen können, ist die, daß das Leben voller Überraschungen ist, von denen einige auch unangenehm sein können. Soll ich Ihnen mal was sagen? Das Durchschnittsalter, in dem es einen bei unserer Arbeit erwischt, liegt acht Jahre unter Davids Alter. Wenn man also vom Durchschnitt ausgeht, dann hat er acht Jahre geschenkt bekommen. Vielleicht macht die Erfahrung, eine Weile geliebt worden zu sein, bevor das alles passierte, es ihm ein wenig leichter, nicht die ganze Welt zu hassen. Bleiben Sie weg von ihm. Später wird es dann um so weniger schmerzlich sein, für Sie beide.«

»Ich hab' mir aber vorgestellt, daß wir, nun, heiraten.«

»Vergessen Sie das bloß.« Sam stieß einen abgrundtiefen Seufzer aus, wobei sein ganzer Körper bebte. »Sie können doch nicht jemand heiraten, der Sie wegen der vielen Gründe, aus denen man heiratet, nicht heiraten kann. Ich bin nicht herzlos. Ich bin nur praktisch, so wie David. Widmen Sie sich doch ganz Ihrer Anwaltstätigkeit hier.«

»In Washington gibt es doch genügend Arbeit für Anwälte.«

»Das ist ja eines der Probleme mit Washington«, sagte Sam. »Letztes Jahr hat man mir dort eine Schreibtischtätigkeit angeboten. Ich hab' denen gesagt, daß ich auf Schreibtische allergisch reagiere. Sie wollen mich jetzt dazu zwingen, noch dieses Jahr in den vorzeitigen Ruhestand zu gehen, damit sie jemand zum Vorzeigen haben, der es geschafft hat, diese Karriere als Lebendiger zu beenden.«

»Sam, David ist doch auch noch am Leben.«

Sams Seufzer sprach Bände. »Das kommt ganz darauf an, wie man es betrachtet, meine Liebe; und in diesem Falle liegen Sie falsch.« Er nahm meine gesunde Hand. »Wie wär's denn mit diesem Professor? Ich war ein bißchen grob zu ihm. Das sollten Sie nicht sein. Er scheint doch ganz in Ordnung zu sein.«

»Er ist über eine lange Zeit hinweg ganz toll zu mir gewesen.«

»Vielleicht ist es jetzt an der Zeit, daß Sie's ein bißchen zu ihm sind.«

»Ich werde mich mit ihm treffen. Morgen, zum Abendessen.«

»Oh? Es geht mich zwar nichts an, aber was werden Sie ihm denn sagen?«

Ich streckte die Hand aus und entfernte ein Krümchen Plundergebäck aus Sams Schnurrbart. »Ich werde ihm sagen, daß ich dorthin gehe, wo David hingeht.«

47

Farlan Adams

Ich wollte Susan achtundvierzig Stunden Zeit lassen, damit sie sich von dem Schock erholen konnte, den ihr die Nachricht von dem, was ich in Gedanken jetzt gern als Davids Unfall betrachte, versetzt haben mußte. Ich verwarf den Gedanken, sie vorher anzurufen. Ich entschied mich dafür, ganz einfach zu ihrer Wohnung zu gehen und zu klingeln.

Dienstags nach dem Unterricht ging ich nach Hause, um mir meinen dunkelblauen Lieblingsanzug anzuziehen, dazu ein hellgraues Hemd und eine kastanienfarbene Krawatte mit einem Paisley-Muster. Susan hatte einmal gesagt, ihr gefalle diese Zusammenstellung.

Die Taschen meines Anzugs waren voller Gegenstände, und das sah nicht gut aus. Also legte ich den Inhalt der Taschen aufs Bett und überlegte mir, was ich davon zu Hause lassen könnte. Es befand sich auch die Karte dabei, die es mir ermöglicht hatte, David zu besuchen, als er noch im Krankenhaus lag. Die konnte keinen Verdacht erregen. Es war doch ganz natürlich, wenn ich einen Mann besuchte, den ich durch eine gemeinsame Freundin kennengelernt hatte. Ich zerriß die Karte aber trotzdem und warf die Stücke in den Mülleimer.

Ich blickte prüfend in den Spiegel. Dabei konnte ich mir ein kleines Lächeln nicht verkneifen. Susan hatte in mir doch stets den Akademiker gesehen, nicht wahr? Der werde sich doch nie in die Arena begeben, oder? Noch nie hatte ich mich so zuversichtlich gefühlt.

Ich wollte gerade die Wohnung verlassen, als es an der Tür klingelte. Ich erwartete allerdings niemand.

Ich legte die Sperrkette vor und öffnete die Tür. In New York kann man nie vorsichtig genug sein.

Ein gewichtiger Mann im braunen Geschäftsanzug hielt mir eine Brieftasche unter die Nase. »Kriminalkommissar Ippolito, siebzehnter Bezirk, Mordkommission«, sagte er. Neben ihm stand ein

Polizist in Uniform, dessen Mütze nicht so recht paßte. Wäre er ein Student gewesen, hätte ich ihm geraten, sich die Haare schneiden zu lassen.

Ich hakte die Kette aus und ließ sie herein, wobei ich ihnen erklärte, daß ich gerade am Gehen sei, aber noch ein paar Minuten Zeit für sie hätte. »Womit kann ich Ihnen dienlich sein?« fragte ich und führte sie ins Wohnzimmer.

»Sagen Sie mir als erstes, wo Sie sich am Sonntagmorgen aufgehalten haben«, sagte Kriminalkommissar Ippolito.

Ich beschrieb ihnen, wie ein Sonntagmorgen bei mir gewöhnlich abläuft – eine Stunde länger schlafen, die dicke Sonntagsausgabe der »New York Times« lesen, eine zweite Tasse Kaffee, ein gemütlicher Spaziergang.

»Mr. Adams«, sagte er, »um welche Zeit beginnen Sie gewöhnlich Ihren Spaziergang?«

»So gegen neun Uhr. Vielleicht auch etwas früher oder später. Kommt ganz darauf an.«

»Das taten Sie auch am vergangenen Sonntag, einen Spaziergang machen?«

»Das halte ich jeden Sonntag so, wenn ich in der Stadt bin. Es sei denn, es regnet oder schneit heftig.«

Kriminalkommissar Ippolito rieb sich das Kinn, als ob er prüfen wollte, ob er sich am Morgen rasiert hatte. Dann wandte er sich dem Polizisten zu. »Am vergangenen Sonntag hat es doch nicht heftig geregnet und auch nicht geschneit, oder?«

»Nein«, sagte der Polizist.

Ippolito beugte sich vor. »Mr. Adams, heißt das also, daß Sie auch am vergangenen Sonntag einen Spaziergang gemacht haben?«

»Das tue ich für gewöhnlich.«

»Nur einen Spaziergang?«

»Genau.«

»Fahren Sie gelegentlich auch mit dem Auto spazieren?«

»Was soll das heißen?«

»Ob Sie irgendwohin fahren und dann dort spazierengehen.«

»Hab' ich auch schon getan.«

»Wäre es nicht möglich, daß Sie das auch am vergangenen Sonntag getan haben?«

»Lassen Sie mich mal nachdenken.«

»Es ist doch nur zwei Tage her, Mr. Adams.«

»Natürlich. Ja, ich kann mich jetzt wieder daran erinnern, ich bin mit dem Wagen weggefahren.«

»Wohin?«

»Ich weiß nicht mehr, ob ich ein ganz bestimmtes Ziel hatte. Manchmal fahre ich einfach so lange umher, bis ich einen geeigneten Parkplatz gefunden habe, wo es auch die Möglichkeit gibt, einen Spaziergang zu machen.«

»Würde es Ihnen weiterhelfen, wenn ich Sie danach fragte, ob Sie das, wie Sie sagen, gleich um neun Uhr taten?«

»Nun, das ist doch meine gewohnte Zeit.«

»Mr. Adams, ich warte auf Ihre Antwort.« Ippolito kratzte sich in der Lendengegend. Als er bemerkte, daß ich ihm zusah, hörte er auf. »Sind Sie an dem Morgen vielleicht zuerst zur Hausnummer vierundfünfzig des Dawnhurst Drive gefahren?«

»Sollte mir diese Anschrift etwas sagen?«

»Sagt Ihnen der Name Dr. Nesbit etwas?«

»Ja, ja, natürlich. Jetzt weiß ich, wovon Sie reden.«

»Sie wollen also damit sagen, daß Sie am vergangenen Sonntag keinen Spaziergang gemacht haben?«

»Hab' ich aber.«

»Bevor oder nachdem Sie im Haus von Dr. Nesbit waren?«

»Vorher.«

»Genau geantwortet, Mr. Adams. Um wieviel Uhr haben Sie Dr. Nesbit denn aufgesucht?«

»Nach elf.«

»Sind Sie verheiratet, Mr. Adams?«

»Um Himmels willen, nein.«

»Würden Sie mir dann bitte erklären, weshalb Sie am Sonntag um elf Uhr einen Geburtshelfer aufgesucht haben?«

»Oh, ich habe keinen Geburtshelfer aufgesucht. Ich habe einen Patienten besucht. Übrigens, woher wissen Sie denn, daß ich dort war?«

»Das Gebäude wird von einer Regierungsdienststelle überwacht. Die Zulassungsnummern der Autos und so weiter. Wie heißt denn die Frau, die Sie besucht haben?«

»Ich habe dort aber einen Mann besucht.«

»Nun, wie heißt er?«

»David Smith.«

»Ist dieser Smith ein Freund von Ihnen?«

»Eher ein Bekannter. Wir sind uns erst vor kurzem von einer gemeinsamen Freundin vorgestellt worden.«

»Macht es Ihnen etwas aus, wenn ich Sie frage, weshalb Sie ihn besucht haben?«

»Weshalb macht man denn einen Besuch im Krankenhaus? Man will dem Patienten damit eine Freude machen.«

»Krankenhaus?«

»Nun, so was wie ein Krankenhaus. Ich denke, Dr. Nesbits Einrichtung ist so was wie ein Rehabilitationszentrum.«

»Ich wußte gar nicht, daß Frauen nach der Niederkunft so was wie Rehabilitation benötigen.«

»Ich fürchte, Sie werden Fragen, die diese Einrichtung betreffen, jemand anderem stellen müssen.«

»Mr. Adams, als Sie das Haus von Dr. Nesbit betraten, lebte da Mr. Smith noch?«

»Natürlich.«

»Und lebte er noch, als Sie es wieder verließen?«

»Natürlich.«

»Er selbst könnte das aber nicht mehr bezeugen, nicht wahr?«

»Ich habe in einem Zeitungsartikel gelesen, daß er gestorben ist, der Arme. War eine Art Unfall.«

Ippolito öffnete sich den Gürtel und machte ihn um ein Loch weiter. »Wie kommt's, daß Sie uns nicht sogleich erzählt haben, was Ihrem Freund oder Bekannten zugestoßen ist? Haben Sie sich auch nicht mehr an den Artikel in der Zeitung erinnern können?«

Ich blickte auf die Uhr: »Werden Sie mich denn noch länger brauchen?«

»Kommt ganz darauf an.«

»Es wäre mir recht –«

»Ich will mich kurz fassen. Als Sie Mr. Smith besuchten, worüber haben Sie sich da mit ihm unterhalten?«

»Ach, über dieses und jenes. Über was man eben bei einem Krankenbesuch so spricht. Der Mann war ja schwer körperbehindert, wie Sie wissen. Ich bin gar nicht lange geblieben.«

»Wie lange?«

»Zehn Minuten.«

»Stand das Fenster im Zimmer von Mr. Smith offen?«

»Ich kann nicht – doch, ich kann mich jetzt wieder daran erinnern, daß es offen stand.«

»Sehr gut, Mr. Adams. Sie sind doch Professor, nicht wahr?«

»Ja, das bin ich.«

»Dann hätte ich Sie eigentlich mit ›Herr Professor‹ anreden sollen.«

»Das ist nicht so schlimm.«

»Nun, wenn Sie Professor sind, dann können Sie mir vielleicht verständlich machen, wie es möglich war, daß Mr. Smith, nachdem er aus dem Fenster gefallen war, mit zertrümmerter Stirn und zertrümmertem Hinterkopf aufgefunden wurde.«

»Ich verstehe Sie nicht.«

»Nun, wenn er mit der Stirn aufgeschlagen wäre, dann hätte sich die Wucht des Aufschlags, nun, Sie wissen schon, wo, gezeigt. Wäre er aber mit dem Hinterkopf aufgeschlagen, dann hätte sich dort die Wucht des Aufpralls gezeigt. Stimmt doch, oder?«

»Ich weiß wirklich nicht, worauf Sie hinaus wollen.« Ich stand auf. »Wenn Sie mit Ihren Fragen am Ende sind, dann entschuldigen Sie mich jetzt vielleicht. Ich habe einen Termin.«

Ippolito wuchtete sich aus dem Stuhl hoch, auf dem er gesessen hatte. »Professor Adams, Sie lehren doch an der juristischen Fakultät, nicht wahr?«

»Ich sehe, daß Sie Ihre Hausaufgaben gemacht haben.«

»Nun, wenn Sie die Ihren auch gemacht haben, dann wissen Sie ja, was Ihre Rechte sind.«

»Natürlich.«

»Nun, Professor Adams, bevor wir miteinander auf die Wache gehen, werde ich Ihnen Ihre Rechte pflichtgemäß vorlesen.«

Auf der Polizeiwache wurde ich ziemlich unhöflich behandelt; man ließ mich natürlich mit einem Rechtsanwalt telefonieren. Es wäre töricht gewesen, dem Sergeant, der dafür zuständig war, zu sagen, daß ich über die Jahre hinweg mehrere tausend Anwälte ausgebildet hatte.

Ich mußte natürlich nicht in mein Adreßbuch sehen, um eine Nummer zu wählen, die ich auswendig wußte. Da David nicht mehr am Leben war, würde sich Susan jetzt nicht mehr hin- und hergerissen fühlen.

Susan würde mich natürlich an der Stimme erkennen. Im Beisein des Polizisten, der mich zu bewachen hatte, wollte ich mit ihr nicht über Persönliches reden. Als sie den Hörer abnahm, sagte ich so ruhig, wie ich konnte: »Hier spricht Farlan Adams.«

Sie sagte kein einziges Wort.

»Es wird für uns beide leichter sein«, sagte ich, »wenn du jetzt nur an das denkst, was du, gemäß den Geboten unserer Ethik, jetzt tun solltest, so, wie ich es dir beigebracht habe.«

Ich konnte sie atmen hören. Sie hörte nur zu, sagte aber nichts.

»Susan«, sagte ich, »man hat mir ein schweres Verbrechen zur Last gelegt. Wirst du mich verteidigen?«

Ich wandte mich an den Polizisten. »Ich glaube, das Gespräch ist unterbrochen worden.«

»Sie dürfen aber nur einen Anruf machen, Mister.«

»Weiß ich, aber das hier war ein unvollständiger Anruf«, sagte ich.

»Sie müssen im oberen Stockwerk warten.«

»Es steht mir aber zu, dieses Gespräch zu Ende zu führen.«

»Wer sagt das denn? So steht's nirgends im Gesetz. Verschwinden Sie!«

»Sehen Sie mal«, sagte ich zu dem Polizisten so ruhig, wie ich konnte, »ich weiß, daß ich Ihnen Unannehmlichkeiten mache; wenn Sie mir aber erlauben, dieses Telefongespräch zu Ende zu führen, könnte dabei ein Zwanziger für Sie herausspringen.«

Er packte mich ganz und gar unfreundlich am Arm und sagte: »Ich bin nicht Ihr Rechtsanwalt, Mister. Wäre ich aber an Ihrer

Stelle, würde ich es nicht noch so weit kommen lassen, daß man Ihnen neben Mord auch einen netten kleinen Bestechungsversuch an einer Amtsperson vorwirft. Hauen Sie ab!«

48

Susan

Ich hatte nicht beabsichtigt, Farlans Anruf zu unterbrechen. Zwei lange Tage hatte ich gehofft, Farlan werde mich anrufen und mir helfen, über diesen zweiten Todesfall hinwegzukommen, in einer Zeit, in der ich noch immer große Trauer über den Tod meines Vaters verspürte.

Ich ging ins Büro, um mich in der Arbeit zu vergraben. »Weshalb weinen Sie?« hatte Betty wissen wollen. Ich wußte gar nicht, daß ich weinte. »Kann ich Ihnen helfen?« fragte sie dann. »Mach ihn wieder lebendig und so, wie er vorher war«, hätte ich am liebsten gesagt.

Ich riß mich so weit zusammen, daß ich unter der Nummer anrufen konnte, die David uns gegeben hatte. Ich sagte dem Mittelsmann, daß Sam Dracoff mich alsbald anrufen solle. Ich hinterließ meine Telefonnummer im Büro, die von zu Hause und die von Mutter. »Wo werden Sie in den nächsten beiden Stunden sein?« wurde ich gefragt. »Ich weiß es nicht«, sagte ich und weinte. Ich konnte doch nicht wissen, wo ich sein würde, weil ich nämlich gar nicht wußte, wo ich war.

Sam rief nicht an, deshalb wählte ich nochmals die Nummer des Mittelmannes und sagte, daß ich es den Zeitungen stecken würde, falls Sam nicht sofort anriefe.

Fünf Minuten später sagte Betty: »Ein Sam ist am Apparat, er sagt, Sie wissen, wer er ist.«

»Wann ist die Beerdigung?« schnauzte ich in den Hörer.

»Es wird keine Beerdigung geben«, sagte Sam. »Sie müssen uns ganz einfach vergessen, meine Liebe, als ob es uns nie gegeben hätte.«

»Sie kann ich vergessen, Sam, aber wie zum Teufel soll ich David vergessen können?«

»Es ist aus und vorbei«, sagte Sam.

»Für mich aber nicht. Wollen Sie denn nicht gegen den vorgehen, der ihn aus dem Fenster gestoßen hat?«

Sam zögerte, und ich konnte seinen Atem hören. Dann sagte er: »Vielleicht hat er sich selbst hinausgestürzt.«

»Das ist doch eine Lüge.«

»Wenn ihm jemand einen Gefallen getan hat, mein Kleines, was verlangen Sie dann von mir – daß ich den vor Gericht bringe? Mit ihm abrechne? Vergessen Sie's. Leben Sie Ihr Leben weiter.« Und er legte auf, ohne sich zu verabschieden.

Ich kann keine einzige Minute daran glauben, daß David sich aus dem Fenster hat stürzen können. Er werde bestimmt noch von einem Terroristen umgebracht werden, sagte er immer im Spaß. *David, du fehlst mir. Ein zweiter Todesfall war wirklich nicht notwendig.*

Farlan wußte bestimmt, wie sehr der Tod Davids mich getroffen haben muß. Weshalb hatte er nicht sofort angerufen, nachdem er davon erfahren hatte?

Weil er wußte, daß ich ihn verdächtigen würde.

Farlan, wenn du damit was zu tun hast, dann möchte ich mit dir nie mehr in einem Raum sein. Ich würde mich von dir nicht anrühren lassen.

Ja, ja, ja, ich höre dich schon, du hast mir immer geholfen, wenn ich Hilfe brauchte. Natürlich ist keiner von uns ohne Schuld, und man muß es jedem erst einmal nachweisen, nicht wahr, sonst bricht das ganze System in sich zusammen. Na gut, lassen wir es eben in sich zusammenbrechen. Weshalb um alles auf der Welt sollte mir das was ausmachen? Welche Gerechtigkeit wurde denn Vater zuteil? Welche Gerechtigkeit würde denn David zuteil, falls ich dich erfolgreich verteidigte?

Betty sagte: »Sie sollten nach Hause gehen.«

Ich schrie sie an: »Von mir aus sollen alle zum Teufel gehen!«

Betty begleitete mich hinunter und half mir, ein Taxi zu finden, als ob ich nicht selbst dazu fähig gewesen wäre.

Mir wurde plötzlich bewußt, daß ich in meiner Wohnung wie ein Zombie auf dem Stuhl neben dem Telefon saß. Worauf wartete ich denn?

Ich konnte es nicht länger ohne Bewegung aushalten. Ich stand auf und ging im Zimmer auf und ab. Ich redete mir ein, das tue meinem Kreislauf gut. Was für eine Lüge! Ich stellte mir doch nur vor, wie ich im Gerichtssaal vorgehen würde!

Meine Damen und Herren Geschworenen, hier haben wir es mit Beweisen zu tun. Welche Beweise hat denn die Gegenseite?

Wenn ich mich dazu entschließe, Farlan zu verteidigen, werden die Zeitungen bestimmt herauskriegen, daß ich seine Studentin war und zu seinen Freundinnen zählte. Sie würden das Thema »Studentin verteidigt Lehrer« so breit austreten wie das Thema »Mann beißt Hund«. Es wird sich schon jemand finden, der gesehen hat, wie ich das Haus betrat, in dem seine Wohnung ist. Sie würden herauskriegen, daß ich auch David kannte. Sie würden einfach zu viel herauskriegen. Das Ganze würde hochgehen wie der Sarg auf dem Rollfeld.

Wie könnte ich denn vor der Verhandlung die stundenlangen Besprechungen mit Farlan durchstehen, wenn ich mir dabei in Gedanken ständig ausmalen würde, was an jenem Sonntagmorgen in Davids Zimmer vorgefallen sein muß?

Kann ich denn vier überzeugende Hypothesen aufstellen, wie David tatsächlich aus dem Fenster gefallen sein könnte? Mein Gott, muß ich die Rolle spielen, die Farlan mir beigebracht hat?

Du mußt den Fall doch nicht übernehmen.

»Das Recht des Angeklagten auf einen Anwalt«, hatte Farlan gesagt, »gibt ihm nicht zugleich das Recht, auf einem bestimmten Anwalt zu bestehen.«

Farlan kennt doch jede Menge Anwälte.

Würde Farlan mir erzählen, was wirklich vorgefallen ist? Ein Mandant, der schuldig ist, wird sich doch nicht seinem Anwalt offenbaren.

Ich könnte Farlans Charakterschwäche hochspielen, aus ihm den feigen Akademiker machen, der davor zurückschreckt, selbst Gewalt anzuwenden.

Zum Teufel damit! Es gibt doch Zehntausende von Anwälten in diesem Land, die keine Moral mehr haben und Farlan liebend gern verteidigen würden, vor allem wegen des öffentlichen Traras, das dieser Fall erregen wird. Du hundsgemeiner Dreckskerl, such dir gefälligst jemand anderen!

Plötzlich sah ich Farlans tolle Wohnung im Geist vor mir. Was wohl aus ihr werden würde, was aus den Bildern, wenn Farlan zwanzig Jahre sitzen mußte? Er wäre in den Siebzigern, wenn er wieder freikäme. Das würde er aber nie überstehen. De facto wäre das Strafmaß lebenslänglich, egal, wie hoch es ausfiele.

Weshalb dachte ich denn so, bevor ich einen einzigen Beweis für irgend etwas gesehen hatte? Gehöre ich etwa auch zu jener Gruppe von Profis, die so toll sind, daß sie schon alles wissen, noch bevor sie mit den Tatsachen vertraut sind? Ist das vielleicht der wirkliche Grund dafür, daß wir als Geschworene nicht zugelassen werden?

Stimmte es denn wirklich, daß Farlan vor irgend jemand verteidigt werden konnte? Bei jedem Fehler, den ein nicht ganz perfekter Anwalt machte, würde Farlan das Herz bluten.

Was ich getan habe, war ein Akt der Barmherzigkeit, Susan. Für dich und für mich.

Ich bin doch nicht dein Komplize. Du kannst mich nicht einfach so fragen, ob ich dir helfe.

Es wird für uns beide leichter sein, wenn du nur an das denkst, was du jetzt tun solltest, so, wie ich es dir beigebracht habe.

Denkt er wohl, ich sei seine Marionette? Ich kann ihn auch mit meinen eigenen Methoden freikriegen. Es wäre doch ein Leichtes, von denen, deren Bilder an der Wand seines Büros hängen, eine Aussage über seinen Charakter zu bekommen. Ich könnte den Geschworenen zeigen, wie bereitwillig Professor Adams seinen Studenten bei ihrer Karriere behilflich war, und zwar mehr, als es sonst üblich ist. Und, Junge, Junge, wie könnte ich die Regierung unter Druck setzen, so daß sie wenigstens etwas aus Davids Vergangenheit preisgeben müßte, ihn als den Söldner darstellen, dessen Beruf das Töten war. Ich könnte Davids Vater unter Strafandrohung laden und aus ihm herauskriegen, wie David zu der Narbe gekommen war, Davids Hang zur Gewalt schon als Jugendlicher, seinen Schulabbruch. Moment mal, was könnte ich nicht alles mit Sam Dracoff im Zeugenstand erreichen! Er würde nicht aussagen wollen, aber ich würde ihn unter Strafandrohung laden, mir würde schon was einfallen, wie ich ihn herbekäme. Er würde mich zu Hause anrufen und mich überreden wollen, das nicht zu tun; ich würde dann auf die Rechte des Angeklagten pochen, und er würde mir ins Gesicht schreien: »Und was ist mit den Rechten der Toten?« Ich würde damit drohen, die Regierung in aller Öffentlichkeit bloßzustellen, falls er im Zeugenstand nicht mitspielte. Teufel nochmal, ich könnte den Fall eines Karrierekillers aufbauen, der zu Tode stürzte, weil die Gewalt schließlich ihn anstatt seiner Opfer hilflos machte. Die Gegenseite hat doch nicht einmal ein Tatmotiv. Und ein Tatmotiv ist ja noch lange kein Beweis. Sehr geehrte Damen und Herren Geschworene, wenn ich in Ihren Köpfen berechtigte Zweifel habe wecken können, dann müssen Sie diesen Mann freisprechen.

Wenn jemand anders Farlans Fall übernimmt und dann pfuscht, werde ich dann mein Leben lang die Last der Reue auf den Schultern tragen müssen?

In irgendeinem Winkel meines Gehirns ist das unerträgliche Bild, wie mein göttlicher Lehrer Farlan im Gefängnis sitzt.

Ist doch nicht mein Problem. Das ist doch einzig und allein sein Problem.

Es ist doch mein Problem. Die Regenbogenpresse wird diesem Prozeß nicht widerstehen können, sie wird ihn später wieder hervorholen, mit seinem Dreiecksverhältnis, von dem zwei Personen noch am Leben sind, wobei die eine versucht, die andere gegen den Vorwurf zu verteidigen, sie habe die dritte aus der Welt geschafft. Das Fernsehen würde sich darauf stürzen. Ist was für jemand, der auf eine Karriere versessen ist, hätte Farlan das wohl genannt. *Du solltest also die Gelegenheit beim Schopf packen.*

Maul halten, Farlan, ich kann's auch allein schaffen. O Annie, wo du jetzt auch sein magst, die Studententage sind vorüber, ich werde endlich frei sein! Wenn Vaters Geist böse dreinblickt, werde ich das verkraften können. Vater hat seine Dreckarbeit erledigt; und jetzt habe ich meine zu erledigen. Ich kann Farlan Adams besser verteidigen als irgend jemand auf Erden.

Ich suchte die Telefonnummer der Polizeiwache. Mit einem Finger, der sich so bewegte, als ob er gar nicht mehr zu mir gehörte, wählte ich sorgfältig.

»Siebzehnter Bezirk, Sergeant Witkowski.«

»Hier ist Susan Whitcomb«, sagte ich und räusperte mich. »Ich telefonierte gerade mit meinem Mandanten, Professor Farlan Adams, als die Verbindung plötzlich abbrach.«

Sidney Sheldon

Sidney Sheldon
Blutspur
6342

Sidney Sheldon
Diamanten-Dynastie
6758

Sidney Sheldon
Kalte Glut
8876

Sidney Sheldon
Zorn der Engel
6553

Sidney Sheldon
Das nackte Gesicht
6680

Jenseits von
Mitternacht
6325

Ein Fremder
im Spiegel
6314

Kirschblüten
und Coca-Cola
9144

Im Schatten der Götter
9263

GOLDMANN